KB094440

감방에서 남자주인공을 만났습니다

감방에서 남자주인공을 만났습니다

문시현 장편소설 ✕ 1

위즈덤하우스

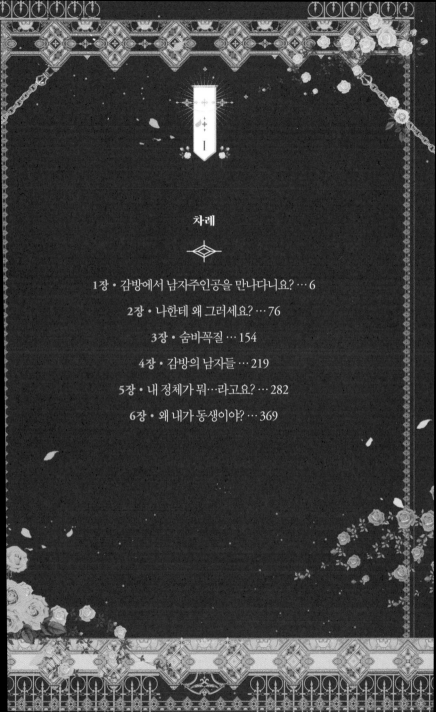

차례

1
감방에서 남자주인공을 만나다니요?

꽃이 막 지고 여름 잎이 팔랑팔랑 흘러내리는 날이었다.

나 이아나는 이 상황을 자연스럽게 인지했는데, 문제는 이 상황을 인지하는 과정에 무려 3개월이 걸렸다는 거다. 눈 떠보니 낯선 사람들이 낯선 머리통을 하고 돌아다니는 이곳이 바로 다른 세계. 나아가 오래전에 읽었던 책 속이라는 것을 알기까지 말이다.

책에 빙의했다.

빙의했는데 보통 꿈꾸던 생활은 아니었다. 그거야 당연했다. 여긴 호화로운 침대가 있는 방도 낡은 목조 건물도 아니었고.

〈감방이잖아!〉

감방이었다.

모를 수는 없었다. 눈앞에서 돌아다니는 사람이 다 같이 칙칙한 회색 줄무늬 옷을 입고, 가슴에는 한 곳에는 번호를 새겨 넣은 '번호

표'를 달고 있었으니까!

……아니, 눈 떠보니 감방이라니.

〈감방? 감바아아앙?〉

이건 꿈이라도 꾸고 싶지 않은 꿈인데?

애석하게도 이곳은 내가 읽은 책 속이 맞았다.

'캄브라캄'이라는 감옥 이름이나 중근대 시대 주제에 묘하게 낯익은 감옥 방들의 명칭들. 어쩜, 빙의를 해도 19금 피폐 로맨스 소설에 빙의를 하는 걸까?

이 소설은 내가 심심해서 읽어본 소설이었다. 심심해서 읽은 것치고 기억을 많이 하는 이유는 남주가 끝내주게 잘생긴 데다 설정이 특이하기 때문이었다.

먼저, 이곳으로 말할 것 같으면 죄인들을 가두는 감방이었지만 조금 특별하게도 죄인들이 남달랐다. 인권이라면 개나 줘버린 시대에 죄인을 상대로 식사에 방에 산책까지 시키는 곳이랄까.

이는 죄인이 전부 '귀족'이기 때문이었다.

그리고 나로 말할 것 같으면 아버지와 오빠의 죄를 대신해서 이감방에 투옥되었다는데.

"이봐, 이아나."

일단 무슨 죄인지는 모르겠고, 그러려니 하고 있다. 책 속에서 이아나라는 이름을 들어본 적이 없기 때문이다.

"듣고 있나?"

"아. 네. 네네!"

성은 듣지 못했지만 같은 방 사람들이 잡범이니 나도 아마 어디 작은 영지 영애 겸 잡범이려니 하고 있다.

나는 눈앞의 나이 든 아저씨에게 집중했다.

배가 통통하게 나온 중년 귀족 아저씨. 그는 헛기침하며 내가 한 질문에 충실히 대답해주려 했다.

"영지의 감옥에 들어가지 않고 중앙 감방에 모인 이유? 간단하지. 본보기를 보여주는 거야. 귀족들도 처벌할 수 있다. 황제 폐하의 권력을 보여주는 거지."

"아하, 그렇군요."

똑똑하지만, 가짜 동화(銅貨)를 팔다 걸려온 팔라디스 남작 아저씨는 좋은 말 상대였다.

"그래서 각지 귀족이 여기 갇힌 거구나."

이야기가 조금 샜지만, 이 소설의 내용은 이렇다.

여주인공. 아름답고 착한 영애이자 다정한 아가씨, '프란시아'는 아버지의 죄를 대신해서 이곳 중앙감방 캄브라캄에 수감된다. 호기심 많고 순진한 이 아가씨는 어느 날 밤에 감옥을 몰래 산책하다 아주 깊은 방에 수감된 한 남자를 만나게 되는데…….

「넌 누구지?」

벽에 손바닥을 고정 당한 채, 고문받는 이는 이 감방의 가장 오래된 수감자이자 남자주인공인 리케도르안 폰 헤르님.

훗날의 헤르님 대공이었다.

대공가에는 대대로 내려오는 힘이 있어 이 힘을 억누르지 못한 자는 캄브라캄 깊은 곳에 감금되었고, 힘을 억누를 자를 찾을 때까지 나올 수 없었다. 그 힘이란 게 사람을 '짐승'처럼 만들어버리기 때문이었다. 말 그대로 이성을 깔끔하게 지우고 인간 이상의 힘을 내는 짐승 말이다.

「가엾은 사람…….」

착하고 순진한 주인공은 남자주인공의 사정을 듣고 그의 쇠사슬을 풀어주게 되는데, 힘 때문에 남자 주인공은 풀려난 순간 짐승화되어서 이성을 잃고 여주인공을 덮친다.

「훗……!」

큼큼, 엄한 상상은 됐고.

아무튼 간에 이렇게 하룻밤 뜨거운 관계를 보내고, 여주인공은 남자주인공의 '동반자'만이 풀 수 있는 족쇄를 풀어내 그를 자유롭게 한다는 내용이다.

참고로 여기서 '동반자'란 대공의 연인이자 영혼을 계약한 관계를 말한다.

여기에 악당 얘기라거나 더 있지만 일단 메인은 남자주인공과 서브 남자주인공, 그리고 여자주인공이 감방을 배경으로 으쌰으쌰 뜨겁고 뜨거운 밤을 보내는 19금 피폐 삼각로맨스 소설이다.

피폐 삼각로맨스 딱지가 붙은 이유는 남자주인공이 워낙 험한 성격인 데다 악당인 서브남도 만만찮은 집착남이어서 그렇다.

"생각해보면 내용 참. 참으로 그렇고 그런 관계였지, 아마."

내가 알기로는 악당과 남주가 원수 집안이라, 사교계로 나가서도 삼각관계를 보여주는데 아무튼 초반 배경은 여기 캄브라캄 감방이다.

나는 그대로 쪼그려 앉아 철창 안쪽을 응시했다.

"흐으응, 그러니까 저분이 그분이란 말이지."

철창 너머는 너무 어두워서 잘 보이지 않았다.

"안 보여."

좀 더 들어가면 희미하게 뭐가 보일 것도 같은데.

수감소 내 2층, 3층 방들은 작게나마 창문이라도 있는데 이 방은 사방이 벽이었다. 지하니까 그런가. 지하도 창문은 만들 수 있잖아? 왜 처음 남자주인공 성격이 음침했는지 알겠다. 없던 음침도 생길 환경이다.

"이아나, 그만 가시면 어떻습니까."

"에이, 아저씨 조금만 더요."

나는 방싯 웃으며 간수인 한스 아저씨의 어깨를 툭툭 애교스럽게 쳤다. 아저씨는 그런 나를 못 말린다는 듯이 보고는 어깨를 으쓱했다.

"원래 이거 어림도 없는 얘기인 거 아시죠? 간수관리장님이 아시면 난 죽은 목숨입니다. 예?"

"에이, 물론이죠. 입 무거운 거 알면서 그러신다."

"하여간. 특이한 성격입니다. 보통 귀한 영애들은 나 같은 하급 기사와 어울리지 않을 텐데 말입니다."

내가 대답 없이 씩 웃자, 한스도 허탈하게 웃으며 어깨를 으쓱였다.

"뭐…… 저도 영애가 준 것이 아니면 들어주지도 않았겠지만."

캄브라캄 수감 건물 중에서도 중앙동은 귀족들이 머무는 곳이라 간수들은 죄다 기사였다. 특히나 남자주인공을 지키는 간수는 꽤 실력이 받쳐주는 기사였고. 감방이란 특성상 바깥보다 남녀가 내외하는 정도가 적은 편이었다.

하나 이런 이들 중에서도 나처럼 허물없이 구는 사람은 처음이라고 하급 기사들은 고개를 절레절레 젓곤 했다. 물론 3개월이나 지난 지금 다들 적응하기는 했지만 말이다.

"제가 준 건 마음에 들어요?"

"물론입니다. 대체 어디서 이런 고급 담배를 구해오는 겁니까? 이러니 저 같은 중하급 기사들이 환장을 하는 거지요."

"몰라요. 오빠한테 편지 쓰니까 가져다주던데?"

그가 신기하다는 듯이 나를 쳐다봤지만 정말이었다.

이곳에서 눈을 뜨자마자 보게 된 것이 책상 위에 놓인 편지였다. 작은 쪽지와 함께.

「원하는 것을 써줘.」

이후로 내게는 매달 꼬박꼬박 빈 편지지가 도착했는데, 거기다가 원하는 것을 쓰면 다음 달에 뭐든지 가져다주곤 했다. 심지어 감옥에서 금지된 술이나 담배조차도 말이다. 처음에는 뭔지 몰라서 그냥 됐는데, 다음 달에 '필요한 게 없니?' 하는 편지가 와서 알았다.

어쨌든 이 덕분에 간수들조차 못 가지는 것들을 손쉽게 얻게 되었고, 나는 감방에서 이들의 슈퍼스타가 되었다.

〈실례가 안 된다면 영애는 대체 어느 가문이십니까?〉

이곳에서는 작위 그대로 사용하는 사람도 있었고 이름만 부르게 하는 이도 있었다. 귀족이다 보니 3615번! 하고 부르지는 않더라?

〈난 이름으로 불리는 게 좋아요.〉

아무튼 내 가문을 궁금해하는 이들에게 나는 항상 고개를 저으며 '이아나라 불러줄래요?' 하고 말하곤 했다.

'왜냐면 나도 모르거든.'

아무도 내 가문을 알려주지 않았다.

알 만한 사람이라면, 그나마 여기서 높은 사람인 간수관리장이 있겠으나…… 얼굴 보기가 힘들었고 매달 오는 편지에도 이름 말곤 아무것도 적혀 있지 않았다. 나도 그냥 대충 괜찮은 집안이려니 하고 말았다. 그도 그럴 것이 책에 등장하는 주요 인물이라면 이미 알았을 테니까. 이 소설 등장인물이 그리 많지 않았거든. 뜨거운 밤이 중요한 소설에 달리 뭐가 중요하겠어.

한스 아저씨가 고개를 절레절레 저었다.

"아무튼 이아나는 특이한 분입니다."

"그런가요? 잘 모르겠는데…. 아, 그보다 아저씨, 부탁이 있는데요."

나는 쪼그려 앉은 채 방실 웃고는 철창 안쪽을 가리켰다.

"나 저기 들어가 보면 안 돼요?"

"안 됩니다."

"정말?"

당연하게도 한스는 단호히 고개를 저었다. 하지만 나는 이들이 무엇에 약한지 아주 잘 알고 있었다.

"다음에도 같은 걸로 2개."

"⋯⋯안 됩니다."

"3개?"

나는 그를 향해 씨익 웃었다. 내 웃음에 그가 움찔했다.

"그래도⋯⋯."

"3개에다 파이프 하나. 안 들어주면 타르민한테 전부 줘 버릴⋯⋯."

"생각해보니 잠깐은 괜찮을 것 같군요."

타르민은 한스와 라이벌 격인 간수였다.

"콜."

나는 참지 못하고 소리 내어 웃었다. 한스는 큼큼 헛기침을 하며 고개를 돌렸다. 머쓱함을 숨기지 못하는 기색이었다.

"정말 잠깐만입니다?"

"네에."

아직 원작 전이라 그런가. 소설 속에서와 달리 남자주인공은 삼엄한 감시에 놓이긴커녕 그가 있는 지하 감방은 관리조차 거의 되지 않았다. 아마도 이들이 아직 남자주인공의 힘을 몰라서인 것 같기도 했다.

'책 속에서도 난동을 한번 피우고서야 삼엄한 감시 속에 갇혔다고 했나. 그랬으니.'

나는 성큼 문 앞으로 다가갔다.

"열쇠를 꽂고 돌리면 됩니다. 오른쪽으로 두 번 돌려야 합니다. 녹슬어서 잘 듣지 않아요."

"네. 이해했어요."

열쇠로 문을 열고, 그대로 밀었다. 녹슨 문 안쪽에서 꿉꿉한 이끼 냄새가 났다. 감방에서 좋은 냄새가 나지는 않겠지만 이 방은 특히 심했다.

'아예 관리가 안 된 수준인데?'

벽 쪽에 다가간 순간 나는 걸음을 멈췄다. 그러고는 눈을 크게 깜빡였다. 벽에는 쇠사슬에 묶인 채 그대로 잠든 소년이 있었다.

'이게 아직 주인공을 만나기 전인 남자주인공……'

통 먹지 못한 탓인지 바짝 마른 편이었지만, 그럼에도 숭고한 어린 성자같이 성스러운 느낌이 들었다. 하늘빛에 가까운 은발과 머리색과 같은 긴 눈썹 때문인지도 몰랐다.

나는 침을 꼴깍 삼켰다.

리케도르안, 겁나 잘생겼다.

아주 청결한 상태는 아니었지만 약간 더러운 몰골이나 해진 옷이 오히려 더욱 자극적이라 해둘까. 눈 둘 곳이 없었다.

"몰골이 말이 아니네."

어디 보자. 내가 현재 18살이랬고. 여기 갇힌 남자주인공은 리케 도르안은 16살이랬지……? 원작이 시작되기 꼭 4년 전이었다. 그래서인지 열여섯이라기에는 조금 체구가 크긴 했지만 눈감은 얼굴은 앳된 느낌이었다. 와. 자는 모습이 꼭 천사 같네.

"살아 있나? 어째 더러운 곳에 두면 안 될 것 같은 얼굴인데."

소년의 목에는 특이하게 생긴 목걸이가 있었다. 사실 형태는 목 걸이보다는 목에 찬 수갑 혹은 족쇄에 가까웠다.

'이게 소설에 나오는 구속구인가.'

꽤 둔중하게 생겼으나, 그의 외모를 가릴 수는 없었다. 사실 이곳이 정말 내가 아는 책 속인가 확인하고자 온 것이었지만, 인정할 수밖에 없었다.

아니, 이 미모는 책이 아니고서야 설명이 되지 않을 거다.

'숨은 쉬고 있는 거지?'

나도 모르게 손을 뻗을 때였다.

움찔.

나는 멈칫했다.

잘못 본 건가 싶었지만, 이번엔 다시 한번 더 눈꺼풀이 꿈틀 움직였다. 곧 눈이 뜨였다.

"헉!"

불티가 일렁이는 푸른 눈과 마주한 순간 숨을 삼켰다. 눈앞에 심해인가 싶은 아름다운 눈동자가 천천히 깜빡였다.

그러나 감상할 시간은 없었다.

"으르르릉! 으왕! 왕!"

"엄마야!"

개소리에 깜짝 놀라 주저앉은 나는 엉덩이를 댄 채로 황급히 물러나야 했다.

……쇠사슬 늘어나는 거였냐고!

얼른 뛰쳐나오는 남자아이를 피해 물러난 나는 가까스로 이빨을 피할 수 있었다. 나는 아득히 황당한 눈으로 남자주인공을 응시했다. 짐승처럼 변한다며? 그냥 이성을 잃는다며? 성격만 난폭해지지, 사람 말은 한다고 했는데?

"왕! 왕왕!"

저건 그냥 개잖아! 개! 사람 말을 잊은 소년 앞에서 나는 할 말을 잃었다.

그러나 나를 향해 짖는 소년을 보다 보니 차차 익숙해지고, 나도 모르게 손을 더듬었다. 마침 손에 잡히는 것이 있었다. 왜 나무 막대기가 여기 있는지 모르겠지만. 나는 슬금슬금 다가가 슬쩍 손을 내밀었다.

콱.

"……아. 물었다."

나무 막대기를 입에 문 소년이 나를 노려봤다. 그러나 막대기를 입에서 놓지는 않았다. 마치 욕심난다는 듯이.

그러니까, 이건 싫지 않은 건가? 좋은 거지?

나는 신기한 듯이 바라보다가 막대기를 톡톡 쳤다. 날 보는 시선이 더욱 살벌해졌다.

그래도 놓지 않네?

꼭 껌을 뺏기기 싫어하는 강아지 같은 모습에 나는 눈을 깜빡이다 헛웃음을 지었다. 생긴 건 강아지보다는 새끼 맹수 같지만. 곧 실수를 깨닫고 손을 뻗었다.

"에비지지. 그거 이리 줘. 지지야."

도리도리.

"……어라, 너 말 알아들어? 정말?"

그러자 그가 살벌한 시선으로 나를 노려봤다. 지금 누굴 바보 취급하냐는 눈인 거지? 와, 알아는 듣는구나. 그런데 왜 짖은 거지? 그나저나 저대로 두면 이 상할 건데.

"으르르르……"

일단은 나무 막대기부터 뺏어야 할 것 같았다. 이상한 장난을 쳤다는 가벼운 죄책감에 몸을 더듬는다. 그러다 말고 나는 아, 하면서 손을 들어 올렸다.

좀처럼 줄 것 같지 않으니 대신할 것을 줄 생각이었다.

곧 나는 머리끈을 풀어 장식을 떼어내고는 그의 눈앞에 흔들었다.

"이거 봐봐, 리케도르안. 응? 봐봐. 이게 더 폭신하다? 이쁘지?"

"……"

여전히 노려보는 시선이었으나, 한순간 흐려지는 순간을 똑똑히 목격했다. 이건 또 고양이 같네. 그가 시선을 빼앗긴 사이에 얼른 막대기를 빼냈다. 그리고 그가 다시 소리치기 전에 폭신한 머리장식을 물려줬다.

"어때, 더 좋지? 응?"

"⋯⋯."

"옳지. 옳지. 우쭈쭈, 착하다. 잘 문다. 저건 지지야?"

"⋯⋯뭐."

"응?"

"그, 그만둬요."

툭. 머리장식이 떨어진다. 나는 눈을 동그랗게 떴다.

손안에 일렁이는 램프의 불꽃이 소년의 얼굴을 선명하게 비췄다.

"아⋯⋯. 그, 그만⋯⋯."

소년은 조금 전과는 전혀 다른 얼굴로 입술을 벌렸다가 닫았다가, 이내 울상을 지었다.

"내, 내게, 뭐, 뭐, 한 거예요?"

날 보는 순간 소년의 흰 얼굴이 화악 달아올랐다. 마치 조금 전의 자신의 모습이 부끄럽기라도 한 듯이. 이와 동시에 나를 바라보는 눈에 순식간에 눈물이 고인다. 나는 당황했다.

"지, 지금 내, 처음을⋯⋯."

⋯⋯네?

이건 무슨 독수리가 궐련 피우는 소리야. 뭐가 처음? 뭐가 처음인 건데.

"처음이요?"

나도 모르게 리케도르안의 장단에 맞춰 말을 높였다. 뱉고서야 알았다. 그가 이전과 완전히 표정이 다를 뿐 아니라 날 보는 시선마저 다르다는 것을.

"나, 나한테 이런 걸, 물린 사람은…… 당신이, 처, 처음……."

"아니. 아니아니, 잠깐만."

이 남주님이 요상한 데에 플래그를 꽂으시네. 큰일 날 소리를!

"그러니까 이런 걸 입에 물린 사람은 내가 처음이라는 거죠? 오해하게 말하지 말아요."

"오, 오해, 아니잖아."

"오해야."

이건 무슨 상황이야, 대체. 그러니까 이성이 돌아오면 이런 상태라는 거군.

"오해가 아니."

"맞아요!"

나는 기꺼이 상대에게 맞춰 말을 자유자재로 높이고 낮춰주었다. 이게 바로 맞춤형 대화이니까.

그는 물기 어린 눈으로 나를 노려봤다. 조금 전 맹수인가 싶은 날카로움과 사나움은 사라졌지만 제법 매섭게 책망하는 눈이었다. 푸른 눈동자는 꼭 바다처럼 일렁였다. 파란 보석을 떼어다 박아놓은 것 같은 눈동자가 눈물이 가득하니…… 똑 눈물이 떨어지면 내 양심으로 콕 박힐 것 같다.

환장하겠네.

"저, 미안해요."

나는 괜히 찔려 슬그머니 고개를 돌렸다. 손으로 뺨을 문지르고는 시선만 도로록 굴려 리케도르안을 응시했다. 어째서인지 그는 뜻밖에 놀란 얼굴이었다.

"나, 나한테 사, 사과한 사람도, 네가…… 처, 처음."

아까부터 그놈의 처음 염불은 왜 나오는 건데?

"아니. 아니아니요. 말을 바로 하자."

그에게 다가간 나는 쇠사슬에 묶인 그의 손을 덥석 잡았다. 리케도르안의 눈동자가 흔들렸다. 순간 아파서인가 싶어 슬쩍 손을 떼고 보았지만, 상처는 없었다. 아무튼 나는 그의 손을 잡고 입을 열었다.

"처음은 중요하지 않아."

"……."

"중요한 건 오늘이 처음인 게 아니라, 네가 앞으로 이런 말도 일도 아주 많이 겪을 거란 거지. 아, 입에 뭐 물리는 거 말고."

그러니까 처음 같은 플래그 꽂는 거 아니란다.

퍽 진지하게 조언하며 말을 들어라, 하는 시선으로 리케도르안을 빤히 응시했다.

"그!"

탁. 쇠사슬이 차르륵 부딪치는 소리가 났다. 내 손을 쳐낸 그가 눈동자를 이리저리 움직였다. 성스럽기까지 한 그의 얼굴 밑이 빨갰다.

"소, 손, 하, 함부로 잡는, 거. 아니야!"

"손? 손이라니. 닿는 것도 아니고. 아니, 그보다 내 말 듣기는 한 거예요?"

"나, 나, 남자 손이잖아!"

누가 남자라는 거지. 몸만 살짝 컸지 얼굴은 앳되기 그지없는 사람을 말한 건가?

'누가 남자냐고.'

전혀 그렇게 보이지 않는다 쏘아붙여 줄까 싶었지만 곧 고개를 저었다. 그러다 그가 눈물을 펑펑 쏟아내면 더 곤란할 것 같았다.

참고로 난 예쁜 남자는 취향이 아니다. 당장 성인이 된 리케도르 안이면 모를까. 미래의 그는 짐승미 겸 야성미가 철철 흘러넘치던 남자 주인공이었다. 그냥 짐승이었지, 짐승.

'후, 특히나 밤에 말이야.'

물론 짐승이 아닐 때 청초한 모습도 꽤 좋아했지만, 그런 그가 어린 시절 울보라는 말은 듣지 못했는데. 어릴 때라서인가?

4년이란 세월이 사람을 바꿔놓는구나.

"이아나!"

밖에서 한스가 나를 부르는 소리가 들렸다.

"아, 돌아가야겠네요."

나는 소년을 보고는 씩 웃었다.

"시간 다 됐습니다, 이아나!"

"네, 갈게요!"

리케도르안에게 살짝 미안하다고 한 번 더 속삭인 뒤에 나는 램프를 들었다. 잠깐 이 어둠 속에 다시 그를 두고 가는 것이 마음에 걸렸다. 어린애인데 말이지.

"또 올게요."

램프가 멀어진 통에 그의 표정을 볼 수는 없었다.

리케도르안이 처음, 하며 눈물을 글썽였지만, 나는 여기에 대해 크게 걱정하진 않았다. 보통은 이런 식으로 여주인공보다 플래그를 꽂아버렸다! 하고 고민하겠지만 이 소설은 그런 걱정을 할 필요가 전혀 없다고 할까. 여주인공만이 할 수 있는 것이 명확히 정해져 있다.

19금 소설답게 몸정맘정 전부 주고받는 남자주인공과 여자주인공.

여기에 선행되는 행동이 바로 아까 리케도르안에게서 보았던 '구속구'를 벗겨주는 일이다. 리케도르안의 목과 손목, 발목을 감고 있는 족쇄 형태 도구 말이다. 여주인공 프란시아에게는 특별한 치유 능력이 있었고, 이 능력의 도움을 받아 리케도르안의 구속구를 벗겨냈다.

무려 첫날밤 이후 다음 날에 말이다.

이처럼 그의 구속구를 벗겨내는 것은 특별한 능력을 가진 여주인공만이 할 수 있었고, 평생 자유를 갈망한 리케도르안에게 밖으로 나갈 수 있게 만들어주었으며, 따라서 그에게 구원자일 수밖에 없었다. 대공가는 전통상 구속구를 벗어야 이 감방을 벗어나게 해주니 말이다.

'이미 저쪽은. 출소일이 정해졌단 말이지.'

출소하니 말인데, 나는 언제 출소하는지 모를 일이다.

"한숨을 쉬는 걸 보니, 출소 생각?"

"출소라고 하지 말아요. 진짜 죄인 같잖아."

"뭘 새삼스럽게."

내 맞은편에 앉아 싱글싱글 웃는 남작 아저씨는 전에도 말했듯이 위조 동전을 팔다 사기죄로 잡혀 온 팔라디스 가문의 남작이다.

아울러 심심할 때 말 상대로 나쁘지 않은 상대였다.

우습게도 이곳은 감방이면서 나름의 응접실도 있었다. 그래서 누구든 모여 얘기를 나누든 간단한 독서나 자수 등의 취미생활을 즐길 수 있는데, 사실 비슷한 줄무늬 옷을 입고 여유를 즐긴다는 게 웃기기도 하다.

이 옷으로 귀족 흉내를 내봐야 전혀 멋이 안 난다고.

다들 진짜 귀족이라 해도 말이야.

"그보다 오늘은 뭐 재미난 이야기 없어요?"

"무엇을 원하실까, 아가씨는."

감방 생활은 규칙적이며 무료했다. 정확하게는 규칙적이어서 무료한 거다.

"으음, 전 다 좋은데."

그나마 소일거리라고는 비슷하게 할 일 없는 죄수와 응접실에서 만나 같이 떠드는 거라니. 남작 아저씨는 이게 사교계와 뭐가 다르냐며 웃곤 했다. 사교계는 겪지 못했지만 비슷한 생각이다.

이런 거라면 나가지 말아야지.

"그럼 도뮬릿 얘기해주세요. 지난번에 하다 말았잖아요?"

"오, 수도의 흑장미 말인가."

도뮬릿 공작가.

이 제국의 세 공작 중 하나이자 책 속에서 주요한 사람이 있는 가문이기도 했다.

"내가 또 제국의 검은 장미에 관심이 아주 많지."

남작 아저씨는 생각 외로 많은 것들을 알고 있었고 내게 알려주는 것을 좋아했다.

나는 이런저런 얘기를 듣는 것을 좋아하는 편이다. 하지만 이런 성향 때문이 아니라도 도뮬릿에 대해 알아둘 필요가 있었다. 책 속 최대 악당이 있는 곳이었으니 말이다.

소시민은 거대한 원작의 날갯짓을 피해 미리미리 궤적을 알아둘 필요가 있지. 암.

"지하에서 피는 꽃은 여전히 지하의 사람들이 좋아하는 향기를 내고 있지. 얼마 전 경매장에서 보석을 궤짝으로 사들였다고 하는데, 그 속에 폐하께서 잃어버린 티아라가 있다고 하던걸."

"경매장은 황실이 주최하는 것 말고는 불법이라면서요?"

"물론이지. 법이 바뀐 적은 없으니 역시 지하에서 피는 꽃들이 활약한 것 아니겠나."

지하에서 피는 꽃. 도퓰릿가의 상징이 흑장미였으므로 이렇게 표현하곤 했다. 사실 하는 짓들도 악당이나 다름없었으니 어울릴만만했다. 진짜 악당이었지.

황제의 티아라라면 나도 안다. 그거 원작에서 여주인공이 찾아내는 거잖아?

심지어 악당인 체이서 루브 도퓰릿의 방에서 발견한다. 이로 체이서는 이 감방에 오게 되고, 뒤이어 억울한 누명을 쓰고 이곳에 돌아온 여주인공과 감방에서 재회하게 되지만 말이다.

"들어보게."

남작 아저씨의 목소리가 은밀해졌다.

"황실에서 저택을 수색했지만 아무것도 발견하지 못했다고 하네. 심증은 충분했는데 말이야! 병든 공작의 뒤를 잇는 후계자, 도퓰릿 소공작의 수완이 아주 좋아!"

"그렇군요."

아무래도 책 속 악당이니 비범하겠지. 그나저나 신기했다. 이 아저씨는 감방 안에서 많은 걸 알고 있네?

내 시선을 느꼈는지 아저씨가 빙긋 웃어주었다.

"이아나, 도퓰릿 공작가의 진정한 보물은 아주 깊이 숨겨져 있다는 얘길 들어봤나? 오 물론 아가씨도 익히 알겠지만. 글쎄, 거기엔 숨겨진 '딸'이 있느니 마느니 하는 얘기가 있지 않겠어. 아주 흥미롭단 말일세."

"아, 들어본 적 있어요."

"사교계에서 만연한 소문이지."

악당 체이서에게는 여동생이 있긴 했다. 단지 책 속에 이름조차 나오지 못하고 요절해서 그렇지. 동생이 있다는 것도 체이서가 여주인공에게 동정을 사기 위한 요소로 등장했다.

이놈도 아끼는 것 정도는 있었다 하고 나온 정도?

나는 금방 흥미를 잃었다.

"그나저나 얼마 전에 말한 '모험'은 재미있었나?"

"아, 물론이죠."

리케도르안의 미모는 황홀할 정도였지. 나는 눈물을 뚝뚝 흘리던 얼굴을 떠올리며, 어깨를 으쓱했다.

"맞다. 아저씨. 혹시 간수관리장을 만날 수 있는 방법을 알아요?"

"관리장? 글쎄. 서쪽 간수의 탑 쪽 사무실에 있다는 얘기는 들어 봤다만."

사슬로 꽁꽁 묶인 리케도르안의 팔이 스쳐 지나갔다. 난 고개를 끄덕였다. 좋아, 기억해두자.

우리의 얘기는 금세 널을 뛰었다.

남작 아저씨는 솜씨 좋은 이야기꾼이라 내가 흥미를 잃었다 싶으면 금방금방 화제를 바꿨는데, 누가 사기꾼 아니랄까봐 이것이 몹시 교묘하고 자연스러웠다.

"아저씨는 내가 본 사기꾼 중에 제일 말을 잘해요."

"최고의 칭찬이군."

나는 주머니를 뒤적여 종이로 곱게 싼 네모상자를 그에게 내밀었다. 고급 시가(cigar)였다.

아저씨는 받지 않겠다고 한사코 거절했지만 나는 기어이 손에 안겨주었다.

"좋은 얘기에는 좋은 대가가 있어야죠. 주고 싶어서 그래요. 아저씨 담배 애호가잖아요?"

"이아나, 사기꾼은 화대를 받지 않는다고."

"흐응, 그럼 더 받아야죠."

난 씨익 웃었다.

"아저씨가 대가 없이 좋은 얘기를 할 때는 사기를 칠 때뿐이니까."

잠깐 멍한 표정을 짓던 남작 아저씨가 곧 나처럼 소리 내어 웃었다. 못 당하겠다고 말하던 그는 내가 내민 상자를 간수 몰래 집어넣었다.

그와 동시에 간수가 휴식 시간의 종결을 알렸다.

끼이익.

굵직한 문이 열린 사이로 축축한 이끼 냄새가 풍겼다.

'여긴 며칠 전과 다를 게 없네.'

리케도르안을 처음 만난 지 3일이 흘렀다.

지하로 매일 오는 건 아무리 간수들의 슈퍼스타인 나라도 무리였다. 그렇기에 며칠을 기다렸다. 오늘도 한스에게 고급 담배를 건네고 열린 문이었다. 나는 램프를 들고 살금살금 감방 안쪽으로 걸어 갔다.

며칠 전처럼 자고 있으려나?

램프를 벽으로 가져간 나는 그대로 멈칫했다.

아, 아니구나.

나를 향한 살벌한 시선을 마주하며 오늘은 어느 쪽이 깨어 있는지 확실히 인지했다.

"왈 왈왈왈! 왈!"

"……격한 인사 고마워."

이제 두 번째 보는 거지만, 구분하기 참 편하네.

"으르르르 아르르르-."

그는 정체 모를 짐승어를 뱉고 있으니 말이다.

"으르르르!"

난 고개를 기울였다.

"할 줄 아는 게 아르르르야?"

나를 노려보던 소년이 천천히 고개를 저었다. 어라, 알아듣잖아?

"그래. 말은 알아듣잖아. 왜 말을 쓰진 않는 거야? 듣기는 되고 말하기는 안 되는 거?"

이번엔 그가 고개를 끄덕인다. 살벌한 시선은 지우지 않으면서 말이다.

……노려보면서 말은 참 잘 듣네.

나는 묘한 기분으로 그를 내려다보다 말고, 품속에서 작은 주머니를 꺼냈다. 주머니를 여는 순간 고소한 향기가 났다.

소년의 눈동자가 동그래졌다.

"빵 좋아해?"

갸웃.

"내가 널 위해 장발장이 되었단 얘기야."

나는 주방에서 훔쳐 온, 아니. 정확히는 식사 시간에 숨겨온 빵을 흔들흔들 흔들었다. 새파란 눈동자가 빵을 따라 이리저리 움직인다. 어라.

오른쪽이면 오른쪽. 왼쪽이면 왼쪽……. 귀여워라. 먹을 걸로 장난치면 안 됐는데.

"줄까?"

"왕!"

"아니, 그거 말고. 따라해 봐. '주세요.'"

"왕? 왕왕?"

"주세요."

"왕왕왕!"

"……대체 누가 개소리를 가르친 거야."

듣기가 된다는 건 분명 말하기도 된다는 건데, 이건 누가 처음부터 개소리부터 가르쳤단 소리다. 대체 이렇게 세밀하게 개 언어를 가르친 미친놈이 누구야?

나는 소년을 황망히 응시하다 말고 고개를 저었다.

"기다려."

그리 말하고는 그의 손이 닿기 전에 손을 뒤로 빼냈다. 빵을 따라서 그의 눈동자가 따라왔다. 나는 왜 안 주냐는 듯한, 굶주린 맹수같은 시선에 잠깐 움찔했다.

와. 쇠사슬이 없었으면 분명 뒤로 튀었을 거야.

"생각해보니까 이걸 그대로 주면 넌 게걸스럽게 먹어치우겠다. 잠깐만. 아니, 안 준다는 게 아니고. 목이 막힐까 봐 걱정된다는 거야!"

이 말은 알아듣지 못했는지 나를 바라보는 시선이 더욱 매서워졌다.

철그럭 철그럭.

팽팽하게 당겨진 쇠사슬을 한번 보았다가 얼른 빵 덩어리를 일부떼어냈다.

"먹어."

소년에게 건네자, 그가 얼른 먹어치웠다.

"천천히 먹어야 해. 체하니까."

그가 내 손을 덥석 잡고 입을 앙다물었다. 입술 덕에 손바닥이 간지러웠다.

"……맛있어?"

빵부스러기를 가득 묻힌 소년의 눈이 반짝반짝 빛나는 것 같았다.

아하. 좋다는 뜻이구나. 그나저나, 누가 개의 행동까지 가르친 거냐? 소년이 손바닥을 핥을 기세라 얼른 다시 빵을 떼어냈다.

"천천히 먹어야 해?"

"켁, 켁켁!"

어째 급하게 먹나 싶더라니. 리케도르안이 눈물을 글썽이며 목을 움켜잡았다. 이럴 줄 알았다. 나는 당황하지 않고 얼른 물통의 뚜껑을 열었다.

물진 않겠지?

목이 말랐는지 리케도르안은 물통에만 집중한 채 물만 삼켰다. 한참을 꼴깍꼴깍 넘어가는 목울대를 생각 없이 바라볼 때였다.

어라. 언제 이렇게 붉어졌지?

램프의 불빛 아래 붉게 달아오른 소년의 귀가 보였다. 뺨이며 목이며 해진 천 아래 드러난 어깨까지도.

그의 뺨에서 손을 가져다 댄 채로 눈을 깜빡였다.

"그, 그, 그만. 소, 손 좀 떼, 떼, 주세, 요."

나는 씩 웃었다.

"내 손아래서 잘만 먹어놓고는."

그 순간 그의 얼굴이 확 터질 것 같았다. 이토록 붉어진 사람의 얼굴은 처음이었다. 나는 신기한 듯 바라보다가 그의 뺨을 톡 건드렸다. 눈물이 고인 눈이 흔들리며 나를 응시했다. 심드렁하게 생각했다.

와. 구분하기 참 쉽네.

"채, 채, 책임질 거, 아니면, 소, 손대지 말, 아요!"

음. 널 책임질 사람은 따로 있는데. 리케도르안을 책임질 사람이라 하면 당연히 여주인공 아닌가? 예쁘고 착해. 구속구도 벗겨줘. 능력도 대단해. 맞춤 여주인공이다.

어차피 여주인공 손에 똑 떨어질 남자주인공일 거, 이러니 마음 놓고 구경 오는 거지만은. 잘생긴 얼굴이나 구경해야지.

출소하면 못 볼 테니 말이야. 난 어느새 뒤쪽으로 한참 떨어진 리케도르안을 바라보며 말했다.

"배 더 안 고파요?"

이성이 완전히 돌아온 그의 얼굴은 새빨갛기 그지없었다. 누가 보면 내가 잡아먹는 줄 알겠다.

"아, 안, 안 고파……."

꼬르르륵―.

참고로 이건 내 뱃소리 아닌데. 와, 저기서 더 빨개질 수도 있구나.

"흡……."

다음 순간 나는 폭발할 것 같이 붉어진 얼굴을 마주했다.

"배고픈 건 부끄러운 게 아니에요. 간수들이 밥 안 줘요?"

안 줄 리는 없다. 이래 봬도 대공가의 하나밖에 없는 핏줄 아니겠나. 힘을 억누르지 못해 여기 격리된 것이지 아무리 싫어하고 애물단지여도 굶겨 죽이진 않을 거다. 대신 이렇게 사람이 바짝 마를 정도로 열악한 걸 식사로 주기는 해도 말이다. 더럽기 그지없는 밥그릇을 보던 나는 한숨을 푹 쉬었다.

저게 뭐냐, 돼지죽도 아니고. 진짜 심하네.

"이리 와서 먹어요. 남은 거 많아."

빵은 넉넉하게 가져왔다. 중앙감방은 죄수들이 대부분 귀족이라 먹을 것만은 풍족하게 줬다. 남작 아저씨 말로는 이곳엔 볼모 역할로 잡혀 온 죄수도 있으므로 잘 안 먹이면 벼르고 있던 가문 사람들이 항의한다나.

아무튼 그 덕에 원 없이 빵을 훔쳐 온 나는 주머니를 흔들어 보였다. 아니, 눈은 흔들리면서 왜 안 오는 거야?

"뭐예요. 내가 가요? 가서 먹여주……."

"가, 가, 간다!"

주춤주춤 다가오긴 하는데, 어느 세월에 여기 오겠다는 거지.

"그냥 내가 갈게요."

그냥 내가 움직였다. 가까이 가자 그가 움찔했다. 아니. 세상에 처음 나간 고양이도 아니고 하나하나 이렇게 반응하면 신경줄이 남아나지 않겠다. 귀엽기는 하지만.

"먹어요."

"……내, 내 손으로."

"그 손으로요?"

리케도르안은 제 팔을 보면서 침묵했다. 그도 그럴 것이 그의 팔은 수갑과 사슬에 묶여 있었다. 아까 짐승처럼 먹던 것을 보면 먹을 수는 있겠지만, 상당히 불편할 거다.

"불편할걸요."

"그건 그렇지만."

"얼른 입 벌려요. 따라해 봐요. 아……."

"어, 어린애가 아, 아니에요!"

"누가 어린애래요? 불편하니까 이렇게 준 거지."

"이, 이렇게, 먹여 주는, 사람, 은 처음……."

나는 얼른 소년의 손에 빵을 쥐어주었다. 아이고 그놈의 처음 타령!

"……자. 자! 그냥 직접 먹어요."

그러나 예상했던 대로 사슬은 큰 장애물이었다. 손목이 완전히 꺾인 채로 먹는 자세가 부자연스럽다 못해 내가 불편했다. 보다 못해 빵을 뺏었다.

"이리 줄래요?"

나는 한숨을 푹 쉬었다.

"그냥 조금씩 떼서 줄게요. 어쩔 수 없잖아요? 나 곧 가야 하거든요. 대신 처음 어쩌구 하지 않기. 난 그냥 도와주는 거예요?"

우쭈쭈. 넌 혼자 할 수 있는데 도와주는 거예요. 알았죠?

나는 어르고 달래는 시선으로 응시해주고는 빵을 작게 떼어냈다.

"입 벌려요."

"흐……."

"어서요."

망설이던 리케도르안이 천천히 입을 벌렸다.

작은 입이 벌어진 것뿐인데 왜 묘한 느낌이 드는 걸까. 해진 옷과 새하얀 목을 보던 나는 슬그머니 시선을 돌렸다. 다행히 그는 잘 먹었다. 얼굴은 여전히 빨갰지만. 나는 물통을 잡고 그에게 물까지 먹여주었다.

"많이 먹을 거라 생각했지만 정말 많이 먹네."

한참을 먹여주고 나자, 주머니는 텅 비어 있었다. 애매하게 남는 것보다 이쪽이 만족스럽긴 했다. 그나저나 왜……. 남주님은 꼭 순결을 뺏긴 사람처럼 파들파들 떨고 있는 건지 모르겠다.

"……저기요, 난 먹는 거 도와준 죄밖에 없거든요?"

"이, 입술, 입술에 손이 닿았다!"

"아니, 그럼 입술에 먹이지. 콧구멍으로 먹여요?"

"빠, 뺨을 마, 만지고……."

"닦아준 거지. 빵 부스러기를 그냥 둬요?"

이렇게 말했지만 리케도르안의 책망 어린 시선은 꽂혀서 떨어질 줄 몰랐다. 결국 내가 두 손 들어 보이며 항복했다. 어쨌거나 처음 어쩌고만 하지 않으면 됐지, 뭐. 아, 슬슬 한스가 나를 부를 시간이었다.

'벌써 이렇게 됐잖아?'

나라고 시간을 자유롭게 이용할 수 있는 것은 아닌 데다 실랑이를 하다 보니 밥을 먹인 것만으로 허용된 시간이 지나 있었다.

'오늘 할 말이 있었는데 말이지.'

리케도르안은 여전히 얼굴을 붉힌 채 입만 벙긋거리고 있었다. 리케도르안을 보아하니, 저 상태에서 내 말이 들리겠냐마는.

나는 손뼉을 쳤다.

"있잖아요. 여기 너무 어둡지 않아요? 볕도 안 들고 이끼 냄새나고. 심지어 공기도 텁텁해요."

지하 감방이 거기서 거기겠지만 제일 최하층 깊숙한 곳에 있는 리케도르안의 독실은 제일 심했다.

"여기 죄수들은 하루에 한 번 교도소 앞으로 산책하러 나가요. 밖이라고 뭐 말라붙은 잔디라거나 시든 꽃이 전부지만."

이 정도로 할 수 있는 것도 죄수들이 귀족이기 때문이었다. 그렇지만 죄수들이 이용할 수 있는 거라면 리케도르안도 이용할 수 있어야 하지 않을까. 성장이 끝나지 않은 지금 그러면 중급 기사들도 리케도르안을 제압할 수 있다.

"저기, 산책하고 싶지 않아요?"

내게는 재미없고 지루한 일상이지만 리케도르안에게는 그 일상마저 주어지지 않는다. 적어도 4년 뒤 여주인공이 나타나기 전까지는.

"산책……이, 뭔가요?"

나는 다소 황망한 시선으로 리케도르안을 보았다.

어이쿠. 여기부터란 말이야?

사람은 자신이 사용하지 않는 단어를 이해할 수 없다. 안경을 들어본 적 없는 사람이 안경이 무엇인지 모르는 것처럼.

"밖에 나가는 거요."

"나, 나, 나는 밖에 나갈 수 없는데……."

"나갈 수 있다면요? 나갈 거예요?"

그는 쪼그려 앉아 나를 한참을 응시했다. 그렇게 조금 더 시선을 마주했지만 대답은 들려오지 않았다.

나는 천천히 소년의 눈이 죽어가는 모습을 바라봤다. 그것은 불이 반짝였던 등이 꺼지는 것처럼 아련했고, 푸른 바다가 오염된 것처럼 처연했다.

그 사이 한스가 나를 부르는 소리가 들렸다.

"아, 가봐야겠다."

소년이 입을 달싹였지만 목소리는 들리지 않았다.

"또 봐요."

내게는 작은 프로젝트가 하나 생겼다. 이름하야 '남주님 산책시키기.' 어감이 조금 이상한 것 같기는 하지만.

큰 뜻은 없다. 사실 그저 먹고 자고 만나봐야 맨날 보는 사람이 거기서 거기인 감방 생활, 지루하기까지 한 감방 생활이었다.

보통 교화목적으로 규칙적으로 살게 한다는데 개뿔이. 내가 아는 죄수 중에 다음 범죄를 도모하면 했지 반성하는 인간은 전혀 없더라. 다들 자기들을 우월한 귀족이라 여겨서 범죄쯤이야 하는 마인드였지.

선량한 건 나밖에 없어. 라고, 담배와 술을 적절한 덤을 붙여 팔아

먹는 내가 생각했다.

나는 뻔뻔하지 않아. 암.

〈서쪽 간수의 탑 쪽 사무실에 있다는 얘기는 들어봤네만.〉

이곳을 관리하는 시스템은 이렇다.

먼저 하급 기사 및 소수의 중급 기사로 이루어진 간수들이 있고, 이 위로 간수들을 관리하는 간수관리장이 있다. 그 위로는 관리 인사들이 있고 가장 위에 캄브라캄 총관리장이 존재하는데. 총관리장은 감방에 잘 있지 않아서 볼 수 없다나.

따라서 총 관리장이 왕이라면 중간 관리인 간수 관리장은 기사단장 정도였다.

"별일이군요. 간수관리장님께 면담을 요청하는 분이 계시다니."

나를 안내하던 간수 도르핀이 말을 걸었다.

"급한 일이 있으신가 봅니다."

이곳의 죄수들이 전부 귀족인 탓에 요청하면 간수관리장을 만날 수 있었다.

다만, 번거롭고 귀찮아서 가지 않는 것뿐이지. 남작 아저씨 말이, 귀족은 태생부터 게으르다나.

사실 요청에도 선이 있어서 요청한다고 아무나 만날 수 있는 건 아니긴 했다.

"아마 관리장실에 도착하면 관리장님이 기다리고 계실 겁니다."

"감사한 일이네요."

귀족에도 급이 있다. 낮은 작위 계급을 가진 이들은 요청은커녕 응접실 한켠에 짜져 있는 경우가 많았다.

응접실에서 계급이 훤히 드러났으니 모를 수가 없었다. 하지만 내 요청을 받아들인 걸 봐서는 내 작위가 나쁘지 않다는 건데.

"계단 조심하십시오. 곳곳에 함정이 설치되어 있으니 말입니다. 물론 뛰지만 않는다면 발동하진 않을 겁니다. 도망치는 탈옥자를 잡기 위한 것이니까요."

"으음, 네."

어휴, 살벌해라.

이곳은 참으로 자유로운 감방 같지만, 이 평화는 죄질을 구분해 최악으로 나쁜 자들을 격리해서 수용하기 때문에 유지되었다. 리케도르안의 경우 죄인보다는 그 자체의 위험성 때문에 간힌 거였고, 아직 난동조차 부린 적 없어서 내가 몰래나마 볼 수 있었던 거였다.

원작 시작했으면 어림도 없다. 그때는 사람도 해친 죄인이었으니까.

나, ⋯⋯여기가 피폐 소굴이 되기 전에는 탈출할 수 있겠지?

"여기입니다."

여기까지 안내한 도르핀이 정중하게 손을 들어 올렸다.

똑똑.

그가 살짝 물러났다. 이윽고 문이 열리자, 나를 들여보내고 본인은 앞에 머물렀다. 방으로 들어서자 평범한 집무실이 보였다. 전체적으로 나쁘지는 않은데 묘하게 좁고 평범했다.

죄수들이 한담하는 응접실보다 초라한 간수 집무실이라니, 조금 당황스럽기도 했다.

'그나저나 텅 비었잖아?'

나는 아무도 없는 방을 보며 미간을 살짝 좁혔다. 분명 요청이 받아들여졌다고 했는데? 그래서 여기까지 온 거고 말이다.

"엇갈린 건가?"

이렇게 된 거 구경이나 해볼까 싶어 나는 책상을 쭉 훑었다.

평범한 책상이었다. 하지만 보다만 서류라거나 잉크병에 푹 담긴 깃펜. 나는 고개를 가웃했다. 이상하네. 깃펜을 저렇게 꽂아놓고 가나? 꼭 방금 전까지 사람이 있었던 것 같은 흔적이었다.

그때였다.

"누구십니까?"

달칵. 문이 닫히는 소리가 들렸다. 저쪽에 문이 하나 더 있었구나. 막 닫힌 문 앞으로 장신의 남자가 서 있었다.

"아, 저 면담을 요청한⋯⋯."

"이아나 양이군요."

"네? 네."

나와 마주친 눈이 짓궂게 휘어졌다. 긴 갈색 머리를 느슨하게 묶어 늘어트린 남자였다. 코에는 외알 안경을 멋스러이 걸치고 있었다.

와. 남자가 장발한 건 처음 보네. 장발과 안경이란, 극히 드문 조합이 어색하지 않은 건 남자가 지나치게 미남이기 때문이었다.

미모 이즈 뭔들이로구나.

……한데 갈색과 금색, 그리고 장발. 익숙한 조합이다. 나는 간수관리장을 만나러 왔는데 왜 이 남자가 있는 걸까? 나는 안경 아래 금색 눈동자를 바라보며 침을 꼴깍 삼켰다.

"간수관리장님이신가요?"

다시 말하지만 간수관리장은 중간 관리다. 회사로 치면 대리, 혹은 과장.

"네."

왜 거물이 눈앞에 있는 거지.

이 남자의 이름은 르나그 튜즈 발테이즈. 책 속의 조연이자, 이 나라의 후작 중 하나이며…….

이 캄브라캄의 총관리장이었다.

다시 말해 우두머리.

책 속 인물 중에 요주 인물을 꼽자면 최대 악당 체이서 루브 도뮬릿이 첫 번째, 다음가는 나쁜 사람이 바로 이 남자였다.

왜냐, 악당 체이서와 한편이기 때문이지.

그는 체이서와 손을 잡고 여주인공을 이 감방에 들어오게 해서 체이서와 엮이도록 돕는 인물이었다. 무엇 때문에 체이서를 돕는지 본편에서 나오지 않았으나, 외전까지 추가 구매한 나는 안다.

체이서의 이름 모를 여동생을 사랑했었지? 이 남자가. 악당과 한편인 주제에 의외로 순정남이구나 감탄했었지.

"저를 찾으셨다고 들었습니다."

하나 중요한 건 이게 아니었다. 왜 이 남자가 왜 후작씩이나 되어서 간수관리장 흉내를 내는지 모를 일이었다. 나는 경계를 지우지 못한 채로 태연하려 애썼다.

"네. 부탁이 있어서요."

"어떤 부탁입니까?"

죄수들이 간수관리장을 만나 하는 얘기는 대체로 밖에서 물건을 들여오고 싶다는 거였다. 얼마 전 한 백작부인은 드레스를 입고 싶다 떼를 쓰다 거절당했다고 했지. 이처럼 모든 청이 수락되는 건 아니다.

"여기 모든 죄수들은 공평한 대우를 받는다는데, 맞나요?"

"표면적으로는 그렇습니다."

……의외로 솔직하네. 그 뭔가 더 있다는 대답은 뭐야.

나는 찝찝함을 삼키면서 고개를 끄덕였다. 사실상 공평하지 않다는 건 나도 알고 있었으니까.

"규칙에 따르면 살인, 방화, 반역 등의 중죄를 지어 격리된 죄인이 아니면 모든 죄인은 하루에 일정 시간 산책을 하거나 응접실에서 취미생활을 즐길 수 있어요. 그렇죠?"

"그렇습니다."

나는 숨을 삼켰다. 여기서부터 중요했다.

"우연히……. 우연히 죄수들과 이야기하다가 제가 머무는 건물 제일 아래에 어린 죄수가 있다는 걸 알았어요."

나는 손을 쥐었다 폈다.

"볕도 들지 않는 독방에 홀로 갇혀 지내는 죄수라고 하던데."

"예. 그런 죄수가 있기는 합니다."

부드러이 받아넘기는 그의 태도는 이상한 점이 보이지 않았다. 그를 관찰하며 나는 끄덕였다. 예상대로 리케도르안은 아직 이곳에서 위협적인 존재가 아니었다. 그도 그럴 것이 지금 이 르나그와 남주 사이가 나빠진 것은 체이서가 등장한 이후였으니까.

"듣기론 산책마저 불가하다던데, 제가 있는 건물에 수감된 죄인이니 죄질이 중죄도 아니고 조금 불쌍하지 않나요?"

"그러니까 이아나 양께서는 그 어린 죄수가 신경 쓰이신다는 말입니까?"

순간이지만 안경 속 그의 눈이 살짝 좁혀진 것 같았다.

착각이었나?

다시 부드럽게 풀어진 눈매를 바라보며 나는 고개를 갸웃했다.

"네. 맞아요. 혹시나 하고 얘길 꺼내보기 위해 왔어요."

"선량하시군요."

"음……. 네."

이건 좀 양심에 찔린다. 완전히 순수한 의도만은 아니었으니까.

"제게도 어린 동생이 있어 못 본 척 지나갈 수가 없어서요."

"……당신께 어린 동생이요?"

"네."

사실 이아나에게 동생이 있는지는 모르겠다. 오빠랑 아빠의 죄를 대신해서 있다는 건 들어 아는데 말이지.

사촌 동생 정도는 있겠지 뭐.

귀족들 사이에서는 오촌 육촌도 친척으로 치더라? 그럼 그 많은 친척들 중에 어린아이 하나쯤은 있지 않겠어. 그리고 당장 르나그에게 확인할 길이 없잖아?

"부탁이에요. 어린 죄수가 산책할 수 있게 해주세요."

"네. 들어드리겠습니다."

자, 이제 거절…… 응?

"네?"

"들어드리겠다고 했습니다."

나는 눈을 동그랗게 떴다.

들어준다고? 왜? 왜? 이렇게 쉽게?

리케도르안은 집안에 내려오는 힘을 억누르지 못해 위험 때문에 죄수인 척 꾸며져 감금된 상태. 관리자인 이 남자는 이 사실을 모르지 않을 것이다.

그래서 안 된다고 하면 적절한 방법을 제시하려고 했는데…….

"이미 당신의 오빠와 아버지에게 어떤 부탁이든 들어주겠다고 했습니다."

"아, 네? 네……. 제 오라버니랑 아버지가요……."

걔들 뭐 하는 사람들인데?

아니, 어떤 사람들이길래 철혈의 후작이라 불리는 이 남자한테 청탁을 넣은 건지 모르겠다. 쉽게 들어줄 작자가 아닌데 말이다.

책 속에서도 르나그가 죄인들의 청탁을 들어주는 장면이 있긴 했지만 부탁한 이들은 억 소리 나는 대가를 치르곤 했다.

잠깐만, 사실 나……, 좀 좋은 집안의 딸인가?

"아아. 네 그럼……."

"이아나 양이 말씀한 어린 죄수는 마법 범죄 죄인인지라 산책 시간에 별도의 중급 기사들이 함께할 겁니다. 이 정도면 만족하실까요?"

리케도르안의 저주를 표면상으론 마법 범죄 죄인이라 하는 모양이었다. 나는 얼떨떨하게 끄덕였다.

"선량하신 분이군요."

르나그가 빙긋 웃더니 팔을 뻗었다. 손을 얹으란 건가? 내가 눈치를 보며 손을 얹자 그가 나를 문으로 안내했다.

아하, 부드러운 축객령이구만.

목표를 달성했기에 미련은 없었다. 다만, 너무 쉽게 달성된 목표에 아주, 아주 찝찝했을 뿐이지.

"당신의 부친과 오빠에게 부탁받은 것이 있으니, 소홀하지 않을 겁니다."

끼이익 문이 열린 순간. 르나그가 내 등 뒤에서 문을 당겼다. 탁. 문이 다시 닫히고, 장신의 남자가 천천히 내 키에 맞춰 상체를 숙였다.

"이아나 양."

무례하지 않을 정도의 거리에서 르나그가 작게 웃었다. 짓궂게 보이는 눈이 휘어졌다.

"약속이 아니라도 당신의 부탁이라면 들어줄 겁니다."

아니, 누가 이 사람이 차갑고 냉혹한 감방 수장이랬지. 책에서는 철저히 계산적이라며. 대체 얼굴도 모르는 아빠랑 오빠가 뭘 얼마나 준 거야?

"또 놀러 오세요."

난 황망히 그를 응시했다. 그러고는 결심했다.

……아니. 안 올래요.

다음 날, 비가 주룩주룩 내렸다.

기껏 간수관리장을 만나러 가서 리케도르안의 산책을 허락받은 보람이 없게도 비가 아주 세차게 내렸다.

'사실 간수관리장 만나러 가서 만난 건 무려 서브 악당인 르나그였지만.'

본래 계획대로라면, 대충 착하고 선한 영애 흉내나 내며 리케도르안의 이곳에서의 현재 처지를 자세히 알아보고…… 그 김에 산책도 유도해보려고 했는데.

'르나그 때문에 망했지.'

그가 이미 나를 알고 있을 줄은 몰랐다. 아니, 나를 안다기보다는 얼굴 모를 내 오빠와 아빠가 청탁을 넣은 거겠지만.

이 소설은 19금답게 악당들이 잔혹하다.

르나그도 마음에 들지 않는 죄수에게 서슴없이 고문과 처단을 내리는 냉정한 악당이었다. 물론 메인 악당이자 서브남인 체이서만하 겠냐만은 손속이 보통은 아니었지.

웬만하면 눈에 띄지 말자고 생각했는데, 이렇게 마주칠 줄은 몰랐다.

그나저나 이아나의 오빠와 아빠는 어떤 사람들이길래……. 그 르나그가 친절을 베풀게 하는 거지?

의문이 들었지만 곧 그러려니 했다.

"출소하면 알게 되겠지 뭐."

실제로 간수관리장이 내 죄질은 가벼운 편이랬고 이는 오래지 않아 나갈 거란 소리였다.

이러니 여유도 있고 남자주인공도 겸사겸사 보러 가는 거지만.

그리고 르나그의 친절이 꼭 나쁘지는 않았다. 일종의 낙하산인 거니까? 뭐 그게 전부 이아나 집안의 금전적인 힘이겠지만. 나가면 고맙다는 얘기라도 해야지.

아니지, 나는 오빠랑 아빠의 죄를 대신해서 왔다고 하니 이건 당연한 건가? 잘 모르겠네. 어쨌거나 얼굴 모를 오빠 덕분에 감방에서 자유롭게 생활할 수 있는지라 딱히 악감정은 없었다.

"잘 지냈어요?"

"이틀 전에도 봐놓고서 그러십니까."

나는 오늘도 리케도르안의 방에 왔다. 헛웃음을 짓는 한스에게 웃어주고는 자연스럽게 철창 앞에 섰다. 아! 한스에게 작은 상자를 내미는 것도 잊지 않았다.

"오늘도 들어가십니까?"

"새삼스럽게요?"

처음 리케도르안을 본 뒤로 시간이 되는대로 이곳에 찾아온 나였다. 덕분에 한스랑도 더 가까워졌다. 물론 여기엔 물질적인 보상도 있었지만.

그렇다고 해도 그는 나에게 호의를 베푸는 사람이었다. 나 같은 사람은 처음 봤다나. 여기엔 담배에 대한 흡족함이 포함된 듯했다.

"아, 이아나. 오늘은 조금 위험하니 주의하십시오."

"위험?"

"아, 별건 아니고 오늘은 바닥이 미끄러우니 조심하시란 말이었습니다. 비 오는 날은 바닥에 습기가 차서 조금 위험하거든요. 지하다 보니 흙도 흘러내리고 비도 샙니다."

"여기 건물만은 튼튼하게 지어지지 않았어요?"

"그렇죠. 그렇지만 지하는 신경을 써 봐야 지하 아니겠습니까."

한스가 뺨을 긁적였다.

"그리고 가끔…… 죄수도 괴성을 지르기도 하고. 아무튼 지하가 더 쌀쌀할 겁니다. 감기 조심하십쇼."

죄수가 비명이라……. 가끔 산책하다 벌레를 보고 비명을 지르는 죄수는 본 적 있었다.

아무리 잘 지어봐야 감방은 죄수를 가둬두는 곳이다.

자유를 주었다고 해도 제한된 자유고, 좋은 방을 주었다 해도 정말 좋을 리 없었다. 군데군데 감방다움이 보였으니까. 중죄인이 머무는 곳은 더 심해서 쥐도 나온댔나.

나는 어깨를 으쓱했다.

그렇지 않아도 오늘은 조금 쌀쌀한 것 같아서 숄이며 담요 같은 것을 잔뜩 챙겨왔으니까.

"걱정해줘서 고마워요."

몸 건강한 게 최고다. 나는 한스를 뒤로하고 철창을 열었다.

끼이익.

원래도 조금 녹슬었다 싶은 문이었는데, 오늘따라 소리가 더 크다. 안으로 들어서자 꿉꿉한 냄새가 코를 훅 찔렀다. 평소보다 이끼 냄새가 더욱 심하다.

'이것도 비가 와서인가.'

한 걸음 앞으로 나가려는데 발이 축축했다.

"무슨 웅덩이가……."

이렇게 많아?

물이 지나치게 많았다. 작은 물방울이 뺨을 톡 건드렸다. 천장에서 물이 떨어지고 있었다.

"누가 보면, 여기 비 오는 줄 알겠네."

어쩐지 습기가 심하다 싶더니. 이 물들이 모여 바닥에 고인 것 같았다. 가뜩이나 흙바닥에 이건 좋지 않은데. 톡톡. 타닥타닥. 지하인데도 천장에서 빗소리가 선명하게 들려왔다.

나는 인상을 찡그리며 램프를 들어 올렸다. 곧 리케도르안의 얼굴이 보였다. 나는 눈을 크게 떴다.

"저……기요?"

가죽신이 무겁고 바지 밑자락이 젖었지만 멈출 수 없었다. 눈앞에는 잔뜩 젖은 채로 파르르 떠는 소년이 있었으니까.

"크르르르."

으르르릉 거리며 노려보는 걸로 보아선 오늘도 이성 없는 쪽이 반겨주나 싶었다.

"안 추워?"

평소처럼 엉덩이를 깔고 앉을 수 없어서 쪼그린 채로 물었다. 파란 눈이 찡그려졌다.

"컹! 왕! 왕왕! 왕!"

"그건 좋은지 싫은지 알 수가 없잖아."

쇠사슬이 철컹철컹 움직이며 소리를 냈다. 오늘따라 유달리 움직임이 거친 그였다. 나는 슬쩍 엉덩이를 물렸다. 아, 심기가 불편한 것 같기도 하고.

"어떤 점이 불편한지 물어보고 싶은데, 사람의 언어를 해달라고 하는 건 무리인 것 같고……."

"캉! 아르르 왕! 왕왕왕!"

"쉬. 착하지. 비가 와서 소리가 더 울린다."

"왕!!"

너 오늘따라 개소리가 심하다?

"너…… 끙, 아니다."

왜 그러니 물어보려다가 어차피 답도 '아르르르'일 것 같아서 그만두기로 했다.

들고 있던 숄을 펼쳤다. 그에게 다가가려 하던 나는 그대로 멈칫했다.

…물리겠지?

가뜩이나 평소보다 짖는 소리가 더욱 크다. 한눈에 봐도 경계 어린 얼굴인데, 가까이 다가가기까지 하면 큰일 날 것 같았다. 몇 번 얼굴을 봐서 익숙해진 건가 싶었는데 또 아닌가 보다.

'개랑 비슷하면서도 다르네.'

뭐 때문일까. 혹시 비 오면 삭신이 쑤신 것처럼 얘는 물을 싫어하고 그런가? 책을 더듬어보던 나는 리케도르안이 유달리 '물'을 무서워했다는 사실을 떠올렸다.

〈너 같은 개새끼는 가문의 수치다.〉

보통 대공가에서 저주를 타고난 사람들은 15살 이전에 힘을 제어할 수 있게 되고, 감방에 갇혔다가도 금방 나오곤 했다.

이들은 힘을 제어하지 못하면 사회화가 어렵기 때문에 사실상 이전엔 짐승에 가까웠다. 그렇기에 오래도록 감방에 갇힌 리케도르안은 대공가의 수치였다.

〈못난 놈.〉

〈아, 어푸, 아버, 지, 어푸어푸, 아버지!〉

그의 부친이 현 공작이 그를 다뤘던 방식은 폭력적이었는데, 특히나 그의 머리를 세숫대야에 집어넣고 숨 쉬지 못하게 막아버리곤 했다.

잔혹한 방식이었다.

이런 강압적인 방식 속에서도 힘을 제어하지 못한 리케도르안은 결국 물을 두려워하게 되고, 동시에 대공가에서 반쯤 버려졌다.

그렇기에 최후의 수단인 '동반자'를 기다리게 된 것이지만.

나중에 가서야 그가 워낙에 강대한 힘을 가져서 제어가 힘들었다는 사실이 밝혀졌지만, 원작이 시작하기 전인 지금은 그저 덜떨어진 자식 취급을 받았을 거다.

날 때부터 차게 된, 이 족쇄를 풀어줄 '동반자'가 나타날 때까지. 그러나 이미 대공가는 그에게서 관심을 저버렸기에 특별히 동반자를 찾으려는 노력을 하지 않았다.

여주는 어디까지나 '우연히' 이 감방에 와서 그를 만났다.

나는 파들파들 떠는 리케도르안을 응시했다.

그 우연이 당신을 구원할 때까지, 여기에 머물러 있겠지.

짐승이 가장 날카로워지는 순간은 새끼를 배었을 때와 상처 입었을 때라고 했다. 사람과는 달라서 약함을 드러내는 것이 곧 도태되는 거라고.

결국 눈앞의 소년은 상처 입은 짐승이다. 트라우마도 상처는 상처니. 우연히 봤던 구절이 도움이 될 줄은 몰랐네.

나는 손을 들어 올렸다. 이것만으로도 움찔하는 그가 조금 안쓰럽기도 했다가. 곧이어 스르륵 풀린 내 머리칼이 등 아래로 찰랑 떨어졌다. 나는 벗겨낸 머리핀을 그의 눈앞에 흔들어 보였다.

딸랑.

"종소리 좋아해?"

청량한 소리에 소년의 떨림이 잠시 멎었다. 바다처럼 새파란 눈이 눈앞의 리본을 따라 움직였다.

딸랑딸랑.

리본에 달린 작은 종이 다시 맑은 소리를 냈다.

"역시 관심을 줄줄 알았어."

이건 편지를 보내던 오빠가 보내준 것이었다. 가끔씩 편지와 함께 선물이 오곤 했다.

"끼?"

감방에서 하기에는 지나치게 화려한 것들이 많았다. 그냥 넣어두려다가 어쩐지 그가 이런 걸 좋아할까 싶어서 가져와 본 거였는데.

"빗소리보다는 이게 낫다 그치?"

사납던 눈동자가 데굴데굴 굴러 나를 향했다. 리본에 달린 종이 딸랑거리자, 다시 머리핀 쪽으로 굴러갔지만.

꼭 공을 본 강아지 같네.

손가락으로 소리를 내고 나는 주머니에서 주섬주섬 머리끈을 꺼냈다. 첫날 리케도르안이 좋아하던 폭신한 장식이 달린 머리끈이었다.

"자, 이것도 가져왔다? 좋아하지?"

파란 눈에 반가움이 어렸다. 나는 이걸 얼른 그의 입에 물려주었다.

콱.

아. 역시 잘 무네.

"옳지. 잘했어. 푹신한 게 물기 좋다, 그치?"

끄덕끄덕.

"……대답하라고 물어본 건 아냐."

어째 이런 건 재깍재깍 대답하냐.

"자, 놀아."

나는 그의 손에다 종 달린 리본을 묶어주고는 톡 두드렸다.

딸랑딸랑.

그가 종소리에 정신을 빼앗긴 사이 나는 들어 올린 숄을 그의 머리에 올려놓았다.

"쉬쉬. 괜찮아. 옳지. 다 젖었잖아. 좀 닦자. 감기 걸려."

갑작스러운 천에 놀란 리케도르안이 버둥거렸지만 이내 잠잠해졌다. 숄이 부드러워 따뜻했던 모양이었다. 그래, 너도 좋은 건 느껴지지? 근데, 짐승일 때도 감기에 걸리나? 책에서는 본 적 없는 서술이라 고개를 갸웃했다.

사람이면 가히 독감에 걸릴 만한 환경인데 애는 반쯤 짐승이라 잘 모르겠다.

차르르릉!

그 순간 거친 쇠사슬 소리에 나는 본능적으로 손을 뒤로 물렸다.

"캬우?"

"떽. 그럼 못 써."

내가 있던 곳으로 빈 허공을 잡은 리케도르안의 손이 있었다.

"왈!"

촤르르륵! 탁!

그와 나 사이를 가로막은 건 짧은 쇠사슬이었다. 나는 아슬아슬한 거리를 보며 침을 꼴깍 삼켰다. 곧 손이 천천히 거둬진다.

와. 쇠사슬이 아니면 금방 잡혔겠지?

소년은 숄을 머리에 얹은 채로 나를 응시했다. 하얀 숄을 뒤집어쓴 모습은 하늘빛 은발과 어우러져 마치 어린 성자인가 싶을 만큼 성스러워 보였다. 미모만큼은 끝내주는 남자주인공이었다.

푹 젖어 달라붙은 옷은 굴곡을 보였다.

열여섯의 나이임에도 살짝 벌어진 어깨나 단단해 보이는 팔에서 데구루루 눈을 굴렸다. 침을 꼴깍 삼켰다.

⋯⋯이 사람. 얼굴이랑 몸이 매치가 안 되는 것 같은데요.

"방금 잡으려고 했지? 꽉."

나는 머리핀을 꼭 쥐고 있는 그의 손등을 톡 두드렸다. 붙잡을까 봐 얼른 빼냈지만.

"그거처럼 붙잡으면 아파. 부러질걸?"

진짜 부러질지는 모르겠지만, 이미 쇠로 된 머리핀이 조금 휘어졌다. 나는 슬쩍 몸을 떨었다.

'와. 저게 인간의 힘이냐.'

원작에서도 남주가 힘 조절을 하지 못해 여주에게 멍 자국이 남았다는 얘기가 있었다.

물론 그건 밤의 침대에서 얘기지만 뭐 다르지는 않으니까. 일부러 다치게 한 것이 아니라 평생 그는 남을 다치게 하면 안 된다고 배운 적이 없었다. 타인을 마주하지 못했으니 말이다.

'교육 중 일품은 조기교육이랬어.'

나는 천천히 손을 들어 올렸다.

"착하지. 움직이지 마. 쉬이. 쉬이."

리케도르안의 시선이 따라왔지만 그는 조금 전처럼 붙잡으려 하지는 않고 물끄러미 응시했다.

"자, 나는 이제 이 '수건'으로 널 닦을 거야."

그는 수건을 한번 나를 한번 번갈아 보았다. 나는 그가 볼 수 있게 주머니를 꺼내 들었다.

"얌전히 있으면 좋은 걸 줄 거야. 여기까진 이해했지?"

말귀를 알아듣지 못하는 건 아니다. 아니나 다를까 리케도르안이 천천히 머리를 숙였다. 나는 살살 눈치를 보며 그의 머리를 마저 닦아주었다. 이거야 입마개를 한 강아지를 씻기는 기분이다. 입마개를 한 대신 족쇄를 찼다는 것이 다르겠지만.

"옳지. 잘했어. 기다려. 물면 안 돼. 잡으면 더더욱 안 되고."

"왕!"

주머니에서 쿠키를 꺼낸 나는 닦을 때까지 얌전히 있던 그에게 건넸다.

훈련은 당근과 채찍에서 나온다고 모 유명 훈련사께서 말씀하셨다.

그런데 어쩌다가 내가 이렇게까지 하고 있는 거지?

나는 맛나게 먹고 있는 소년을 보며 끙 숨을 흘렸다. 뭐. 좋은 게 좋은 거겠지. 이걸로 여주인공의 명이 줄어든다면 잘된 일이니까.

"맛있지?"

"왕!"

……근데 그놈의 개소리는 어떻게 안 되는 거니?

끄덕.

깜짝이야. 순간 먹는다고 고개를 움직인 그를 보며 가슴을 쓸어내렸다. 대답한 줄 알았네.

"옳지. 잘 먹네."

나는 방싯 웃으며 그의 머리를 마저 닦아냈다.

그사이에도 쿠키에 온 정신을 뺏긴 짐승 어린이는 쿠키를 입 안 가득 집어넣고 먹었다. 귀엽기도 해라. 우물우물. 양볼 가득 부푼 뺨이 욕심 많은 다람쥐 같았다.

'생긴 건 성스럽기 그지없는 미소년인데 말이지.'

나는 주머니를 탈탈 털어 남김없이 주고, 마지막 쿠키를 먹어치울 때까지 지켜봤다. 먹방을 보면서 흐뭇한 기분이 이런 건가.

마침내 마지막까지 전부 먹어치운 리케도르안이 나를 응시했다.

살짝 으르렁거리면서 바라보는 시선이 어쩐지 초롱초롱했다.

"응? 더 달라고? 없어. 이제."

갸웃.

"……어허. 귀여워도 안 돼. 없어. 돌아가."

그를 바라보던 나는 나도 모르게 그의 가슴을 향했다. 달라붙은 젖은 천은 제법 단단한 외곽선뿐 아니라 새하얀 속살이 비쳐 보였다.

천 아래로 선명한 모양이 보였다. 저게 바로 문양이구나.

그의 가슴에서 붉게 도드라진 문양은 '장미'였다. 아주 새빨간 붉은 장미. 저 장미는 헤르님 대공가를 상징했지만, 더욱 자세히는 대공가 사람들이 걸린 저주 자체를 의미하기도 한다.

저주를 가진 자는 이렇게 활짝 핀 장미 문양을 타고난다.

조금 전에 말했듯 남자주인공은 '동반자'를 만나며 비로소 힘을 제어하고 족쇄에서 벗어나지만, 사실 이 찾는 기간이 무한정 긴 것은 아니다.

그러니까 이들은 일정 시간 내에 상대를 만나지 못하면 요절하는데, 이때 남은 시간을 알려주는 것이 저 몸에 새겨진 장미다.

동반자를 만나지 못하고 시간이 가는 동안 장미에서 꽃잎이 하나씩 사라진다. 그렇게 마지막 꽃잎이 사라졌을 때도 동반자를 만나지 못하면…… 그대로 죽는다. 여기서 만난다는 건 합일, 즉 밤일을 치른다는 거다.

참, 19금 소설다운 설정이지.

어쨌거나 리케도르안은 아직 문제없었다.

"아, 그만 가봐야겠다."

슬슬 한스가 부를 시간이었다. 그대로 담요를 그의 무릎에 덮어주고 자리에서 일어났다. 아니, 일어나려 했던 나는 그대로 멈칫했다.

"……너."

고개를 돌리자 나를 붙잡은 리케도르안이 나를 응시하고 있었다. 잠깐만 잡았다고? 어라. 식은땀이 흘렀다.

"자, 잠깐."

역시, 힘 조절을 하지 못하는 소년은 사정없이 나를 붙잡고 잡아당겼고 그 덕에 몸의 중심이 그에게 쏠렸다.

콰당!

졸지에 그의 가슴팍을 앞둔 나는 당황했다. 아니, 문양을 자세히 보고 싶었던 건 아닌데?

"어……."

이거, 엿 된 거지? 남주의 위험성을 익히 알면서 조금 귀엽고 느슨하게 군다고, 방심한 내 탓이다.

침을 꿀꺽 삼켰다.

……개소리한다고 너무 귀엽게 봤나 봐. 어쩌지.

하지만 최대한 침착하게 그를 응시했다. 미친개를 만나서 당황하거나 함부로 등을 보여서는 안 된다고 했다.

아니, 어쩌다가 남자주인공을 미친개 취급하게 됐나 싶지만.

눈앞에 눈부시도록 잘생긴 얼굴이 있었다.

그러나 새파래서 차갑고 서늘한 눈은 집요하도록 나를 응시했다. 파란 눈 속에 사납고 난폭한 기운이 일렁였다.

차르륵. 쇠사슬 소리가 가장 크게 들리는 순간이었다. 소년의 얼굴이 가까워졌다.

"읏……아파……."

그가 잡은 손목에서 느껴지는 아릿함에 작게 신음했다.

숨소리가 그대로 느껴지는 거리에서 멈춘 리케도르안이 눈을 내렸다. 그는 작은 움직임도 놓치지 않고 잡아내는, 본능 그대로 움직이는 짐승 같았다.

쿵쿵.

목덜미에서 숨이 느껴졌다. 그대로 천천히 내려간 얼굴이 그대로 붙잡은 내 손목을 들어 올렸다. 그러더니 시선만 올려 나를 바라봤다. 천천히 입을 벌린 그가 내 손을 입으로 가져다 댔다.

손가락을 깨물며 핥던 시선이 나와 마주쳤다.

할짝.

……어라.

짐승의 시선이었다.

할짝. 할짝.

아니, 잠깐, 잠깐만.

축축한 혀가 닿는 음란한 소리에 귓불부터 달아오르는 기분이었다.

갑자기 이런 진도는 곤란한데요, 선생님!

"아, 과자 부스러기."

쿠키를 건네줄 때 부서진 과자 부스러기가 손바닥에 묻어 있었다. 나는 그가 정신없이 내 손바닥을 탐하는 모습을 멍하니 바라봤다.

이유를 아니까 산통이 와장창 깨져서 좋기는 한데.

할짝. 할짝.

나는 얼떨떨하게 그를 응시했다. 나도 모르게 들숨을 삼켰다.

…혀를 내민 모습이 너무 외설적인데 어쩌지.

그러나 나는 아무것도 할 수 없었다. 나를 붙잡은 힘이 어찌나 강한지 꼼짝도 못 해서였다. 그저 내가 씌워준 숄을 머리에 얹은 채, 하염없이 손가락과 손바닥을 오가는 얼굴을 보았다.

어라, 이 남자가 점점 얼굴 쪽으로 다가오는 것 같은데…….

"잠깐. 잠깐만…… 웃."

그의 무릎에 올려진 담요가 떨어지며 웅덩이에 폭삭 젖었다. 젖어가는 끝을 바라보던 나는 천천히 시선을 돌렸다. 가까워지는 거리에 긴장하는 순간, 소년이 멈칫했다.

"아……."

화들짝 놀란 리케도르안이 그대로 손을 떼어냈다. 하필 떼어낸다는 게 거의 던지다시피 한 거였지만 말이다.

"아야……."

덕분에 흙바닥에 철퍽 주저앉아 진흙의 촉촉함을 고스란히 느꼈다.

"오, 왜, 왜왜왜, 다, 당, 당신이! 내, 내 손을, 어, 얼굴을!"

"뭐? 허, 이 무슨. 말은 바로 하자. 손을 핥은 건 너라고."

"하, 하, 핥, 핥!"

"응. 핥았어."

내팽개쳐진 나는 그가 나를 가해자로 만들기 전에 얼른 덧붙였다.

차르르륵.

그 어느 때보다 요란한 쇠사슬의 소리가 들렸다. 고개를 들자 벽에 등을 붙인 그가 내 숄로 가슴을 가린 채 나를 바라보고 있었다.

팽팽하게 당겨진 쇠사슬. 쌕쌕, 숨소리. 눈꼬리엔 눈물이 그렁그렁했다. ……아니 왜 내가 가해자가 된 기분이 드는 건데?

"이, 이, 일어나니, 당신이…….."

"아, 기억은 있는 거야?"

난 그저 한마디 했을 뿐인데.

화아아악!

팔까지 빨개진 사람은 처음 봤다. 마치 붉은 꽃밭을 보는 것 같았다. 숄 사이로 드러난 목부터 귓불, 팔, 손등까지 빨개지지 않은 곳이 없었다.

"처, 처음."

"처음이란 소리 그만하자."

질리지도 않니?

"쿠, 쿠키 맛있었는데, 왜, 왜, 당신 손이…….."

"무슨 말⋯⋯. 아하, 내 손이 쿠키로 보였다고? 당신 이성이 날아가면 딱 그 정도 생각만 하나 보네."

이건 좀 흥미롭다. 나는 손바닥을 꽃받침 하듯 가져다 대고 그를 관찰했다. 옷이 바래긴 해도 새하얘서 붉음이 더욱 도드라진다.

"전부 기억해?"

끄덕.

눈이 마주치자 더더욱 빨개지는 모습이 귀엽다고 할지. 누가 봐도 이건 내가 가해자가 된 기분인데 말이다. 억울했다.

"그럼 불가항력인 것도 알겠네."

나는 죄 없다? 쿠키 준 것밖에 없다고.

"하, 하지만⋯⋯."

그가 손등으로 얼굴을 가린 채로 더듬더듬 말했다.

"정말 처, 처, 처음⋯⋯."

"떽."

⋯⋯내 손바닥의 순결은 생각 안 해주는 거니?

여기서 나도 처음이라고 해봐야 상황을 악화시킬 것 같다. 현명하게 입을 꾹 다문 나는 그대로 일어났다. 이젠 정말로 시간이 없었다.

이쪽은 시간이 지나면 진정하겠지, 뭐.

흘끗 보자, 그는 내가 준 숄에 얼굴을 묻으며 온몸으로 난감함을 표현하고 있다. 쇠사슬이 얼굴을 마구 가리려는 손에 끊어질 것 같이 당겨졌다.

이쪽도 힘이 강한 건가.

그렁그렁 눈꼬리에 맺힌 눈물이 금방이라도 뚝 떨어질 것 같았는데. 귀여웠다. 아니, 뭐 피폐 19금 소설 남자주인공이 뭐 이래?

나는 황당한 얼굴로 바라보다가 고개를 절레절레 저었다. 쏠 때문에 남자주인공의 눈이 안 보인다. 저렇게 얼굴을 묻은 채로 안 보여주려나 보다. 나는 진흙을 대충 털어내고 등을 돌리려 했다.

다음엔 꼭 안전거리 확보하자. 다짐하면서.

"다, 다, 당……."

나는 고개를 돌렸다. 천 사이로 삐죽 튀어나온 리케도르안의 얼굴이 보였다. 이내 거북이처럼 잠시 숨었다가 드러난다. 여전히 뺨이 붉다.

"……이름이 뭐예요?"

붉어진 얼굴에서 오직 그의 눈만이 새파랬다.

깊은 새벽하늘에 뜬 새벽별처럼 혹은 보석인가 싶을 정도로 영롱했다. 눈은 이성이 있는 쪽이 더 예쁘구나.

"이아나."

이제야 궁금한 걸까. 벌써 양 손에 꼽는 방문인데 말이지. 나는 방싯 웃고는 등을 돌렸다.

또 봐요. 저 세상 숙맥 씨.

램프가 멀어지며 그의 붉음도 차츰 멀어졌다.

비는 한동안 계속 내렸다.

주룩주룩. 때로는 세차게 쏴아아. 빗소리를 언제나 들을 수 있었는데, 여름인 데다 우기이니 당연한 일일지도 모른다.

처음엔 지금이 여름인 줄도 몰랐지만. 다행인 것은 이 감방이 계절에 비해 비교적 서늘하다는 거다. 적어도 덥지는 않다. 간수들 말로는 무슨 처리를 했다고 하는데 자세히는 알려주지 않더라.

하기야 죄수한테 건축이 어떻게 되었는지 알려주겠어.

"탈옥할지도 모르는데."

물론 난 탈옥할 생각은 눈곱만큼도 없지만.

내가 이렇게 여유로운 건 전부 내 죄질이 가벼워 오래지 않아 나갈 수 있다는 점에 있다.

그래서 남주님과 시시덕거려도 정이 쌓일까 걱정이 없는 거지. 오래 지나지 않아 난 나갈 테고 약간이라도 정이 쌓인 시간보다 더 긴 시간이 흐르고 여주인공이 등장할 테니까.

착하고 멋진 여주인공 언니가 해방을 하사하시니 얄팍한 정쯤은 한방에 해결해주실 거라고. 하지만 기우도 걱정이라고, 한동안 리케도르안에게 가는 건 잠시 관두기로 했다.

비가 계속 내리기도 했고, 자꾸 어디로 사라지냐고 꼬치꼬치 캐묻는 남작 아저씨가 조금 귀찮기도 했다.

무엇보다 큰 이유가 있긴 했지만……. 일단은 그날 안전거리를 확보하지 못한 나를 반성하자는 의미에서다.

어쨌거나 리케도르안은 저주에 걸려서 반쯤 짐승인 사람인데, 그동안은 강아지처럼 왕! 왕! 짖는 것만 보다 방심했다.

잡혔던 순간만 생각하면 오소소 소름이 돋았다.

그날은 잘 빠져나와서 다행이었지 사실 언제 다칠지 모를 상황이었다. 책 속에서 철창도 찢던 그의 무위를 떠올리면 어린 시절이라고 해서 무시해선 안 될 거니까.

안전 이즈 베스트다.

그리고 가장 큰 이유는······.

"왜 안 오지?"

더는 한스에게 건네줄 것이 없기 때문이었다.

나는 텅 빈 탁자 위를 보며 고개를 갸웃했다. 오빠의 편지가 늦다. 내게 담배나 술 등을 전달해주는 편지는 빠르면 2일 늦어도 5일에 한 번씩은 꼭 오곤 했다.

그러나 벌써 일주일하고도 5일째 편지가 오지 않았다. 보통 3통 이상은 쌓일 시간인데 말이다.

"흐응, 무슨 일 있나?"

애초에 편지에 많은 양을 부탁하는 것이 아니라 가지고 있던 것도 금방 동났다. 덕분에 한스나 간수들에게 슬쩍 찔러 넣을 물건이 없어진 나는 자연히 자유를 잃고 응접실에서 머물게 됐다.

사실 나처럼 죄질이 가벼운 죄수들의 방은 평범한 크기 정도였다. 이 정도면 보통 귀족의 방의 5분의 1쯤 되는 크기라고 했나. 저택에서 살아보지 않아서 모르겠지만 살 만한 방이었다. 방 안엔 침대와 카펫 책상 정도가 있었는데, 위치에 따라 작게 창도 나 있다.

나는 책상을 톡 두드렸다.

"이상하긴 한데."

아무튼 '오빠'에게서 오는 편지는 늘 응접실에 다녀올쯤 책상 위나, 방문 밑으로 넣어주곤 했는데……. 감감무소식이다.

왜 안 오지. 이제 귀찮아진 건가?

텅 빈 책상을 떠올리며 반대쪽으로 고개를 기울일 때였다.

"무슨 고민에 빠져 계신가, 아가씨?"

"아, 아저씨."

맞은편 탁자 끝을 톡톡, 두드린 사람은 남작 아저씨였다. 그는 자연스럽게 내 맞은편에 앉고, 턱을 괬다. 다리도 꼬았는데, 양복도 아니고 줄무늬 옷을 입고 이렇게 나오니 참 멋이 없다.

"깊은 고민에 빠진 얼굴인데 그래?"

"오. 제대로 보셨네요. 오늘 저녁은 뭘까 고민 중이었는데."

"오호, 그런 거라면 내가 간단히 해결해줄 수 있지. 싸구려는 아니지만 고급도 아닌 칠면조 아니겠나? 아, 어린 양고기 스테이크가 그리워질 지경이야."

남작 아저씨가 고오오급 스테이크가 먹고 싶다며 울상을 지었다. 나는 재미 삼아 고오오급, 하고 그를 흉내 냈다.

"죄수가 고오급을 찾는 것도 웃기잖아요."

나는 일부러 느릿하게 말하고는 방싯 웃었다. 여기서 나오는 칠면조 겁나게 맛있던데. 이처럼 가끔 여기 죄수들의 마인드가 어려울 때가 있다.

내가 날 때부터 귀족이 아니라서인가 보다.

"뭐 또 재미난 얘기를 하러 오셨어요? 해주면 좋고."

"하하, 이 늙은이가 아가씨에게 좋은 이야기꾼이라니 즐거운 일이로군. 뭐, 나도 너와 이야기하는 게 취미에 가까우니 말이야. 아, 안드레아 백작 부인 얘기는 들었나?"

남작 아저씨는 감방 내에서 발이 넓었다. 인맥이 귀족의 기본 덕목이라 외치지만 다음 사기 상대를 찾는 거다. 그래서인지 감방 안팎 소식에 매우 밝았다.

"얼마 전에 히스테리로 기절한 부인 말하는 거죠? 간수한테 들었어요. 옆옆 방이거든요."

죄수 중에는 본인이 죄수임을 인정 못 하는 사람도 있었는데, 이야기 속 백작 부인이 바로 그런 유형이었다.

"나흘 전인가 비명소리에 잠에서 깼었어요."

그녀는 밤마다 찢어지는 비명을 지르곤 했는데, 자신이 죄수가 된 것을 인정하지 못해서였다. 얼마 전 밤에도 커다란 소리를 듣고 깜짝 놀라서 벌떡 일어났었지.

"그래. 그 히스테리가 말이야. 사실 단순한 게 아니었다는 것이지. 안드레아 백작가가 망해버렸거든. 아주 폭삭."

"엥. 하루아침에 멀쩡한 백작가가 망해요?"

그게 가능한가? 나는 쿠키를 집어 먹으며 눈을 동그랗게 떴다.

아, 쿠키 하니 괜한 것이 생각나 버렸지만. 미소년이 손바닥을 핥던 게 생각날 게 뭐람.

"물론 있을 수 없는 일이긴 하다만, 하지만 흑장미라면 이런 게 가능하지."

"도뮬릿이요?"

걔가 왜 여기서 나와?

"설마 그 사람들이?"

"그래. 체이서 루브 도뮬릿. 차기 흑장미 가주가 아주 커다란 건을 터트렸다지 뭐냐."

아. 하기야 걔들은 악당 가문이니 가능한 일인가.

"그런데 문제는 안드레아 백작이 헤르님 대공의 오른팔이나 마찬가지였다는 거지."

"세상에, 헤르님이면 붉은 장미 말인가요?"

"그래. 그 헤르님!"

리케도르안이 있는 헤르님 대공가와 도뮬릿은 철천지원수지간에 가까웠다. 그것도 역사가 아주 깊은 사이랬나.

붉은 장미와 흑장미.

가문의 상징에서 알 수 있듯 완전히 대조되는 색에서부터 그들의 대칭적인 성향을 알 수 있다.

뭐 한쪽은 주인공이고 다른 한쪽은 악당 겸 서브남이니, 대립이 당연하겠지만 가문에서부터 뿌리 깊은 증오가 삼각관계에서 정점을 맞이했다… 이런 설정이었지. 사실 대공가에서 버림받은 리케도르안은 도뮬릿에 관해 별생각이 없었으나, 그것은 처음에만 그랬을 뿐 그에게도 부친으로부터 세뇌받은 증오가 심어져 있었다.

흑장미를 미워하고 증오하라는 생각 말이다.

선량한 남자주인공은 이를 거부하려 하지만 후에 그마저도 못하게 된다. 나중에 체이서가 그의 친부이며 심복이며 친우를 죄다 죽여 버리니 말이다. 자업자득이다.

우습게도 리케도르안은 제 아버지인 대공을 증오하는 한편 애정을 품었다. 그래서 대공을 죽인 체이서를 미워하고 증오했다. 충분히 이해가 갈 분노이긴 하다.

관계 한번 엉망으로 만들어보겠다는 작가의 의지가 느껴졌었지. 19금 소설이라 해도 꽤 질척했단 말이다.

"체이서 루브 도뮬릿은 아주 영리한 청년이지. 그런데 이번만은 잘못 건드렸어. 아직 정정한 헤르님 대공이 기사단을 출동시켜 증거를 잡아냈거든."

"그거 큰일이네요. 그래서요?"

"큰일이지. 지금 체이서는 실종 상태라더군."

걔가? 그럴 리가 없는데. 다른 곳에서 엄한 악당의 계획을 펼치는 거라면 모를까. 곰곰이 책 속 내용을 떠올리던 나는 체이서가 리케도르안의 아버지, 헤르님 대공을 죽인다는 사실을 생각했다.

혹시 그게 이 시기인가? 아닌데. 대화로만 획 지나가서 모르겠다.

어쨌거나 그 악당이 잡히거나 다칠 일은 없을 테니. 그저 나와는 먼일이겠거니 했다.

"현재 헤르님 대공이 눈이 빠져라 체이서 도뮬릿을 찾고 있다는데 어찌 될지 모를 일이지. 일단 당장은 몸을 사릴 필요가 있을 테니 말이야."

나는 남은 쿠키 조각을 입에 넣으며 고개를 끄덕였다.

"그런데 아저씨는 어쩜 그리 잘 알아요?"

"오, 작업 밑천이지."

아하. 정보도 사기 밑천이라. 아주 바람직한 사기꾼의 자세다. 덕분에 나도 여기서 심심치 않았지만.

사실 헤르닝이나 도뮬릿이나 주연들의 가문이니 귀 기울일 필요가 있다. 출소하면 얘네랑 아주 멀리 떨어져서 살아야지, 하는 마음이랄까?

"그래서 아가씨의 고민은 뭐였나? 이 정보랑 교환할 가치가 있나?"

"장난도 참. 뭐 별건 아니었어요. 그냥……. 오빠에게서 편지가 안 와서요. 이럴 사람이 아닌데 말이에요."

참 성실히도 편지를 보내던 사람이었는데 말이지.

"꼬박꼬박 편지를 보낸다던 오빠 말인가? 흠…… 급한 일이라도 생긴 모양이지. 너무 염려하진 말게. 사람은 쉽게 변하지 않아. 장담하지."

"고마워요."

나도 그러길 바란다며 씩 웃어 보였다. 조금 염려되긴 하지만 감방 안에서 뭘 할 수 있겠어. 그냥 기다려야지.

삼십 분 뒤. 응접실에서 자유시간이 끝나고 나는 방으로 돌아왔다. 그리고 여전히 텅 빈 책상을 바라보다 아직도 편지가 오지 않았구나, 확인했다. 조금 우울해졌다.

노 자본 인생은 곤란한데.

"……출소했더니 버려진 거였다. 이런 거만 아니면 좋겠는데."

나 오빠와 아빠의 죄를 대신해 여기 온 거라며. 눈을 감고 그대로 침대에 몸을 묻었다. 여기에도 침대가 있어서 다행이다.

내 장점은 낙관적인 성격, 단점은 낙관이 지나쳐 지나치게 무심 하다는 것이었다. 고민을 길게 하지 않았다.

뭐. 어떻게든 되겠지?

스르륵 잠에 빠져들었다.

며칠 뒤 세차게 내리던 비가 부슬비로 바뀌던 날이었다.

"조금 있으면 비가 완전히 그치겠네요."

"네. 그러네요."

간수도 이리 생각했는지 날이 개면 산책을 할 수 있겠다고 말했 다. 응접실도 슬슬 지긋하던 차였는데, 잘됐다. 그렇게 생각하며 응 접실 소파에 앉는데, 누군가 맞은편에 앉았다. 남작 아저씨였다.

상기된 얼굴이 어쩐지 잔뜩 흥미로 부푼 모습인 것 같다. 흐음. 자 기 사기 업적을 자랑할 때 저런 얼굴이었는데.

"이야나, 들었나? 아니. 들었을 리 없지!"

나는 피식 웃었다.

"그럼요. 들었을 리가 없죠. 뭔데요? 빨리 말해주세요. 신나셨잖아요?"

"흠흠, 티 났나?"

아주 많이. 말하고 싶어 근질근질한 얼굴인데요. 나는 고개를 까딱였다.

"글쎄, 헤르닙 대공이 크게 부상을 입었다고 하는구먼! 그런데 동시에…… 안드레아 백작 가를 폭삭 망하게 한 '진범'이 붙잡혔다 하지 뭔가."

그 순간 나는 조각나 있던 원작의 실마리를 잡았다.

"세상에나. 진범은 체이서 도뮬릿이 아니었던 모양이야? ……아니면, 그가 적절하게 '진범'을 꾸몄거나 말일세."

아. 맞다. 체이서가 리케도르안의 아버지를 죽일 때 일단 크게 한 방 먹이고, 다음에 부상으로 골골대는 대공을 보내버렸다고 했나, 그랬던 것 같은데. 이게 그건가 보네. 머릿속에서 대화로만 살살 지나가던 이야기가 맞춰졌다.

"실종되었던 체이서 루브 도뮬릿도 돌아온 모양이야. 참 수완 좋은 청년이지. 어떻게 성장할지 무서워."

남작 아저씨가 무서운 사람은 무서운 사람끼리 놀아야 된다고, 열심히 역설하고 나는 그 말이 맞다고 끄덕였다.

"정말 꼭 한번 만나보고 싶은 청년이라니까! 한편으로는 만나보고 싶지 않기도 하고……. 끄응, 양가적인 마음일세."

이 아저씨가 체이서를 상대로 괜한 생각을 하지 말아야 할 텐데.

악당 성격에 그에게 사기 치다간 손목이 나가는 걸로 끝나지 않을 테니 말이다.

하기야 설마 도퓰릿을 건드리겠어. 듣자 하니 도퓰릿은 원작 시작 전에도 이미 악명이 자자한 곳이었다.

"뭐. 아저씨나 제가 그 사람을 볼 일이 있겠어요."

나는 부슬비가 내리는 창문을 바라보며 가볍게 말했다.

"왜, 모르지. 한 치 앞도 모르는 것이 세상일이라고. 사람 연이란 어찌 될지 모르는 것 아니겠나?"

"연은 무슨요."

듣자 하니 만나면 뼈도 못 추릴 것 같은데. 무시무시한 가문이랑은 엮이고 싶지 않은데요.

어라. 곧 비가 그칠 것 같다. 땅이 마르고 나면 산책을 갈 수 있으려나…….

"비가 그치겠군."

"그러게요."

우린 그 후로도 이전처럼 도란도란 이야기를 나눴다. 그날 자유 시간이 끝나고, 방으로 돌아가자, 마침 방 앞을 지키고 있던 간수가 싱글 웃었다.

"오랜만에 편지가 왔네요. 이아나."

나는 간수의 말에 눈을 동그랗게 떴다. 그의 말처럼 책상 위에 봉투가 있었다.

"문 잠급니다."

"아, 네!"

끼익. 문이 닫히는 것을 배경 삼아 얼른 편지를 들어 올렸다.

이야. 이게 이렇게 반갑게 느껴지다니. 편지는 언제나처럼 텅 빈 종이와 함께였다. 공백이 없었던 일인 것처럼 자연스럽다.

나는 깃펜을 꺼내려다 말고, 또 한 장의 편지를 발견했다.

뭐지? 항상 봉투와 아무것도 적히지 않은 빈 낱장뿐이었는데?

「잘 지내? 내 사랑스러운 여동생.」

아주 단정한 글씨였다. 글씨만 보고도 아, 이 사람 한 정갈한 미모 할 것 같다, 엉뚱한 생각이 들 정도로.

편지를 보던 나는 얼른 답장을 썼다.

「난 잘 지내.」

음, 부족한데. 아! 고민하던 나는 다른 편지를 채웠다.

「술. 고급담배. 요망. 아주, 아주 많이!」

이제 부족할 일 없겠지?

아. 뿌듯하다.

2

나한테 왜 그러세요?

감방에 살면서 좋은 건 옷이 참 편하다는 점이다. 활동하기 편한 데다가 갈아입을 필요가 없다는 장점이 있으니 좋은 것 같다. 더구나 똑같은 옷을 몇 벌이나 더 준다. 원하는 만큼 주던데, 다들 못생겼다고 싫어하지만 난 좋아한다.

반면 안 좋은 점은 다 같이 칙칙한 줄무늬 옷을 입은 건 조금 그렇단 거다.

⟨촌스러워! 촌스럽다고!⟩

⟨사교계를 주름잡던 내가 어째서 이런……!⟩

이 패션은 귀족 죄수들 사이에서도 원성이 자자했다. 하기야 귀족들 눈에 수면 바지 핏이 예뻐 보일 리가 없지. 보통 로판 소설에 빙의하면 드레스라거나 레이스가 층층이 달린 원피스를 상상하곤 하는데 여러모로 특이한 체험을 하는 것 같다.

출소하면 덜 하려나?

흐음. 밖으로 나간 뒤에 생활은 아직 생각해보지 않았는데.

죄수복의 이미지가 워낙 강해야 말이지. 눈 떠보니 낯선 방이지, 감방이라 하지. 조금 현실감이 없었다. 지금도 그냥 될 대로 살아보자 싶은 마음이 더 크다. 물론 이곳 생활이 지루해서이기도 하지만.

그러나 나는 장담할 수 있다.

지금만은 모든 지루함이 날아갔다고 말이다.

"드시지 않습니까?"

눈앞에서 르나그가 찻잔을 내려놓았다. 나는 눈을 도로록 굴리다가 끄덕였다. 내 웃음이 어색하지 않길 바라면서.

"……마……셔야죠. 잘 마실게요. 감사합니다."

호로록. 마시는데, 아, 혀 데였다. 혀를 살짝 깨물었다가 찔끔한 눈물을 닦아낸다. 그러다 말고 나는 그대로 멈칫했다.

르나그가 나를 물끄러미 바라보고 있었다.

그의 눈매는 뱀처럼 길쭉했다. 그렇다고 비열해 보이는 상은 아니고 아주 차갑고 칼 같은 사람처럼 보인다고 할까. 코에 걸친 안경이 더욱 시린 이미지로 보이게 했다.

그러나 역시, 모든 것을 덮을 정도로 잘생겼다.

내가 왜 이 악당 조연과 차를 한잔 하고 있느냐……. 나도 잘 모르겠다. 분명 간수관리장을 만나고 싶다고 했는데 그가 반겨주었으니까.

〈어서 오십시오.〉

십 분 전, 면담을 요청했던 간수관리장이 부른다는 말에 왔더니, 이런 호러블한 만남이 나를 기다리고 있었다.

이 참에 이직을 한 건 아닐 거고. 왜 하위 직급 흉내를 해가면서 나를 보는 건지 모르겠다. 대체 내게 무슨 말을 하려나 싶었지만, 의외로 그는 말이 없었다. 무려 십 분간이나!

대신에 나를 뚫어지게 보았는데, 이게 매우 부담스러워서 그렇지 덕분에 내게도 그를 관찰할 기회가 생겼다.

나는 흘끗 곁눈질했다.

"저어……."

긴 갈색 머리칼을 단정하게 내린 머리칼, 안경 아래 지적인 금색 눈동자. 모두 바늘 하나도 들어가지 않을 것 같은 인상과 잘 어우러졌다. 그에 비해 몸이 단단하기 그지없으니.

책 속에서는 난동 부리는 살인범을 직접 제압하기도 했었지. 그리고 그 죄수의 팔모가지를 날려버렸던가. 하하. 내 눈빛이 아련해졌다. 아, 무섭다. 아무튼 이 책 속 악당들은 '자비리스'한 인간들이었다. 그러니 긴장하는 거지.

"저를 부르신 까닭이……."

본래 죄수들은 바깥에서 사제 물품을 들여오는 것이 가능했다. 하지만 들여오기 전 엄중한 검사를 거쳐야 했는데, 보통은 그 검사를 거쳐 간수에게 물건을 받곤 했다.

몇몇 사람은 그냥 간수가 아닌 간수관리장에게 건네받기도 했는데, 아마도 작위가 괜찮으면 그리하는 듯했다. 나도 그러했고 말이다. 그래서 처음에 이를 보고 이아나의 집이 좀 사는구나 느꼈지.

"제가 아가씨를 부른 까닭은 드릴 것이 있어서입니다."

오빠라는 사람은 2주에 한 번꼴로 간수관리장을 통해 이런저런 선물을 보냈다. 오늘도 그걸 받으러 온 것일 뿐인데. 르나그의 손이 탁자 위로 뻗었다. 나는 그가 내려놓는 조그만 상자를 내려다봤다.

"받으시지요. 이아나 양의 것입니다."

나는 눈치를 보다 상자를 열어봤다.

아.

이번에도 머리핀이네. 상자를 닫고 눈을 도로록 굴리며 일어날까 말까 고민했다. 더 볼 일이 없는 데다가 그만 가고 싶은데 말이지.

"당신의 오빠가 원한 대로 이곳에서 당신의 성이 아닌 이름을 부르도록 했습니다. 처음엔 이유를 이해하지 못했지만 알 것 같군요."

"네? 네……."

아. 그거 오빠란 사람이 그런 거였구나. 어쩐지 다들 알아서 '이아나'라고 부르더라. 나는 성의 없이 끄덕였다. 얼른 이곳에서 나가고 싶다. 슬슬 저 시선이 부담스럽게 느껴졌다.

"신경 써주셔서 감사합니다. 오빠와 아버지도 감사하고 있을 거예요."

"…그들이 말입니까?"

"네."

아무렴 청탁을 들어줘서 고맙다고 생각하진 않을까? 반대로 나도 이름 모를 그들에게 고마운 마음이었지만. 르나그가 나를 응시하며 잠시 눈을 깜빡이더니 고개를 느리게 끄덕였다.

"역시 당신은 선량하군요. ……그들과는 다르게."

……네?

어째서 그렇게 귀결되는지 모르겠는데. 더구나 마지막 말은 작게 속삭인 통에 듣지 못했다. 새삼 되묻기도 그래서 나는 그저 웃었다.

"좋은 분들이에요."

감방에 있는 동생에게 먹을 거도 줘 선물도 줘. 갖고 싶은 거 갖다 줘. 좋은 오빠 맞지 뭐.

"네. 적어도 당신에게는 그런 것 같군요. 그것도 신기하지만."

그가 눈을 느릿하게 내렸다.

"아, 그러고 보니 이이나 양이 원하던 일도 곧 실행될 겁니다."

르나그의 시선은 비가 주룩주룩 내린 창을 향하고 있었다.

빗줄기가 가늘어진 지 이틀째, 곧 비가 그칠 것 같다. 창문에서 눈을 떼어낸 그가 나를 응시했다.

"비가 그치면, 말씀하셨던 어린 죄수도 산책할 수 있을 겁니다. 중급 기사 여럿과 함께하겠지만."

그가 웃을 듯 말 듯 입술을 끌어올렸다.

"이 점은 괜찮으십니까?"

나는 잠시 눈을 깜빡였다. 차가운 이미지가 사라지지는 않았지만 이 남자의 미소 비스무리한 것에 놀랐으니까.

……근데 아니 저게 웃은 거야?

소름이 오소소 돋았다.

얼굴이 깔끔해서 그렇지 칼빵 있는 얼굴이었으면 딱 내 모가지를 따버리겠다는 얼굴인데? 나를 겁주게 하려는 거였다면 성공했다.

나는 당황하지 않은 척 손바닥의 땀을 옷에 문질렀다.

"네? 네. 네!"

'와, 이런 남자가 좋아하는 여자 앞에서 순정남이 된다니.'

사실 본편에서는 아주 잔혹하고 냉정한 악당 조연이라, 나도 외전을 읽지 않았다면 상상도 못 할 모습이었다. 이렇게 사람을 고기 해체하듯 집요하게 바라보는 사람이 간도 쓸개도 줄 것처럼 군다니 말이다.

"필요한 일이 있으시다면, 언제든 말씀해주십시오."

저게 웃은 건지 아닌지 모르겠지만, 곧 날카롭게 벼려진 시선에 나는 슬그머니 눈을 피했다. 꼴깍. 침을 삼켰다.

대체 오빠랑 아빠는 이 남자에게 얼마를 먹인 걸까? ……모르긴 몰라도 천문학적인 비용이었을 거야.

"네에."

그의 자본주의 미소를 바라보며 끄덕였다.

청탁 만세. 황금 만세구나.

드디어 비가 그쳤다.

비가 그치고 본격적인 여름의 시작이었지만, 다행히도 이곳의 여름은 그리 덥지 않았다. 이 나라가 그런 것인지 이 지역이 그런 것인지 모르겠지만 더위도 추위도 좋아하지 않는지라 잘된 일이었다.

"오랜만의 산책이라니."

비가 그치고 이틀 뒤. 간수들은 산책을 허가했다. 간만에 누리는 정원의 공기가 나쁘지 않았다.

"음, 공기 좋고."

정원이라 해봐야 있느니 못한 꽃과 듬성듬성 자란 잔디가 전부이지만. 나를 포함한 죄수들은 여기에 만족했다.

더구나 비가 와서 내내 응접실에 갇혀 있었다면 더욱 반가울 거다. 비록 응접실 같은 곳은 화려하게 꾸며놓고 정원은 왜 이런 식인가 싶지만 정원까지 완벽하면 저택이지 감방인가.

"그러고 보니."

리케도르안은 잘 지내고 있을까?

오빠가 편지를 보내지 못한 약 이 주일 동안 그를 보지 못했다. 거기에 편지가 오고 나서도 묘하게 몸이 찌뿌둥해서 찾아가지 못했고. 간수들의 시간표가 살짝 바뀌어서 한스의 차례가 돌아오길 기다리는 중이기도 했다. 아무래도 친숙한 한스가 좀 더 많은 것을 눈감아주니까 말이다.

"이것 봐, 땅이 금세 말랐어. 아이, 어떡해. 볕이 강하면 피부의 적인데!"

"샐리는 충분히 하얘요."

나는 옆에서 함께 걷는 그녀에게 웃어주었다. '샐리'는 내 옆방 죄수였다.

"글쎄요. 이아나 만큼은 아닐걸요."

그녀가 샐쭉 미소했다. 빨간 머리에 주근깨가 살짝 보이는 얼굴이 매력적인 사람이었다.

"이런 날에는 자기 대신 날 집어넣은 남동생을 두드려 패고 싶어져요."

"그럴 만해요."

샐리의 남동생은 세금을 횡령했다. 하지만 가주인지라 감방에 갈 수 없어 혈육을 보냈는데, 그게 바로 누이인 샐리였다.

"돌아가면 그놈의 세 번째 다리를 영원히 구실 못하게 할까 봐요. 앞으로 차기 자작은 까짓거 내가 하죠."

"……음. 샐리, 기사 출신 죄수들이랑 많이 친해졌나 봐요."

그녀의 과격한 언사도 이해가 간다. 갑자기 사고 친 동생 덕분에 혼기가 꽉 찬 이 아가씨는 성을 바꾸는 대신 이름에 두 줄이 그어졌다. 그래서인지 분노가 장난 아니었다.

내가 슬금슬금 뒤로 피하려는데, 그녀가 내 손목을 덥석 붙잡았다.

"이-아나. 그 보다 말이에요오."

안 돼. 하소연은 안 돼. 당신 두 시간짜리잖아!

"어?"

그녀가 눈을 동그랗게 떴다. 왜 그러지? 나는 그녀의 시선을 따라가고, 이내 눈을 크게 떴다. 그곳에는 한 무리의 사람들이 있었다.

"저거 간수들 아니에요?"

푸른 깃은 간수 중에서도 중급 기사를 상징했다. 감방의 특성상 산책 시 한 번에 여러 명의 죄수들이 뭉쳐 있지 못하게 했는데, 이는 탈옥 도모를 방지하고자 함이었다.

사실 잡범이나 억울하게 대신 잡혀 온 이들 겸 게으른 귀족의 특성상 성가신 탈옥을 생각하는 이는 거의 없지만. 아무튼 저렇게 사람이 몰려다니는 건 보기 드물단 얘기다. 나는 곧 뭉쳐진 사람 사이에서 상대적으로 자그만 인영을 발견했다.

리케도르안이었다.

"어라, 저거 낯익은 천인데……."

그는 내가 주었던 담요를 머리에 쓰고 꼬옥 붙들고 있었다. 마치 겁먹은 강아지처럼.

"산책하는 건가요?"

"그런 것 같은데요."

나는 르나그의 실행력에 놀랐다.

비가 그치면 리케도르안이 산책할 수 있게 한다더니, 이렇게 바로 보내줄 줄은 몰랐다. 하지만 나는 곧 어처구니없는 눈으로 무리를 응시했다.

……아니. 저게 무슨 산책이야?

이 미친놈들, 하는 말이 절로 나왔다. 일단, 그가 짐승으로 날뛸 것을 대비해서인지 사람이 지나치게 많았다.

거기다 리케도르안을 우르르 에워싼 남자들은 하나같이 근육이

우락부락한 데다 험상궂은 사내들뿐이었다. 리케도르안도 열여섯 치고는 범상치 않던 체격이건만 곱절은 작아 보일 정도였다.

"저건 산책이 아니라 딱 집단 린치 1분 전인데?"

나는 살짝 미간을 찌푸리며 그들을 쳐다봤다. 샐리의 말에 나는 얼른 끄덕였다. 린치란 말은 내가 알려준 것이기도 했다.

"동의해요."

나는 르나그를 욕했다. 신경을 써주긴 뭘 써? 저러다 없던 폐소 공포증도 생기겠다! 여기 오고 한 번도 밖에 나와 보지 않았을 텐데 첫 산책이 원숭이 산책하듯 구경거리가 된 꼴이라니. 아무리 저주를 고려했다지만…… 애 숨 막혀 죽겠다.

현재 모습을 보아선 르나그가 체이서의 명을 받아 리케도르안을 엿 먹이는 거라 봐도 이해할 것 같다. 더구나 저건 눈에 너무 띄었다.

좀처럼 마이웨이를 추구하던 죄수들조차 삼삼오오 모여 수군거리고 있었다. 이러한 탓에 나는 선뜻 다가가지 못하고 있었는데, 차마 저 덩치들 사이를 뚫고 그에게 갈 자신이 없어서였다.

그가 짐승인지 이성이 있는 쪽인지 알 수 없어서 염려되기도 했고.

그렇게 그들을 하염없이 바라보던 때였다.

아. 눈 마주쳤다.

푸른 눈이 나를 담았다. 그리 멀리 떨어져 있지 않아서 이 거리에서도 그의 눈이 흔들리는 것이 고스란히 보였다.

"이아나. 이아나. 저거 쇠사슬 아니야?"

"네. 그래 보여요."

거기에다 움찔 떠는 모습까지. 저거, 짐승이 아니라 이성이 있는 쪽이구나.

"······완전 무장을 했네."

자세히 보니 그는 목에는 구속구를, 팔목에는 수갑을, 발에는 철퇴가 매달린 족쇄를 차고 있었다. 철퇴는 옆에 선 간수가 들고 있었는데, 누가 봐도 산책이 아니라 운송이었다.

"방금 간수에게 물어봤더니, 저 사람 마법 범죄 죄수라던데?"

"아아."

지켜보던 죄수들은 하나둘씩 납득하고 제자리로 돌아갔다. 내 팔을 흔들어보던 샐리도 내가 별 반응을 보이지 않자, 다른 죄수에게로 홀랑 가버렸다. 그렇게 나는 홀로 남아 리케도르안을 바라보다 말고 걸음을 내디뎠다. 그에게 가까이 가볼 생각이었다.

획!

이내 나는 눈을 크게 깜빡였다. 이게 뭐야. 리케도르안이 내게서 등을 획 돌렸기 때문이었다.

"뭐야······."

나는 멀어지는 리케도르안의 등을 황망히 응시했다.

"어어, 죄수! 이봐! 천천히······."

빨라지는 그의 걸음을 따라 간수들의 걸음도 빨라졌다. 그들도 당황한 기색이었다. 그렇게 나는 발을 옮기자마자 얼른 도망가버린 리케도르안을 물끄러미 봐야만 했다. 황망했다.

"……왜 도망가는 건데?"

당황스럽던 기분이 물러간 자리로 괘씸함이 들었다. 너, 누가 그 산책 하게 해준 건데! 심지어 악당 조연까지 만나가면서 얻은 기회인데 말이다. 한편으로는 의문이 들었다.

왜 저러는 거지?

고개를 기울이며 찡그린 나는 곧 등을 돌렸다.

모르겠으면 물어보지 뭐.

"물어보러 왔어."

나를 보자마자 동그랗게 변한 눈을 보며 머리를 기울였다. 나를 보는 푸른 눈동자가 흔들렸다.

아. 이성이 있는 쪽이네.

"네, 네, 네?"

"빨개지지 말고. 아직 아무것도 안 했잖아."

그러자 그가 움찔했다.

"그, 그건 앞으로 할 거라는……."

"뭘 해? 확 해버린다."

"아, 으, 아, 안 돼요!"

……그러니까, 나 아무것도 안 했는데 왜 변태가 된 기분을 느껴야 하니? 나는 황당한 눈으로 그를 바라보다가 그대로 쪼그려 앉았다.

"하아. 끄응. 힘들어……."

사실 급하게 지하 감방으로 달려와서 숨이 찼다. 순간 확 달려가 길래 아픈가 싶기도 했고, 문제가 생겼나 싶기도 했으니까.

만약 그런 거라면 산책을 주도한 사람으로서 죄책감이 들 것 같았다. 아무 일도 없어서 다행이지만.

"핫, 괘, 괜찮아요?"

'일단 멀쩡해 보이네.'

그의 머리부터 발끝까지 꼼꼼하게 훑었다. 그러고 나서 다시 머리로 올라왔을 때 조금 전보다 더 빨개진 얼굴이 나를 반겼다.

"대체 왜 날 보고 빨개지는 거야? 쳐다만 봐도 그래?"

변태 취급받더라도 이유는 알고 받자. 응? 그가 입술을 달싹였다.

"저어. 눈이 마주치면…… 어, 아."

"듣고 있어."

"나랑 눈을 맞추던 사람이 없어서요……."

나는 멈칫했다. 그러고는 천 속으로 숨어버린 그의 얼굴을 응시했다.

빼꼼.

말이 없어서 궁금해진 건지 그가 눈만 꺼내어 나를 봤다.

"신기하고……. 궁금해요."

당신이. 리케도르안이 입술을 오물오물 움직였다.

"궁금해해도, 되나요?"

그리 말하며 빠르게 다시 숨어버렸지만.

내가 준 손수건 아래에서 달싹거리는 붉은 입술을 본 순간 나는 얼른 시선을 돌렸다. 어라. 리케도르안은 피부색이 이렇게 하야면서 입술은 장미처럼 붉었다. 그리고 새빨개진 뺨도. 계속 보고 있으면 이상한 기분이 들 것 같다.

솔직히 나는 성인인 리케도르안의 외모가 취향이었지, 하얗고 여린 미소년은 안중에도 없었다. 그럼에도 숨을 삼키게 되는 건…….끙. 전부 다 저 남주인공 얼굴이 인간의 미모 같지 않은 탓이야.

"그랬구나, 음. 아, 가봐야겠다. 궁금해서 급하게 나온 거거든."

담요에 감싸인 그의 어깨가 움찔 떨린 것도 같았지만, 그보다 먼저 상체를 세웠다. 그렇게 돌아서려는데 턱, 발걸음에 턱이 걸렸다.

나는 그의 손가락을 얼떨떨하게 바라봤다. 살짝. 그는 개미가 다섯 걸음쯤 걸었을까 싶을 정도로 아주 작은 면적만을 잡고 나를 올려다봤다.

"가요?"

사실 정말로 급하게 온 거라 한스에게도 어렵사리 부탁한 자리였다. 내가 끄덕이자 그가 더욱 고개를 들었다.

"있, 잖아요."

더욱 붉어진 얼굴 사이로 새파란 눈이 드러났다. 한들한들 흔들리는 은색 머리칼도.

"왜……."

물기 어린 눈이 나를 향했다. 이 순간 맹목적이다 싶을 정도로 나만을.

"……안 왔어요?"

침을 꼴깍 삼켰다.

"어, 언제 말이야?"

"그동안, 내 방에요……."

잠시만, 잠시만. 내 방이라니요. 당신, 왜 오해하기 쉬운 단어를 쓰세요? 그는 눈꼬리에 그렁그렁 눈물을 매달고 눈을 깜빡였다. 어라. 어라라라. 잠깐. 잠깐만.

"……기다렸는데."

여기서 덮치면 감방 가는 걸까? 그러나 나는 금방 이성을 되찾았다. 이어서 자기 눈을 비비며 눈물을 쏟아낸 리케도르안을 본 순간 되찾지 않을 수가 없었다.

아니, 어째서 우는 건데?

도무지 남자주인공의 감정변화를 따라잡을 수가 없었다. 슬그머니 내가 메마른 건가 고민도 해봤지만…… 아니야. 난 아직 플란다스의 개를 떠올리고서도 슬퍼할 수 있다고. 하필이면 왜 개를 떠올린 건지 모르겠지만.

리케도르안이 붉어진 제 얼굴을 손바닥으로 가렸다. 철그렁. 쇠사슬의 소리가 요란했다.

"……우리 마지막이에요?"

그 말에 나는 버림받은 강아지처럼 눈물을 뚝뚝 흘리는 그 앞에 다시 쪼그려 앉았다.

"저기, 나 아무 말도 안 했는데."

북도 치고 장구도 치고. 소고도 치겠네. 사실 조금 안쓰럽게 느껴지기도 했다. 완전히 이해하지 못할 기분은 아니었으니까.

그러니까 평생 정 한번 못 받아보다가 처음 느껴봤다, 이거잖아? 고작 한 달짜리 정에 눈물을 뚝뚝 흘리는 그를 보고 있으려니 기분이 묘해졌다.

이런다고 내가 여주인공 역할을 할 수 있을 거란 생각은 하지 않았다. 여주인공 언니가 해줄 일은 그의 삶 통째로 구원하는 일이니까. 아마 길어야 몇 달짜리 정 따윈 한 번에 잊고 말 거다.

그렇기에 마음이 조금 가벼워졌다.

"산책, 별로였어?"

"산책?"

나는 그의 눈물을 살짝 훔치며 씩 웃었다.

"그거 내가 부탁한 건데."

물기 어린 그의 눈이 동그랗게 뜨였다. 나는 흔들리는 푸른 눈동자를 즐겁게 바라보며 웃었다. 난 아무 능력 없다. 저 구속구를 건드려본들 풀리지 않을 거고 장미 문양을 멈추지도 못할 테니 안심이지. 이렇게 미모만 감상할 수 있으니까.

"고맙지?"

나는 그리 말하다 말고 멈칫했다. 잠깐만. 아니, 무릎걸음으로 걸어오지 마.

"⋯⋯당신이요?"

"혹시 정말이냐고 묻는 거면 맞아. 시선 말고 사람의 말로 해줄래?"

"바, 바깥."

"응. 바깥. 좋지?"

끄덕.

나는 보일 듯 말 듯 끄덕이는 그의 모습을 뿌듯하게 응시했다. 그래 내가 바라던 건 이런 거다. 어차피 스쳐 지나갈 인연, 나도 소소하게 행복해 보고 그도 이런저런 경험들을 해보고 윈윈 아닐까?

사실 19금 소설이라 보통의 소설보다 짧았기에 리케도르안의 이야기는 여주인공과 뜨거운 밤에 맞춰져 있었다. 사랑도 좋지만 좀 더 소소한 행복들도 누려도 됐을 텐데 19금 소설이 그렇지 뭐. 나도 감방에 갇힌 그를 보고서야 이런 생각이 들었으니까.

"다음엔 같이 산책하자."

이렇게 말하고 보니 꼭 그 산책이 애완견 산책 같다는 느낌이 들었다. 왜일까. 아마 일어난 채로 무릎 꿇고 있는 애를 보고 있어서인 것 같다.

흔들리던 그의 시선이 차차 진정되며 나를 향했다. 그는 내가 바라보는 것만으로 목이 발긋 물들었다. 혀로 입술을 적시기도 했다. 나도 모르게 시선이 분홍빛 혀끝에 머물렀다.

"다, 당신, 뭐라고 불러요?"

"나? 으음……. 산책하게 해줬으니까…… 주인님?"

"벼, 벼, 변!"

"농담에 펄쩍 뛰지 마."

놀랐잖아. 나는 그의 손을 흘긋 바라보며, 손등을 콕 찍었다.

"근데 나 언제 보내줄 거야?"

그의 손은 아직도 내 옷자락을 잡고 있었다.

"계속 잡고 있으면 방에 못 가는데. 몹쓸 사람이네."

손가락으로 그의 손등을 간지럽힌다. 그러고는 도드라진 손등뼈를 음미한 듯 미끄러져 내렸다.

"아, 아, 아무것도 하지, 않았어요."

"이렇게 잡아놓은 건 넌데?"

"웃. 소, 소, 손은 대지 말고."

"뭐야. 너만 만질 수 있다는 거야?"

슬쩍 손끝으로 손끝을 톡 건드리자, 리케도르안이 화들짝 놀랐다.

"……그, 그게 아니라."

계속 보니 귀엽기도 하고. 자꾸 세상 처음 나간 아기 고양이처럼 구니 괜히 한번 건드려보고 싶은 거다. 나는 나를 놓은 손을 한번 바라보다가 손등으로 입술을 가렸다.

"불공평해. 간다."

이렇게 소리 내어 웃고는 고개만 돌렸다.

"다음엔 산책할 때 도망가지 말고요."

"아르르르?"

……언제 개가 되었니? 어처구니가 없어, 그를 보다 웃어버렸다. 의도한 건 아니겠지만 절묘한 타이밍에 짐승이 되나 싶었다.

어느새 어쩔 줄 모르던 얼굴에서 홍조가 사라지고 그 자리에 드러난 사나운 눈동자를 바라보며 얼른 뒤로 물러났다. 그러고는 눈을 가늘게 좁히며 그를 쳐다봤다.

"듣기 싫은 말은 안 듣는다, 이건가."

"왕왕?"

……편할 때만 개소리를 하고 말이야. 홧김에 같이 짖으려던 나는 마음을 고쳐먹고 등을 돌렸다.

———❧———

그와 함께 산책하는 날은 생각보다 일찍 찾아왔다.

"오랜만입니다. 이아나."

간수들이 반갑게 인사했다. 의외로 산책 시간에 리케도르안과 함께 걷는 일은 어렵지 않았다. 수많은 간수들에게 제지라도 당하지 않을까 했는데, 의외로 순순히 나를 중심에 넣어주었던 것이다. 오히려 간간이 아는 간수들에게 인사를 받았다. 대부분이 내게 '대가'를 받아 가던 이들이었다.

이 자본주의 미소들 같으니라고.

"최근엔 세탁실 쪽으로 오지 않습니다. 섭섭하게."

"내가 아니라 다른 게 섭섭한 건 아니고요?"

새 옷을 가져다주는 세탁실 쪽 간수와 몇 마디 주고받던 나는 흘 끗 리케도르안을 응시했다. 소년은 조금 떨어진 곳에서 다른 간수와 함께 나를 기다리고 있다가 얼굴을 돌렸다.

"안녕."

흐응. 왜 눈을 피하실까. 눈이 마주치자마자 휙 돌아가는 얼굴을 끝까지 좇았다. 조금 전까지 날 보고 있었으면서 말이야. 분명 옆통수가 따가울 정도로 시선을 느꼈다고.

"이건 안 불편해요?"

얼른 그의 옆으로 다가간 나는 수갑을 톡 두드렸다. 그의 손목을 꽁꽁 옭아맨 수갑이 차륵 소리를 낸다.

"……안 불편해요……."

그가 보일 듯 말 듯 끄덕였다. 하늘빛 은발 사이로 붉어진 귀가 보였다.

며칠 동안 알아본 결과 의외로 여기서 리케도르안의 정체를 아는 이들은 아무도 없는 듯했다. 이러한즉슨, 리케도르안의 진짜 정체는 최소한 관리자급이 되어야 안다는 얘기겠지.

'간수들은 리케도르안을 마법 범죄 죄수로 알고 있었어.'

마법 범죄 죄수란 말 그대로 마법 범죄에 관련한 죄수였고, 발작 및 갑작스러운 폭주를 일으키는 경우가 많은 죄수로 분류되었다.

그래서 다들 감시하는 수가 많아도 그러려니 하는 듯했다.

그리고 이 간수로 이루어진 벽 안에 들어서서 보니, 밖에서 봤던 것만큼 리케도르안에게 위협적이지도 않고, 혹시나 짐승화되는 그를 생각하면 이 정도 인원이 괜찮은 것 같기도 했다.

"근데 목에 그건 뭐예요?"

나는 리케도르안의 목을 바라보면서 고개를 갸웃했다. 그의 목에는 날 때부터 찼을 구속구 말고도 또 다른 족쇄 같은 것이 채워져 있었다. 목걸이처럼 생겼는데…… 대꾸해준 것은 옆에 있던 간수였다.

"마법 범죄자 전용 목걸이입니다. 혹시나 있을 발작이나 폭주에서 이렇게 잡아당기는 용이지요."

철그럭.

간수가 붙잡고 있던 쇠사슬을 잡아당기자 리케도르안이 작게 큽, 하고 신음했다.

"아하."

나는 팽팽하게 잡아당겨진 사슬을 자연스럽게 잡고, 방싯 웃었다.

"와, 그렇구나. 신기하네요."

웃는 동안 다시 느슨해진 쇠사슬을 느꼈다. 리케도르안을 강제하는 취급이 보기 좋진 않았지만. 어쨌거나 여긴 감방이었다. 이런 식으로 깨달아서 기분이 별로였지만.

"폭주할 때 잡아당기면서 명령하면 자연스럽게 마법이 발동합니다."

간수는 묻지도 않은 설명을 줄줄이 늘어놓았다.

"오, 네네."

하나도 궁금하지 않은데 말이지. 설명하는 간수는 이곳의 간수 중에서도 나이가 어린 편이었다. 아마도 내 또래? 자꾸만 볼을 미묘하게 붉히는 그의 말을 흘려들으며, 리케도르안을 관찰했다.

흘끔흘끔, 나를 바라보던 리케도르안은 어느새 정원에 시선을 두고 있었다. 하늘도 땅도 처음 보는 사람처럼 시선이 천진난만하기 짝이 없었다. 하기야 정말 처음이나 다름없겠지?

나비를 쫓는 아기를 보는 기분이 이러할까. 꽤 흐뭇하게 그를 바라볼 때였다.

"리케도르안?"

그 순간 굽혀진 그의 등을 보았다. 여느 때와 다르게 그가 짧게 진동했다. 나를 바라보며 겁먹고 파들파들 떠는 것과는 달랐다.

"아르르르……."

이어 리케도르안의 입에서 익숙한 짐승의 언어가 나왔다.

나는 얼른 몸을 뒤로 물리고, 당황한 시선으로 그를 응시했다. 뭐야? 왜 몸을 떨지? 그동안은 전조 없이 바뀌지 않았나? 분위기가 심상치 않았다.

"으르르."

"발작이다!"

"폭주야! 검을 들어!"

간수들이 침착하게 검을 들었다. 베지는 않으려는 듯 검집에서 검을 꺼내지 않은 사람이 대부분이었다. 이들의 본질은 기사였기에 어색한 풍경은 아니었다.

"마법 범죄 죄수가 발작했다. 다들 자리에서 준비해! 아롭스!"

지휘관은 이곳에서 가장 연차가 오래된 간수인 안톤이었다. 모두가 그의 명에 따라 누군가 빠릿하게 대꾸했는데, 개중 아롭스라 불린 사람은 조금 전 으스대며 내게 구속용 목걸이를 설명했던 젊은 간수였다.

"목걸이를 발동시켜!"

"네! 정지하라!"

아롭스가 처음 듣는 언어를 외치며, 리케도르안의 목에 연결된 쇠사슬을 잡아당겼다.

"어. 이, 이게 왜 이러지?"

그러나 팽팽하게 잡아 당겨진 줄에서는 아무것도 일어나지 않았다. 어떤 식으로 발동하는 건지 몰라도 나를 감싼 간수가 당황한 것이 느껴졌다.

"마, 마법이 발동하지 않습니다!"

"뭐?"

다른 이들이 달려들어 쇠사슬을 잡아당기며 단어를 외쳤지만 마찬가지였다. 그사이 다른 간수와 대치하고 있던 리케도르안이 팔을 휘둘렀다. 검이 순식간에 옆으로 날아갔다.

"으윽!"

"피해! 피하라고 했잖아!"

"대장님, 오른쪽입니다!"

······살벌하잖아.

간수 대부분이 땅에 드러눕는 데는 채 몇 분도 걸리지 않았다. 그나마 버티는 이들은 푸른 깃을 단 간수들이었다.

하나 실력 좋은 이들마저도 겨우 수적 우세로 버티는 중이었다. 고작해야 열여섯 소년을 상대로.

"죄, 죄수들에게 가지 못하게 막아!"

"안 돼!"

우리 남주, 먼치킨이라더니. 무시무시하게 강하잖아?! 그사이 눈먼 검을 피해 뒷걸음치던 나는 눈앞에 움직이는 쇠사슬을 보았다. 으르렁거리는 리케도르안을 번갈아 바라보다가 잽싸게 쇠사슬을 잡았다.

그 순간이었다.

나는 흰빛이 도는 쇠사슬을 멍하니 바라봤다. 이게 왜 색이 변했지? 얼떨떨해하기도 찰나 나를 보며 놀란 얼굴과 눈이 마주쳤다.

지휘관인 안톤이 외쳤다.

"이, 이아나. 얼른 시동어를 외쳐요!"

"네, 네? 뭐, 뭐라고요?"

"아무거나 좋습니다! 얼른!"

그러나 그와 동시에 리케도르안과 대치하던 그가 바닥으로 쓰러졌다. 리케도르안이 나를 응시했다. 와 잠깐만, 쟤 지금 날 본 거지? 오금이 저렸다. 지하에서와는 비교도 되지 않을 정도로 살벌함의 크기가 달랐다.

대체 무엇 때문에 이리 난폭해진지 모르겠지만 책 속에서도 이런 '폭주'에 대한 서술이 있긴 했다. 심하면 짐승이었던 기억을 잃을 정도라고 했었나? 리케도르안이 발을 굴렀다.

"뭐든! 외, 외쳐요!"

지휘관 간수의 간절한 외침에도 불구하고 리케도르안이 지척에 쇄도했다. 나는 눈을 질끈 감았다.

"아, 아, 앉아!"

쾅!

그 순간 주변이 고요해졌다.

……통한 거야?

나는 초점이 흐린 눈으로 쇠사슬과 바닥에 엎어진 리케도르안을 교차해 봤다.

아니 이게 뭐야!

"방심하면 안 됩니다! 계속 외쳐요!"

뭐를? 그러나 간수의 말처럼 거짓말같이 리케도르안이 자리에서 벌떡 일어났다. 별 타격이 없는 것처럼!

"어, 엎드려!"

쾅!

"굴러! 일어나! 앉아! 굴러!"

아니, 무슨 청기백기도 아니고! 하지만 이것저것 따질 처지가 아니었고 무아지경으로 외치다 정신을 차렸을 때, 주변은 초토화되고 조용해진 뒤였다. 파인 흙구덩이가 여기저기에 있었고, 주변 이들이 아연한 눈으로 나를 응시하고 있었다.

그리고 나는…… 그들에게 시선을 주는 대신 천천히 아래를 내려다봤다.

"끼잉. 끼잉……."

배를 내보인 남자주인공을 바라보며 천천히 얼굴을 쓸어내렸다.

……이게 대체 무슨 등신 같은 상황인 거죠?

조금 전 광기로 난폭해진 눈은 어디에도 없었다. 진정된 것인지 처음부터 정신은 있었던 것인지 몰라도 하나만은 분명했다. 나는 끙끙대며 달려오는 리케도르안에게 나지막하게 외쳤다.

"……앉아."

착.

"……."

나는 한 번 더 마른세수를 했다.

……남주님 당신 왜 사족 보행하는 건데. 아니, 언제부터 남자주인공이 걷는 것마저 개가 된 거였냐고. 그보다 이게 조련 가능한 거였냐고!

자괴감이 파도처럼 몰려왔다.

내게 조련사의 재능이 있었다니……?

"이, 이아나. 마법사였습니까?"

아니요. 처음 듣는데요. 의도치 않은 재능의 깨달음에 황망하게 간수를 쳐다봤다. 간수들과 나는 한동안 아무 말도 하지 못했다. 그렇게 침묵만이 감도는 정원에서 서로 눈만 깜빡이며 입을 달싹이는데, 문득 시야로 아무도 없는 주변이 보였다.

텅 비었잖아?

정원에는 나와 간수들을 제외하면 다른 죄수들은 보이지 않았다. 발 빠르게 도피시킨 걸까?

'아마도 그렇겠지.'

나는 깜빡이던 눈을 돌리며 아래를 내려다봤다. 리케도르안의 이 모습을 많은 사람들이 보지 않아서 다행이랄지. 곧 나는 얼굴을 문질렀다.

……다리로 머리 긁지 말아 줄래?

"그거, 누가 가르쳤니?"

"왕?"

아니다. 나는 무구한 푸른 눈을 보다가 끙 숨을 내쉬었다. 지금 꼬리만 없지 앉아 있는 꼬락서니가 영락없는 멍멍이인데. 지금의 너랑 무슨 말을 하겠니.

철그렁.

쇠사슬이 잡아당겨졌다. 리케도르안이 막 나에게 다가오려 하다가 쇠사슬에 붙잡혀 멈칫했기 때문이었다. 나는 여전히 새하얗게 변한 쇠사슬을 바라보며 복잡한 표정을 숨기지 못했다.

"……으으으."

나는 혹시나 하는 마음에 느리게 입을 열었다.

"…앉아."

착.

"일어나."

벌떡.

아, 안 돼.

이건. 행동도 개잖아!

아니 대체 이건 뭔데. 무슨 상황인 건데. 언제부터 책 속 남자주인공이 개가 되었던 거지? 이건 단순히 왕왕, 짖는 것과는 다른 문제였다. 지금까지 언어는 개의 말을 쓰더라도 손을 썼잖아. 음식도 손으로 먹었잖아!

나는 책 속 내용을 떠올렸지만 이런 게 있을 리가 없었다.

분명 책 속 리케도르안은 '짐승'이 되는 저주를 앓았다고 하지만 이건 어디까지나 흉포해지고 인간의 수십 배 이상 힘이 세지는 정도였다. 쉽게 말해 미친 사람처럼 군다는 거지, 개보다는 광견병에 가깝다는 얘기다.

하지만 그 광견이 진짜 광견이란 얘기는 없었잖아요!

나도 모르게 힘이 풀려 쪼그려 앉았다.

철그렁.

쇠사슬의 소리가 들리더니, 낑낑대며 다가온 리케도르안이 곁눈질에 잡혔다.

"물지 마."

"왕!"

리케도르안이 짖으며 고개를 살래살래 저었다. 안 문다는 것 같았지만. 내가 그걸 어떻게 믿어?

"물러나. 착하지? 이거 물고 있자."

나는 어느새 능숙하게 머리끈을 꺼냈고, 그는 기다렸다는 듯이 입술에 물었다. 옆에 있던 간수가 호오, 하고 감탄했다. 누군가는 박수도 쳤다.

"놀랍습니다! 완벽하게 길들이셨군요!"

선생님, 박수 치지 마세요. 이게 칠 상황입니까? 지금 심경이 너무 복잡하니까.

……아니. 난 왜 익숙한 건데.

그도 그럴 것이 난 애견인도 아니었건만 어느새 푹신한 방울 달린 머리끈을 입에 물리고 쓰다듬어주기까지 한 뒤였다. 뒤늦게 황당함이 따라왔다. 나는 입술에 머리끈을 문 리케도르안을 바라보다가 슬그머니 손을 내밀었다.

"손."

……갸웃.

"손은 안 되나? 설마 앞발…… 은 아니겠고."

척.

"……"

나는 인간의 길을 포기한 것 같은 남자주인공을 짜게 식은 눈으로 바라봤다. 왜 손보다 앞발로 알아듣는 건데.

한번 생각했던 것이지만 분명 리케도르안에게 빌어먹을 짐승의 언어를 가르친 미친놈이 존재하는 게 분명했다. 어쨌거나 그는 짐승이 되더라도 어느 정도 인간의 말을 함께 알아들었기에 상황은 이대로 일단락되는 듯했다.

"이아나. 총관리장을 봬야겠습니다."

상황이 정돈됐다 싶을 때, 안톤이 다가와 말했다. 아무래도 지금 일어난 일은 그냥 넘어가기 어려운 일이겠지. 나는 쇠사슬에 한번 시선을 주고는 고개를 끄덕였다.

"한데, 지금 총관리장께서는 잠시 자리를 비우셨으니, 일단 방으로 돌아가시고, 관리장께서 돌아오시면 바로 뵐 수 있게 조치하겠습니다."

"알았어요. 그런데 이제 리케, 아니. 이 죄수는 어떻게 되나요?"

나는 르나그를 한 번 더 본다는 사실이 조금 불편했지만 이는 어쩔 수 없는 일이었다. 그래 그건 상관없는데 이제 리케도르안은 어찌 되나? 안톤은 어째서인지 잠시 미간을 찌푸리다가 다시 입을 열었다.

"구속용 목걸이가 어째서 우리 외침에 반응하지 않았던 것인지 모르겠습니다. 지금 제가 붙잡아도 여전히 반응이 없는 것이 이상합니다."

"전에도 이런 일이 있었나요?"

"확실히 대마물용 구속구를 사용한 것이 처음이긴 하지만……. 이런 일은 들은 바 없습니다."

말을 하며 간간이 간수들이 쇠사슬을 붙잡았다. 그러고는 하나둘씩 고개를 저었다. 내가 슬쩍 손을 떼면 금세 원래 검은색으로 돌아갔기 때문이었다. 보통은 누가 잡아도 흰색이 된단다. 나도 왜 이런지 알 수 없는 일이었다.

"그나저나 몸은 괜찮으십니까?"

"네? 아, 네. 긴장해서 힘이 빠지는 것 말고는 없는 것 같아요."

혹시나 리케도르안이 다시 발작할지 몰라 쇠사슬은 꼬옥 쥐고 있었다. 근데 조금 전부터 묘하게 손끝이 떨렸다. 손에 힘을 준 탓인 것 같다. 거기다 왜 기력이 떨어지는 느낌일까? 크지는 않지만 조금 숨이 찬 기분이었다.

이어 힘이 빠지는 느낌에 나는 쇠사슬을 쥐었다가 놓았다.

'좋지 않은데, 이거.'

스르륵. 비틀거리는 내 손을 간수 중 누군가가 잡아주었다.

"괜찮습니까?"

"아, 네……."

막 간수에게 고맙다고 고개를 들어 올렸다. 바로 그때였다. 요란한 쇠사슬 소리가 들렸다. 나는 허리에 훅 감긴 단단한 것을 느끼고 멈칫했다. 이어서 귀로 색색 낯설고도 낮은 숨소리가 들렸다.

"리케도르안?"

어느새 일어나 나를 끌어안은 리케도르안이 간수를 향해서 으르렁거리는 소리가 선명했다. 이건 또 뭐야. 허리에서 아릿한 고통이 올라왔다. 목을 간지럽히는 숨결에 심장이 뛰었다. 잠시 긴장했던 나는 눈을 깜빡이며 간수들에게 손바닥을 들어 보였다.

"괜찮아요."

긴장한 간수들이 나를 응시하고 있었다.

"쉬이. 착하지."

꿀꺽 침이 넘어갔다. 침착하자. 나는 천천히 손을 들어 리케도르안의 얼굴로 가져갔다. 물면 어떡하지? 다행히도 그는 물지 않았다. 손바닥에 푹신한 감각이 느껴지고 그가 얼굴을 비볐다.

"자, 리케도르안."

"아르르르?"

손바닥에 집중한 그의 팔이 잠시 느슨해졌다. 그 순간 온 힘을 줘서 그의 팔을 벗겨냈다.

"엎드려."

쿵!

와, 오싹했다. 나는 쓰러진 그에게서 빠르게 돌아섰다. 그러고는 잊지 않고 입을 열었다.

"아, 앉아!"

쾅!

"누가 일어나래. 엎드려."

"끼끼!"

순식간에 끼끼대는 그를 바라보며 살짝 들었던 긴장이 멀리 날아가는 기분이었다. 그것도 잠시, 새하얀 배를 드러낸 그를 보며 잠시 눈을 돌리긴 했지만.

……너 정말 멋없다.

그런데도 흐드러진 모습이 묘한 기분을 불러일으키다니. 역시 미모가 깡패인가 보다.

"후……."

나는 쇠사슬을 쥐지 않은 손으로 허리를 쓰다듬었다. 조금 전 허리로 단단히 감겼던 그의 팔, 살갗으로 넘어온 단단한 감촉은 진짜였다. 꿀꺽 침이 넘어간다.

'쓸데없이 몸만 좋아서는.'

상황이 마무리되자, 지켜보던 안톤이 얼른 입을 열었다.

"흠흠, 이아나. 일단은 이 죄수를 다시 방으로 돌려보낼 건데, 도와주시겠습니까?"

나는 고개를 끄덕였다. 무슨 영문인지 몰라도 이곳에서 이 구속구를 다룰 수 있는 건 나밖에 없었다. 그들과 함께 가기로 했다.

그러나 안톤의 부탁은 이것이 끝이 아니었다.

"그리고 죄송하지만 한 가지 더 부탁을 드리겠습니다. 총관리장께서 오기까지는 며칠이 더 걸립니다."

안톤이 뺨을 긁적이며 조심스레 말했다.

"앞으로 저 죄수의 산책에 의무적으로 동행해주실 수 있을까요?"

"네?"

"아, 저희도 다른 방법을 찾아보겠지만. 정 방법이 없다면 염치없이 이아나의 도움을 받고 싶습니다. 물론 여기 대해선 별도의 사례를 챙겨드리겠습니다."

나는 눈을 동그랗게 떴다. 내가 놀란 건 갑작스러운 제안 때문이 아니었다.

……산책을 계속한다고? 얼떨떨한 얼굴로 그를 쳐다보았다. 이해가 가질 않았다. 이 사달을 보고서?

"이걸 보고도 산책을 허락한다는 말인가요?"

내 입술에서 이 기분을 고스란히 담은 목소리가 흘러나온다.

"이 죄수의 산책은 총관리장께서 명하신 일입니다. 부재할 때 임의로 명을 변경할 권한이 저희에게는 없습니다."

"아니, 그래도……."

"물론 다른 죄수의 안전을 고려해 시간대는 교체할 예정입니다. 되도록 아무도 없는 시간에 홀로 하는 쪽으로 말입니다."

설명에 따르면 이 감방은 군대와 다르지 않았다. 까라면 까야 한다는 소리다. 산을 파라면 파고, 바닷물을 퍼 올리라면 퍼 올려야 한다나. 마찬가지로 한 번 내려진 명은 마음대로 수정할 수 없다고 한다.

나는 어쩐지 짠한 마음으로 그들을 응시했다.

……개고생을 자처하시는구나.

잠시 뒤 그 개고생에 나도 동참해야 한다는 사실을 떠올리고 황망해졌지만. 어쩌겠나, 르나그에게 산책을 부탁한 건 나였다. 일말의 책임감을 느끼고 동의했다.

허어, 어쩌다가 여기서 강아지 산책까지 가게 된 건지 모르겠지만. 결국 하루일과를 마무리하게 된 장소는 리케도르안의 감방이었다. 지하의 그의 방에 도착하자, 간수들이 그를 묶었다.

이어 간수들이 우르르 밖으로 나가고, 설명을 맡았던 고참 간수와 감시 담당인 한스만 남았다.

"저기, 목에 구속구 하나가 안 빠진 것 같은데."

나는 내 목을 톡톡 두드렸다. 내 말처럼 리케도르안은 여전히 두 개의 구속구를 목에 차고 있었다.

"흠흠, 저 구속구는 총관리장께서 오실 때까지 묶어둘 생각입니다."

안톤이 벽에 묶인 리케도르안을 흘끗 보고는 말했다.

"내일 다른 도구를 사용해보고 소용없을 시에 계속 저 도구를 쓰고 이아나의 도움을 받아야 할 것 같습니다."

안톤은 내게 꾸벅 묵례했다.

"혹시 그렇게 된다면, 잘 부탁드립니다."

덩치가 큰 그는 가볍게 고개를 숙이고 밖으로 나갔다. 방 안에는 나와 한스만 남았는데, 나는 한스에게 부탁해 잠깐 리케도르안과 함께할 수 있는 시간을 받았다.

"얼른 나와야 합니다, 이아나."

한스마저 나가고 나는 홀로 남아 리케도르안을 응시했다. 아직 이성이 돌아오지 않은 그는 손목에 감긴 수갑을 당겨보거나 발의 족쇄를 탕탕 치는 등 불만을 그대로 드러냈다.

이 지하로 돌아오면서 더욱 사나워진 시선이었다.

나는 약간의 거리를 두고 쪼그려 앉았다. 그를 보며 조금 전까지는 표현하지 못했던 진심이 툭 튀어 나갔다.

"미안해."

이건 사과하지 않을 수가 없다. 그의 산책을 부탁했을 때만 해도 이런 사건은 생각하지 못했으니까. 난 그저 네가, 평화롭게 산책할 수 있을 줄 알았다. 쉽게 여겼다. 르나그가 된다고 했으니 간수들이 어련히 알아서 관리할 거라 생각했다.

그러나 쇠사슬에 묶여서 하는 산책이 즐겁기는 했을까. 천진난만하게 하늘을 응시하던 그를 떠올리자, 미간이 절로 찌푸려졌다.

괜한 걸 물었다. 손끝으로 그의 쇠사슬 끝을 툭 두드렸다.

"이런 걸 하고, 기분 좋을 리 없는데."

수갑을 향해 으르르, 이를 드러내던 리케도르안이 어느새 울음을 멈추고 나를 응시했다.

"그래도 조금은 좋았니? 좋았으면 좋겠다."

"……."

바다같이 푸른 눈동자 속에 칼처럼 벼려진 사나움이 일렁거렸다. 바깥에서는 당황함에 미처 보지 못했지만, 역시 그의 눈동자는 인간답지 않은 거친 난폭함을 품었다. 내게 푸른색은 차분함의 색이었는데, 그의 눈은 꼭 새파란 불꽃 같다.

천천히 손을 뻗었다. 물릴까. 조금 무섭긴 해도 그보다는 왜인지 괜찮을 거라는 기분이 들었다.

예상대로 그의 뺨에 닿았을 때 그는 깨무는 대신 얌전히 뺨을 내주었다. 손바닥에 끝이 거친 은발이 비벼졌다. 내 손바닥에 마구 얼굴을 비비는 피부는 놀랍도록 부드러웠다.

와. 죄수 주제에 이렇게 피부가 좋다니. 반칙이야.

나도 모르게 엄지로 그의 뺨을 무아지경으로 쓸어볼 때였다. 리케도르안이 돌연 멈칫했다. 아니, 멈칫한 것보다는 굳은 것 같은데…… 내가 눈을 깜빡이는 찰나 동안 점차 그의 귀가 붉어지고, 열꽃이 핀 뺨을 발견했다. 목이 빨갛네.

"돌아왔구나?"

그런데 왜 도망가지 않았을까. 가벼운 의문을 가지며 엄지로 그의 귀를 살짝 문질렀다. 그가 웃, 소리를 내며 뒤로 물러났다. 짐승일 때도 느꼈지만 놀라운 속도였다. 그렇게 나쁜 사람 본 것처럼 갈 필요는 없잖아. 이번엔 내가 짓궂긴 했지만.

"왜, 왜, 아, 아직 안 가고 여기 있는 거예요?"

"얼른 갔으면 좋겠어요?"

나는 그의 목에서 채 벗지 못한 목걸이를 톡 건드렸다. 그의 눈이 잠시 흔들렸다.

"너무 놀라지 말아요. 무안하잖아. 내가 오늘 난동도 막아줬는데."

물론 내 탓도 어느 정도 있지만. 그의 목을 바라보던 나는 살짝 찌푸렸다. 구속용 목걸이만 두 개라니 무겁기도 하겠다. 그의 목걸이에서 한참 눈을 떼지 못하는데, 몸이 당겨지는 느낌이 들었다.

시선을 내리자 리케도르안이 내 옷자락을 살짝 붙잡고 당기고 있었다. 그가 입술을 달싹였다.

"……내게 미안해하지 않아도 돼요."

나는 멈칫했다.

"기억해요?"

"대부분은요. 가, 가끔은 기억나지 않지만. 일부예요."

짐승일 때의 기억을 대부분 가지고 있다니, 그건 흑역사일까. 하지만 생각해보면 아직 이 무구한 눈은 부끄러움도 모를 것 같다는 생각이 든다. 다른 쪽의 부끄러움은 아주 많은 것 같지만.

"……난 나가서 좋았어요."

"앞으로도 나가고 싶어?"

끄덕.

작은 고갯짓에 턱을 괴던 나는 살짝 고개를 숙였다.

그는 본인이 짐승일 때 받았던 취급에 신경 쓰지 않은 것 같았다. 거기에 하나 더 늘어난 구속구에도 관심이 없고. 이건 그만큼 길들여졌다는 걸까.

그렇겠지. 이 소설은 쓸데없이 그의 구속과 불행에 세심했으니.

"실수한 게 아니라서 다행이네요."

뭐. 그래도 앞으로 그의 소소한 행복에 일조했다면 다행 아닐까.

여주 언니가 나타날 때까지 적어도 4년 이상을 깜깜한 벽만 바라보는 건 너무하잖아. 나는 뺨을 잔뜩 물들이고 어떻게든 눈을 피하지 않으려 하는 그를 응시한 채 피식 웃었다.

귀엽긴 참 귀엽단 말이지. 이 사람이 언젠가 야릇하고도 퇴폐적인 남자주인공이 된다는 사실이 믿기지 않았다.

뭐. 찬찬히 보면 지금도 싹이 살짝 보이긴 하지만. 문득 시선이 그의 해진 옷에 머물렀다.

"감기 걸리겠다."

나는 얼른 담요를 잡고 그의 가슴에 덮어주었다. 음, 얼마 전에 가져온 건데 벌써 더러워졌다. 새로 가져올까 고민하는 사이 목까지 빨개진 그를 응시했다. 움찔, 움찔하는 모습에 손을 떼어냈다.

눈물이 그렁그렁한 눈이 꼭 이 상스러운 사람! 하고 외치는 것 같았다. 왜 나는 담요를 덮어주고도 죄책감을 느껴야 하나요?

"흐음, 그렇게 싫어?"

감방은 쌀쌀했다. 특히나 그의 방은 지하 깊은 곳이라 더욱 추웠다. 보통보다는 튼튼한 몸인 것 같지만, 그래도 언제 감기에 걸릴지 모르는 일이잖아?

"……."

"알았어. 다신 안 건드릴게."

하지만 평안 감사도 저 싫으면 그만이고, 움찔움찔하는 그를 구경하는 건 재밌지만 첫날처럼 울리는 건 별로다. 눈물로 가득해서 나를 바라보면…… 정말 이상한 것에 눈을 뜰 것 같단 말이지. 슬슬 한스가 정해준 시간도 다 된 듯하고.

나는 미련 없이 자리에서 일어났다. 오늘은 나도 피곤해서 별다른 인사 없이 등을 돌리려 했다.

그가 얼른 나를 붙잡지 않았다면.

"자, 자, 잠깐."

리케도르안은 이게 붙잡은 게 맞나 싶을 정도로 옷의 끝자락만 붙들었다. 내가 붙잡힌 게 아니라 멈춰준 것에 가까울 정도로.

"왜?"

고개를 기울이자, 그는 머리를 숙여버렸다. 옷깃 뒤로 빨개진 등이 보였다. 와, 온몸이 빨개졌네. 한번 찔러보고 싶다는 충동을 꾹 참았다.

"허, 허락 없이 닿, 닿는 일은 무서우니까……."

이윽고 그의 손이 꼼지락 움직여서 내 손가락, 손끝을 붙잡았다.

"조, 조금씩만."

"조금씩만?"

"닿······."

순간 짐승일 때의 그가 나를 껴안았던 조금 전이 떠올랐다.

체온이 뜨겁다. 사람이 아닌 형질을 함께 가져서인 걸까. 빨개진 얼굴도 손끝도 선명하게 느껴졌다. 꿀꺽 그의 목울대가 넘어간다.

"······이 정도는······괜찮아요."

그의 고개가 슬그머니 올라가고, 물기 어린 그의 푸른 눈동자가 나를 향했을 때. 여기서 덮치면 몇 년 구형일까. 진지하게 고민했다.

선생님. 이거 합법적인 유혹 아닌가요.

하지만 여기서 섣불리 건드렸다가는 잘못될지도 모른다는 인지 정도는 하고 있었다. 쟤는 남자주인공이고 인생 가늘고 길게 사는 것이 최고다. 그것도 여기는 19금 피폐 소설이니 언제 집으로 돌아갈지 모르는데.

나는 손가락을 꼼지락 움직여서 그의 손을 조심스럽게 떨어트렸다. 적어도 그가 뿌리쳐졌다고 생각하지는 않게. 아주 조심스럽게. 그러고는 그의 뺨을 톡 두드렸다.

이 정도는 괜찮겠지?

"알았어. 갈게."

나는 뺨에 열꽃처럼 빨간 꽃이 피어난 그에게서 슬쩍 물러나 손을 흔들었다. 새삼 손을 흔드는 게 어색하게 느껴졌다. 늘 먼저 등을 돌렸으니.

"다음 산책에서 봐."

다음 날 오후. 내게 고참 간수가 찾아왔다. 그리고 그에게서 리케도르안에게 어떤 구속구도 소용없었다는 말을 전해 들었다.

"정말 이상합니다…… 이런 적이 없었는데."

분명 다른 마법 범죄 죄수에게 잘 발동되는 것들이 그에게는 발동되지 않는다나. 나는 이것이 아마 그가 가진 짐승화 저주와 관련된 것이 아닐까 했지만, 섣불리 꺼내지 않았다. 무엇보다 이쪽에 무지한 내가 알 수 있을 리 없었다.

내가 알고 있는 거라곤 그가 저주를 앓고 장미 문양의 시한부를 몸에 품고 있으며 여주인공만이 이 날 때부터 차고 있는 그의 목 족쇄를 풀어 줄 수 있다는 내용 정도였으니.

"어쨌거나 이렇게 된 이상 산책을 도와주셨으면 좋겠습니다."

"음, 네."

결국 나는 이렇게 르나그가 오기 전까지 그의 산책을 돕기로 했다.

도와달라는 말이 없더라도 함께했을 테지만.

그렇게 어찌저찌 반은 의무가 된 산책을 시작하고 며칠이 흘러, 오늘이 네 번째로 하는 산책이었다. 그동안 무난한 산책이었다만 우여곡절이 없지는 않았지. 먼 하늘을 응시하던 나는 타다닥, 발소리에 고개를 돌렸다.

"왕!"

"응? 주워왔어?"

나는 리케도르안이 내미는 공을 아련한 눈으로 바라봤다.

……정말로 주워오는구나.

보통의 산책과 다른 점이 바로 이거였다. 산책을 하다 보니 두 번째쯤에서 깨달은 건데, 짐승 버전 리케도르안은 체력이 좋아도 너-무 좋았다.

〈……가만히 좀 앉아 있을래?〉

〈왕!〉

앉으라 외쳐도 아주 잠시였지, 어쩌나 부산스럽게 움직이는지. 그렇다고 이 모습이 질리는가 하면 또 그건 아니었다.

〈대단한 미모군요…….〉

〈그러게요.〉

짐승이 되던 이성이 있는 상태든 변함없이 잘생긴 데다 빛 아래서 그의 인간 같지 않은 미모가 돋보였던 탓이다. 흐트러진 은발 아래, 사나움 사이로 살짝 휘어지는 푸른 눈, 땀방울이 굴러떨어지는 모습마저 성스럽다고 할까.

"왕!"

……입에 공만 물고 있지 않다면 말이지.

"칭찬해달라는 거야?"

"왕! 왕왕!"

……이렇게 자꾸 개가 되지 말자. 남주님.

왜 나는 이 짐승 버전의 리케도르안 표정을 전부 알 것 같은 기분인 걸까. 애는 인간의 언어도 하지 않는데 말이다. 복잡한 시선으로 그를 응시하던 나는 이내 공을 멀리 던졌다. 하도 체력이 좋아서 임시방편으로 생각해낸 건데, 어째 갈수록 이것 때문에 남주님이 인간에서 멀어지는 것 같다.

죄책감을 느껴야 할지 그래도 편해졌으니 안심을 느껴야 할지 애매하다 느끼면서 손은 착실하게 공을 던지고 있었다.

"잘했어."

끝으로 한 번 더 던졌을 때, 나는 멀리 달려가는 리케도르안을 두고, 고개를 돌렸다. 그리고 석상처럼 서 있던 간수와 눈이 마주쳤다. 간수는 조금 당황한 얼굴로 우리를 보고 있다가 난감하게 웃었다.

"……크흠. 저 죄수를 참 잘 다루시는군요."

그는 매번 설명을 이어가던 고참 간수 안톤이었다.

"이전에 이런 일을 해보셨습니까?"

……이런 일이란 게 어떤 거죠?

"저도 처음인데요."

나는 눈을 굴리며 어깨를 으쓱였다. 사실 이들이 나를 신기하게 보지만 되려 나는 짐승처럼 구는 리케도르안을 보면서 태연한 간수들이 신기했다.

"그보다 되게 자연스럽게 받아들이시는 것 같은데, 이런 일이 자주 있나요? 음, 그러니까 죄수가……."

"발작하거나, 폭주하는 일 말씀입니까?"

안톤이 내가 하고 싶은 말을 받아주었다.

"자주는 아니지만 한 번씩은 있었습니다. 마법 범죄 관련 죄수들이 보이는 증상입니다만. 주로 잘못된 마법을 사용해서 이곳에 온 죄수라, 부작용을 앓는 이들이 대부분입니다."

안톤은 자연스럽게 몸을 돌렸다.

"온몸에 반점이 나타나는 죄수라거나 매일 기억을 잃거나 환청이나 환각을 앓는 이들까지. 저처럼 오래 지낸 간수들은 별별 죄수를 봤을 겁니다."

"저 죄수는 심한 편은 아니라는 건가요?"

"굳이 말씀드리자면 그렇습니다. 통제가 불가능한 죄수도 있으니까요."

엄밀히 따지면 리케도르안도 통제 못 하지 않았나. 그의 손에 우수수 바닥에 쓰러졌던 간수들을 떠올리고 안톤을 보자, 그도 같이 떠올렸는지 머쓱하게 웃었다.

"이아나 양에게는 정말 감사할 따름입니다."

그도 내 도움으로 명을 수행하게 됐다며 감사 인사를 전했다.

"이 고마움은 전부 총관리장께 꼭 전하겠습니다."

그럴 필요까지야. 사실 르나그라면 안 보는 쪽이 더 좋은데 말이지. 그렇게 생각할 즈음 밀려서 타다닥, 달려온 발소리가 들렸다. 턱을 괸 나는 그쪽을 보지도 않고 손을 내밀었다.

그렇게 공을 받는데, 느낌이 이상했다.

"고, 공은…… 처, 처음인데……."

고개를 돌리자, 잔뜩 빨개진 얼굴이 보였다. 나는 불에 탄 듯 뜨거워진 귀를 보며 헛웃음을 참았다.

아. 이성이 돌아왔구나.

그나저나 그놈의 '처음', 아주 말버릇이야, 아주? 공을 받은 나는 그것을 내려놓으며 고개를 절레절레 저었다. 앉아 있어 더욱 커 보이는 그를 올려다봤다.

"저기."

아. 목 아프다. 참 크기도 하네.

"그놈의 처음. 질리지도 않아요?"

그러자 하늘처럼 물기 어린 푸른 눈이 잘게 흔들렸다.

"하, 하지만. 정말 처음……."

"이러다 진짜 처음엔 어쩌려고."

"……네?"

아니. 네가 말한 처음과 내가 말한 처음 사이에 하늘과 땅 정도의 차이가 있다고요. 나는 말을 꿀꺽 삼키고, 생긋 웃으며 옆자리를 탁탁 두드렸다.

"앉아요."

"네, 네, 네!"

착.

뭐야. 왜 기다렸다는 듯이 바닥에 앉는 건데.

"……왜 거기 앉아요. 거기 말고 여기."

아무래도 짐승의 습성이 인간일 때도 영향을 미치는 걸까. 나는 사태의 심각성을 느꼈다.

"빨리 제대로 앉아요."

"네!"

지금이라도 인간의 언어를 가르쳐야 하는 거 아닐까.

나는 조금 심각한 얼굴로 리케도르안의 옆얼굴을 쳐다봤다. 그는 눈도 마주치지 못한 채로 꾸물꾸물 바닥을 응시했다. 붉어진 이마에서 살랑살랑 흔들리는 머리칼을 바라보니, 모든 상념을 잃고 정화되는 기분이었다.

아무래도 상관없겠다는 생각이 들기도 하고. 그래. 어차피 결국은 전부 책 내용대로 되지 않을까?

나도 내가 태평하다는 거 알고 있다. 안일하다는 것도.

그렇지만 이미 여기에 들어와서 뭘 어쩌겠는가.

딱히 크게 바꿀 생각이 없고 가능하지 않다는 것도 안다. 지금같이 소소한 행복을 리케도르안에게 선물하고 가는 것도 나쁘지 않다. 이렇게 말하면 우습겠지만 나는 내 주제를 참 잘 알았다.

그래서 결국 그에게 어떤 조언 대신 지켜보는 것에 그치는 거겠지. 물론 지금까지의 행동도 영향을 끼쳤겠지만 설사 삶을 구원하는 여주만 하겠나? 이렇게 지내다가 언젠가 집에 갈 수 있으면 좋뿐이다.

무언가 꼼지락거리는 기분에 슬쩍 시선을 아래로 내렸다. 어느새 나보다 조금 큰 리케도르안의 손이 내 옷자락을 살짝 잡고 있었다. 그는 그대로 말이 없었다.

"……."

나는 내 손끝에 닿을 듯 말 듯 한 손이 빨개진 것을 바라보다가 살짝 웃었다.

이 정도는 나쁘지 않겠지?

일주일이 되었을 무렵 리케도르안과의 산책이 한 아홉 번째쯤 되었을 즈음. 르나그가 돌아왔다. 그리고 그가 돌아오자마자 나는 그에게 불려갔다.

"잘 지냈습니까, 이아나."

르나그는 처음 만난 날과 같이 깔끔한 정장차림이었다. 나와 같은 죄수이거나, 혹은 간수들 대부분 제복을 입는 이곳에서 눈에 띄는 차림. 슈트처럼 생긴 쫙 빠진 예복에서 날렵한 실루엣이 돋보였다.

'와. 몸 좋다.'

늘씬한 맵시에 솔직하게 감탄하며 나는 그가 안내하는 자리에 앉았다. 그러고는 눈을 들어 올린 채 고개를 갸웃했다.

"음, 안녕하세요. 오늘은 간수관리장이 아니시네요?"

늘 간수관리장을 만나러 가는 자리에 나오더니.

"네. 그렇습니다."

오늘 그를 만난 곳은 총관리장이 머무는 꼭대기 층이었다. 안내한 간수 말로는 아무나 들어갈 수 없다던데. 그 아무나가 된 기분이

참 묘했다. 솔직히 눈 가리고 아웅이긴 했지만 그가 당당하게 정체를 드러낸 것도 그렇고.

바짝 긴장한 나를 알아챈 건지 르나그가 찻잔을 밀어주었다.

"이야기는 들었습니다. 제가 부재 시에 있었던 일들."

"네에."

나는 차를 마시다 말고 내려놓았다. 너무 뜨겁네. 혀 네일 것 같아.

"훌륭하시군요."

"큽, 네?"

……어느 부분이?

그가 부재 시의 일이라면 분명 구속구 목걸이를 다룬 일이거나 리케도르안을 개……처럼 다룬 일 아닌가. 어디에도 '훌륭'이 붙을 일은 없어 보이는데. 역시 차를 들이켜지 않길 잘했다.

마셨으면 사레 걸렸을 거야.

"그를 개처럼 다룬다는 이야기를 듣고 솔직하게 감탄했습니다."

"쿨럭!"

억. 결국 사레가 걸렸다. 내가 기침을 하는 동안 새파란 안경알이 빛을 차갑게 반사했다.

그는 여전히 엉뚱한 말을 했다.

"당신의 오빠와 이야기된 부분입니까?"

거기서 오빠가 왜 나오는 건데요? 도무지 이해하기 힘든 이야기에 나는 당황하지 않은 척 태연하려 애썼다.

"······이야기된 부분은 아니에요. 오빠는 몰라요."

그 사람은 내가 어떻게 사는지도 모를걸. 우리가 나눈 대화라고는 잘 지내? 라는 편지에 잘 지내! 한마디 보낸 것밖에 없는걸. 아, 술이랑 담배 좀 많이 달라는 소리는 많이 하긴 했다.

근데 나 방금 이상한 생각이 들었는데 말이다. 설마, 오빠는 이걸 전부 내가 쓰는 걸로 착각하는 건 아니겠지? 그동안 열심히 주문했던 담배와 술 양을 계산하던 나는 심각해졌다.

······이대로 출소한 나를 알코올 중독자로 여기면 어떡하지.

얼굴 모를 오빠와 아빠를 두고 내가 중독자가 아님을 설득하는 모습을 상상했으나 쉬이 상상되지 않았다. 하기야 어떤 사람들인지도 모르는걸.

확실히 내가 무심하긴 했다. 나도 자각한다. 내가 어떤 사람이었고, 어떤 가족을 두었으며, 어떤 가문인지 관심을 두지 않았다. 그렇지만 어차피 언젠가는 여기서 나갈 거고 보게 될 사람들인걸. 판단 좀 그때로 미루면 뭐 어때? 그렇게 생각하며 고개를 든 나는 르나그의 시선과 딱 마주쳤다.

···왜 또 무섭게 쳐다보는 거지. 살벌하게.

르나그는 생각에 잠긴 날 계속 쳐다봤던 것 같다. 시선이 쭉 느껴졌으니까.

"이아나 양의 뜻이었다는 겁니까? 지금까지 있던 모든 일 말입니다."

"네?"

그는 차가운 인상이었기에 입을 다물고 저렇게 쳐다보면 교도관 앞의 죄수처럼 떨렸다. 아니 죄수는 맞지만.

나는 움찔했다.

"아……. 네에. 그런데요."

따지고 들면 죄도 안 지었는데 저렇게 쳐다보면 좀 무서운 게 당연하잖아.

르나그가 어찌 받아들인 건지 고개를 끄덕였다.

"알겠습니다. 당신의 독단적인 뜻이었다는 얘기군요. ……아무튼 간에 그 죄수의 산책은 앞으로도 예정대로 진행될 겁니다."

"네? 어째서요?"

무어라 한마디쯤 할 줄 알았던 나는 눈을 동그랗게 떴다.

아니, 보통 이런 상황에서 하나쯤은 물어보지 않나? 네가 어떻게 구속구를 사용했냐. 왜 사람을 개처럼 다뤘냐. 하다못해 네 정체가 뭐냐……는 이미 내 정보는 알고 있겠구나. 아무튼 갑작스러운 일에 놀라는 게 정상 아냐? 나는 어리둥절함을 숨기지 않았다. 그러나 르나그는 표정 하나 변하지 않고 대꾸했다.

"당신이 원하는 일이니까요."

그렇게 말하면 더욱 궁금해지는데. 내 표정을 알아챈 것인지 르나그가 덧붙였다.

"저는 당신의 오빠와 부친에게 원하는 것은 뭐든 들어주겠다 약조했습니다."

"……그건 지난번에도 말씀해주셨어요. 그런데 이렇게까지 해주실 일인가요?"

나는 돌려 말해서, 우리 아빠랑 오빠가 얼마나 먹였니? 하고 물었다.

"네. 이렇게까지 할 일입니다."

그런데 르나그는 응, 너한테는 안 알려줌. 하고 답변했다. 왜? 내가 알면 안 되는 금액인 걸까? 나는 조금 시무룩한 얼굴로 적당히 식은 찻잔을 들어 올렸다.

"……솔직한 심정으로는 당신이 그를 개처럼 다뤘다기에 신기하기도 했습니다."

사람이 사람을 개처럼 다룬다는데 누가 봐도 신기하지 않을까.

그러나 나는 미묘한 뉘앙스를 알아차렸다. '개처럼 다뤘다'라고 말하는 르나그는 순간이지만 즐거워 보였다. 이걸 재미있어한다고?

나는 눈을 가늘게 좁혔다. 그러고 보니 오빠가 시켰냐고도 했지. 떠오르는 가정들을 지워내며 입을 열었다.

"거기가 저희 집안과 그렇게 사이좋은 곳은 아닌걸요."

혹시나 하고 툭 던져보았는데.

"그건 그렇습니다. 당신도 집안 간 다툼에 관심을 기울이는지는 몰랐지만."

월척이 걸렸다.

얼른 찻잔으로 입을 가린 나는 차를 마시는 척하며 놀람을 꼴깍 삼켰다. 눈이 데구루루 굴러가며 르나그를 향했다. 그가 화답하듯 내게 살짝 눈을 접어 보였다. 아니, 쟤는 왜 자꾸 살벌하게 웃는 거야. 우심방 떨리게.

나는 이미 다 식은 차를 꼴깍꼴깍 삼키며 내 예상이 맞았음을 깨달았다.

남작 아저씨에게 들은 바 현 제국의 귀족은 정확히는 아니어도 대충 반으로 갈린댔다.

바로 리케도르안의 집안인 헤르님 대공파와, 악당 도퓰릿파.

아울러 지금 발언으로 나는 알아버렸다.

와. 맙소사.

이아나의 집안, 악당 부하 집안인가 봐!

"이아나. 이곳에서 편안히 즐기길 바라지만. 가장 중요한 건 당신의 안전입니다."

계속 살벌하게 웃는 걸 보니, 여기서 죽으면 곤란하다는 뜻이겠지?

드디어 그의 이 살벌한 웃음의 뜻을 알게 된 나는 차 손잡이를 꼬옥 쥔 채 끄덕였다. 차가운 안경 속 눈이 휘어질 때마다 눈을 도로록 굴렸다. 그러다 슬그머니 찻잔을 내려두고 바지 자락에 손바닥을 닦아냈다.

"네에……."

저건 네 강냉이를 쓸어버리겠단 미소인가? 아니. 긴장하지 말자.

"당신과 좀 더 시간을 보내면 좋을 텐데. 시기가 그리 좋지 않군요."

"그것도 오빠가 부탁한 건가요?"

태연함을 가장한 질문에 르나그가 멈칫했다. 금색 눈동자가 살짝 굴러 나를 향했다. 시선이 얼마나 날카로운지 침이 꼴깍 넘어갔다.

"글쎄요. 그것도 맞지만, 제가 그리고 싶은 것도 있습니다만."

"둘만 대화하는 것이요?"

그래도 감방인데 그건 좀 이상하지 않나. 참 예의 한번 바른 사람이라 생각하며 고개를 기울일 때였다.

"……둘만. 그리, 생각하시는 건가요?"

"……네? 네."

그럼 이 방 안에 누가 더 있는데요? 나는 고개를 갸웃하며 끄덕였다. 그러자 잠시 말이 없던 르나그는 곧 제 얼굴을 붙잡았다. 왜 저러지. 나는 표정 없이 얼굴을 쓸어내리는 그를 보며 슬그머니 시선을 돌렸다. 흐음. 내가 말을 잘못했나.

"……그만 돌아가시는 게 좋겠습니다."

지금 바로요? 나는 갑작스러운 추방령에 얼떨떨했지만 나쁜 일은 아니었던지라 냉큼 그의 인도에 따라 일어났다. 그는 서늘한 표정 그대로 나를 문으로 안내했다.

"간수로 하여금 안내하게 하겠습니다."

"네? 네."

그가 문손잡이를 꾹 눌러 쥐었다. 손잡이는 왜 이렇게 세게 잡는대. 핏줄이 다 보이잖아?

문이 열린다. 그 순간 바람이 불고 나는 잠깐 그의 표정을 본 것도 같았다. 왜인지 살짝 붉어진 안경알 아래도.

"⋯⋯또 뵙겠습니다."

그러나 금방 닫힌 문에 가려서 착각이려니 했다.

<hr />

〈앞으로도 이곳에서 당신은 원하는 일이 무엇이든 할 수 있을 겁니다.〉

르나그의 집무실을 나선 나는 미간을 찌푸렸다. 심경이 복잡해서였다. 와. 이렇게 달갑지 않은 사실을 알게 되다니. 내가 악당 부하 집안이라니! 하지만 얼추 말이 되는 것 같았다.

냉혹한 성격인 르나그가 나를 신경 쓴다는 점부터 뭔가 묘했어. 이미 이 시기에 체이서와 손을 잡았네. 잡은 거야.

르나그와 체이서.

두 사람 다 이 책 속에서의 악역. 체이서가 메인 악당이라면 르나그는 이를 보조하는 동시에 가끔 아주 잔혹한 면을 보이던 조연 악당. 체이서와 르나그가 이미 이 시점에서 손을 잡았다면, 이 감방은 체이서의 손아귀에 있는 것이나 다름없다.

그렇다면 르나그는 체이서와 반대되는 헤르님의 아들, 리케도르안을 달갑게 여기지 않을 거고, 이는 리케도르안을 개처럼 다룬 것에 즐거워하던 모습을 생각하면 아귀가 맞아떨어진다.

여기서 어째서 리케도르안이 체이서의 공간이나 다름없는 이 감옥에 있나 하는 의문이 들겠으나 이유는 이렇다.

헤르님 대공은 리케도르안을 이곳에 집어넣을 때까지 두 사람의 협력관계를 몰랐으니까. 물론 르나그라면 체이서와의 협력관계는 숨기고 겉으로는 책 속처럼 중립인 척 시늉하겠지만.

아울러 여기만큼 폭주를 막기 좋은 곳이 없다는 설정 때문에 여기 머무는 것이기도 했다.

"와. 세상에."

어쨌거나 이미 체이서의 손에 떨어진 것이라면 리케도르안에게 상황이 좋지 않았다. 어쨌거나 중요한 건 내 오빠와 아빠가 르나그가 청탁을 들어줄 만큼 작위가 있는 집안이라는 것이다, 그리고 여기에 더해서 악당 체이서의 부하 집안 중 하나일 거라는 것도 같이.

충격적이긴 하네.

그래도 그나마 나았다. 이들과 직접 엮이는 인물은 아닐 테니까. 아직 출소하고 멀리 떨어져서 살겠다는 목표는 실패하지 않았단 거다.

사실 조금 전 르나그는 내가 나간 직후에 문을 열고 나를 한번 붙잡았다.

〈저는 이 길로 잠시 다시 한번 어딜 다녀올 예정입니다. 무슨 일이 있다면 언제든 간수를 통해 말씀해주십시오. 돌아올 테니.〉

무엇이 그리 바쁜지 나와 만난 뒤로 또 자리를 비울 거란다. 대신에 무슨 일이 있다면 자기가 바로 전달받을 수 있다나? 그가 바라는 무슨 일은 없을 것 같고 만날 일이 줄어든다니 반길 일이다.

"얼른 출소나 했으면."

소박한 바람을 되새기며 나는 리케도르안의 지하실로 걸음을 옮겼다.

"비가 오네."

창문에서 동글동글 굴러가는 물방울을 응시했다. 내 앞에서는 간수가 걷고 있었다. 저이가 듣지 못하도록 작게 중얼거려서 내 중얼거림은 듣지 못했을 거다.

나는 목소리를 높였다.

"저기, 오늘은 부슬비가 떨어져서 산책은 무리겠네요. 그죠."

"네? 네. 그렇죠."

예상대로 산책은 힘들 거란 답변이 돌아왔다.

"응접실로 가겠습니까?"

"음. 아니요."

고개를 저었다. 응접실로 가지 않고 리케도르안을 잠시 보고 올 생각이었다. 나는 걷는 체하며 흘끗 주머니를 확인했다. 두툼한 주머니는 비상 간식으로 두둑했고, 움직일 때마다 바스락 소리를 냈다.

지하의 멍멍이가 달달한 걸 좋아하던데 이건 어떠려나. 사실 주머니 속 이 사탕은 놀랍게도 르나그에게 받아 채운 것이기도 했다.

"기분이 좋아 보이시는군요."

"아, 네? 아……. 그런가요."

간수를 따라 계단을 내려가며 리케도르안의 수줍어하는 얼굴을 떠올리곤 씩 웃었다.

그 사람, 놀리는 맛이 있단 말이지. 그러나 잠시 후 지하 감방에 도착한 나는 들어가지 못한 채 걸음을 멈췄다.

"아저씨?"

분위기가 묘했다. 무언가 변했다는 건 아니다.

"아……. 왔습니까, 이아나."

떨떠름한 한스의 표정과 반쯤 열린 감방의 문. 그리고 오늘따라 더욱 새빨갛게 보이는 벽의 램프까지. 나는 간수 한스와 철창을 번갈아 응시했다. 이윽고 바닥에 고인 웅덩이를 마지막으로 고개를 들었다.

"……문이 열려 있네요?"

한스는 간수답지 않게 유들유들하게 웃는 이였다. 그러나 오늘 그의 표정은 평소와 다르게 어색했다. 꼭 숨기는 게 있노라 고백하는 것처럼. 이게 더 이상하잖아.

"오늘은 먼저 온 면회객이 있었습니다."

"그래요?"

나는 한스를 보는 대신 철창을 응시하며 끄덕였다.

"음. 이아나. 오늘은 그냥 돌아가는 편이 좋을 것 같습……."

"괜찮아요. 들어가 봐도 될까요?"

꼭 한스의 표정이 아니더라도 이곳이 평소와 같지 않다는 건 눈치챘다. 늘 굳게 잠겨 있던 문이 열려 있는 것만 봐도 느껴졌으니까.

더구나 열린 문을 통해서 무어라 표현하기 어려운 냄새가 났다.

"뭘 보더라도 비밀로 할게요. 나, 계속 그래왔잖아요? 걱정 말아요. 입은 무겁잖아요."

한참을 머뭇거리던 한스가 어렵게 허가했다. 그도 고집스러운 내 표정을 읽은 듯했다. 그보다는 질 좋은 물건을 건네는 나와의 사이가 틀어질까 염려한 거겠지만.

간수들은 친절한 듯하면서 계산적이며 이기적이었다. 감방이니까 당연한 일이다.

책임이 막중한 자리고, 담당 죄수가 문제를 일으킬 시 책임을 회피할 수 없다. 겉으로는 아무리 평화로워 보여도 말이다. 그렇기에 이들의 이기적인 합리성을 이해했다.

나는 늘 하듯이 담배를 넘기고는 빠르게 발을 놀렸다.

"하아……."

내 다리가 바삐 움직인다. 철창 속으로 들어가고, 숨을 토했다. 그러고는 램프를 고쳐 쥐었다. 짧기만 한 거리가 길게 느껴진 것은…… 아냐. 나는 고개를 저으며, 태연하려 애썼다.

조금 전 철창 앞, 바닥에 고인 웅덩이는 저 밖에 내리는 비가 아니었다.

'피'였다.

이 부분은 읽어본 적 있었다.

"……이걸 직접 보게 될 줄은 몰랐다고."

지나가듯 서술로 적혀 있던 부분이 왜 선명하게 떠오르는지 모르겠다. 피를 봐서인가?

리케도르안의 부친 헤르님 대공은 그를 덜떨어진 자식이며, 명문 헤르님의 치욕이라 생각했다. 그래서 폭력을 서슴지 않았고 흔적을 남기는 데 주저하지 않았다. 이는 이 감방에 버리듯이 가둔 뒤로도 마찬가지였다.

심지어 악당 체이서에게 죽기 전까지 아들을 학대했다고 했다.

이해할 수 없었던 점은 그럼에도 리케도르안은 살해당한 아버지의 죽음에 슬퍼하고 부친을 살해한 체이서에게 증오를 품었다는 점이었지만. 어쩌면 정을 줄 사람이 없던 그에게 아버지는 세상을 향한 유일한 창구였을지도 모른다.

외로운 어린 짐승이 자신을 물어뜯는 포식자에게 몸을 의지한 것인지. 혹은 스톡홀름 증후군 같은 것은 아닌지, 난 모르겠지만.

원래 사람의 감정은 복잡한 법이니까.

"하아."

나는 마침내 벽 앞에서 램프를 들어 올렸다.

흔들리는 불꽃 아래, 넝마인지 사람인지 모를 피투성이 몰골로 쓰러진 소년이 보였다.

"리케도르안."

파르르 떨며 입을 열자, 움찔 움직이던 그가 느리게 고개를 들었다.

"왕!"

먼지 앉고 상처 입은 몸에서 새파란 눈만이 깨끗하게 보였다. 이 순간 산책 나가는 줄로 알았는지, 비틀거리는 팔로 일어나려 애쓴다. 사람의 말을 하지 않는 그가 안쓰러워 보였다.

"일어나지 마."

"낑?"

쪼그려 앉은 나는 상처 난 뺨을 톡 건드렸다.

"……사람 말을 안 하는 게 반가운 건 또 처음이네."

"왕! 아르르, 왕!"

리케도르안은 살짝 미간을 찡그렸으나, 이내 해맑게 왕왕 짖었다. 나는 웃지도 흐리지도 못한 애매한 표정으로 리케도르안을 쳐다봤다.

"……몇 번 산책했다고 배도 까주고 이렇게 반기고. 이렇게 경계심이 없어서 어떡할래요."

내 손가락이 부드러운 은색 머리칼을 스쳤다. 그러나 다른 날과 달리 손가락은 머리끝에서 걸렸다. 손가락을 빼니 엉긴 피가 덕지덕지 묻어 있었다.

"끼잉. 끄응?"

나는 깨끗한 엄지손가락으로 그의 턱에 맺힌 피를 닦아냈다.

"오늘은 산책 안 해. 이 말은 알아듣지?"

"우우?"

그의 음성이 피가 잔뜩 굳은 모습과 대조되어 오히려 더욱 묘해진 기분을 느꼈다.

"상처 매단 채로 해맑은 얼굴 하지 말아. 안쓰럽게."

뺨에서 그나마 상처 없는 눈 밑을 손으로 쓸었다. 그가 음미하듯 눈을 감았다. 의외로 짐승일 때 그는 만져주는 것을 좋아했다. 마치 정에 굶주린 것처럼.

우습게도 한 달 조금 넘게 만나 산책을 한 것뿐인데. 그것도 손가락에 꼽을 만큼 많지 않은 횟수인데. 그러나 사방이 가로막힌 깜깜한 감옥을 훑어본 나는 이해했다. 아니, 헛웃음이 절로 나왔다. 이어 내게서 흘러나오는 목소리는 자조적이었다.

"하기야 반평생 이곳에 있었다면 이것도 반가울 만하겠다."

"끼잉?"

"이대로 두면 아프겠다. 그치?"

치료가 필요해. 나는 그대로 자리에서 일어나려 했다.

덥석.

눈을 내리자, 리케도르안이 나를 붙잡고 눈을 이리저리 굴리는 것이 보였다. 짐승인 그는 혼란스러워 보였다.

"어디 안 가. 잠시만 기다려."

개들은 주인이 사라지는 걸 본능적으로 느낀다던데, 그도 그렇기라도 한 듯 고개를 저으며 끼잉대며 울었다.

"……아르르, 끼잉."

"응. 착하지. 기다려."

단호하게 말하자 구속구의 힘인지는 몰라도, 그의 손에서 힘이 빠지는 것이 느껴졌다. 남은 그의 손가락을 떼어내는데, 마지막 손가락을 떼어낸 순간 멈칫했다. 그의 손이 나를 잡았기 때문이었다. 그러나 아주 조심스러운 손길이었다. 손끝만 겨우 붙잡을 만큼. 나는 그를 응시했다. 아픈 와중에도 아주 붉어진 얼굴이었다.

"어디…… 가요……?"

물기로 찬 눈이 나를 응시했다. 주룩주룩 눈물 자국이 남은 얼굴은 고통스러웠다는 증거인 것 같았다.

"……가지 마세요……."

나는 난감한 얼굴로 손을 바라봤다. 울 것 같은 이 남자를 어떡해야 할지 모르겠어서. 이 얼굴이 금방이라도 울 것 같은 이유를 알지만 내가 해결해줄 수 없잖아. 그러니 이 얼굴은 반칙이다. 나는 입술을 꾹 다물었다.

나는 그에게서 도망가려는 것이 아니었다.

"다시 올게."

"정……말……?"

약속은 함부로 하는 게 아니라지만 지금이라면 못할 것도 없었다.

"약속 알아? 약속할게. 손가락 걸고."

나는 그의 새끼손가락에 손을 걸었다. 여기엔 없는 동작일지도 모르지만 그는 순순히 나를 응시하며 놓아주었다. 그냥 힘이 빠진 것 같기도 했지만.

나는 그대로 주춤 물러서다가 등을 돌렸다. 등 뒤로 쓰러진 채 꼼짝 못 하는 소년이 마음에 걸렸지만 더 급한 건 따로 있었다.

덜컹. 철창이 열렸다. 조금 놀란 얼굴로 나를 응시하는 한스를 보며 입을 열었다.

"아저씨, 혹시 여기에 치료약이……."

하나 나는 얼른 멈췄다.

"아니. 아니에요."

아무리 친절한 간수라 해도. 간수는 간수다. 나는 숨을 꾹 참았다. 그리고 램프를 내려놓고 빠르게 계단을 달렸다.

"이아나? 벌써 갑니까?"

"네. 다시, 다시 올게요!"

상처가 심해도 너무 심했다.

얼른 치료해야 하지 않을까? 머리로는 저 상처는 언젠가 다 나을 것이고, 그는 정상적인 상태로 여주인공을 만나게 되리란 걸 알았다. 하지만 나는 피투성이 소년을 그대로 둘만큼 태평하지는 못했나 보다.

어디로 가지? 르나그? 아니다. 그는 이미 출타했을지도 몰라. 거기다 리케도르안을 돕겠다고 한다면 훗날 어떤 식으로 돌아갈지 몰랐다.

"하아하아……."

방에 도착했지만 쓸 만한 물건은 없었다. 당연했다. 나는 그렇게 다칠 일이 없었으니까. 신속하게 책상을 훑던 내게 들어온 것은 다름 아닌 편지지였다.

그래, 편지.

나는 빠르게 펜을 들었다.

「약을 보내줘. 제일 잘 듣는 거로. 상처 치료하는 거!」

밑져야 본전이겠지만 당장 내가 할 수 있는 최선이었다. 기본적인 것만 주어진 방에는 약이라거나 붕대 같은 것이 없었다.

"개똥도 약에 쓰려면 없다더니."

붕대는 탈옥이나 자해에 쓰인다는 이유로 금지되었다고 했나. 물론 이곳에 환자는 있고 그런 환자를 위한 의무실이 있었다. 그러나 의무실에 가더라도 약초나 약품을 바깥으로 가져가는 것은 금지되어 있었다. 예전에 수면제를 숨기고 탈옥하려던 이가 있었다나? 이상한 곳에서 감방다운 곳이었다.

나는 문을 두드리고 방 앞을 지키던 간수에게 얼른 말했다.

"저기, 편지요. 오늘 바로 보낼 수 있을까요? 급한 거라."

"괜찮을 겁니다. 마침 오늘 편지를 일괄 배송하는 날이기도 합니다."

좋아. 평소 간수들과 친하게 지냈던 것이 도움이 됐다. 마침 자주 물건을 찔러주었던 간수라, 내 부탁에 그는 흔쾌히 오늘 안에 부쳐주겠다 해주었다.

편지는 그날 밤 곧바로 배송되었다. 우습게도 단 이틀 뒤 거짓말처럼 답신이 도착했다.

"와, 세상에."

나는 입을 쩍 벌렸다.

그도 그럴 것이 다양한 약과 약을 모르는 내가 봐도 아주 비싸 보이는 크리스털 병에 담긴 약이 가득 담긴 채 함께 배달되었으니까.

물론 이건 물품에 해당해서 간수관리장을 통해 받을 수 있었다.

르나그가 출타했다는 말은 사실인지 진짜 간수관리장이 전달해준 것이다. 물론 전달해주며 간수관리장은 웬 약인지 의아해 보이는 얼굴이었지만 묻지는 않았다.

그저 총관리장, 르나그가 나를 잘 봐주란 말을 했다는 엉뚱한 말을 붙일 뿐이었다. 나는 거기에 신경 쓸 겨를도 없이 급한 마음을 품고 겉은 태연한 척 등을 돌렸지만.

"얼른 가자."

나는 빠르게 리케도르안에게 달려갔다. 여기까지 벌써 이틀이 지났다. 마음은 초조하기만 했다.

한스는 주머니를 한 아름 품고 온 나를 아무렇지 않게 철창 안에 들여보내주었다.

한스는 며칠 전에도 별로 놀라거나 당황한 기색이 없었지.

한스는 그날 리케도르안이 어떤 상태인지 알면서도 동요 없는 얼굴이었다. 내가 찾아와서 놀라긴 했지만 그건 평범한 소녀인 내가 이 풍경을 볼 걸 감안해서였지, 리케도르안을 신경 쓰는 기색은 아니었다.

그렇다는 건 이런 일이 비일비재했다는 소리다. 나는 그저 책 속 주인공들의 대화로 리케도르안이 어떤 과거를 지녔는지 알았으나 후루룩 읽는 것과 직접 보는 것은 달랐다. 그러니까 언젠가 다 나을 상처임을 알면서도 이렇게 급하게 달려온 거겠지만.

"……누, 누구?"

램프를 들어 올리자 움찔하는 소년의 형상이 보였다.

"나예요."

소년이 등을 뒤로 물리다 말고 멈칫했다. 작은 몸짓 하나가 파닥거리는 새와 같아서 입술을 꾹 깨물었다. 뭔가 이상했다. 그토록 기만하던 이 남자가 누구냐고 묻는 것이 말이다. 이윽고 나는 가까이 다가가고서야 이유를 알 수 있었다.

…눈에도 상처가 있었구나.

정확히는 눈꺼풀 위쪽이었다. 이틀 전에는 미처 보지 못한 상처인 듯했다. 여기서 흘러내린 피가 굳어서 눈을 뜨지 못하게 한 거다. 눈을 뜰 수는 있겠지만 희미하게 보일 정도로.

나는 리케도르안 앞에 쪼그려 앉고, 주머니를 열었다. 가져온 물에 손수건을 적셔 그의 얼굴을 천천히 닦아주었다.

"……읏……."

굳어진 피를 닦아내자, 파르르 떨리던 그의 눈이 뜨였다. 눈을 뜨자마자 새파란 눈동자가 드러났다. 나를 보자마자 흔들렸지만.

"자, 잠, 잠시."

"불편해도 조금만 참아요."

나는 그가 뒤로 물러난 만큼 그를 쫓아갔다.

철그렁. 쇠사슬이 부딪치는 소리가 요란했다.

결국 벽에 등을 부딪친 그는 물러날 곳이 없어 얼떨떨한 얼굴로 나를 응시했다.

"흐……."

상처가 덕지덕지 앉은 얼굴과 물기 어린 눈은 없던 가학심까지

부추길 것 같은 얼굴이었다. 여러모로 우심방에 좋지 않은데 하는 수 없잖아. 더 이상 도망갈 곳이 없는 그의 앞에 무릎을 꿇고 앉아 얼굴을 닦아냈다.

"소독하는 거예요."

이성이 있는 쪽이라 다행이었다. 짐승 쪽이었으면 조금 힘들었을 테니. 대신에 갈수록 붉게 달아오르는 얼굴을 마주하며 그의 목을 닦아내야 했다.

"으윽."

상처에 닿은 걸까. 리케도르안이 목을 움츠렸다. 오히려 고개를 모로 돌리는 통에 더욱 닦기 좋아졌지만.

이쯤 됐다 싶을 때 손수건을 내려놓았다. 그리고 주머니를 들어 올리며 다시 고개를 들었을 때 깨달았다.

지나치게 가까웠다.

소년의 떨리는 눈동자가 바로 앞에 있었다. 눈을 깜빡이는 내 모습이 푸른 동공에 비칠 만큼 가깝다.

"아……."

움직이지 못한 건 더 물러날 공간이 없을뿐더러 쇠사슬이 걸려서인 것 같았다.

이렇게 가까이서 보려고 했던 건 아니었지만……. 확실히 눈을 뗄 수 없는 외모였다.

여기서 더 크면 정말 끝내주겠네.

맑은 하늘 아래서 빛을 내던 파란 눈동자는 빛이라고는 램프 하나뿐인 이 공간에서도 촉촉하게 빛났다. 사슴처럼 길게 뻗은 목이나 닿으면 움찔하고 꽃이 핀 듯 붉어지는 하얀 피부까지. 19금 소설에서 퇴폐미를 담당하는 남자주인공이라기엔 아직 너무 청초했다.

"떨지 말아요. 잡아먹지 않으니까."

"잡, 잡, 잡?"

"응. 안 먹어요."

내 것이 아니거든.

"지금부터 약을 바를 건데, 아프면 말해요?"

"네? 네네?"

"아파도 계속 바를 거지만."

"제, 제가 직접……."

"그 손으로요? 쇠사슬은?"

"……."

잠시 뒤 자신의 얼굴을 감싸 쥔 리케도르안이 고개를 내렸다. 저 자세로 상처에 닿으면 아플 텐데. 나는 머리칼이 이마에 닿지 않게 그의 앞머리를 살짝 붙잡아 올렸다. 그리고 가지고 온 머리핀을 꽂았다.

"세상에. 나보다 더 잘 어울리네."

예고 없이 의문의 패배를 당한 나는 눈을 깜빡거리다가 살짝 웃었다. 이 미모라면 지는 게 당연하기도 하니 별 감정은 들지 않았다.

"왜, 왜, 왜. 웃는 거예요?"

"당신이 나보다 더 예뻐서요."

"그…… 렇지 않아요! 당신은!"

"네?"

큰 목소리에 나는 눈을 동그랗게 떴다. 이어서 고개를 기울였다.

"그럼요? 나 예뻐요?"

"……그, 그건."

리케도르안이 얼른 고개를 숙였다. 아, 겨우 들었나 싶더니. 치료 한번 하기 힘드네. 난 양손으로 그의 턱을 살짝 잡아 들어 올렸다.

"알았어요. 농담으로라도 그런 말은 안 해줘도 되니까. 일단 이대로 있어요. 치료 좀 해요. 아프잖아."

나는 한 손으로 주머니를 뒤집어 있는 것 전부를 하나하나 꺼내서 늘어놓았다. 마음 같아선 와르르 쏟아내고 싶지만 유리로 된 케이스도 있어서 조심스러웠다. 친절하게도 오빠란 사람은 약뿐 아니라 약에 대한 설명서도 함께 보내주었다.

"으음, 그러니까 이건 긁힌 상처고 이건 쓸린 상처……. 아니. 화상약은 왜 보낸 거지?"

설명서라고 했지만 직접 그의 글씨로 적힌 종이였다. 새삼 이 정성스러움에 감탄했다. 하기야 평소 원하는 것을 척척 보내주는 것만 봐도 수완 좋고 아끼는 마음이 전해졌지.

아니, 아끼는 마음은 아닌가? 진짜 아꼈다면 대신 감방에 보내지 않았을 테니까.

한참 약을 분류하던 나는 깨달았다.

……그러고 보니 내가 어디가 다쳤는지 적지도 않고 약을 보내

달라고 했구나. 나는 뺨을 긁적였다. 그래서 이렇게 약이 많았어.

'으음. 급하긴 급했구나.'

고르고 골라 리케도르안에게 도움이 될 만한 것들을 추려냈다. 그리고 그중 하나를 들어 뚜껑을 열었다. 박하향 같은 쌉싸름한 약초 냄새가 났다.

"음, 내가 좋아하는 냄새는 아니네. 아파도 참아요? 좋은 약은 몸에 쓰다잖아."

"……."

움찔.

이제 그는 소리도 내지 않고 내 손을 받아들였다. 받아들인다기보다는……. 눈을 꼭 감고 인내하는 모습이었지만. 그렇게 부끄러운가? 아니면 싫은가.

"흐읏, 조, 조금만 천천히……."

"……말을 왜 그렇게 해요?"

오해할 것 같잖아요, 선생님. 체온이 높은 그의 피부에 차가운 내 손이 조금 자극적일 수도 있겠다 싶었다.

"말이요?"

아무것도 아니라고 고개를 저은 나는 전보다 느리게 손을 움직였다. 얼굴에서부터 시작한 약은 천천히 내려가 목과 쇄골에서 멈췄다. 빗장뼈 안쪽 우묵한 곳에 들어간 손이 느린 움직임으로 좌우로 움직인다. 이쯤 되니 나도 신경 쓰지 않을 수가 없다.

빠르게 바른다면 차라리 그냥 넘겼을 텐데. 자꾸만 느려지니……

음미하게 되잖아. 솔직히 이런 감상엔 갈수록 열꽃이 피듯 붉어지는 그의 피부도 한몫했다.

마침내 창살 내엔 숨소리만 가득했다. 텅 빈 방을 메운 고요에 나는 살짝 불편해졌지만 그뿐이었다. 차라리 빠르게 끝내자 싶어 손가락을 하나 더 꺼내 들어 발랐다.

그리고 팔목과 발목, 찢어진 천 사이의 허벅지 아래까지 약을 모두 발랐을 때, 나는 붙잡고 있던 그의 손을 들어 올려 후, 불었다.

"흐으."

파르르르.

"왜 떨어요?"

"바, 바, 바람이!"

"왜요. 손이잖아요. 불어서 말려야 돼요. 특히 수갑 찬 쪽은 이렇게 하지 않으면 덧나요."

다시 한번 후, 불었다.

"……으읏. 하, 한 번만으로 충분……한 것 같아요."

"신음 좀 그만 낼 수 없어요?"

왜 선량한 소녀를 시험에 들게 하는 거야. 미간을 좁혔다. 그러자 그가 그렁그렁한 눈으로 나를 응시했다. 데구루루. 뺨을 굴러가는 옥구슬 같은 눈물에 침을 꼴깍 삼켰다.

하아, 그냥 쳐다보지 않는 게 낫겠다.

"다 됐어요. 다음은…… 뭐지? 아, 진통제네요. 이건 고통을 줄여 주는 약이에요."

환처럼 동그란 약이 유리병에서 데굴데굴 흔들렸다. 나는 의아한 시선으로 날 바라보는 리케도르안을 담고는 눈을 깔았다.

"원래 이것부터 먹어야 하지만 그럼 그만큼 지속시간이 짧아지는 거라서…… 마지막으로 미뤘어요."

그는 이해하지 못한 얼굴이었다.

진통제가 왜 필요한가 싶겠지.

사실 나는 어제도 리케도르안을 찾아갔었다. 철창 안까지는 들어가지 못했지만. 편지의 답장은 도착하지 않았으나 염려되는 마음에 갔었던 거였다.

그리고 나는 차마 들어가지 못하고 문 앞에서 서성였다. 감방을 가득 메운 신음을 들어서였다.

〈으윽, 아흑, 윽. 으.〉

그건 분명히 고통으로 신음하는 소리였다. 그가 이 상처의 고통에 아주 많이 괴로워하고 있었다. 들어가지 못한 건 차마 아무 방법이 없는 상태로는 지켜보지 못할 것 같아서, 그리고 이 신음에도 태연한 한스를 보고 싶지 않아서기도 했고. 그래서 오늘 약이 도착하자마자 이렇게 달려왔지.

"이제 약 먹을까요?"

이 소년은 앞으로 4년을 더 아무것도 없는 깜깜한 감방에서 버티게 된다.

"약이요?"

"네. 아플 때 먹는 거요. 지금 여기 바른 것처럼 낫게 하는 거예요."

하나 상대적으로 죄질이 가벼운 나는 곧 나갈 것이다. 아이러니하게도 그에게 아무것도 아니라서 나는 그를 도울 수 있다. 그가 4년을 버틸 것을 아니까.

안쓰럽잖아.

언젠가 구원받을 때까지만 이 정으로 참아보라고.

이리 생각하는 나는 이기적이니까 그가 딱 이 이기심만큼 목을 축였다가 잊으면 좋겠다.

"이건 삼키는 약이에요."

나는 그의 앞머리를 살짝 어루만지며 말했다.

"먹을 수 있죠? 여기까지 가져왔는데 성의가 무시당하면 슬플 것 같아."

"……먹을, 먹을게요."

"응. 착하다."

그는 빨개진 얼굴로 환약을 받아들고 나를 번갈아 보았다. 한참이 지나도 아무것도 하지 않는 그를 보며 고개를 갸웃했다.

"왜 그래요?"

나를 바라보는 그의 눈이 흐려졌다. 그는 어쩔 줄 모르는 얼굴로 입을 천천히 떼어냈다.

"어, 어떻게 먹는 건가요?"

"아, 설마 처음 먹어봐요?"

끄덕.

여러모로 놀랄 일이었지만 곧 이곳에서는 약의 형태가 대부분 물약이란 것을 떠올렸다. 의무실에도 한가득 물약이었지. 의사 말로는 환 형태로 건조하기 힘들어서라고 했다.

"물을 이렇게 머금고 삼키면 돼요. 꿀꺽."

그러나 이렇게 설명했지만 그는 좀처럼 삼키지 못했다.

'어린아이들이 알약을 먹지 못하는 거랑 같은 건가.'

나는 난감한 얼굴로 그를 응시했다. 약을 빻으면 될까 싶다가도 마땅한 도구가 없었다. 수갑이 단단하겠지만 저건 너무 더럽잖아. 으음, 어떡한다.

"이리 줘볼래요?"

일단 그에게 약을 돌려받고 그대로 숨을 뱉었다. 어쩔 수 없나.

"그럼 내가 먹여 줄 테니까. 딴말하지 말아요. 당신이 못 먹어서인 거니까."

"네, 네네? 아……. 으, 네."

망설이던 그가 눈을 굴리다가 천천히 끄덕였다. 어라. 흠. 오늘따라 묘하게 더 붉은 얼굴인데? 순종적인 것도 그렇고. 나는 고개를 갸웃하다가 이내 그러려니 하고 그의 턱을 붙잡았다.

"입 벌려요."

붉은 그의 입술이 살짝 벌어졌다. 더. 더. 명령과 같은 청유에 입술이 더욱 벌어진다. 환이 꼭 맞은 크기가 됐을 때쯤 약을 집어넣었다.

손가락과 함께.

"쉬이. 내 손가락 씹으면 안 돼요?"

"끕……."

손가락에서 물컹한 안쪽의 살이 느껴졌다. 나는 그가 놀라지 않도록 아주 천천히 손을 집어넣었다. 너무 깊었다간 다시 토해낼지도 몰라. 그러니 더욱 조심스럽고 가볍게……

곧 말캉한 것이 내 손가락을 꾸욱 찔렀다. 아니, 어쩔 줄 모르고 간질이는 것이었다. 흘끗 보니 분홍빛 혀였다. 선홍빛이 도드라진 살은 마치 이 남자처럼 겁이 많고, 파들파들 떨며 조심스럽기 짝이 없었다.

"나 물지 말아요."

그가 눈물을 머금은 눈으로 천천히 끄덕였다.

"옳지. 목구멍 뒤로 넘길 테니까. 뱉지 말고, 삼켜요."

혹시나 토해내지 못하게 그의 혀를 지그시 누르자, 반사적으로 물기 어린 그의 눈이 나를 향했다.

어느새 눈 밑까지 촉촉하게 젖은 눈동자에 잠깐 움찔했지만 이내 나는 태연한 척 그의 혀에 집중했다. 그대로 환을 깊게 밀어 넣었다.

꼴깍.

말캉한 혀가 손가락을 휘감았다. 눌렀기에 반사적으로 나온 행동이겠지.

리케도르안이 내 손가락을 문 채로 나를 응시했다. 이에 잠깐 손가락을 빼는 것을 잊고 멈칫했다. 잔뜩 붉어진 눈 밑, 목 끝까지 피어버린 붉은 열꽃.

그는 집요하리만치 나를 쳐다보고 있다.

본능적인 움직임인지, 그의 혀가 내 손끝을 간질였다. 다른 손끝이 절로 곱아든다. 어쩔 수 없이 닿는 것이라 해도 상당히 외설적이었다.

맨입에 약을 삼켜서 고통스러울 만한데도. 말캉한 혀의 감촉이 그대로 손가락에 휙 감겼다. 윽. 손을 빼내고 싶어도 어느새 내 손을 잡은 그의 손 때문에 움직여지지 않았다.

아니. 왜 빨개지면서 놓아주지 않는 건데?

나는 침묵이 내려앉은 순간을 견디지 못하고 입을 열었다.

"짖어봐요."

"……?"

그의 고개가 갸웃 돌아갔다. 나는 참지 못하고 말했다.

"어서."

차라리 짖는 게 나을 것 같아.

"언제까지 물고 있을 건가요?"

화들짝 놀란 리케도르안이 내 손을 놓았다. 자신도 모르게 나왔던 행동인 건가?

손가락을 손수건에 닦은 나는 얼른 그에게 물을 내밀었다. 그가 물을 마시는 동안 얼른 나머지 손을 닦고, 주머니에 약병을 챙겼다.

"다 마셨죠? 병은 가져가요."

목소리에 다급함이 스몄다. 내 안의 감이 말하길 더는 여기에 있으면 안 된다고 외치고 있었다.

"오늘은 이만 가볼게요. 오늘 밤은 아프지 않을 거예요. 그리고, 나 약속 지켰어요?"

다시 돌아오겠다는 약속은 지켰다. 동시에 다시는 그와 약속을 하지 않는 편이 좋겠다는 것을 느꼈다.

묘한 죄책감을 불러일으키는 저 눈을 계속 보고 있다가는 뭐든 해주겠다 선언할 것 같으니 말이다.

"자, 잠깐."

어쩐 일인지, 리케도르안이 처음으로 나를 불러 세웠지만.

난 듣지 않은 채 등을 돌렸다.

오늘은 날이 아닌 것 같습니다. 선생님.

방으로 돌아간 나는 문이 닫히자마자 숨을 내쉬었다.

휴. 위험했어.

리케도르안의 외모는 사람의 가학심을 자극한다고 할까. 아슬아슬한 경계를 자꾸 쿡쿡 찔러보곤 했다.

아니, 다 자라지 않은 외모가 저 정도인데 성장한 뒤엔 어떻게 되는 걸까? 더 크기 전에 만난 게 천만다행인 것 같다.

"위험했다고. 왜 손가락을 놓아주지 않은 거야?"

자제심이 없었다면 뺨도 부벼보고 깍지도 껴보고. 별 난리 브루스를 쳤을 것 같다. 브루스만 쳤을까? 나는 야릇한 감각을 떠올리고는 침을 꿀꺽 삼켰다. 상상 속 난리 브루스 안에 차마 말을 못할 것 같은 일도 있단 말이지….

나는 얼굴을 쓸어내렸다.

"……나 참 무슨 생각을 하는 거람."

이게 다 이 소설이 19금이었던 탓이다.

고개를 절레절레 젓은 나는 천천히 고개를 들었다.

"어라."

그러고는 바닥에 떨어진 종이를 발견했다. 저 종이는 오빠가 주로 보내는 편지지인데? 종이를 들어 올린 나는 곧 이게 약과 함께 왔었던 편지란 걸 알았다.

급하게 나가다가 떨어트린 건가?

언제나처럼 단정한 글씨였다.

「사랑스러운 내 여동생. ……어디 아파?」

그래. 여전히 단정하고 우아했으나, 다른 날과 다르게 정갈한 글씨가 어딘가 급해 보였다.

「늘, 너를 걱정해. 언제나. 네가 보고 싶거든.」

시선은 곧 마지막 구절에 머물렀다.

「내가 갈까?」

3
숨바꼭질

편지를 물끄러미 바라보던 나는 고개를 갸웃했다.

이곳에 온다고?

뭐. 이상한 일은 아니지만. 확실히 내 가족이니 오빠란 사람이 찾아와도 특별한 일은 아니었다.

특히나 여기는 르나그가 지배하는 곳이고, 그 르나그가 체이서와 손잡았으니까.

하지만 아무렇지 않게 방문한다는 말이 나오다니 역시 이아나의 집안이 악당 수하 집안이라는 게 확실한 것 같았다.

왜냐 보통은 귀족 죄수의 가족들이 방문을 잘 하지 않았다. 보안이 철저하기도 했으나 귀족들이 보통 이곳의 관리자, 철혈 후작 르나그를 꺼린단다.

이 거대한 감방을 이끌어가는 잔혹하고 냉정한 성격과 결핍된 인

성 때문이라나. 이건 같은 죄수 동기들에게 들은 말이기도 했다.

그런 그가 지배하는 곳에 친히 온다고 하니 모종의 관계가 있을 거라는 가설에 힘이 실린달까.

'물론 갑작스러운 말이기도 하지만.'

달리 생각하면 오빠가 찾아오는 게 나쁜 일은 아니었다. 그리고 사실 별 감흥 없다고 해야 하나. 아, 얼굴이 궁금하긴 하다. 지금까지 이것저것 보내줬으니. 따지고 보면 나는 이 오빠란 사람이 '이아나'에게 가진 생각을 잘 모르겠다.

"어떤 사이였을까."

듣기로 나는 오빠와 아빠의 죄를 대신해서 잡혀 온 거라는데, 대체로 이곳에서 가족 대신 잡혀 온 이들은 자신을 집어넣은 가족과 사이가 좋지 않았다.

〈여기서 나가기만 해봐. 날 여기 넣은 동생놈을 고자로 만들어버릴 거예요! 아주 그냥 대를 잇지 못하게 할 거야!〉

자기 동생을 씹어대는 옆방 샐리만 봐도 그랬다.

그런가 하면 비슷한 처지인 또 다른 죄수는 체념하기도 했다. 분노와 체념. 이처럼 그들이 보이는 태도는 이 두 가지 중의 하나였다. 나야 시작이 감방이어서 별생각 없었지만.

"흐음. 나한테 미안해서 잘해주는 건가?"

이로 추론해보면 이것저것 많이 보내주는 오빠는 내게 미안해서 이러나 싶기도 하다. 나야 이런 물질적인 보상이 땡큐고 잘 이용해 먹고 있어서 좋지만 말이지. 과연 어떤 생각을 하려나?

'아무튼 이 편지는 날 걱정하는 거겠지?'

단정한 글씨가 조금 흐트러진 것만 봐도 그랬다.

그래도 가족이긴 한가 보네.

나는 고개를 살짝 돌려 거울을 바라봤다. '오빠'는 어떻게 생겼을까.

"내 얼굴을 닮았다면 괜찮은 미남이겠는데."

거울 속의 나는 연한 분홍빛 머리칼을 하고 연한색 눈동자에 순진한 인상이었다. 아주 순한 인상. 길 가다가 옥장판 사실래요? 하면 어머나! 따뜻해요? 하고 살 것 같달까.

거기에다가 속눈썹이 무척 길고 풍성해서 사슴 같은 느낌이 들었다. 끔뻑, 감았다가 뜨이는 눈 사이로 연한 자색 눈동자가 보였다. 붉은 기가 살짝 섞여서 오묘한 색이었다.

솔직하게 내게 잘해주는 간수들 및 동료 죄수들의 행동에는 외모 덕도 조금 있지 않나 싶다.

예쁘긴 예뻐.

그럼 오빠도 미남이려나. 아마도 오빠 또한 나와 비슷한 색을 지녔을 거다. 남매이니.

"좋아, 위험인물 중에 분홍 머리칼은 없었단 말이지."

그리고 책 속 주요인물 중 나와 같은 분홍 머리색은 없었다. 이아나가 주연과는 동떨어진 인물이라는 사실을 새삼 되새겼다.

책상 서랍을 연 나는 편지를 편지 더미 위에 올려놓았다. 이미 서랍 속엔 가지런히 정돈된 편지가 가득했다. 이 편지 대부분이 텅 빈 편지지이지만.

빳빳하게 펴진 편지들을 보다가 슬쩍 웃고는 서랍을 닫았다. 그러고는 침대에 드러누워 눈을 감았다.

"어휴, 약 바르는 것도 일이었네."

문득, 손가락이 간질간질한 기분이 들었지만. 이게 무엇 때문인지 떠올리곤 눈을 꾹 감았다.

며칠 뒤, 한동안 내리던 비가 멎고 다시 화창한 하늘이 모습을 드러냈다.

날이 다시 갰지만, 땅이 질퍽해서 아직 산책은 무리였다. 이 나라는 이렇게 간헐적 우기가 반복된다나? 그래서 오늘은 응접실 행이었다.

"이게 마지막 우기일지도 모른다네. 아가씨."

언제나처럼 설명하기 좋아하는 남작 아저씨의 말을 들으며 끄덕였다. 그러고는 응접실을 쭉 돌아본 나는 고개를 갸웃했다.

'오늘따라 분위기가 묘하게 들뜬 느낌인데.'

아닌 게 아니라 다른 날보다 조금 소란스러웠다. 정확히는 남자 죄수 말고 여자 죄수들 쪽이 말이다.

"꺄하하하, 정말? 정말이야?"

"그렇다니까!"

여성 죄수들이 삼삼오오 모여서 방 오른쪽 소파 구역을 한가득 채운 채 화기애애하게 담소를 나누고 있었는데, 그들 사이에서 보통 때는 들리지 않던 꺄르르, 웃음마저 터져 나왔다.

아무리 평화로운 감방이라도 감방은 감방. 여기 갇힌 것만으로 우울해하는 이가 있었다. 이런 이들 때문이 아니라도 대체로 감옥이란 이름이 주는 느낌 때문인지 차분하고 고요한 분위기였다.

특히나 여인들은 죄를 지은 사람보다는 대신 온 이들이 많아서 더욱 그랬고. 오히려 평온한 나나 화를 표출하는 샐리가 드문 타입이었다.

"오늘따라 꽤 어수선하네요."

하나 그 샐리마저 오늘은 얼굴을 붉히며 가주인 동생을 까는 대신 신나게 대화하고 있다. 그것도 볼을 살짝 붉혀가면서.

무슨 일인가 궁금했지만, 일단 나는 자리에서 일어났다.

내가 한 일은 테이블에 놓인 쿠키를 주머니에 몰래 한가득 담는 것이었다.

응접실 쿠키가 식사 시간에 나오는 것보다 맛있단 말이지.

오늘 응접실에 온 건 이거 때문이었다. 몰래 주머니에 담는다고 했지만 사실 이 정도는 간수도 귀엽게 봐주는 정도라 거리낌 없이 당당했다.

"어딜 가나?"

"신나는 모험이요?"

나는 남작 아저씨에게 손을 흔들어주고는 응접실을 나섰다. 당연하겠지만 내가 향한 곳은 리케도르안의 감방이었다.

끼익. 이제는 숨소리처럼 익숙해진 감방의 문을 열었다.

"안녕하세요, 한스."

다른 날과 다를 것 없이 한스에게 인사와 담배를 건네고 철창 안으로 들어섰다. 꿉꿉한 냄새도 더는 숨 막히게 느껴지지 않았다.

그치만 여전히 조금 괴롭긴 한데, 다음엔 '오빠'에게 방향제를 가져다 달라고 해볼까.

"왕?"

"안녕."

리케도르안이 고개를 들었다.

"왕!"

동그랗게 뜨인 눈동자에 반가움이 가득했다. 끙끙대는 그를 향해서 얼른 걸어가던 나는 잠깐 멈칫했다.

……조금 컸나?

묘하게 그가 전보다 크게 보였다. 많이는 아니고 미묘한 차이이긴 한데. 그를 본 지 이제 두 달 가까이 되는 시점인데, 이 짧은 시간 안에 크기도 하나?

"잘못 본 건가."

고개를 갸웃한 나는 리케도르안 앞에 쪼그려 앉았다. 기다렸다는 듯이 머리를 들이미는 그의 턱밑을 간지럽혀 주고는 머리를 쓰다듬었다.

"오늘 간식은 쿠키야. 쿠키 좋아하지?"

포장지를 뜯어내자 리케도르안이 기다렸다는 듯이 고개를 박고 먹었다. 얼마나 허겁지겁 먹던지 몇 개는 바닥으로 흘러내린 것도 있었다.

"어, 잠깐만!"

그의 얼굴이 바닥으로 향하는 것을 본 나는 황급히 그의 머리를 잡았다.

……아니, 잠깐만. 그래도 바닥에 떨어진 걸 먹으면 안 되지.

"안 돼, 안 된다고!"

우리 인간으로서 마지막 존엄성은 지키자!

나는 끙끙대는 그의 이마를 잡고서 말했다.

"안 돼. 기다려."

리케도르안의 눈이 흔들렸다.

"낑, 끙끙."

"쓰읍, 안 돼. 빌어도 안 돼."

"낑낑!"

"귀여운 척해도 안 돼. 돌아가."

이 바닥이 얼마나 더러운데 떨어진 걸 주워먹겠다는 거야? 나는 언제 청소한 건지 모를 때 낀 바닥을 보고 기함하고는 시선을 돌렸다. 아무리 위생관념 없는 시대라도 이건 아니다.

"자, 새것 줄게, 이거 먹어. 왜 바닥에 떨어진 걸 먹으려고 해, 응?"

"왕왕!"

"……이제 그만 사람의 말을 할 생각이 없니?"

가만 보면 대부분의 말을 이해하고, 알아들으면서 말은 못 하다니 참으로 아이러니한 일 아닌가?

나는 그리 생각하면서 쿠키의 반쯤 먹어치운 그를 바라보았다. 이어 쿠키 말고도 주섬주섬 챙겨온 것을 펼쳤다.

"자자, 여기 한번 볼래? 짜잔. 이게 뭐게!"

최근 내가 리케도르안을 데리고 시도하는 것은 바로 이거였다.

"책이야, 책."

감방 내에 작은 서고에서 가져온 것으로 그림이 간간이 있는 동화책이었다. 어째서 감방에 서고씩이나 있는 것인지 모르겠지만. 남작 아저씨 말로는 고상한 귀족의 취미는 대다수 독서라나?

그런 것치고는 아무도 안 읽던데.

아무튼 귀족 죄수 한정 복지만은 끝내주는 곳이라, 이러니 감방에서 눈을 뜨고도 평온하게 보내는 거지만.

"자. 생각해보니 당신요, 듣기가 되는데 말하기가 안 되는 건 말이 안 돼요."

"왕?"

"응. 그 개소리 말고 사람 소리요."

생각해보면 책 속 리케도르안은 분명 짐승일 때도 사람의 말을 했단 말이지. 그럼 여주인공을 만나기 전까지 어떻게든 배우거나 단련했다는 소리다.

적어도 그 시기가 나와 만났을 때는 아닌 것 같지만.

어차피 사람 말을 하는 거라면, 조금 빨리 배워도 상관없지 않겠어?

"그래도 당신 사람인데 계속 개처럼… 아니 어감이 이상하다. 강아지같이 이러면 되겠어요? 아니, 핥지 말고."

"왕왕왕!"

"……기다려!"

착.

아니. 왜 이것만 잘 듣는 건데.

나는 끙 한숨을 쉬다가 책을 바라봤다. 그래 읽어주다 보면 달라질지도 모르지. 어차피 출소 전까지는 남는 게 시간이었다.

"자, 들어봐요. 아니. 부산스럽게 돌지 말고. 당신 꼬리도 없잖아. 앉아!"

착.

"……잘했어요. 그 상태로 들읍시다."

꼬리도 없으면서 자리에서 뱅글뱅글 도는 건 대체 뭘 표현하고 싶은 걸까. 갈수록 그의 행동이 눈에 잘 읽히는데, 하아, 이런 능력은 필요 없다고.

"이건 별이고, 이건 달. 그리고 저건 해. 우리 간단한 것부터 해봐요. 자, 달."

"왕!"

"……해."

"왕왕!"

"……당신 의지가 없는 거지?"

나는 참지 못하고 그의 뺨을 잡아서 쭉 늘렸다. 그가 잡힌 채로 끙끙거렸다. 함께 산책하며 알게 된 건데 내게 경계를 푼 그는 더는 이빨을 드러내거나 날을 세우지 않았다. 물론 여전히 눈빛은 사나운 편이지만 이것도 보다 보니 익숙해졌다고 할까. 이렇게 꼬집어도 물진 않더라?

"컹컹, 말고 별!"

"아르르르?"

"아니. 개소리 말고 사람 말이요!"

몇 번 시도했지만, 왕왕 아니면 컹컹. 거기서 거기인 짐승의 소리를 듣고는 책을 내려놓았다. 포기한 건 아니었다. 단어 책 대신에 좀 더 이야기가 많은 동화책을 펼쳤다.

그래. 듣기라도 계속 들으면 언젠가는 말을 할지도 모르지.

"……그렇게 소녀는 마침내 저주에 걸린 왕자님을 만났습니다."

나는 흘끗 리케도르안을 응시했다. 웬일인지 그는 얌전히 앉아 이야기를 듣고 있었다.

난 고개를 갸웃했다. 신기하네. 조금 전엔 몇 분 이상을 가만히 못 있더니.

난 그의 얼굴을 물끄러미 보다 시선을 돌렸다.

"왕자님은 용에게 물려 한쪽 얼굴이 새까맣고 옷은 불에 활활 타고 있었어요. 소녀는 왕자님에게 아프지 않으냐고 물었어요. 왕자님은 다시 물었어요. '아픈 게 뭔가요?'"

동화는 전형적인 내용이었다. 왕자님이 탑에 갇히고 용사님이 구하러 오는 내용. 보통은 공주님이 탑에 갇히던데 왕자님이 갇힌 것이 조금 달랐지만.

사실 눈의 여왕같이 주인공이 남자친구를 구하러 가는 내용이 취향이라 더 좋았다.

"저는 아픈 게 뭔지 몰라요.' 왕자님의 말에 소녀는 울상을 지었습니다. '지금 왕자님이 느끼고 계신 거요. 뜨겁고 따끔따끔한 것. 전부 아프다는 거예요.' 소녀는 왕자님을 구하기로 마음먹었습니다. 왕자님을 구하기 위해서는 아주 나쁜 용을 무찔러야 했지요."

소녀는 결국 지혜와 현명함을 무기로 용을 무찔렀다.

용이 쓰러지고 왕자를 구출한 소녀가 왕자의 손을 잡는 순간 거짓말처럼 저주가 풀렸다……

마지막을 읽는 순간 나는 고개를 살짝 들었다.

……그러고 보니 이쪽도 탑에 갇힌 왕자님이네.

감방이긴 하지만.

"그럼 이쪽은 몰락 귀족 아가씨가 주인공인가."

여주 언니는 아주아주 밝은 주홍색 머리칼을 가졌다.

리케도르안은 이를 두고 태양 같다 표현하곤 했는데, 퍽 잘 어울리는 말이었다.

그리고 이어서 나온 뜨거운 관계에도 걸맞은 표현이기도 했지.

다른 이야기지만 여주 언니 진짜진짜 이쁘다던데.

"저주에서 풀려나 행복하게 살았습니다는 비슷하겠다."

리케도르안은 어느새 얌전함이 해제되고 내게 마구 얼굴을 비비고 있었다. 나는 그런 그의 머리를 쓰다듬었다. 그는 이 덩치로 밀면 내 몸이 형편없이 밀린다는 것을 알아주면 좋겠다. 리케도르안은 마른 듯 보여도 탄탄했다.

나도 만져보고 알았지만.

"그만 밀어. 넘어진다."

넘어지지 않으려 한 팔로 몸을 지탱하고 그의 힘에 따라 살짝 허리를 뒤로 젖혔다. 이제 그는 내 손을 가져다 킁킁 냄새를 맡았다.

내 손에서 쿠키 냄새라도 나나. 은실 같은 그의 머리칼을 조심스럽게 쓰다듬던 나는 문득 입을 열었다.

"있잖아. 감방에 오빠가 온대. 나한테 오빠가 있거든."

뺨을 부비던 리케도르안이 슬쩍 눈을 들어 올렸다. 오늘은 이성을 되찾는 시간이 늦네. 하지만 변하는 시간은 언제나 들쭉날쭉이었다.

"오빠의 얼굴이 궁금하기도 하고. 한편으로는 안 봐도 상관없을 것 같기도 해."

"……."

오빠가 감방으로 온다고 했지만 마지막으로 편지를 보낸 이후로 별다른 소식은 없었다.

그래서 그냥 한번 해본 소리인가 싶기는 하지만. 이미 한 번쯤 보고 싶은 호기심이 치켜든 뒤였다.

나는 느리게 고개를 기울여 리케도르안을 보곤 살짝 웃었다.

"네가 사람 말을 조금만 할 수 있으면 좋은데."

짐승일 때의 모습이랑도 말을 해보고 싶은데, 어려우려나.

"사실 너를 보러 와서 조금 덜하긴 한데. 이전까지 여긴 조금 지루했거든."

감방은 생각 이상으로 규칙적이고 약간은 강박적인 곳이었다.

나는 손을 보드라운 그의 뺨에서 머리칼로 쓸어 올리다가 그대로 바닥에 내려놓았다. 이제 내가 이쪽에 온 지 5개월이 조금 넘었나.

"난 언제 출소할 수 있으려나…"

나는 그의 머리를 한 번 더 쓰다듬고는 자리에서 일어났다.

"또 보자."

그러고는 그의 손에 남은 쿠키를 쥐어 주고 등을 돌렸다.

툭.

마지막 순간 쿠키가 뚝 땅에 떨어진 것 같았지만, 잘못 본 것이려니 했다.

그가 먹을 것을 땅에 버릴 리 없었으니까.

'오빠'가 찾아오겠다고 했지만, 그날 이후 며칠이 지나도록 감감무소식이었다. 아니, 완전히 무소식은 아니었지. 이틀 뒤에 다시 빈 편지지가 도착했으니까. 그러나 그곳엔 전처럼 나를 염려하거나 오겠다는 글은 적혀 있지 않았다.

"역시 그냥 해본 소리였나?"

나는 화창한 하늘을 바라보며 생각에 잠겼다. 아쉽다고 하기에는 미묘했다. 굳이 따지자면 그냥 한번은 이아나의 가족을 보고 싶었던 마음이랄까.

나는 천천히 기억을 거슬러 올라가, 이곳에서 처음 눈을 떴던 날을 떠올렸다. 눈을 뜨니 새하얀 천장이었지.

나는 감방의 의무실에서 깨어났다.

〈이, 일어났습니까? 세상에! 당신 심장이 멈췄었어요!〉

의원의 말로는 잠깐 심장이 멎었다나.

평소에 이아나의 몸은 아주 약한 편이었다고 한다. 어째서인지 내가 깨어나고 나서는 감기 한 번 치르지 않았지만 말이다.

사실 눈을 뜬 순간 그리고 심장이 한 번 멎었다는 생각이 든 순간 본능처럼 드는 생각이 있었다.

원래의 이아나는 죽었구나.

자연스럽게 받아들이게 된 사실이었다. 마치 누가 귀에 속삭여주듯이.

이 몸은 내 거야. 몸에 각인되는 사실에 소름이 돋았다.

'엄청 혼란스러웠었지.'

이처럼 나라고 처음부터 태평했던 것은 아니고 이게 대체 무슨 일이냐는 과도기와 부정기를 거쳐서 지금이 내가 된 것이었다.

아무렇지 않게 받아들이기엔 너무 큰일이니까 말이다.

좀 나사 빠진 채로 살면 이러다 언젠가 집에 갈 줄 알았는데.

출소하고 나면 생이 편할 줄 알았는데, 슬슬 아니라는 생각이 들곤 한다. 안 돼. 아닐 거야. 출소하면 어디 공기 좋은 곳에 요양이나 가려고 했는데.

그러나 곧 담담하게 풍경을 응시했다. 그래. 지금 고민해봐야 뭐 하겠어. 닥쳐오면 그때 생각해보지.

"오늘은 리케도르안의 산책도 없고."

때마침 오늘 아침에 리케도르안의 산책에 오지 않아도 된다는 얘기를 들은 참이었다. 새로 들어온 구속구가 있다는데 그걸 실험해볼 거라나. 생각이 복잡하다는 이유로 오늘 응접실을 대신해 정원을 택한 참이다.

벤치에 앉은 채 숨을 내쉬었다. 참으로 오랜만에 홀로 맞이한 하늘과 공기는 쾌청하기만 했다.

"심심해 보이네요?"

낯선 목소리에 시선을 돌리자 방글방글 웃는 남자가 보였다.

누구지? 처음 보는 얼굴인데. 나도 모르게 정원을 훑었다. 그러고 보니 오늘따라 정원에 죄수가 평소보다 많은 것 같았다.

"오늘 중간동까지 함께 열렸어요. 처음 아셨구나?"

중간동이라면 가벼운 죄질만 저지른 내가 있는 곳과 달리, 조금 더 죄질이 무거운 이들이 있는 곳이었다.

살인과 방화, 반역까지의 범죄는 아니지만 그렇다고 가볍지도 않은… 가족 대신 온 이들이 대부분인 내 층 사람들과 다르게 이른바 '진짜 죄인'이란 소리다.

"너무 경계하지 말아요. 나쁜 놈은 아니에요."

"보통 그렇게 말하는 사람이 나쁜 놈이던데."

"진짜 아니래도?"

남자는 선량한 얼굴에 미소를 그리며 고개를 저었다. 나는 본능적으로 간수들의 위치를 파악했다. 확실히 간수 또한 다른 날보다 많았다.

"이번에 총관리장의 줄타에 인원이 많이 빠져나가고, 중간동 산책 감시 인원이 부족해서 당신들과 함께 산책을 하게 된 거라 하더라구요. 궁금해하는 것 같아서."

딱히 궁금하지는 않았는데. 설명을 좋아하는 사람인가? 나는 어깨를 으쓱해 보였다.

"너무 경계하지 말아요. 우리 동은 엄선된 사람에게만 산책을 허락하니까."

"엄선?"

"여기요."

남자가 자신의 관자놀이를 톡톡 두드렸다.

"정상인 사람만 산책할 수 있다나."

나는 새삼스러운 눈으로 남자를 관찰했다. 하늘을 배경으로 비온 대지처럼 잘 어우러지는 갈색 머리칼이 한들한들 흔들렸다.

조금 장난스러운 녹색 눈을 바라보던 나는 눈을 가늘게 좁혔다.

"내 이름은 제이르예요."

나는 움찔했다. 역시나. 색 조합이 익숙하다 싶었더니.

"그리고 당신을 꼭 한번 만나고 싶었어요."

제이르. 아니, 제이르 유타 투펜포스. 이 책의 조연이자, 여주인공과 리케도르안의 탈옥을 돕는 이였다.

이 시점부터 여기 있는 줄은 몰랐는데. 혹 있어도 볼 일이 없을 거라고 여겼지. 이로써 이 감방에서 중요한 주조연은 거의 만난 것 같다. 전혀 기쁘지는 않지만.

그보다 나를 만나고 싶었다니? 나는 고개를 갸웃했다. 마침 제이르가 말을 이었다.

"이전에 당신이 산책하는 모습을 멀리서 봤거든요. 음, 정확히는 누군가를 조련한다고 해야 하나. 다루는 모습을요?"

"당신이 볼 수 있는 모습이 아닐 건데요?"

"말을 뭘 어렵게 하시나, 나 탈옥했어요."

……그게 자랑스럽게 말할 일이니?

지금 사람 좋은 척 빙글빙글 웃고 있지만 그는 탈옥에 있어 타의 추종을 불허하는 능력을 가졌다. 더구나 책 속에서 이 남자는 단순히 리케도르안의 탈옥을 돕는 이가 아니었다. 그는 죄인인 척 가장하고 있을 뿐 헤르님 쪽 사람이자 마법사였다.

그리고 훗날 대공이 된 리케도르안의 오른팔이자 충실한 보좌관이 되는 이이기도 했다.

"아무튼 그 모습을 보고 관심이 생겼어요. 사실은 내가 마법사거든요. 마법사들이 연구 거리에 눈이 확 돌아가는 성향을 가진 건 아실 거라 생각해요. 유명하니까."

그가 제 가슴에 손을 얹었다. 나는 콧잔등을 찡그렸다.

"정말 마법사라면 내게 그런 얘기를 하면 안 될 텐데요. 마법사는 감옥 위치가 다를 텐데?"

"누가 들을까 봐 이러는 거라면 그러지 않아도 돼요. 이미 아무도 듣지 못할 거거든요."

제이르가 손바닥을 펼쳐 보였다. 나는 흠칫 놀라 얼른 근처 간수를 응시했다. 간수는 태연한 표정이었다. 그러나 자세히 보면 눈동자의 초점이 흐렸다.

"지금부터 딱 5분간 간수는 아무것도 기억 못할 거예요."

숲처럼 진한 녹안이 장난스럽게 휘어졌다. 책 속에서 웃음이 많은 제이르였지만, 난 그가 결코 가볍지 않은 성격을 가졌음을 알았다.

"난 그냥 재미난 얘기를 해주러 왔어요. 당신이 보살피듯 아끼던 그 죄수에 대해서요."

제이르가 고개를 기울였다.

"왕왕 짖는 모습 봤죠. 그거, 짐승이 되는 저주인 거 알아요? 아주 오래된 저주인데… 보통 사람은 아마 잘 모를 거예요."

헤르닝 대공가에 내려오는 저주는 그들 중에서도 소수만이 아는 저주였다. 그러니 아마 내가 모를 거라 생각하고 대놓고 이야기하는 것일 터다.

하나 갑자기 대뜸 찾아와서 이러는 이유를 알 수 없었다.

"그래요, 짐승이 되는 저주란 말이죠. 처음 짐승 될 때는 언어조차 못한다고 해요. 모습만 사람일 뿐 말도 행동도 아주 짐승인 거죠.

그런데 그렇게 살면 너무 불편하잖아요? 그래서 저런 저주를 앓는 이들에게 임시방편으로 각성이란 걸 시켜주곤 해요. 이 역할을 마법사가 맡죠."

"그런 이야기를 내게 하는 이유가 뭐죠?"

"당신도 궁금하니까 들은 거잖아요?"

더욱 뜻을 알 수 없는 그의 말에 나는 눈을 살짝 찌푸렸다. 궁금하긴 궁금한데. 더 알고 싶지 않은 마음이 함께였다.

"그런데, 당신과 있던 죄수는 보니까 아직 각성을 하지 않은 상태더라구요? 저대로는 짐승일 때도 그저 짐승의 말과 행동만 반복하는 불쌍한 처지로 살겠죠."

⋯⋯아니. 그럼 누가 리케도르안에게 짐승의 말만 가르쳐서 말을 못 하는 게 아니었단 말이야?

내가 아주 엉뚱한 오해를 했었네. 난 동요를 숨기며 태연한 척 제이르를 응시했다. 그럼 책 속에서 리케도르안이 짐승일 때도 사람의 말을 했다는 건, 제이르가 각성인가 뭔가를 걸어줬기 때문이라는 건데.

제이르가 내게 다가온 이유를 알 것 같았다. 그는 책 속에서 리케도르안에게 목숨을 다해 충성하는 인물이었다.

지금에야 정확히 어떤 마음인지 모르겠지만 리케도르안을 도우려는 것 같다. 그렇지 않았으면 정체를 들키는 걸 감수하고 내게 말을 걸지 않았을 테니까.

물론 그는 내가 이미 모든 진실을 안다는 걸 모르겠지만.

"지켜보니까 아가씨는 꽤 호기심이 많은 사람인 것 같아요. 그러니 그 죄수의 상태도 알아차린 거죠?"

"틀린 말은 아니긴 한데. 지켜볼 만큼 많이 봤다는 소리예요?"

"네. 탈옥이 취미거든요."

…정말 부러운 취미이긴 한데. 만약 내가 중죄인이었으면 바로 혹했을 것 같다. 탈옥 꿀팁 좀 알려달라고 말이다.

"내게 원하는 게 뭐예요?"

"네?"

"간수까지 저리 만든 걸 보니, 할 말이 있어서 찾아온 거 아닐 거예요."

그러자 제이르가 나를 빤히 쳐다보나 싶더니, 곧 녹색 눈이 빙긋 휘어졌다. 그가 살짝 휘파람을 불며 역시, 하고 중얼거렸다.

반면 난 저 반짝반짝한 눈동자가 부담스러워졌지만.

"아가씨가 내 마법적인 호기심을 충족시켜줬으면 해서요."

"호기심?"

"네. 나는 짐승의 저주를 가진 사람에게 각성을 걸어줄 수 있는 마법사거든요. 오랫동안 연구하고 싶었던 소재를 보니 손이 간지러워서 말이죠."

그저 호기심인 척 꾸몄지만 제이르의 진짜 목적을 알 수 있었다.

그러니까 날 통해서 리케도르안에게 마법을 걸겠다 이거구만? 웰까. 왜 굳이 지금? 어차피 기회는 많을 텐데 왜 날 통해서 공개하는 위험을 감수하는 걸까. 이러면 리케도르안의 감방 생활이 조금 더 이르게 편해지니까?

하지만.

"제가 들어줄 이유는 없는데요."

"오, 제 마법적 호기심을 충족시켜드리면 지금 아가씨를 해코지 않을게요."

"협박하는 거예요?"

제이르의 눈이 실눈같이 가늘어졌다.

"농입니다. 대신 언제든 단 한 번 뭐든지 도움을 드릴게요. 마법사의 도움은 흔치 않은 기회인 걸 아실 거예요."

확실히 나쁘지 않은 거래이긴 했다. 다만, 저 제이르를 써먹을 수 있는 기회가 실상 내게 딱히 득 될 게 없다는 거다.

내가 조연을 써먹을 일이 뭐가 있겠어. 출소하면 원작이랑 상관없는 곳에 가서 잘 먹고 잘살 건데.

그러나 다음 순간 난 고개를 끄덕이고 말았다. 제이르가 덧붙인 말 때문이었다.

"아마 죄수도 엎드려서 땅의 걸 주워 먹는 대신 스푼을 사용하게 되겠죠. 농 같지만, 그 죄수에게도 나쁜 일은 아닐 겁니다."

단순하게도 그 제안이 마음에 들었다. 제이르가 도움 어쩌고 선심 쓰듯 내세운 것보다 더욱 말이다. 그렇지 않아도 리케도르안이 자꾸 떨어진 쿠키를 주워 먹어서 곤란했지.

"어려운 일인가요?"

"전혀요. 그저 이것만 건네면 되거든요."

그렇게 말하며 제이르가 손을 들어 올렸다. 그는 자신이 내 손바닥에 마법을 걸어줄 테니 리케도르안에 다가가 '시동어'만 외우면 된다고 설명했다.

"이건 내가 만든 마법이에요. 말하는 순간 발동할 테죠."

자신이 직접 만든 마법. 리케도르안에게만 듣는 한시적인 마법이라나. 이렇게 체계적인 설명을 보아선 이 접근은 역시 의도적이었단 얘기다.

"준비성이 빠르시네요?"

"네. 이미 만들고 아가씨를 설득해볼까 했거든요. 난 무척 학구적인 성격이라서요."

그런 것치고 왜 감방에 있느냐 대꾸하려던 나는 그대로 고개를 저었다.

왜긴 왜겠어 헤르님 쪽 사람이니까 그렇지.

우두머리가 체이서 쪽인 것에 반해 죄수들 곳곳에는 헤르님 쪽 사람이 섞여 있었다. 아무리 대공이 리케도르안을 버렸다지만 방치한 것만은 아니었단 소리겠지.

알았다고 하며 손을 내밀 때였다.

"그런데 어쩌죠? 이거, 밤에 진행해야 해요."

······뭐?

"이 마법은 달의 힘에 영향을 받거든요."

제이르의 손이 내 손목을 무례하지 않게 잡았다. 그의 손 주변에서 희미한 빛이 휘휘 돌았다.

"저기요, 무슨 소릴 하는 건가요? 내가 밤의 감방을 벗어나서 갈 수 있다고 생각해요?"

"그러니까 그 점까지 도와드리려고 하는 거죠."

제이르가 손을 떼어내자, 내 손목에는 없던 팔찌가 생겨났다.

그의 눈처럼 녹색의 끈으로 된 팔찌였다. 중심에는 반투명한 보석이 반짝거렸다.

"이걸 사용하면 될 겁니다."

제이르가 작게 속삭였다. 그런 그의 속삭임 뒤로 내 손등에 푸른 빛이 피어올랐다. 빛이 가라앉으며 손목 안쪽으로 지팡이 모양의 문양이 덧그려졌다.

이게 마법 문양이라고?

"다 됐습니다."

제이르가 씩 웃었다. 그러고는 뒤로 살짝 물러나서는 박수를 쳤다. 난 의심스러운 눈으로 그를 보았다.

"이거, 죄수에게는 해가 되지 않는 거죠?"

"아, 네. 그 마법, 기분은 괜찮을 겁니다. 부작용이 살짝 있겠지만?"

부작용? 미간을 찡그린 내가 그를 노려보자, 제이르가 얼른 고개를 저었다.

"별건 아니에요. 갑작스럽게 성장하는 정도? 금방 원래대로 돌아오겠지만요."

제이르는 손을 딱 튕기더니 마법을 풀었다고 속삭였다. 그러고는 얼른 등을 돌렸다. 오래 같이 있는 모습을 보여 좋을 것이 없다나.

나는 눈을 좁히며 멀어지는 등과 팔찌, 손등에 새겨진 푸른 문양을 번갈아 봤다.

……별거 아닌 게 아닌 것 같은데.

─깊은 밤.

나는 죽은 듯이 잠든 풍경 속에서 몸을 일으켜 세웠다.

스르륵 일어나기 무섭게 머리를 한데 묶었다. 곱슬이라 부스스한 머리카락이 핀에 걸려 악, 소리를 냈지만 덕분에 눈이 말똥말똥해진다.

"후……."

방금 일어난 것처럼 보이지만 사실 한숨도 자지 않았다. 잠들면 일어나지 못할지도 모르니까.

"하마터면 잠들 뻔했네."

나는 유달리 밤잠이 많았다. 물론 밤잠이 없는 사람이 어디 있겠냐 만은. 유달리 깊은 잠을 자서 업어 가도 모를 정도라는 거다. 그러니 밤중에 일어나려면 차라리 처음부터 자지 않는 편이 나았다.

〈새벽에도 경계요? 당연히 서죠. 하지만 중죄인 구역보다는 느슨하죠. 아무래도.〉

친하게 지내던 간수에게 술을 넘겨주는 척 새벽 경계에 관한 정보를 들었다.

〈사실 이건 비밀인데, 가장 가벼운 죄질의 죄수들……. 그러니까 여기는 새벽에 보초를 거의 서지 않는 거나 마찬가지예요. 귀족들은 잘 나가지 않잖아요. 탈옥도 그렇고.〉

남작 아저씨 말에 따르길 평소 귀족들은 사교계 현장에서야 밤을 지새우거나 밤놀이를 즐기지만 그렇지 않을 때는 비교적 적당한 밤에 잠들어 정오에나 일어나는 게 미덕이란다.

물론 남성과 여성의 차이가 있다 하지만 실상 그렇게 다르지 않다고 했다. 그리고 이 감방의 규칙적인 생활에 물든 이일수록 밤에 얌전히 자는 편이고, 결과적으로 이 구역은 새벽에 무척이나 평화롭단다. 아무 일이 없어서 지루할 정도로.

〈그러니 가끔은 간수끼리 모여서 시시덕거리기도 하고 그렇죠. 이아나가 준 걸 이때 즐기기도 하고?〉

〈아하. 술. 언제 마시나 했더니 새벽에 몰래?〉

〈하하하. 이거 간수관리장님께는 비밀입니다?〉

〈물론이죠.〉

들자 하니 이 구역 간수는 많아야 다섯, 평균적으로는 넷이라 했나. 나는 숨을 삼켰다.

……감방에서 첩보물을 찍을 줄은 몰랐는데.

그러나 손안에서 찰랑거리는 팔찌를 본 나는 결심을 굳혔다. 그래. 규칙적이고 조금은 지루하던 생활에 물리던 찰나에 잘됐지!

그리고 매번 왕왕! 짖는 남주님을 보면 언제 사람이 되나 착잡하기도 했고.

"팔찌를 먼저 쓰라고 했지?"

팔찌를 비롯해 사탕 등 준비를 단단히 한 나는 제이르가 준 팔찌를 꾹 쥐었다. 팔찌엔 총 세 개의 보석이 달려 있었는데, 팔목에 얌전히 놓인 것 중 첫 번째 보석을 꾹 문질렀다.

"……〈야람〉."

제이르가 알려준 시동어를 중얼거리자, 은은하게 피어오른 금색 빛무리가 온몸을 휘감았다.

"아, 놀라라."

그대로 사라진 황금빛을 보다 손을 내려다봤다. 이걸로 된 걸까?

"……내 눈으로 확인할 수는 없겠지."

나가서 확인하는 수밖에 없단 얘기다. 나는 문으로 살금살금 다가가 문고리를 잡고 다른 시동어를 중얼거렸다.

제이르가 이 팔찌에 걸어준 마법은 총 3개.

두 번째 보석에 담긴 건 지금처럼 잠긴 문을 조용히 여는 주문이었고……. 난 열린 문 사이로 고개를 쏙 내밀었다.

아무도 없나? 없네. 조용한 복도에는 아무도 없었다. 당연했다. 5시간 전부터 일정한 소리로 들려오는 발소리의 횟수를 셌으니까. 지금이 잠시 감시가 이 복도에 없는 시간이었다. 교체하는 중인지 40분에 한 번꼴로 시간은 5분 정도 비더라고. 이것도 이 구역이 평화롭기 때문이렸지. 나로선 잘된 일이었지만.

나는 도둑고양이처럼 살금살금 소리 없이 발을 디뎠다. 아무도 없는 복도였지만 괜스레 긴장돼서 침을 꼴깍 삼켰다.

여기서 복도 끝으로 가면 아래로 내려가는 계단이 있다. 보통은 식당이나 정원으로 내려갈 때 사용하는 계단이었다.

그리고 모퉁이를 돈 순간 나는 멈칫했다. 계단 바로 앞에 간수가 있었다.

가까스로 비명을 참았다.

"……응? 무슨 소리 못 들었어?"

"아니? 네 숨소리 아니야? 야야, 콧김 좀 그만 불어라. 시끄러워 죽겠어."

"허 참."

교체가 아니라 계단에서 쉬고 있던 건가. 간수와 나의 거리는 채 세 걸음이 되지 않았다. 이는 내가 아무도 없다고 생각하고 휙 돌아서였다. 나는 손으로 입을 꼭 막은 채 살살 뒷걸음친 나는 벽에 꼭 붙었다.

분명 앞에 있음에도 그들은 나를 보지 못했다.

이게 바로 제이르가 첫 번째 보석에 걸어준 마법, 몸이 투명해지는 주문이었으니까.

〈이 마법은 마법을 걸어도 내 몸은 그대로 보입니다. 남들 눈에만 보이지 않는 거죠.〉

눈치를 보던 나는 눈조차 조심조심 깜빡거리며 계단을 내려갔다. 다행이랄지 간수들이 나누는 대화소리가 작은 발소리를 감춰주는 것 같았다.

한참을 걷고 나서야 나는 숨을 짧게 쉬었다.

"하아."

……마법이 제대로 듣는지 이렇게 확인하고 싶지는 않았다고.

위기를 무사히 넘긴 나는 지하실 계단으로 향했다. 이곳에서 서쪽으로 쭉 들어가서 작은 모퉁이를 돌면 있는 계단이었다.

그러나 벽에 다다를 즈음 발소리가 들렸다.

"아니, 총관리장께서는 이 새벽에 어쩐 일이시래? 갑자기 돌아오시다니."

"원래 감방에 사시던 분이잖아. 낸들 그분의 뜻을 알겠나. 그런데 수도 쪽 일이 무척 바쁜 시즌인데도 자꾸 돌아오시고. 요즘 따라 더욱 감방에 붙어 계시려는 것 같지 않아?"

"그런 것 같기도 하고. 허 참. 감방에 보석이라도 감춰 두셨나, 멀쩡한 저택 놔두고 왜 그러신대."

갔나?

벽에 꼭 붙어 있던 나는 한 무리의 사람들이 지나고 나서야 참았던 숨을 뱉었다.

이번엔 모퉁이를 돌기 직전에 우르르 몰려오는 발소리를 들었으니 망정이지, 하마터면 들킬뻔했다. 그나저나… 르나그가 이 새벽에 돌아온 건가?

참 워커홀릭이네. 아냐. 반대로 말하자면 이렇게 일해서 그 정도 지위를 쌓은 거겠지.

나는 멀어지는 간수들의 등을 바라보다가 얼른 등을 돌렸다.

다행히 지하실 계단을 내려갈 때까지 더는 사람들을 만나지 않았다. 천만다행이지. 마침내 마지막 계단까지 내려갔을 때 내 등엔 땀이 흥건했다. 지하에 도착하는 것만으로 잔뜩 긴장했던 탓이다.

그저 낮과 밤이 바뀐 것뿐인데 낮에 익숙했던 공간이 이렇게나 낯설 줄은 몰랐다.

속으로 작게 숨을 뱉으며 고개를 들었다.

감방 앞에는 한스가 꾸벅꾸벅 졸고 있었다.

본래 한스는 이 지하를 홀로 전담하는 간수가 아니었는데, 이전의 산책 사건 이후로 산책은 몇 사람이 돌려서 맡는 대신 그는 감방을 전담하는 간수가 되었다.

내가 산책 때마다 구속구를 맡게 된 지라 나와 친분을 고려해 그를 전담으로 붙여준 모양이었다. 나로선 좋은 일이었지만.

한스는 나름 친절하고 좋은 사람이었지만. 반면에 합리적이고 이중적이며 계산적인 사람이기도 했다. 리케도르안이 신음하는 것은 아무렇지 않지만 내가 다친 그를 바라보며 놀랄까 걱정하는 사람이었으니까.

그러니 이 순간에 도움을 구할 수는 없다.

'이런 상황을 예상한 거겠지.'

제이르는 영리하게도 이런 것까지 챙겨주었다. 잠든 한스에게 살금살금 다가가던 나는 그대로 멈춰 섰다. 한스의 눈이 거짓말처럼 떠졌기 때문이었다.

"응, 뭐지? 기척이⋯⋯. 착각이었나?"

기사는 기사라는 걸까. 식은땀이 흘렀다. 나는 한보 떨어진 앞에서 소매를 꽉 쥐었다. 한스가 고개를 돌리기 전에 얼른 팔찌의 세 번째 보석을 세 번 꽉 눌렀다.

〈세 번째 보석은 조심해서 쓰셔야 합니다. 이 마법은 가까이서 써야 하거든요.〉

그리고 한스가 보지 못한 사이 쇄도한 금색 빛이 그의 목에 꽂혔다. ……모 만화 탐정이 된 기분이네. 꼭 내 이름은 고난! 힘들죠. 하고 외쳐야 할 것 같다.

"윽, 뭐야. 모기?"

목을 쓰다듬던 한스가 뭐지, 하고 중얼거리더니 이내 그의 눈이 천천히 감겼다. 그 사이 슬슬 뒷걸음친 나는 이윽고 한스가 완전히 쓰러져 잠들고 나서야 숨을 크게 내쉬었다.

"……살았다."

나는 복잡한 시선으로 팔찌를 내려다봤다. 제이르가 마지막 보석에 걸어준 주문은 바로 '수면 주문'이었다.

〈장담하죠. 거대한 마물도 잠들 겁니다.〉

사실 이 말을 들었을 때 황당했지. 마물이 잠들 정도의 마법을 사람에게 써도 되는 거냐고. 하지만 제이르가 안전은 보장했으니 괜찮을 거다. 허튼소리는 안 할 인물이었으니까.

물론 책 속 내용 즉, 지금에서 몇 년 후의 성격이 그렇다는 거지만 지금도 그렇기를 바라야지.

철컥.

녹슨 쇳소리를 내며 문이 열렸다.

새벽이라 더 크게 들리는 소리. 녹슨 철창을 바라보면서 역시 한스를 재우길 잘했다고 생각했다.

'내가 봐도 새벽에 이러는 내가 참 수상해 보이니.'

문틈으로 익숙한 이끼 냄새가 느껴졌다. 나는 저벅저벅 들어간 뒤 램프를 내려놓았다. 따로 방에서 들고 올 수 없어서 한스 옆에 있던 것을 들고 온 것이었다.

그리고 동그랗게 뜬 눈과 마주했다.

"누구시죠?"

나는 멈칫했다.

어라. 아직 마법을 풀지 않아서 내 모습이 보이지 않을 텐데… 놀랍게도 리케도르안은 내가 있는 곳을 정확하게 바라봤다. 그것도 얼굴이 있는 부분을 말이다.

나는 혹시 몰라서 예비 침대보를 짧게 잘라 망토처럼 뒤집어쓴 상태였다.

'리케도르안은 기척을 안 걸까 아니면 내가 보이는 걸까.'

더구나 말을 더듬지 않는 그가 신기했다. 나를 보면서는 언제나 얼굴을 붉혀놓고서는 똑바로 응시하는 눈은 청명하기만 했다. 신기한 마음에 잠시 이렇게 지켜보고 싶었지만 아쉽게도 시간이 없다. 나는 얼른 마법을 해제하고, 천을 벗어 던졌다.

어둠 속에서 새파란 눈이 살짝 흔들렸다.

"……당신?"

그의 파란 눈동자에 물음표가 가득 새겨졌다. 뒤이어 올 질문은 왜, 인 것 같았다.

하지만 그는 이어 말하지 못했는데, 입이 가로막혔기 때문이었다.

"쉬이. 착하죠?"

그의 입술에 검지를 가져다 댄다. 나는 천천히 손가락을 떼어내고 쉿, 하고 속삭였다. 쇠사슬 소리는 꽤 요란했으므로 혹시나 누가 듣고 올지도 모른다. 물론 이 새벽에 여기까지 올 사람은 없겠지만 조심해서 나쁠 것은 없으니까.

"밤에 보니까 더 반갑지?"

난 이렇게 말하고 아차 싶었다. 아, 여기엔 창문이 없지? 리케도르안은 낮인지 밤인지 모르겠구나! 내가 실수를 정정하려고 입을 떼려는 순간이었다.

"……네. 밤에, 오셔서 놀랐어요."

리케도르안은 정확히 시간을 짚어냈다. 나는 하려던 말을 잊고 그를 바라봤다.

"당신, 시간을 알아?"

"네? 네. 하늘이 보이지 않아도 느낌으로 알 수 있어요. 식……사 시간으로 유추하는 것도 어렵지 않고……."

나는 의외라는 눈으로 그를 쳐다봤다. 내 시선을 느낀 건지 리케도르안의 볼이 살짝 물들었다. 이내 그의 고개는 땅으로 기울어졌다. 부끄럽다는 듯이.

"…별 거 아니에요……. 어렵지 않은데…"

가만 보면 이성이 있을 때의 그는 제법 똑똑하고 말씨 또한 우아했다. 말을 더듬어서 그렇지. 가끔 짐승인 모습에서는 생각지도 못할 단어들을 쓴다.

'신기하게도 말이지.'

나는 눈을 가늘게 좁혔다.

"당신은 언제부터 이 감방에 있었던 거예요? 태어날 때부터는 아닐 것 아니에요."

시간이 급했지만 나도 모르게 툭 튀어나왔다. 이런 걸 물을 때가 아닌데… 호기심이 앞서고 말았달지.

"음. 아니에요."

나는 얼른 아무것도 아니라고 덧붙이며 고개를 저었다. 못 들은 걸로 해달라고 말하면서.

그러나 철그렁. 요란한 쇠사슬 소리가 들렸다.

"열 살요. 여, 열 살. 그때부터 이곳에 있었어요."

내 시선이 진동하는 그의 눈을 향했다.

열 살? 그럼 장장 6년을 이 방에 갇혀 있었다는 건가? 나는 잠깐 놀란 눈으로 그를 응시하다가 고개를 끄덕였다.

"그렇구나. 음. 더 얘기를 듣고 싶은데 오늘은 그것보다 더 급한 일이 있어요."

"그, 급한?"

"응."

리케도르안의 과거는 책 속 대화에서만 유추할 수 있는 수준이었으므로 내가 모든 걸 알기는 어려웠다. 가려진 과거라. 호기심이 치켜들었지만 곧 손목에 걸린 마법을 떠올렸다. 지금은 이걸 궁금해할 때가 아니야.

"궁금한 눈이네. 맞아요. 밤에 온 건 이것 때문이에요."

나는 준비한 주머니를 흔들어 보이곤 여기서 조그만 사탕을 꺼냈다. 사탕을 주며 마법에 대해 설명할 요량이었다.

"당신에게 주고 싶은 게 있었거든요. 바로 이거."

사실, 방에서부터 마법을 어떻게 걸지 고민했었다.

대뜸 뺨을 잡다 마법 좀 걸게? 할 수는 없으니 설명이 필요하지 않겠어.

"이걸 먹고 날 보면 아주 특별한 일이 있을 거예요."

보통 사람은 평생 보기 어려운 게 마법이었다. 아울러 이건 내가 준비한 게 아니라 제이르가 준비한 것이지만 그는 제 정체를 드러내길 바라지 않았다. 그저 지나가는 마법사라고만 해달라고 했다. 그리고 나는 그의 비밀을 지켜줄 생각이 없었다.

"사실 이건 말이죠, 먹고 나면……."

이건 당신을 돕고 싶어 하는 사람이 보낸 거라고 말을 해주려고 했다.

"머, 먹으면 되나요?"

"그래요. 먹으면 돼……. 네?"

눈을 동그랗게 떴다. 아니, 이렇게 순순하게? 나는 황당함을 숨기지 못했다.

"아니, 왜 주는지 안 물어봐요?"

내가 얼른 손을 뒤로 물리며 말하자, 리케도르안이 입술을 달싹였다.

"무, 물어봐야 하나요?"

갸웃, 고개를 기울이는 새하얀 얼굴로 은색 머리카락이 스르륵 떨어졌다. 나는 순진한 눈망울을 바라보며 말문이 막혔다. 이어서 사탕과 그를 번갈아 본다. 아, 그리고 보니, 내가 맨날 음식 가져다 먹였지. 그에겐 새삼스러운 일일터였다.

……그래도 그렇지, 내가 할 말은 아니지만. 준다고 막 먹으면 안 돼요. 이 사람아.

"하, 오늘부터 경계심 좀 길러요, 당신. 남이 준 거 함부로 먹으면 안 돼요. 특히 약이나 음식 같은 건 더욱."

이건 사탕이긴 하지만. 당황한 리케도르안이 더듬더듬 입을 열었다.

"그, 그, 그냥 머, 먹으면."

"당연히 안 되지. 내가 나쁜 사람이면 어떡하려고 그래요?"

"하지만……."

잠깐 왜 그렇게 보는 건데?

바다를 담아놓은 듯 일렁거리는 그의 시선이 나를 담았다. 하도 투명해 꼭 내 모습이 비칠 것 같은 눈동자에 난 움찔했다. 저 물기 어린 눈동자가 깜빡이면 톡 눈물이 떨어질 것 같았으니까.

"······해칠 거예요?"

쿵쿵.

이 순간 날뛰는 우심방은 내 탓이 아니다. 이건 본능이라고.

"나를 상처입힐 거예요?"

살짝 땀에 젖은 그는 아름다웠다. 성스러운 얼굴 아래 손에 채워진 족쇄가 자극적인 상상을 불러일으켰다.

"···왜 아닐 거라고 생각해요?"

나는 적극적으로 나는 변태가 아니다 중얼거리며 얼굴을 쓸어내렸다.

"그거야 다, 당신은 때리지도 않았고, 접시를 엎거나 깨, 깨트리지도 않았고······. 마, 맛있는 것을 주고!"

"그래도 무턱대고 믿으면 안 되죠. 어제의 친구가 내일의 적이 된다는 말도 안 들어봤어요?"

도리도리.

아. 여기엔 이런 말이 없나? 내가 고민하는 사이, 리케도르안은 물끄러미 나를 응시하다가 슬쩍 고개를 기울였다.

"때······ 때려도 돼요."

······네? 이건 또 무슨 소리야. 나는 고개를 홱 들었다. 어처구니없는 눈으로 그를 응시했다.

"···허, 누가 당신 때린대요?"

"하, 하지만 지, 지난번엔 주······인님······이라고 부, 불러 달라고."

"농담을 아직도 기억해요? 집요한 사람이네!"

이 남주님 농담을 다큐로 받는 사람이네. 나는 황당한 시선으로 그를 보다 절레절레 고개를 저었다.

이러다가 시간만 가겠다 싶어 얼른 그의 손에 사탕을 쥐여주었다. 이 이상한 분위기에서 어서 탈출해야겠어.

"일단 오늘은 위험하지 않은 사람이라 쳐요. 다음부터는 함부로 믿지 말고. 어쨌거나 이거 먹어요. 시간이 없어요."

"……."

"내 말 들리죠? 알아들은 거지?"

……끄덕.

오늘은 중간에 짐승으로 변하지 않나 보네? 나는 내게 잡힌 손가락이 발긋 물드는 것을 발견했지만 모른 척했다.

내가 사탕을 준비한 건 제이르가 혹시나 마법을 거는 동안에 잠시나마 따끔한 고통을 느낄지도 모른다 해서였다. 주사를 맞는 아이에게 달콤한 걸 주는 것처럼 달달한 거라도 물고 있으면 좀 괜찮을까 해서 가져온 거였지.

"자 얼른 먹어요."

리케도르안은 망설임 없이 사탕을 입에 물었다. 나는 그가 사탕을 우물거리는 것을 보다 슬쩍 그의 뺨에 손을 얹었다.

그는 뺨을 고스란히 내줬다. 정말이지 무방비하다. 이 모습에 난 기분이 묘해졌다. 어쩜 이렇게 의심도 없이 다가오는 걸까?

'이 마법은 마음속으로 주문을 외라 했지.'

나는 눈을 내리깔고 집중했다. 손목에서 푸른빛이 희미하게 맴돌
나 싶더니 리케도르안에게로 스며들었다.

그리고 나는 눈을 동그랗게 떴다.

"리케도르안!"

쇠사슬이 철렁 움직였다. 나는 얼른 그의 어깨를 잡았다. 그럼에
도 그는 무게를 이기지 못하고 앞으로 쓰러졌다. 그대로 엎드린 채
끙끙 앓았다.

"괜찮아요? 리케도르안, 리케도르안! 내 말 들려요?"

그는 대꾸는커녕 신음만 끙끙 흘렸다. 미치겠네. 이런 얘기는 없
었잖아.

'그냥 조금 따끔하다며!'

조금 따끔한 뒤에 살짝 커진다고 하길래, 단순히 몸이 성장하는
정도를 예상했다. 나는 그가 앓는 것을 바라보며 발을 동동 굴렀다.
방에서 진통제를 가져오기에 시간이 촉박했다. 젠장, 이렇게 앓는
게 부작용인 줄 알았다면 승낙하지 않았을 거라고! 내가 입술을 깨
물 때였다.

"……어?"

붙잡고 있던 그의 어깨가 두껍다고 느꼈다. 어깨뿐이 아니었다.
손도 발도 길어진 다리가 보였다. 팔랑팔랑. 착각이 아닌 듯 커진 몸
을 이기지 못하고 찢어진 옷이 바닥으로 떨어졌다.

……언제 커진 거지?

천천히 고개를 들어 올린 리케도르안이 나를 응시하는 순간 난

숨을 멈췄다. 숨 막히도록 아름다운 얼굴이 바로 앞에 있었다. 나는 그대로 뒤로 물러나려 했다. 그러나 그보다 나를 붙잡은 손이 빨랐다.

철그렁. 쇠사슬이 팽팽하게 당겨진다. 곁눈질에 늘어난 족쇄가 그대로 보였다. 하나 시야를 덮은 것은 조그마한 얼굴이었다. 성장하며 더욱 붉어진 그의 입술이 천천히 열렸다.

"왜, 피하는 거죠?"

"……아."

"어딜 가려고?"

청초함은 온데간데없이 사나움이 일렁거리는 눈은 짐승일 적 그대로였다. 짐승일 때와 이성이 있을 때는 시선부터 달랐다. 그러니 알 수 있다. 그는 짐승의 모습인데도 말을 하고 있었다.

리케도르안이 고개를 기울이자 길어진 은빛 머리칼이 이마 위로 스르륵 흩어졌다. 눈이 나를 보며 보일 듯 말 듯 휘어진다. 더욱 깊어진 눈매는 야릇하다는 느낌이 들기 충분했다. 내 숨이 절로 넘어갔다.

그의 눈동자가 목울대를 향하는 것도 같았다.

"봐요."

"……왜?"

리케도르안의 머리가 깊게 기울어졌다. 그 순간 나는 눈을 동그랗게 떴다.

"왜…… 피하려고 해요?"

야릇한 눈매에 물기가 어렸다. 긴 눈매와 물기 어린 눈은 미묘한 부조화를 이뤘으나, 더욱 자극적이었다.

'……이거, 그냥 성장이 아니잖아!'

나는 제이르에게 이를 갈았다. 속았어. 속은 거라고! 이게 어딜 봐서 단순히 살짝 성장하고 만 거야?

나는 확신했다. 이건 책 속 리케도르안의 모습이다. 그러니까 4년 뒤 그가 성장했을 때의 모습. 심장이 쿵쿵 뛰었다.

나는 다른 한 손으로 소매를 꾹 쥐었다. 눈 둘 데가 없는 모습 때문이었다. 조금 전에 옷이 찢어지지 않았던가? 사실 바지는 아슬아슬하게 세이프를 유지하고 있다. 문제는 눈부시게 하얀 가슴, 거기다 근육이 선명하게 도드라진 가슴을 보고 아무렇지 않을 자신이 없다는 거다. 근육뿐인가? 저 미모를 보고 아무렇지 않은 게 이상한 거였다.

그러나 동시에 남아 있던 이성이 시간이 없노라고 소리쳤다.

……이럴 때가 아니야.

"놔요. 나 나가야 해."

시간이 없다. 순찰이 돌기 전에 돌아가야 했다. 그러나 리케도르안에게 붙잡힌 손은 꿈쩍도 하지 않았다. 아니. 힘이 들어간 그의 손가락과 딱딱한 손바닥이 고스란히 느껴졌다.

내가 화를 내려는 그 순간, 그에게서 눈물이 뚝뚝 떨어졌다.

"가지 마요."

젠장, 왜 이 순간에 나를 유혹하는 건데? 억지로 빼내려는 손은 그대로 돌아가 얼굴을 쓸어내렸다. 그러고는 다시 한번 빼내려는 시도를 하려 했지만 그의 시선과 마주하고 움찔했다.

선명한 짐승의 시선이었다.

"어디 가?"

나를 바라보는 이 눈, 눈물을 잔뜩 머금었으나 나는 알았다. 수틀리면 언제든 홱 변해서 목덜미를 물어뜯을 수 있는 맹수라는 걸. 나는 침을 꿀꺽 삼켰다.

그는 불완전한 상태였다. 짐승이되 이성이 있을 때의 파들파들 떨던 모습이 공존했으니 섣불리 건드려서는 안 됐다.

"…리케도르안, 착하죠. 자, 이걸 봐, 당신이 좋아하는 걸 가져 왔어."

난 한 손으로 열려 있던 주머니를 밀었다. 그는 흘끗 주머니를 응시했다. 아마도 그가 가장 좋아하는 쿠키를 보았겠지.

"당신 거야."

"내 거?"

나는 최대한 태연하게 끄덕였다. 그의 눈동자가 나와 나를 붙잡은 손, 그리고 쿠키를 번갈아 응시했다. 그러고는 내 손을 통째로 가져왔다.

"뭐라고, 부르랬지…… 기억이 안 나. 아, 주인님?"

"아니야."

……그놈의 주인. 다신 농을 하지 않으리라 결심하며 입술을 떼어냈다.

"이름을 불러."

"이름?"

그가 상체를 숙이며, 점차 우리 거리가 가까워졌다. 팽팽해진 쇠사슬이 꼭 지금 분위기 같았다. 나는 온순하지만 언제 달려들지 모를 짐승을 바라보며 천천히 끄덕였다.

"……그래. 내 이름. 이아나."

시선이 지나치게 가까웠다. 눈앞에서 깜빡이던 파란 눈동자가 서서히 휘어진다. 새하얗게 부서지는 미소에서 성스러움이 뚝뚝 떨어졌다. 그 사이로 야릇함이 흘렀다.

그가 내 손을 가져다가 제 가슴으로 가져다댔기 때문이었다.

"이아나."

"……."

내 손이 새하얀 살결을 더듬었다. 의도치 않았다고는 하나 느낌을 막을 수는 없었다. 그에게서 느른한 숨이 흘러나왔다. 손가락은 내 의지를 배반하고 갈라진 근육의 골을 더듬었다. 나는 숨을 꿀꺽 삼켰다.

"이아나."

그가 제 혀를 축였다. 천천히 아래로 향한 시선은 붙잡은 손을 향했다. 이름만 들었는데, 살 떨리는 기분이 드는 이유는 뭘까. 내 목울대가 꿀꺽 넘어갔다.

이윽고 그가 제 가슴에서 내 손을 떼어냈다. 놓아주는 대신 과자를 내 손으로 붙잡게 하고는 이어 내 손목에 입술을 가져다 댔다. 그러고는 보일 듯 말듯 미소했다.

"……먹여줘."

볼을 붉히며.

나는 잠깐 잘못 들은 건가 싶어 눈을 깜빡이면서 응시했다.

아니. 지금 얘가 뭐라는 거니. 먹여줘? 뭘? 그의 손은 여전히 내 팔을 붙잡고 있었다. 손목에서 말랑한 입술이 고스란히 느껴진다. 현재 채 상처가 사라지지 않은 얼굴이라 입술 옆 피딱지의 느낌이 손목으로 고스란히 느껴졌다.

"……안 돼?"

시선을 살짝 든 리케도르안이 고개를 기울였다. 그의 입술이 선정적으로 움직였다. 혀로 입술을 축이기까지 한다. 아니, 성장하는데 입술은 왜 더 붉어진 거지? 나는 차마 시선을 돌리지도 못한 채 입술을 꾹 깨물었다.

"이아나."

괜히 이름을 부르게 한 것 같다.

……언제부터 내 이름이 이렇게 묘한 느낌이었지?

나는 눈을 꾹 감았다가 뜨고는 천천히 입을 열었다. 그가 이어질 나의 말을 기다리는 것처럼 보였다. 어쨌거나 먹여주지 않으면 놓지 않을 기세다. 이 순간에도 시간은 가고 있었다.

"힘 좀 빼. 아파."

나는 그의 눈을 마주하며 또박또박 말했다. 그러고는 쿠키를 쥔 손을 흔들어 보였다.

"원하는 게 이거지? 그럼 이 손 놔. 먹여줄 수 없잖아."

내 눈을 지그시 바라보던 리케도르안이 천천히 손을 놓았다. 하지만 느리게 굴러가는 그의 눈동자는 경계심을 풀지 못한 것 같았다.

그런 그를 바라보며 짐승이 눈앞에 어슬렁어슬렁 걷는 듯한 기분이 들었다. 이 기분을 오래 느끼느니 얼른 먹여주고 빠르게 빠져나가는 쪽이 좋겠다.

마침내 그의 손이 완전히 떨어졌다. 그렇지만 언제든 다시 뻗을 수 있는 거리에 있다는 것을 확인하고 난 손을 들어 올렸다. 그대로 그의 턱을 잡았다. 입술에 상처 난 것을 제외하면 매끄럽기만 한 살갗이었다.

"벌려, 입."

"……."

짐승인 듯 아닌 듯 물기 어린 눈이 나와 교차했다. 그의 혓바닥이 느릿하게 입술을 쓸었다. 내 손에 닿지 못했음에도 절로 갈증이 이는 행동이었다.

"어서."

천천히 벌어지는 그의 입을 바라보며 난 들고 있던 쿠키를 집어넣었다. 마치 사탕을 먹듯 크게 다물린 입술이 움직였다.

그러나 쿠키를 주었음에도 여전히 손을 움직일 수 없었다. 나는 그의 입속에 손가락까지 삼켜진 것을 난감히 응시했다.

……손은 왜 먹는 건데.

이런 일이 처음은 아니었다. 짐승일 때의 그는 먹는 것에 정신이 팔려 쥐고 있던 내 손까지 삼켜버리곤 했으니까.

한데 지금은 달랐다. 전보다 이지가 생긴 그는 분명 내 손까지 삼켰음을 인지했을 것이다. 그럼에도 손가락을 놓지 않았다.

"손은 놔. 어서."

하지만 놓기는커녕 손목을 쥐는 그의 손가락을 느꼈다. 천천히 검지를 빨아들인 그가 눈만 들어 나를 응시했다.

"……먹으면 안 돼?"

그의 얼굴이 촉촉한 물기를 담은 눈을 한 채 그대로 기울어졌다.

하, 먹여줘 다음은 먹어줘라고? 아니. 아니지. 나는 얼른 고개를 거세게 흔들었다. 이어 미간을 좁혔다.

"그건 먹는 게 아니야. 놔. 빨리."

단호한 내 음성에 그가 잠깐 멈칫했다. 슬그머니 시선을 옮기나 싶던 그가 혀로 손가락을 축였다.

"달콤한데."

"……읏."

나도 모르게 음성이 새어나갔다. 순간 더욱 짙어진 시선을 느꼈다. 이대로는 위험하다는 생각에 상체를 뒤로 물렀다.

다행히 이번엔 손이 완전히 빠져나왔다. 심장이 거칠게 쿵쿵 뛰었다. 쇠사슬이 철렁 움직이며 내게로 그의 손이 뻗어왔지만 코앞에서 멈췄다. 내게 닿기에는 쇠사슬이 짧았다.

"이아나."

갈증이 난 그의 음성에 청아함과 매혹이 공존했다.

"한 번 더……. 한 번 더 먹여줘. 응?"

흘끗 바닥을 응시했던 나는 고개를 들어 올렸다.

"……안 돼?"

"안 돼. 난 제멋대로 구는 사람이 싫어."

나는 감싸 쥔 손을 풀어 그에게 손목을 고스란히 보여주었다. 그의 눈이 살짝 흔들렸다. 역시 이성이 있는 모습이 공존하고 있다. 그렇다면…… 수틀리면 내가 물러날 거란 사실을 깨달은 시점에서 더는 이상한 짓을 하지 않겠지.

그럼에도 나는 직접 주는 대신 주머니를 밀었다. 그가 직접 집어 먹도록.

"먹어. 네가 직접."

그러자 줄곧 사납던 눈이 살짝 접혔다. 그대로 고개를 숙인 그가 주머니로 입을 가져다 댔다.

"응. 먹을게."

아니. 왜 손을 쓰지 않는 건데? 짐승처럼 입을 가져다 대고 먹는 그를 바라보며 오묘한 기분에 사로잡혔다.

이건 인간도 아니며 완전히 짐승도 아니다. 그 경계를 아슬아슬하게 가로지르는 푸른 눈을 쳐다본 나는 침을 삼키며 손을 꾹 쥐었다. 그에게 약을 가져온 것은 작은 호의와 호기심에서였지만 어쩐지 그보다 큰 대가를 치른 것 같은 기분이다.

'더는 여기에 있으면 안 되겠어.'

내가 허겁지겁 남은 주머니의 끈을 잡아당기고 몸을 일으킬 때였다. 하읏, 신음이 들렸다. 고개를 돌리자 익은 벼처럼 동그랗게 굽어진 등이 보였다.

"리케도르안?"

나는 황급히 다가가 어깨를 잡았다. 뜨거웠다. 어깨뿐 아니었다. 온몸이 뜨겁다. 이마에서 식은땀이 뚝뚝 떨어졌다. 푹 젖은 그는 더욱 노골적으로 자극적이었지만 애써 눈을 돌리며 그의 이마를 짚었다.

"아, 아파……."

"괜찮아? 괜찮아요? 말은 할 수 있는 거야?"

"몸이 뜨거워……."

대체 제이르는 내게 뭘 가져다준 걸까? 그냥 먹이기만 하면 된다며! 나는 이를 바득 갈았다. 그는 책 속에서 리케도르안에게 충성을 맹세한 충견이었다. 그런 이가 리케도르안에게 해될 일을 할 거라고 생각하지 않았다. 그러니 마땅히 거쳐야 할 과정일지 모르나 그렇다고 해도 지금 이 모습은 너무 괴로워 보였다.

난 입술을 깨물며, 그의 땀과 눈물을 닦아냈다.

"아프면 아프다고 말을 해."

그러자 고통에 가득 찬 푸른 눈동자가 나를 응시했다. 아픔 때문인지 눈물로 얼룩진 눈은 심해처럼 침잠하는 색이었다.

"이상하네. 여기…… 와서, 나를 걱정해주는 사람은 아무도 없었는데……."

내 손을 가져온 그가 손바닥에 얼굴을 묻었다. 마치 예뻐해 달라는 짐승처럼 뺨을 비비며. 이성을 되찾았다기에는 탁한 눈이었다.

"이건 내 거야?"

그가 가리킨 것은 남아 있던 쿠키였다. 나는 끄덕였다. 네 거야. 이 물음이 그에게 어떤 의미인지는 몰라도.

"……그럼, 이제 이것도 내 거?"

다음으로 가리킨 것은 내 손이었다. 아니. 가리켰다는 말은 옳지 않았다. 난 입술을 내 손목에 묻는 그를 바라보며 미간을 찡그렸다. 뜨거운 숨이 손목에서 손바닥까지 그대로 느껴졌다. 파르르. 전율이 흘렀다. 떨리는 손을 그가 모르길 바랄 정도로.

"그게 왜 네 거야. …내 손이지."

그가 무구한 눈동자를 들어 올렸다. 채 흐르지 못했던 눈물이 주르륵 흘러내렸다. 눈물 아래로 짐승이 야릇한 미소를 피워 올렸다.

"그럼, 어떻게 해야 줘?"

그를 물끄러미 바라보던 나는 손을 빼냈다. 그대로 그의 눈을 덮었다.

어떡하긴. 좀 자라. 너.

이미 힘이 빠진 지 오래인 그였다. 그렇기에 빠져나오는 것은 어렵지 않았다. 숨을 거칠게 내쉬는 그를 그대로 두고 오려니 마음에 걸렸지만 시간이 없었다. 나는 손수건과 신음을 잃는 그를 번갈아 보다 땀을 꾹꾹 닦아주었다. 그러고는 주머니를 뒤적거렸다.

"……이거라도 쥐고 있어."

그냥 가긴 하겠지만 양심에 콕콕 찔려서 안 되겠다. 나는 그의 손에 내 머리끈을 쥐여 주고는 그대로 일어났다.

낡은 담요를 끌어다가 그의 등에 덮어주었다. 그동안 그는 내가 준 머리끈을 용케 알아차렸는지, 그걸 손에 꼬옥 끌어안고 새근새근 잠들어 있었다.

"아니…… 이게 더……."

땀에 젖어 흐트러진 머리칼, 울긋불긋한 뺨, 그리고 해진 옷자락, 그 사이로 드러난 마른 듯 탄탄한 새하얀 등까지……. 그는 원래의 모습으로 돌아와 있었다. 나는 어느새 작아진 손에 방울이 딱 알맞게 꽉 찬 모습을 바라보다 눈을 꼭 감았다.

……착한 생각 하자. 착한 생각.

한 손에 주머니를 든 채 등을 돌렸다.

긴 밤이었다.

그날 밤 잠을 설친 것은 물론이다.

다음 날 이른 오전, 내가 발을 끌며 복도를 걷는데, 옆에서 이런 날 흘끗흘끗 보던 간수가 슬쩍 입을 열었다.

"이아나 괜찮습니까? 아픈 곳이 있다면 의무실로 가겠습니다."

"아니. 아니에요. 산책할래요. 바람 쐬고 싶어요."

나는 퀭한 얼굴로 산책을 나왔다. 어제 새벽, 침대로 돌아왔을 때 이미 아침에 가까워져 잘 시간은 거의 없었다.

다행스럽게도 돌아가는 데 어려움이 있었던 건 아니다. 리케도르안의 감방에서 빠져나와서 문을 원래대로 잠그고 한스의 마법까지 풀고 돌아가는 데에는 채 10분도 걸리지 않았으니까. 감방으로 돌아가는 길도 순조로웠고.

밤잠 이루지 못한 건 순전히 내 문제였다.

아니, 그 모습을 보고 누가 편히 발 뻗고 자냐고! 솔직히 성장한 리케도르안의 모습이 눈앞에 아른거려서 혼났다. 책 속 세계관 내 남녀를 불문하고 전부 홀릴 외모라더니… 과소평가가 아닐까 싶을 정도였다. 전부 홀리는 게 아니라 아주 씹어 먹을 것 같은 외모던데? 나는 얼굴을 쓸어내렸다. 산책을 담당하는 간수가 의아하게 바라보는 것이 느껴졌다.

"이아나? 얼굴이 뜨겁습니다. 역시 의무실을."

"아니에요. 산책을 해서 열이 오르네요. 운동이 과했나 봐요."

"운…동이요?"

간수는 산책은커녕 벤치에 앉은 내 모습을 한번 훑었다.

……네. 저도 개소리인 걸 압니다.

하지만 간수는 더는 무어라 하지 않고 다른 죄수에게로 걸어갔다.

나는 멀어지는 등을 바라보며 작게 한숨을 쉬었다. 오늘은 그저 아무것도 하지 않고 푹 쉴 생각이었다. 그러다 문득 떠오른 생각에 한 번 더 얼굴을 마구 문질렀다.

"으아아아!"

착한 생각. 착한 생각!

저 멀리 옆방 죄수인 샐리를 비롯한 여자 죄수들이 모여 평소보다 더욱 꺄르르 웃는 것이 보였다. 보통 때라면 저들 사이에 슬그머니 끼어들었겠지만 오늘은 아니다. 힘이 없어서 그대로 감았다.

제이르를 다시 만난 것은 그날로부터 사흘 뒤였다.

"마법이 발동된 걸 느꼈는데, 성공했나 봐요?"

수도에서 새로운 마법 구속구들이 도착했다며 한동안 산책이 금지된 리케도르안이었다. 그 덕에 오늘도 홀로 산책을 즐기던 나는 갑자기 나타난 불청객을 못마땅하게 응시했다.

"아아, 안녕하세요."

오냐. 내가 마침 널 벼르고 있었단다.

"내가 성공했을지, 어떻게 아나요?"

"간단하죠."

제이르가 여름 숲처럼 싱그럽게 웃었다. 녹색 눈이 가늘게 휘어졌다.

"실패했다면 이곳에서 더는 보지 못했을 테니까요."

나는 멈칫했다. 눈을 들면, 싱글싱글 웃는 낯이 있었다. 와. 은근히 짜증 나는 얼굴이네.

"그러니까 실패할 가능성을 알고, 이후 일어날 일을 알면서도 내게 맡겼다는 거다?"

"아가씨는 기꺼이 해주셨죠. 감사하게 생각합니다. 덕분에 호기심도 충족하고."

여전히 그는 연구자인 척 행세를 하려는 모양이었다. 우습지도 않은 연기였지만 사정을 몰랐다면 제법 그럴싸한 연기였다.

"확실히 나도 궁금해서 참여했으니 당신의 탓만 할 것이 아니네요."

"아."

"하지만. 적어도 나는 당신처럼 재미가 아니라 그 죄수를 걱정해서 이 일에 끼어든 거란 건 알아두세요."

나는 자리에서 일어났다. 그에게서 한 걸음 물러나 살짝 경멸스러운 눈으로 제이르를 응시한다. 네가 진짜 리케도르안을 생각한다면 양심에나 콕콕 찔려보라는 뜻에서. 아니나 다를까 제이르가 순간 불편한 표정을 지었다.

그러나 곧 내게 정중하게 고개를 숙였다.

"아가씨와 싸우고 싶지는 않아요. 언제 또 인사를 드릴 수 있을지 모르니까요. 전부 밝힐 수는 없지만 제게 큰 의미가 있는 일이었답니다."

그는 진지했다.

"진정 마법을 써주셨다면 정말 감사한 일이지요."

그러고 보니 오늘은 중간동과 함께 산책하는 날이 아니었다. 자연스럽게 나타난 것 때문에 잠시 잊고 있었지만, 그럼 그는 지금도 마법으로 몸을 숨기고 나타난 건가?

"저로서는 위험을 감수하고 만나러 온 것이랍니다. 곧 이 감방의 주인이 완전히 돌아오면 섣불리 움직이기 힘들어지거든요. 그 사람이 있을 때의 이곳은 마법사에게도 위험한 곳이라."

이곳의 주인, 르나그를 말하는 것이리라. 아무리 탈옥이 자연스러운 그라도 쉬운 일은 아닐 것이었다. 그제야 나도 표정을 살짝 누그러뜨렸다. 이 남자에게 리케도르안이 중요한 사람이긴 한가보다 싶었으니까.

"그나저나 걸어보니 별거 아니었죠?"

"하, 별 거, 아니었다고요?"

전혀.

"내가 그것 때문에 얼마나 밤잠……. 아니. 아니에요. 그럼 그 죄수는 이제 괜찮은 거예요?"

나는 신음하던 리케도르안을 지워내며 제이르를 응시했다. 그는 잠시 고민하는 듯하더니 이내 얼굴을 부드럽게 풀어냈다.

"네, 괜찮습니다. 예정보다 빨리 걸어준 걸 테니. 아, 실례. 여기서 '예정'이란 성인이 되기 전을 말합니다. 아가씨가 아니었다면 아주 늦게나 걸 수 있었겠지요."

어쨌거나 언젠가는 걸 예정이었다는 소리였네. 안 되면 본인이 나서려 했나. 나는 작게 숨을 돌렸다. 어차피 걸어야 하는 거 내가 조금 일찍 건 모양이었다. 예상대로였다.

"그보다 갑자기 커진 건 뭐예요?"

나는 밤에 있었던 일을 간략하게 털어놓았다. 제이르는 유심히 듣더니 고개를 끄덕였다. 그의 설명이 이어지자 내 얼굴이 점차 풀렸다.

"당연한 일이었다고요?"

"예. 일순간 '성장'이 일어난 건 당연한 일입니다. 일시적인 현상이죠. 미리 그 모습을 끌어옴으로써 몸이 마법에 적응을 잘했나. 일종의 시험을 해본 거라 생각하면 편할 거예요."

실수한 건 아니란 말이지.

"그래요. 일시적인 거고 앞으론 그럴 일 없단 거죠……."

안도의 숨을 뱉던 나는 문득 고개를 들었다. 제이르를 만난 첫날에는 별생각 없이 받아들였지만…… 다시 만난 지금 의문이 하나 치켜들었기 때문이었다.

"왜 저였나요? 왜 굳이 제게 약을 준 거였어요?"

"음, 그걸 물어주실 줄은 몰랐는데."

그가 고개를 갸웃했다. 왜 그런 것을 묻느냐는 듯이.

"두 사람이 함께 산책하는 것을 보면서 아가씨가 그 죄수와 친밀한 사이라고 느꼈으니까요. 제가 아가씨에게 부탁한 것도 이런 이유에서였죠."

친밀한 사이…… 개처럼 다루는 사이가? 하지만 모든 사정을 아는 제이르의 눈에는 그렇게 보일 수도 있겠구나 싶었다. 그동안 아무도 리케도르안에게 다가가지 않았을 테니 말이다.

"사실 짐승의 저주를 앓는 사람은 아무에게나 경계를 풀지 않아요. 특히나 저는 중간동의 죄수라 접근이 어려울뿐더러 아무나 다가갈 수 없는 죄수이기도 했고. 적어도 아가씨는 그 죄수가 경계를 낮출 만큼……. 잘해주셨다는 뜻이겠지요."

그리 말하고는 제이르는 작게 웃었다. 마치 감사하다는 듯이.

"그런데 아가씨는 왜 그 죄수를 돕나요? 저야 연구를 위해서라지만, 아가씨의 이유를 듣지 못했네요."

바람이 불었다. 제이르의 머리칼이 살랑살랑 흔들렸다. 그 사이로 보이는 눈은 장난스러운 척하지만 퍽 진지했다. 웃기지도 않네. 지금 리케도르안에게 해가 될지 말지를 판단하기라도 하겠다는 걸까. 나는 그대로 뺨을 부드럽게 감싸 쥐고 픽 웃었다.

"잘생긴 게 좋아서요."

벙 찐 제이르의 얼굴을 재밌게 바라보면서.

"와……. 생각지 못한 답변이네요."

그는 얼이 빠진 얼굴로도 픽 짓궂은 웃음을 지었다. 그 웃음이 꽤나 근사했다. 이어서 그의 짧은 머리가 살랑 흔들렸다.

"그럼 부탁 하나만 더해도 될까요."

"아뇨, 하지 마세요."

그가 소리 내어 웃음을 터트렸다. 안 된다고 했건만 태연히 입을 열면서 말이다.

"다음에 또 그를 보게 된다면 제게 경과를 알려주겠습니까?"

제이르에게서 나온 것은 예상보다 멀쩡한 부탁이었다. 한 번 더 밤에 잠입을 시키면 정강이를 차주려 했는데.

"그건 어렵지 않지만 우리가 다시 볼 일이 있을까요?"

"마법사에겐 이런 말이 있죠. 안 되면 되게 하라."

나는 그의 부탁에 고개를 끄덕였다. 경과만 전달하는 것이라, 어렵지는 않은 일이었으니까.

"어떻게든 아가씨에게 연락하겠습니다. 꼭."

약 십 분 뒤, 제이르는 제 방으로 돌아갔다. 시간이 촉박했던 모양인지 입을 벌리던 모습을 얼른 수습하고 휙 가버리는 모습이 말도 못 붙이게 바빠 보였다.

'뭔가 묻고 싶은 게 많은 얼굴이던데.'

산책이 끝나고 정원에서 감방으로 돌아가는 길, 나는 옆방 죄수인 샐리를 만났다. 그녀 또한 나처럼 산책이 끝나고 돌아오는 길로 옆에는 담당 간수가 함께였다.

"샐리!"

"어머, 이아나!"

그러고 보니 정원에서 여자 죄수들이랑 신나게 수다를 떨고 있었지. 최근 내내 하이텐션이던 그들을 떠올린 나는 샐리에게 손을 흔들었다.

"여기 있었어?"

샐리가 나를 보더니 눈을 동그랗게 뜨고는 도도도 달려왔다. 그녀의 간수를 슬쩍 쳐다보니 터치할 생각은 없어 보였다.

"아깐 어디 갔었어?"

"아까요?"

"정원에 있던 건 봤는데 찾으니 없어서 아쉬웠어. 얘."

제이르를 만나는 동안 그가 마법적인 뭔갈 해서 안 보였던 모양이다. 나는 태연하게 웃으며 간수관리장을 만나고 왔다고 말했다.

"아하, 위층에 갔다 왔구나?"

"그렇죠."

어차피 내가 자주 다녀온다는 건 그녀도 알고 있는 데다 지금 함께 있는 간수는 정원 산책 때 없던 이였다. 샐리는 납득한 듯 고개를 끄덕였다.

"그래. 넌 꽤 대단한 가문 딸이었지? 이름은 모르지만 말이야."

"에이. 그렇지도 않아요."

이곳에서 간수관리장을 직접 만나는 죄수는 꽤 괜찮은 집안의 귀족이라는 뜻과 같았다.

"그나저나 무슨 일 있었어요? 날 찾았다면서."

하지만 나도 내 가문 이름을 모르는데 대단하면 뭐하겠어? 나는 어깨를 으쓱하며 그녀를 바라봤다. 샐리가 내 어깨를 애교스럽게 두드렸다.

"그래!"

이어 그녀의 얼굴이 갑작스레 획 다가왔다. 나는 눈을 동그랗게 떴다. 아니 갑자기 왜 이러세요.

"이야나, 여자 죄수들끼리는 전부 돌렸는데. 넌 아직 못 들었지?"

"무슨 이야기인데요?"

"감방을 방문한 엄청난 미남 이야기!"

워낙에 할 일이 없는 감방이라 죄수들이 할 수 있는 소일거리에 한계가 정해져 있었다. 이렇다 보니 각자 나름의 취미를 개발하곤 하는데, 그중 샐리를 비롯한 몇몇 죄수들은 남자 죄수들의 얼굴을 두고 한담을 나누는 게 취미였다.

이름하야 미남 추구, 미추 모임이라 이거다. 사실 내가 샐리와 친해진 것도 이런 이유에서였다.

"세상에, 들어보렴. 이번에 나타난 사람이 이롭스보다 잘생겼다고 하지 않니!"

그리고 이들이 가장 좋아라 하는 사람이 간수 중 젊고 미남인 이롭스라는 사람이었고.

"처음엔 이래. 아이샤 자작부인이 글쎄, 식당에서 돌아오다가 커다랗고 검은 마차를 봤다지 뭐야."

"검은 마차라면 손님용이요?"

"그래! 죄수용은 파란색이잖니? 그리고 마차에서 내린 사람을 봤는데. 세상에 그렇게 생긴 미남은 처음이라지 뭐야."

아이샤 자작 부인이라면 무려 스무 살 어린 귀족 청년과 염문설 때문에 여기에 갇힌 부인이다. 보통이라면 문제 될 것이 없는 일이었지만 집안 사이의 문제가 크게 불거질까 두려워한 남편이 머리 좀 식히라며 이곳에 보냈다고 했지.

머리 식히라고 감방이라니, 남편이 좀 쓰레기시네. 하고 고개를 끄덕이던 기억이 있다. 참고로 이분의 특징은 그림을 기가 막히게 잘 그린다는 거다.

"들어봐. 그분이 그림에 또 일가견이 있잖아? 본 걸 그대로 그려 주셨는데 와…… . 정말."

"엄청났어요?"

"그래!"

좀처럼 자세한 설명 없이 호들갑을 떠는 샐리를 보며 깨달았다. 그냥 수다를 떨고 싶었던 거구나.

"음, 확실히 그 정도면 대단한 미남은 맞겠네요. 아이샤 자작부인 은 기준이 까다로운 분이니까."

확실히 과장을 한 건 아닌 것 같았다. 이들, 이른바 미추 파악(?) 모임은 한가락 하던 귀족들답게 심미안이 남달랐다. 특히나 자작 부인은 그중에서도 기준이 남다른 사람이었지.

샐리의 수다는 그 후로도 이어졌다. 흥미로운 이야기도 10분이 넘어가자 슬슬 한계가 왔다. 그녀의 담당 간수마저도 질린 얼굴로 그녀를 바라볼 정도였으니.

고개를 끄덕이며, 대충 맞장구를 쳐주고 있을 때였다.

"이아나!"

누군가 헐레벌떡 뛰어왔다. 내 방을 지키는 간수였다.

"급한 일입니다."

그는 나를 방으로 데려다주던 간수를 돌려보내고 은근하게 샐리 를 바라봤다. 샐리는 어머나 시간이 이렇게, 하고 외치고는 내게 인 사를 건넸다.

"또 보자. 이아나!"

음. 덕분에 오늘은 짧게 끝났네. 나는 방으로 쏙 들어가 버린 샐리를 바라보다 슬쩍 시선을 옮겼다. 내 방을 감시하는 간수는 '제이슨'이란 이름의 남자로 무뚝뚝한 중년 아저씨였다.

그는 젊은 여성인 나를 어려워하는 편이었는데, 나뿐 아니라 대부분의 여성 죄수를 어려워했다. 그래서 용건이 있을 때 말고는 말을 거의 안 해봤지?

조금 난감한 얼굴을 한 그가 작게 속삭였다.

"간수관리장께서 부르십니다."

간수관리장? 난 고개를 갸웃했다. 오빠가 뭔가를 또 보낸 걸까. 물건이 올 때마다 불려갔기에 드문 일은 아니었다.

"얼른 가요."

간수관리장의 집무실은 내 감방의 위층이었다.

계단을 가볍게 걸어가는데, 아래쪽이 소란스러웠다. 흘끗 난간 아래로 보자 복작복작하게 몰린 사람들이 보였다.

"저기, 제이슨. 저긴 왜 저렇게 사람이 몰려 있나요?"

"아……. 오늘 손님이 오셔서 그런 걸 겁니다. 중요한 손님이라 들었는데, 어떤 분이신진 저도 잘 모르겠습니다."

흐음, 샐리가 말한 미남인가. 폐쇄된 감방이었지만 면회가 금지된 것은 아니었다. 대신에 굉장히 많은 돈을 내야 올 수 있다고 했지?

〈그 돈은 모두 감방 주인의 주머니로 들어가지.〉

남작 아저씨의 말을 듣고 역시 르나그는 수완가라는 생각을 했었다. 감방 장사로 이렇게 돈을 벌다니. 물론 일부는 국가 재산이겠지만 르나그 지분이 크다고 했다.

아무튼 간에 중요한 손님이라 말을 하는 걸 봐서는 단순한 면회객은 아닌 것 같은데… 가벼운 호기심으로 난간 아래를 다시 살펴본 나는 사람 한가운데에서 유달리 눈에 띄는 커다란 등을 발견했다.

등이 커다래 보인 건 남자의 덩치가 아주 크거나 살집이 있어서는 아니었다. 오히려 저런 체형이 벗겨보면 아주 탄탄하다던데. 동시에 나는 눈을 떼어내지 못했다. 살짝 보이는 옆모습이 무척이나 유려하다는 생각이 들어서였다.

나도 모르게 중얼거렸다.

"와. 저 사람이 샐리가 말한 사람인가?"

콧날만 살짝 보이는데 저렇게 미남이오, 외치다니. 정면이 보고 싶어지는 실루엣이네. 하나 머리에 로브 같은 걸 걸치고 그림자 쪽에 서 있어서 머리색이나 자세한 윤곽은 볼 수 없었다.

그저 늘씬한 실루엣이 잔상에 남을 때까지 바라봤다.

그리고 남자가 사라진 뒤에야 나는 고맙게도 나를 기다려준 제이슨과 함께 간수관리장실로 향했다.

뜻밖에도 간수관리장실에서 나를 기다리고 있던 이는 르나그였다.

"이아나 양."

나를 자연스럽게 반긴 르나그가 대신 문을 닫았다.

"음, 출타하셨다고 들었는데……."

그렇게 말하다가 문득 며칠 전 새벽 리케도르안에게 가며 들었던 간수들의 대화를 떠올렸다. 요즘 르나그가 볼일을 보고 나서 저택이 아니라 감방으로 돌아온다고 했었지.

……그렇게 감방이 좋은가?

르나그가 나를 보며 가볍게 묵례했다.

"네. 맞습니다. 잠깐 돌아왔습니다. 급한 일이 생겨 다시 가봐야 하겠지만. 그보다, 아쉽겠습니다."

응? 뭐가? 호기심 어린 나의 시선에 그는 보일 듯 말 듯 서늘한 미소를 지었다.

"당신의 오빠가 이곳에 찾아왔었습니다."

"오빠가요?"

나는 멈칫했다.

"모처럼 당신의 오빠가 이곳까지 보러왔는데, 사정이 생겨 그대로 돌아갔습니다."

찻잔을 들어 올린 그가 말을 이었다.

"여기 집무실까지 왔지만 도착과 동시에 가문에서 일이 터졌다는군요. 아무래도 당신의 가문은 여러…… 일이 많은 곳이니까요."

"아…… 네. 그렇죠."

난 어쩌면 오빠가 체이서 아래 있을지도 모른다는 가정을 떠올렸다. 책 속 머리가 좋은 만큼 많은 음모와 계략을 제 손안에서 굴리던 체이서였다. 그런 사람 아래에 있다면 여러 일을 처리하느라 확실히 바쁘겠지. '오빠'도? 나는 얼굴도 보지 못한 오빠의 격무에 조금 안타까움을 느꼈다.

그러고는 나도 모르게 배배 꼬던 머리칼, 내 머리색을 보며 눈을 깔았다.

'내가 분홍 머리니 오빠도 비슷한 색을 지녔겠구나.'

이아나가 이름도 듣지 못한 인물이니 아마도 이 오빠란 사람도 모르는 이일 가능성이 크겠다.

"아쉽지만 어쩔 수 없네요."

"당신이 그럴 것 같다며 당신의 오빠가 남겨두고 간 것이 있습니다."

그 말을 하는 동시에 나는 움찔했다. 르나그가 설핏 얼굴을 찌푸렸기 때문이었다. 와, 찡그리니까 엄청 살벌하네. 긴 머리칼과 서늘함을 드리우는 안경, 그는 감탄이 나올 만큼 우아한 자태였으나, 등골을 오싹하게 만드는 시선을 가진 이였다.

티를 내지 않으려 했지만 꼭 커다란 도사견이 으르렁거리는 것처럼 무서운 시선이었다. 곧 원래의 시선으로 돌아갔지만 난 남아 있는 잔상만으로 손끝을 파르르 떨었다.

"보통은 이는 규칙 위반이지만, 당신을 책임지겠다고 한 이상 전달하지 않을 수는 없습니다. 그러니, 이것입니다."

나는 르나그가 꺼내 든 것을 보고 눈을 동그랗게 떴다.

"…제 거라고요?"

이 순간 기쁨보다는 황당함이 앞섰다. 르나그가 꺼내온 것은 꽃다발이었다. 양손에 들면 가득 찰 꽃다발. 크기 자체는 그리 크지 않았지만……. 문제는 이게 진짜 꽃이 아니란 점이었다.

보석이었다. 그것도 전부!

……와, 잠깐만. 이거 깨물어 봐도 되나?

보석의 중심은 새하얀 꽃이었는데, 꽃잎이 보석인 것 같았다. 나는 한눈에 봐도 범상치 않은 보석을 바라보며 침을 꼴깍 삼켰다. 전부 크기가 내 주먹 네 개 정도인데…… 이 정도면 집 한 채를 받은 거 아냐?

"……저희 집, 망하지는 않겠죠?"

"그럴 리가 있겠습니까. 집안 간의 일 때문에 그런 거라면 안심하셔도 됩니다. 당신의 오빠가 잘 해결 중이니까요."

아니. 그걸 물은 게 아닌데요. 천천히 눈을 내려뜬 나는 오빠가 남기고 갔다는 꽃다발을 응시했다. 그러다 꽃다발 속에 자리한 작은 편지를 꺼냈다.

보석에 시선이 팔려서 이제야 알아차렸네. 얼른 편지를 펼쳤다.

「내 사랑하는 여동생에게.」

늘 보던 단정한 글씨.

「나를 보지 못한 대신. 이걸 봐주겠어? 너처럼 아름다운 꽃을, 하루에 한 번. 시들지 않는 이 꽃을 말이야.」

향기도 없는 꽃에서 마치 향기가 날 것 같은 착각에 사로잡혔다.

「시드는 꽃은 네가 실망할 테니까.」

아무래도 나를 보지 못한다는 것을 알고 나서 쓴 것인 듯 미안함
이 담겨 있었다.
옆에서 르나그도 편지는 이곳에서 쓴 거라고 알려주었다.

「네가 실망하는 모습은 보고 싶지 않았어. 좋은 것만 가지길 바라
기에.」

이윽고 마지막 구절에서 잠시 시선이 멈췄다.

「곧 데리러 갈게.」

난 얼떨떨하게 입을 달싹였다. 솔직히 가늠이 되질 않았다. 대체.
이아나네 집은 얼마나 부자인 거야.
그보다…… 감방에서 이런 걸 받아도 되는 거야?

4

감방의 남자들

꽃다발을 한창 바라보던 나는 고개를 들어 르나그를 응시했다. 르나그는 긴 침묵을 잘도 기다려주었다.

시간이 꽤 지났음에도 여전히 당황스러웠다. 생전 처음 보석 꽃이라는 해괴하고 희귀한 것을 받았는데, 어떤 반응을 보여야 할지 모르겠다. 하나 난 최대한 동요하지 않고 태연하려 애썼다.

"이걸 방으로 가져가도 되는 걸까요?"

이전에도 말한 바 있지만 감방은 감방답게 매우 단순하고 심플한 구조였다. 달랑 침대와 책상, 그리고 창문과 커튼. 여기서 커튼도 귀족 죄수라 있다고 했지.

죄질이 나빠지는 중간동부터는 보통 상상하는 감방과 다를 것이 없다 했다. 아무튼 간에 방에다 이 꽃을 가져다 두면 그야말로 누추한 곳에 이런 귀한 보석님이 해야 할 상황이 벌어질 듯했다.

"가져가도 괜찮습니다."

르나그가 가볍게 끄덕였다. 그의 허락에 '그렇구나, 역시 안 되죠?' 하고 끄덕이려던 나는 눈을 동그랗게 떴다.

"누구도 건드리지 못하게 하겠습니다. 당신 것이니까."

……아니. 훔쳐 갈까 봐 걱정한 건 아니었는데. 나는 어느새 가까워진 그를 바라보며 고개를 살짝 뒤로 물렸다. 어째서인지 그가 내게 상체를 살짝 기울여준 덕에 그를 자세히 바라볼 수 있었다. 찬탄이 나올 만큼 예쁜 금색 눈동자였다.

가만. 이 안경…… 도수가 있는 걸까? 안이 굴곡되지 않고 그대로 보이는 것 같은데.

"이 순간에 이상한 질문이지만, 눈 많이 나쁘세요?"

책 속에 르나그 시력에 관한 구절은 없었지? 내 물음에 그가 잠시 멈칫했다. 생각지 못한 질문이었나 보다.

"그렇지는 않습니다. 굳이 말하자면 다른 이유 때문에 쓰고 있는 거라."

다른 이유? 냉정해 보이기 위해서? 무서워 보이기 위해서? 음. 그렇지만 이 남자는 안경이 없는 쪽이 더 살벌할 것 같은데. 오히려 안경이 사나운 눈매를 죽이고 서늘함을 덧그리는 것 같다.

"그저 누가……. 안경을 쓰면 더 잘 어울릴 것 같다 하였기에."

하지만 이렇게나 가까이서 바라보니 사나움이 덜했다.

그 정도로 금빛 홍채가 예뻤던 탓이다. 빛을 받아 햇빛 조각처럼 반짝반짝했으니까.

"그렇구나. 곤란한 질문이었을 텐데 대답해주셔서 고마워요."

나는 그를 바라보며 살짝 웃었다. 그러자 왜인지 그가 잠시 멈췄다.

"……꽃은 눈에 띌 테니 담아드리겠습니다. 곤란해질지도 모르니까요."

"네. 네? 아, 고맙습니다."

확실히 그냥 들고 가기엔 지나치게 화려한 보석 꽃다발이었다. 방에 가져다 둬도 혼자만 튈 것 같다는 생각을 했으니까. 이 남자가 이런 세심함을 보여줄 줄은 몰랐는데.

"친절하시네요."

"그렇습니까? 들어보지 못한 말이로군요."

그렇게만 웃지 않으면 더 자주 듣지 않을까요? 그의 웃음에 숨을 살짝 삼킨 나는 어색하게 웃었다. 이런 점은 조금 다정한 것 같지만 여전히 무섭기도 했다.

책 속에서 르나그의 검에 명을 달리한 죄수는 손가락으로 꼽을 수 없을 만큼 많았다. 체이서에게 있어 누구보다 좋은 조력자였던 그는 잔혹한 수단도 서슴지 않았다.

그 장면을 떠올리면 쉬이 긴장을 놓을 수 없었다.

간수들을 관리하는 만큼 검 솜씨도 좋다고 했었지. 생긴 건 영 검사 쪽은 아닌데. 오히려 지적인 법조인 같달까. 고개를 숙이며 사르르 쏟아지는 부드러운 머리칼은 한 번쯤 만져보고 싶은 기분이 들었다. 물론 만졌다가는 큰일 나겠지만.

오빠와 아빠에게 청탁을 받은 것이겠으나 내게 참 잘해준다는 생각이 들었다. 이 청탁이란 것이 참 의문스럽지만 말이다.

분명 내가 읽은 내용 속에서는 그가 청탁을 받은 사람에게 이렇게 잘해주지 않았는데. 책 속에서 읽은 그의 모습을 보지 못하고 있으니… 이쯤 되면 슬슬 내 집안에 대해서 궁금해진다. 아주 진지하게.

"저도 한번 묻고 싶군요."

르나그가 고개를 숙였다.

"당신은 궁금하지 않습니까? 왜 당신의 오빠가 이곳에 가둬두었는지. 단 한 번도 제게 묻지 않는 것이 이상하다 생각했는데."

그러게. 슬슬 나도 그게 궁금하던 참이었어요.

나는 눈을 슬쩍 내렸다.

"글쎄요. 처음엔 이유가 있을 거라고 생각했어요. 오빠가 이유 없이 그럴 사람은 아니니까요."

꼬박꼬박 편지에 선물까지 부치는 사람이라면 애정은 있는 거겠지. 그게 미안함에서인지 죄책감인지 진짜 애정인지 몰라도 말이야.

"……그렇군요. 이아나 양은 여전히, 오빠를 믿고 있는 거군요."

나는 눈을 가늘게 좁혔다.

미묘한 뉘앙스인데. 이렇게 말을 하는 걸 봐서는 오빠를 잘 아는 눈치다. 아니, 당연히 잘 알겠지만. 뭔가 더 꿉꿉한 느낌이 들었다. 그러나 나는 곧 고개를 살래살래 저었다.

그러다 말고 고개를 든 순간 그대로 멈칫했다.

……언제 이렇게 가까워졌지?

그와 거리가 지나치게 가까웠다.

"음, 네. 일단은 오빠니까요. 그런데 그, 얘기를 이렇게…… 가까이서 해야 할까요?"

그가 그대로 멈췄다. 잠깐 굳었던 얼굴이 빠르게 멀어졌다.

"죄송합니다."

"아니에요."

음. 저쪽도 생각지 못한 상황인가. 답지 않게 당황한 얼굴에 입술을 끌어올렸다.

"그만 가볼게요."

그렇게 그가 안겨준 상자를 안고 등을 돌리려 했다. 그가 답지 않게 말을 늘이며 이아나 양, 하고 부르지만 않았다면.

"……저."

처음으로 망설이는 그를 바라보며 고개를 갸웃 기울였다.

왜 그러지?

나를 쳐다보던 서늘한 금색 눈이 느리게 아래로 내려갔다.

"아무것도 아닙니다."

아무리 봐도 아무것이 아닌 얼굴이었으나 그가 품은 말이 나올 것 같지 않았다. 조른다고 나올 것 같지도 않고. 나는 찝찝한 마음으로 그의 인도하에 걸음을 옮겼다.

곧 등 뒤로 문이 닫혔다.

방으로 돌아온 나는 책상 위에 보석 꽃을 올려둔 채 고민에 잠겼다.

그동안 너무 편하게 살았나?

아무래도 슬슬 내 집안에 대해서 고민해봐야 할 것 같았다. 어차피 오래지 않아 출소하고 이대로 태평하게 있으면 어련히 알게 되리라 생각했지만. 아무래도 르나그의 태도를 봐서는 어쩌면 내 집안이 체이서 및 르나그와 보통 관련이 있는 게 아닌 것 같다는 생각이 들었으니까.

처음엔 '그럴지도 몰라.' 하고 생각했던 가능성이 점차 확신이 되고 있으니 말이다.

한참 생각에 잠겨 있다가 곧 나는 벌떡 일어났다. 벌떡 이어 간수의 동행하에 응접실로 향했다. 아직 자유시간이 끝나지 않은 응접실은 복작복작한 가운데 여유로웠다.

"고민에 빠진 얼굴이군. 어린 친구?"

소파에 앉아 있으려니 예상대로 남작 아저씨가 맞은편에 앉았다. 웬일로 그의 옆자리로는 샐리가 다소곳하게 앉았다. 두 사람이 함께 있다니 드문 일이었다.

"흐음, 근심 어린 얼굴인데 그래. 무슨 일인가?"

"있기야 하죠. 아, 아저씨. 물어볼 것이 있는데. 괜찮죠?"

샐리와 남작 아저씨는 본래 데면데면했으나 나를 매개로 안면을

트고 알음알음 지내는 관계였다. 사실 귀족들은 잘 모르는 사이라도 아는 척하는 게 미덕이라나.

"오, 어린 친구에게 도움이 된다면 얼마든지."

"그리고 지금부터 제가 꽤 재미난 얘기를 할 거거든요."

"물어볼 것에 재미난 얘기라. 기대되는데?"

남작 아저씨를 향했던 시선이 샐리를 향했다. 시선의 의미를 알아챈 샐리가 어머, 하고 생긋 웃었다.

"나도 끼워주니?"

"그럼요. 샐리는 언제든 환영이죠."

"어머나, 이아나같이 예쁜 아이가 말해주니 기쁜걸."

샐리는 사교계 파티에 참여한 경력이 긴 베테랑 숙녀였다. 남작 아저씨야 말할 것도 없고. 나는 얼른 끄덕였다.

"그동안 제 가문에 관해 궁금해하셨었죠? 두 사람은 제 가문이 어떤 곳이라 생각하세요?"

턱을 괴고 빙긋 웃는 나를 바라보던 샐리의 눈이 동그래졌다. 남작 아저씨도 다르지 않았다.

물론 사기꾼답게 바로 수습했지만.

"이런, 예상치 못한 수수께끼인데?"

그동안 나는 누군가 가문에 관해 물을 때마다 웃음으로 대답했다. 당연하지. 나도 몰랐으니까. 출소하면 어련히 알게 되겠거니 했다.

하나 이젠 그저 태평히 지켜볼 수 없다. 만약 정말 내 가문이 체이서와 관련 있는 곳이라면? 곤란했다. 출소해서는 안락하게 살고 싶으니까.

뭔가 미리 알고 있으면 방법을 찾을 수 있지 않을까. 이를테면 멀리 요양 가는 방법이라거나.

"수수께끼라, 확실히 이아나의 가문은 죄수들 사이에서 재미난 문제였지. 뭐. 나부터 솔직하게 말할까? 간수관리장을 만날 정도의 가문이자, 이아나 네 나이에도 한 번도 모습을 드러내지 못한 영애라고 하면…… 아인테. 르만, 하운드 정도로 추려지지."

"어머. 저도 비슷하게 생각했는데. 르만 백작 영애는 이미 한 번 본 적 있으니 아니고 아인테나 하운드가 아닐까 했지만요."

"아인테 백작 부인은 남방 사람이지. 피부가 살짝 까무잡잡한 편이야. 그리고 딸도 자신을 닮았다고 말하곤 했네. 그러니 아인테도 아니야."

그들이 도란도란 이야기를 나누는 동안 나는 짓고 있던 웃음을 지우지 않았다. 마치 맞혀보라는 듯이. 그러나 머릿속은 빠르게 돌아갔다.

아인테는 백작, 르만도 백작, 하운드는 후작이라고……. 그렇다면 '이아나'는 최소 백작 이상의 가문이다.

남작 아저씨 말에 따르면 귀족 죄수가 간수관리장을 볼 수 있는 기준은 영지의 규모로, 최소 규모가 정해져 있단다. 여기서 영지의 규모는 단순히 땅의 크기가 아닌 재력, 재산 등 모든 것을 아우르는 척도였고, 이로 등급을 매겼다.

다시 말해 간수관리장을 보는 가문은 손에 꼽는다는 거다. 사실 관리장쯤 되면 감히 귀족을 가려 받을 수 있단 건데, 귀족 입장에서는 꽤 치욕적인 일이었다.

바깥에서는 천시하는 기사 출신에게 평가받는 것, 도도하기 짝이 없는 그들에게 달갑지 않은 일이니까. 그래서 귀족 죄수들이 관리장을 만나는 이들을 눈여겨보고 있는 걸 거다.

나는 여유롭게 웃는 척 눈을 가늘게 좁혔다.

'좋아. 적어도 멀리 요양 갈 재력은 된다는 거지.'

꼭 요양 문제는 아니었지만 규모는 대충 알겠네. 나는 그들의 대화를 듣고 있다가 간간이 힌트를 줄 듯 말 듯 맞장구를 쳤다.

이것이 한계에 다다랐을 무렵 나는 답을 바라는 이들에게 씩 웃어주었다. 그리고 입을 열 때쯤, 간수가 신호를 외쳤다.

"모두 돌아가십시오!"

자유시간의 끝이었다.

"이런. 정답은 다음으로 미룰까요?"

아쉬워하는 두 얼굴을 보며 생긋 웃었다. 미안요. 저도 아직은 정확히 모르겠거든요. 그러나 다행히 그들은 오히려 흥미진진한 얼굴로 돌아갔다. 사실 살짝 지루하고 무료한 감방에서 신나는 일은 드물었다. 이들도 금방 끝내기 아쉽다고 생각한 거겠지.

"이아나. 기분이 좋아 보이네요."

감방으로 돌아가는 길, 붙임성 좋은 간수의 물음에 나는 미소로 답했다.

확실히 다른 날보다 기분이 좋은 편이긴 했다. 솔직히 보석 꽃이 마음에 들긴 했으니까.

"네. 좋은 선물을 받았거든요."

"아, 그 오빠에게서요?"

"정답."

방으로 돌아온 나는 문을 지키는 이와 인사를 나누고 안으로 들어섰다.

책상에 놓인 꽃을 지나쳐 서랍을 열었다.

잔뜩 쌓인 빈 편지 중 하나를 꺼낸 나는 빠르게 편지를 썼다. 사실 남작 아저씨와 샐리에게 물어본 것은 그럴싸한 답이 궁금해서였다.

하나 귀족 생리에 밝은 그들의 의견은 답에 근접할지 모르지만 정답을 알기에는 부족했다. 그렇기에 처음부터 내가 생각했던 방법은 따로 있었다. 가문에 대해 궁금하다고? 그럼 제일 빠른 수단을 쓰면 되지.

「오빠, 우리는 어떤 가문일까?」

만족스럽게 편지를 바라보던 나는 다음 날 편지를 부쳤다.

뿌듯하게.

여기에 답장이 오려면 며칠 걸리겠지?

편지를 기다리는 동안 리케도르안을 보러 갈 생각이었다. 일단 오늘은 늦었으니 어려울 것 같고.

"내일 가자."

그렇게 다음 날, 나는 지하실 계단으로 향했다.

"길을 잘못 들었습니다. 아가씨."

그러나 나는 멈칫할 수밖에 없었다. 그도 그럴 것이 지하실 계단 앞에서 가로막혔기 때문이었다. 나는 처음 보는 간수들을 바라보며 눈을 깜빡였다. 내 구역 간수 대부분의 얼굴을 보았다고 생각했지만 전혀 모르는 얼굴이었다.

일단 침착하게 미소를 보였다.

"음. 그러네요. 길을 잘못 들었나 봐요. 가끔 이런다니까. 식당은 어디였더라."

"왼쪽입니다. 이곳이 워낙 복잡하니 간수와 함께 다니셔야 합니다."

그들은 내가 입은 죄수복을 바라보며 표정을 살짝 풀었다. 이곳은 각 구역마다 죄수복의 모양이 조금씩 달랐는데, 간수들은 귀족들이 대부분인 동쪽 구역 죄수에게는 비교적 관대한 편이었다.

때때로 감시 간수가 없이 돌아다니는데도 슬쩍 넘어가 줄 만큼. 따라서 식당에 가는 정도의 단독행동은 이렇게 눈감아주곤 했다.

그만큼 우리의 위험성이 크지 않는 거라 판단한 거겠지.

"고마워요. 저 그런데 무슨 일 있나요? 못 보던 분이신 것 같아서요."

"아……. 네. 기밀은 아닙니다만. 저희는 서쪽동의 간수입니다. 이곳은 최악의 범죄자를 감금하는 지하 구역으로……. 며칠 전 침입자가 있던 모양입니다."

"……침입자요?"

나는 움찔했다. 왜 낯설지가 않을까. 묘한 기시감이 목 뒤를 꾹 찔렀다.

서쪽동은 살인, 방화, 반역 등 죄질이 가장 무거운 죄수들이 있는 곳으로 어느 구역보다도 감시가 삼엄하고 환경이 나쁜 곳이었다.

아울러 낯선 간수는 방금 지하 구역이 최악의 범죄자를 감금하는 곳이라 했지만 사실 리케도르안 홀로 지하를 쓰고 있었다. 그곳은 감방 측에서 헤르님 대공가를 위해 내준 공간이니까.

본래 르나그의 집안은 대대로 감방을 관리하는 중립파였으므로 대를 이어 대공가에게 이런 공간을 내줬다. 한데 르나그가 중립을 버리고 체이서와 손을 잡은 것이고.

"침입자라니, 너무 무섭네요. 혹시 무슨 사고가 일어난 건…… 아니겠죠? 무서워서……."

"이런. 아가씨께서 걱정하실 일은 없을 겁니다. 가장 안전한 구역에 계십니다. 다만 이 지하 구역에서 죄수의 옆에서 침입자의 '물건'이 발견되었다고 하더군요."

"아……. 저런. 그렇군요."

등에서 식은땀이 흐르는 것 같았다. 숨을 삼킨 나는 동요를 드러내지 않으려 애썼다. 하나 태연한 미소를 유지하며 마지막까지 인사하고 등을 돌렸다.

방긋 웃는 나를 보던 간수가 귀를 살짝 물들이는 것도 같았다. 신경 쓸 겨를이 없었지만.

잠시만. 분명…….

리케도르안에게 머리끈을 주고 왔었지?

침입자의 정체가 나라니. 나라니?

손에 땀이 흥건했다.

생각해보면 이전에도 리케도르안의 감방에 담요를 두고 온 적 있다. 그렇지만 이건 한스와 미리 얘기된 사항이었다.

〈알겠습니다. 제가 둔 걸로 하겠습니다. 어디 가서 얘기하시면 안 됩니다?〉

그러나 한스의 호의는 딱 거기까지였고. 대신 다신 다른 물건을 두고 오지 않겠다 약조했었다. 특별 죄수에게 편의를 봐줘서는 안 된다는 이유에서였다. 그렇기에 리케도르안이 안쓰러워도 이후 새 담요를 가져다주지 못한 거였는데…….

지금 상황은 한스와 약속되지 않은 상황이다. 그러니 한스는 침입자가 있었다고 생각하고 신고한 거겠지. 혼을 쏙 빼놓은 리케도르안의 모습 때문에 깜빡 잊고 말았다. 등신같이.

복도 한복판에서 머리를 마구 헝클였다. 지나가던 간수가 어디 아프냐고 물었지만 괜찮다고 애써 웃어 보였다. 한편으로는 리케도르안이 염려됐다.

'나 때문에 불이익을 겪게 되면 어떡하지?'

리케도르안의 꿉꿉한 감방을 떠올린 나는 얼굴을 쓸어내렸다. 가뜩이나 감방에서 그의 처우는 좋지 않았다.

"하. 돌겠네. 정말……."

그러나 야속하게도 시간은 속절없이 흘러갔다. 무슨 정신으로 밥을 먹었는지 모르겠다.

정신 차려 보니 깜깜한 밤이었다. 창문 밖 달이 동동 뜬 하늘을 바라본 순간 모래를 삼킨 것처럼 텁텁해졌다.

"……내 방에서는 낮인지 밤인지 알 수 있지."

창문이 있으니까. 끙끙대던 나는 결국 벌떡 일어났다. 서랍을 열어서 제이르가 준 팔찌를 꺼냈다. 어쩌다 기회가 없어 제이르에게 돌려주지 못했지. 이젠 꺼내지 않으리라 생각했던 물건이었다.

〈혹시 몰라 마법당 4번씩은 쓸 수 있게 해뒀어요. 아, 문을 여는 주문은 두 배로 걸어둘게요. 실수하면 안 되니까요.〉

그날 문을 여는 마법과 투명 마법 두 번. 수면 주문 한 번 썼지. 그러니 아직 모든 마법을 더 쓸 수 있단 소리다.

나는 곧 팔찌를 움켜쥐었다. 한숨이 튀어나왔다.

곧 결심이 섰다.

"……그래. 괜찮은지만 보고 오자."

딱 이만큼만. 이만큼만 가는 거다. 눈물을 뚝뚝 흘리던 리케도르 안의 얼굴을 떠올리니 그냥 넘길 수가 없었으니까.

서쪽동의 간수들은 거의가 매일 보는 간수들과 수준이 전혀 다르다. 그들은 상급 기사였다. 쉽사리 통과하기는 어렵겠지? 나는 지하 계단을 지키던 간수들을 떠올리고 입술을 깨물었다.

이들은 손속이 잔혹하다고 했다. 아무래도 흉악범을 다루기 때문에 사납기 그지없다고 했다. 혹시라도 리케도르안이 그런 대우를 받고 있다면 어떡하지? 가슴이 쿡쿡 찔렸다. 모든 게 내 실수였으니까.

"확인만."

나는 문을 열고 복도로 발을 디뎠다. 며칠 전 밤처럼 새벽 복도에는 아무도 없었다. 아니, 복도 저 끝에 간수가 걷고 있었다. 내 모습이 저 사람에게 보이지 않을 건데도 발을 재게 놀렸다.

가슴이 초조했다.

다행히 지난번처럼 계단에서 간수들을 갑작스럽게 만나지 않고 1층까지 내려왔다. 계단 앞으로 가기 전 나는 굴러가는 돌 중 하나를 들었다. 그리고 쭉 걸어 지하실 계단 앞에 도착했을 때, 낮처럼 지키고 있는 간수를 응시했다.

……다행히 한 사람만 지키고 있네.

낮과 다른 숫자에 안심했다. 잘됐어. 돌을 만지작거리던 나는 이내 있는 힘껏 앞으로 던졌다.

딱!

돌이 부딪치는 소리에 간수가 고개를 돌렸다.

"……뭐지?"

고개를 갸웃하나 싶던 그가 천천히 돌이 떨어진 곳으로 걸어갔다. 그가 수풀 사이로 들어갈 때까지 기다렸다가 얼른 계단으로 달려갔다. 벽을 더듬어 소리 없이 내려간 나는 창살 앞에 도착했다.

놀랍게도 철창 앞에는 아무도 없었다.

'한스가 없잖아?'

아마도 이젠 한스의 자리를 비워두고 계단에서부터 지키는 모양이었다. 하기야 상급 기사가 계단을 지키고 있으니 문제없겠다 생각했겠지? 나로선 다행이지만. 한편으로는 당혹스러웠다. 비상 경계치고는 조금 허술한 거 아닌가? 나는 고개를 저었다. 이보다는 리케도르안이 급했다.

끼이익.

최대한 소리를 낮추고 최소한의 면적으로만 열린 문을 지나 문을 닫았다. 얼핏 보면 닫힌 것처럼 착각할 정도로.

오늘따라 그에게 향하는 거리가 왜 이리 멀게 느껴지는 건지. 마침내 램프를 들었던 손을 내려놓자. 희미한 램프 아래 소년의 얼굴이 드러났다.

그리고 이번에도 정확히 눈이 마주쳤다.

"이아나."

나는 멈칫했다. 그가 나를 불렀으니까.

"어떻게 난 줄 알았어?"

나는 마법을 해제했다. 그러나 급하게 온 나머지, 그에게 지나치게 가까이 다가갔다는 것을 간과했다.

철그렁.

쇠사슬이 거칠게 움직였다. 재빨리 몸을 물리려 했을 때는 이미 늦은 뒤였다.

물러나려던 손을 잡아당긴 그가 나를 바라보며 웃었다.

동그랗게 뜨인 소년의 눈에 해사한 미소가 앉았다. 주홍빛을 배경으로 성스럽기까지 한 미소에 나는 잠시 말을 잃었다.

"……당신에게서는 향기가 나요."

"……너."

"당신만의……. 향기."

내 손을 잡아다 입술을 가져다 대는 그를 바라보며 눈을 깜빡였다. 언제 봐도 더럽게 잘생긴 얼굴이구나. 어처구니없게도 미모에 긴장감이 풀릴 줄이야.

그나저나 어느 쪽인 거지? 이성이 있는 쪽이라 생각했는데. 하는 행동은 꼭…….

"음, 반겨줘서 좋은데 말이야. 이제 나를 막 만지고 그러네? 나 좋아해?"

"……네? 네. 네, 네?"

"농이야."

그러나 화들짝 놀란 그가 나를 뿌리친 뒤였다. 새하얗던 얼굴이 붉은 꽃이 핀 듯 발긋 달아올랐다.

아. 이성이 있는 쪽이구나. 설마, 반가워서 무슨 짓을 한 건지도 모른 거야? 그런데 왜 꼭 내가 가해자인 것처럼 쳐다보는 건지. 난 그저 찾아온 죄밖에 없는데 말이다.

"그렇게 보지 마. 너무하잖아. 힘들게 찾아왔는데."

"아, 저, 그, 저는, 불순, 하지 않아요!"

"누가 뭐래? 그보다 실례할게."

이성이 있는 쪽이라니 잘됐다. 제일 무해한 쪽이니. 나는 그의 턱을 붙잡고 얼굴을 이리저리 돌려봤다. ……상처는 없는 것 같지? 아래를 보면 손도 발도 목도 모두 멀쩡했다.

상처라고는 얼마 전 그의 가문 사람이 낸 것밖에 보이지 않았다. 그것도 내가 가져온 약 덕분에 거의 나았고.

나는 꼼꼼하게 확인하고 나서야 숨을 뱉었다.

"……놀라라."

진짜 큰일이라도 생길 줄 알고 놀랐네.

하기야 냉정히 생각해보면 감방 측에서 리케도르안에게 심하게 대하지는 않을 건데.

어쨌거나 책의 초반엔 르나그가 중립을 유지하는 척이라도 하니까. 대놓고 대공의 자식인 리케도르안을 함부로 대할 수 없을 거였다.

아무리 버린 거나 마찬가지인 자식이라도 '저주'를 앓는 이상 헤르님의 상징이나 다름없으니까.

그래. 나도 내가 섣부르다는 건 알았지만……. 사람 마음이 쉽게 넘어 가지겠냐고. 아무래도 나는 건드리면 움찔하는 남주님에게 꽤 정을 준 모양이다. 나 때문에 험한 일이라도 당할까 봐, 아플까봐. 모든 것을 제치고 달려오고 말이야.

사실 달려오더라도 나는 아무것도 할 수 없는데.

"미안."

"네?"

"나 때문에 험한 일을 당할지도 몰라서. 물론 이런 일이 오지 않을지도 모르지만… 가능성이 있다는 것만으로 조금 괴롭네."

복잡한 세상 나 하나 편하게 살자는 게 내 신조였는데 말이지. 나를 물끄러미 바라보던 리케도르안이 내 손끝을 잡았다. 옷자락에서 손끝으로 발전한 건가. 손끝의 온기가 느껴지는 동시에 그가 입을 열었다.

"당……하고 나면, 당신이 와요?"

고개를 들면, 물기 어린 투명한 눈동자가 있었다. 놀란 얼굴이 그의 눈동자에 비칠 만큼 가까운 거리였다.

"다음 날도, 다음 날도. 앞으로도 계속? 그러면 나. 맞아도 돼요."

……뭐?

리케도르안이 무어라 더 하려는 순간 나는 그의 입을 막았다. 동그랗게 뜨인 눈을 바라보며 미간을 찡그렸다. 미쳤어. 얘가 지금 뭐라는 거니?

"무슨 소리야, 대체. 당신 내가 왜 약을 가져온 거라 생각해? 노력을 무색하게 만들 셈이야?"

"……읍. 읍."

"변명은 안 들을 거야. 나쁜 어린이네."

그러자 그의 눈이 가늘게 좁혀졌다. 불만 어린 시선이다. 아마 자기는 어린이가 아니란 소리를 하고 싶은 모양이다. 그래 봐야 내겐 새끼 고양이가 냥냥 외치는 느낌이었지만. 한참을 그의 입을 막았던 나는 그가 잠잠해지고 나서야 놓아주었다.

분명 나보다 힘이 더 세면서도 나를 억지로 놓게 하지 않은 그가 신기했다.

"이제 이상한 소리 하지 않기. 알았지?"

잔뜩 붉어져서 숨을 색색 뱉는 리케도르안의 얼굴이……. 나는 슬그머니 눈을 피했다. 저럴 때마다 없던 은근한 가학심을 자극하는 얼굴임을 알까?

"이제, 가나요?"

"아니. 오늘은 그냥 이야기하러 온 거야. 아직 시간이 조금 있거든."

시간을 바라본 나는 빠르게 판단했다. 조금만 더 있어도 되겠다. 그러자 그의 얼굴이 밝아졌다. 복사꽃같이 발그레한 홍조가 뺨에 맴돌았다.

"지난번에 열 살부터 이곳에 갇혔다고 했잖아요."

지금까지는 조금 흥분해서 말이 짧았지만 나는 얼른 평소대로 말투를 돌렸다.

"음, 그럼 그전에는 집, 아니. 저택에 있었던 거예요?"

끄덕.

리케도르안에게는 모든 것에 무지한 아이 같으면서도 생각보다 제법 반듯한 말을 구사하는 상반된 모습이 공존했다. 이건 아마 대공저에서 굳어진 모습이겠지? 그는 이 감방에서 간수와 부친을 제외한 누구와도 만나지 못했을 테니까.

"그럼 저택에서는 잘해주는 사람 있었어? 좋은 사람."

그러자 물끄러미 나를 바라보던 리케도르안이 천천히 눈을 깔았다. 그러고는 느리게 입술을 뗐다.

"있……었어요……. 이도르안 아저씨. 메리다."

이름만 들어서는 어떤 사람인지, 기사인지 귀족인지 시중인인지 알 수 없었지만, 리케도르안의 표정이 처음으로 평온해 보였다.

"그, 그리고 이곳에서 다, 당신이 가장 좋은 사람이에요."

그렇겠지. 나 말고는 제대로 만난 사람이 없을 테니까. 간수들은 그에게 '사람'이 아니었으리라. 나는 보일 듯 말 듯 살짝 웃었다.

"그렇구나."

그러나 어떻게 받아들인 건지 내 옷자락을 잡아챈 리케도르안이 다급하게 입을 열었다.

"저, 정말이에요. 다, 당신만 생각하고."

"생각하고?"

"그리고, 그, 그리고……."

그가 눈을 질끈 감고 소리쳤다.

"다, 당신만 생각하면 커져요!"

……어디가?

소리쳐 묻고 싶었지만 차마 말이 나오지 않았다. 왜인지 물으면 엄한 대답이 나올 것 같아서였다. 솔직하게 말해서.

이 마귀는 모두의 마음속에 있는 거잖아요?

하지만 나는 새 나라의 착한 어른이므로 천천히 리케도르안의 시선을 피하며 바닥을 훑는 척했다. 착한 생각, 착한 생각, 착한 생각…… 속으로 스무 번쯤 되뇌면서.

그리고 다시 리케도르안에게 돌아왔을 때 나를 향한 푸른 시선을 마주했다. 눈이 어쩜 이렇게 파랄까? 정말이지 이건 깊은 심해인가 싶을 마치 푸른 눈동자였다.

나는 이번에는 그의 시선을 피하지 않고 똑바로 마주했다. 이렇게 몇 초가 흘렀을까, 리케도르안의 뺨이 발긋 물들었다. 그는 교차하듯 시선을 피하더니 입술을 우물거렸다. 귀마저 토끼의 눈동자처럼 새빨간 색이었다.

"웃. 그, 그렇게 쳐다보지 마세요."

"왜?"

"그, 그거야 커지니까……!"

그러니까. ……어디가?

최대한 자세히 듣고 싶다고 하면…… 안 되겠지. 응. 안 되는 일이다. 이 소년이 나랑 겨우 두 살 차이라곤 하지만, 그래도 이쪽이 연하란 말이지. 이번에야말로 이걸 물어야 하나 말아야 하나 망설이는데, 다행스럽게도 리케도르안이 먼저 입을 떼어냈다.

"당신을 생각하면, 자꾸, 팔도 다리도…… 커지는 기분이에요. 손가락도 길어지고……."

"……그래? 다른 건요?"

"다른 건……."

왜인지 마지막에서 그가 머뭇거리더니 볼을 더욱 붉게 물들였다.

우물쭈물하던 그의 입이 무어라 더 웅얼거렸지만, 마지막 부위는 들을 수 없었다.

부위였는지 아닌지 알 수는 없었으나 정황상 어디를 말한 것 같은데. ……안 듣는 편이 나을 것 같기도 하고. 아냐. 아냐. 엄한 상상을 지워내면서 나는 손으로 턱을 짚었다.

"그러니까, 종합해서. 날 생각하면 몸이 커지는 느낌이 든다는 거네요?"

"네? 네……."

"실제로 실험해본 거예요? 음, 여기서 실험이란 네가 직접 재어본 거냐 묻는 거예요. 팔이라든가 다리라든가."

리케도르안이 고개를 저었다. 그는 순진하게 눈을 깜빡이더니 고개를 갸웃했다.

"그…… 생각은 못 했어요."

나는 시선을 떼어내 감옥 곳곳을 쳐다봤다. 벽이 벽돌로 이루어졌을 테니, 눈금을 잰다거나 실험하기는 어렵지 않았을 터였다. 다만 그는 이런 생각 자체를 해보지 않은 것 같았지만.

"그나저나 오늘 계속 깨어 있던 거예요?"

생각해보면 리케도르안은 잠들어 있는 법이 없었다. 첫 만남을 제외한 몇 경우를 제하면 거의가 항상 눈을 뜨고 있었다. 잠을 자지 않는 건지, 우연히도 내가 찾아갈 때가 깨어 있는 순간이었던 건지 알 수 없지만.

"대체 잠은 언제 자는 거예요? 자는 걸 본 적이 없네. 원래 잠이 없는 편이에요?"

"그…… 잠은 원래 없지만. 자, 자고 싶지 않아요."

"자고 싶지 않다니?"

우물우물하던 리케도르안이 잠시 시선을 내렸다가, 이내 휙 들어 올렸다.

"잠들면, 당신을 볼 수 없잖아요."

새파란 눈에 내가 담겼다. 눈 맞춤은 오래가지 못했다. 잔뜩 얼굴을 붉히며 고개를 내려버린 리케도르안 탓이었다.

그가 입술을 꾹 깨물었다.

"내, 내가 잠든 사이에 당신이 다녀가면? 그대로 사라질 테니까."

……어라.

나는 흠칫했다.

그의 손이 어느새 내 손 바로 옆에 있었다. 천천히 다가온 손은 차마 닿지 못한 채 내 주위를 맴돌았다. 나는 사람이 손끝까지도 붉어질 수 있음을 알았다.

"……이제 갈 거예요?"

손끝만 발긋 물든 그의 손가락은 창백하다 싶은 내 손과 비교되어 더욱 붉게 보였다. 사실 나는 아팠다가 일어난 지 얼마 안 된 몸이었다. 정확히는 죽었다가 깨어난지 그리 오래되지 않았지.

이 탓에 뼈대가 가늘었고 살집이 없었으며 피부도 창백하게 흰 편이었다. 다행히 아팠던 것치고는 그다지 움직이는 데 무리는 없었지만 모두가 나를 가녀리게 여겼다.

이러한 탓일까, 내 손 옆에 놓인 리케도르안의 손이 오늘따라 더욱 커 보였다. 나는 눈동자를 데굴 굴렸다. 당황스러움은 금세 사라지고 난감한 듯 무심함이 그 자리를 채웠다.

이봐요, 깜빡이는 켜고 들어와야 할 것 아니야? 운전의 기본도 모르시는 선생님 같으니라고.

언제나 그렇듯 물에 촉촉이 젖은 백합처럼 수려한 남자였다. 이것이 아직 완전히 개화하기 전이란 점에서 무척이나 파괴적이었다. 지금이 이 정도면 몇 년 뒤는 대체 어떻단 말이야? 사실은 이미 한 번 본 적 있지 않았던가.

잘 커서 초절정 섹시 다이너마이트라도 되나, 굳이 유치한 표현을 가져온 나는 고개를 돌렸다.

"당장은 안 가요."

시선을 둔 곳은 시계였다.

이 시계로 말할 것 같으면 방을 나서며 가져온 물건이자 몇 안 되는 '이아나'의 물건이었다. 어째서 귀한 집 아가씨가 이런 낡은 물건을 썼을까 싶지만 시간을 보는 데는 무리가 없었다.

시계 뒷면에는 무어라 새겨져 있지만 칼로 긁혀서 어떤 단어였는지, 알아보기 어려웠다. 추측하기로는 이것도 그 오빠란 사람이 준 것이 아닐까 싶지만, 시계를 가져온 이유는 내가 이곳을 빠져나갈 시간을 정하고 들어왔기 때문이었다.

내가 알기론 간수가 교대하는 타이밍은 일정하다. 이것은 간수가 바뀌어도 마찬가지였다. 해가 뜨기 직전 4시경 새벽. 다시 말해 이는 내가 조용히 빠져나갈 시간이기도 했다.

그리고 그 시간까지는 아직 여유가 남아 있었다.

시계를 다시 주머니에 넣고 리케도르안을 바라봤다.

"물론 날 밝기 전에는 가야 하지만."

생각해보니 그를 자주 찾았던 편이었지만 이렇게 느긋하게 꽤 오래 볼 시간은 없었던 것 같다. 항상 간수의 눈을 피하거나 시간적 여유가 부족했었으니까.

"나 아직 여유가 조금 있어요. 기쁘죠?"

"네, 네?"

"나 안 가니까 기쁘잖아요. 아닌가."

장난스럽게 툭 붙였는데 웬걸, 나를 빤히 보던 리케도르안이 또르르 시선을 굴렸다. 파란 바다를 담은 듯 유리알 같은 눈동자가 그대로 내려가고…….

끄덕.

손가락을 꼼지락 움직이던 리케도르안이 보일 듯 말 듯 끄덕였다.

"……조, 좋아요……."

어느새 리케도르안의 손이 내 옷자락 끝을 살짝 부여잡고 있었다. 나는 그를 떼어놓는 대신 머리를 돌려 못 본 척했다.

'이 대공님이 무슨 수작이신가.'

귀여움으로 우심방을 조져놓으시겠다. 이건가? 나는 이 손을 놓아버릴까 살짝 고민했지만 몸을 살짝 뒤로 기울이는 것으로 합의를 보기로 했다.

"시간도 조금 있겠다, 우리 얘기나 해볼까요."

"얘, 얘기요? 어떤 얘기를?"

"글쎄요, 거기까지 생각해보진 않았는데."

나는 흘끗 그가 잡은 옷자락을 응시했다가 다리를 세워 턱을 괴었다. 무의식중에 들어 올린 손을 그를 향해 뻗었다.

그가 흠칫했다.

아무 생각 없이 건드린 리케도르안의 머리칼은 신기하게도 솜털처럼 보드라웠다. 금방 떼어낼 요량으로 건드린 것이었으나 손을 떼고 싶은 기분이 싹 사라졌다.

내 행동이 자연스러웠던 것은 그가 짐승 성격일 때 산책을 하며 의도치 않게 길들인답시고 이런 행동을 했었기 때문이었다.

〈강아지는 만져주면 좋아합니다! 키워봐서 잘 알지요.〉

개를 많이 키웠다던 간수가 알려줬었지. 말을 잘 들을 땐 칭찬을 해줘야 한댔나.

"착해요."

나의 이런 행동에 손사래 치거나 몸부림칠 줄 알았는데, 리케도르안은 웬일인지 가만히 있었다. 아니, 어깨를 움찔했으나 그뿐이었다.

타닥타닥.

간수실에 놓인 등이 타고 있었다. 옅은 주홍색 빛과 어스름한 새벽빛 아래서 그의 은빛 머리칼은 옅은 푸른색을 머금고 있었다.

나는 조금 신기한 기분으로 그의 머리에서 손을 떼어냈다. 그의 푸른 눈에 잠시 아쉬움이 스쳐 지나갔다.

"그럼 아까 하던 얘기마저 할게요. 미안해요. 나 때문에 험한 일을 당할지도 모른다고 한 건 진짜예요……."

난 네가 걱정돼서 왔어. 내 탓이니까.

"당신 때문이라니요?"

"내가 준 머리끈 기억해요?"

그에게 미안함을 담아 미소했다. 사태의 원인은 거기서부터 시작했었지.

"당신에게 주고 간 그 머리끈 때문에 누가 당신 방에 들어왔다는 것을 알아챈 모양이에요. 나와 친분이 있던 간수가 나라는 것까진 밝히진 않은 것 같지만… 간수들 수뇌 사이에서는 침입자가 있었다는 걸로 간주하는 것 같아요."

한스는 심증이 있어도 말을 하지 않은 것 같다. 보고는 했지만 말이지. 하기야 내 얘기를 꺼내면 본인이 내게 받은 담배와 각종 물건에 대해서도 꺼내야 했을 테니 당연한 일이었다.

더구나 내가 죄수 취급도 받지 않는 귀족 죄수인 이상 알려봐야 본인 손해라는 것을 알고 있겠지. 나도 처음에 그걸 노리고 거래한 거긴 하지만…….

"어찌 되었든 내 탓이란 건 돌이킬 수 없는 일이네요. 미안해요."

리케도르안이 고개를 살래살래 저었다. 그치고는 단호한 몸짓이었다.

"……그런 거라면 당신의 탓이 아니에요."

그가 내 옷자락을 쥔 손에 힘을 주는 것 같았다.

"당신이 내게 준 걸로 말하자면, 이것이 없었던 때에 나는 더……괴로웠으니까. 나는 새, 생겨나서 좋아요."

"뭐가 생겨요?"

"생각할 수 있는 거요……."

말하자면 의지처가 생겼다는 걸까? 아이들에게 보드라운 물건은 정서발달에 좋다는 말을 들은 적 있다.

"이것을 보면 멍하니 벽만 보고 있지 않아도 돼요."

하지만 이미 어린 시절을 학대로 보냈을 이 남자에게는 없었을 일인 게 분명했다. 나는 보잘것없는 머리끈이 이런 의미가 될 줄은 몰랐던 터라 조금 난감하고 머쓱해졌다.

이 남자에게 이 감방에서 하루는 그저 무심히 흘려보낼 하루들이었겠지. 그건 내가 나타난 지금도 마찬가지였다. 말하자면 나는 갈증으로 고통받는 사람 앞에 나타난 아주 작은 물 잔이었다.

입술을 축일 수는 있어도 갈증을 채워줄 수는 없다.

궁극적으로 이 남자의 삶이 행복해지기 위해선 저주를 풀어야 하고, 그 저주를 푸는 시기는 꽤 뒤인 데다가 해결할 사람은 내가 아닐 테니까.

물론 저주가 아니더라도 이 남자의 정서적 갈증을 일부나마 채워줄 수는 있겠지만, 나는 그리하지 않는 길을 택했다.

"그나저나 오늘은 꽤 오랫동안 변하지 않네요? 신기록 아닌가."

나는 보일 듯 말 듯 웃으며 부러 다른 화제를 꺼냈다. 리케도르안이 나를 보며 입술을 달싹이는 것 같았지만 이내 시선을 떨어트렸다.

"그건 잘…… 모르겠어요. 그냥……."

"그냥?"

귀마저 발긋 물들어 붉은 꽃처럼 보이는 얼굴 아래서, 그의 입술이 겨우 움직였다.

"이, 이 모습으로 당신을 조금 더…… 기억하고 싶어서……."

이후로도 리케도르안이 무어라 한 것 같았지만 우물쭈물하는 그의 음성은 뒤로 갈수록 목구멍 안쪽으로 곱아 들어가 끝말은 거의 들리지 않았다. 아무튼 간에 획획 짐승 모드로 변하는 건 어떤 순간에, 어떤 사유로 되는 건지 본인도 모른다는 거지?

"으음, 당신도 이유를 모른단 말이죠? 이것 참 변하게 하는 상황이나 원인을 알게 되면 당신도 편할 텐데."

시도 때도 없이 변하는 건 리케도르안도 불편할 테니 말이다.

"……훗."

"……이봐요?"

자기 어깨를 꾹 껴안던 리케도르안이 고개를 들더니 머리를 갸웃했다.

"끼잉?"

나는 헛웃음을 들이켰다.

……허. 이것 봐. 아주 순식간에 변하잖아?

나를 보는 눈망울은 아주 순진하기 그지없었으나 자세히 보면 조금 전과는 달랐다. 짐승 버전이 된 리케도르안은 아르르, 짖으려 하다 말고 내게 성큼 다가왔다.

"안 돼. 물지 마."

"캉?"

나는 얼른 다리를 뒤로 빼냈다. 어째서인지 내 옷 끝자락을 물려 하던 리케도르안은 울상을 지었다. 먼저 휙 물러난 나로 인해 거리가 멀어졌기 때문인 듯했다.

"물면 가까이 안 갈 거야. 집에 갈 거야."

"끼잉."

"……알아듣은 거지?"

"왕왕!"

…허, 말은 참 잘 알아듣네. 아니, 본능적으로 느끼는 건가? 여기서 사람 말만 해주면 좋을 텐데 말이지. 나는 한숨을 쉬다 말고 문득 주머니 안에 든 것을 떠올렸다.

처음부터 여기 오려고 계획했던 것은 아니지만…… 주머니엔 여전히 간식거리가 담겨 있었다. 얼른 주머니를 열자, 리케도르안의 눈동자가 반짝반짝해졌다.

"가기 전에 간식이나 주고 갈게."

시간이 꽤 흘렀다. 이쯤 되면 슬슬 나갈 준비를 할 시간이었다. 나는 물러났던 거리를 살그머니 좁혔다. 손에 든 사탕 봉지를 벗겨내는데, 막 껍질이 뜯어질 때였다.

덥석.

나는 눈을 깜빡였다. 리케도르안의 손이 내 손을 꾹 붙잡고 있었다. 돌아온 건가?

"왜 그래요?"

"……."

그는 물음에 답이 없었다. 조금 이상해 쳐다보고서야 알았다. 그의 숨소리가 조금 전보다 거칠었다. 이상한 느낌이 아니라 꼭 아픈 사람처럼 앓는 느낌. 깜짝 놀라 얼른 그의 뺨을 붙잡았다.

뜨겁잖아?

수 분 전까지만 해도 멀쩡한 낯빛이었다. 오히려 조금 희고 창백하면 창백했지 이렇게 붉어진 느낌은 아니었다. 그것도 아픈 사람처럼 열이 오른 느낌은 더더욱.

"하아……."

그가 내 손을 꾹 부여잡은 채로 고개를 수그렸다. 어깨로 색색 닿는 거친 숨에 밀어내지조차 못했다. 어떡해. 진짜 많이 아픈가? 적어도 짐승 모드는 아닌 것 같았다. 대체 어느 쪽이지.

흘러내린 머리카락에 손을 댈까 말까 고민하던 순간이었다.

잠깐.

……리케도르안의 몸이 이렇게 컸었던가?

나를 붙잡고 있던 손은 기억하는 것보다 컸다. 옹송그린 등도, 옆으로 넓어진 어깨도. 어째서 바로 알아차리지 못했나 이상할 정도였다.

더는 헐렁한 죄수복을 걸친 소년이 아니었다. 완연한 청년의 모습을 갖춘 남자가 천천히 머리를 들어 올렸다.

나는 바로 가까이서 보이는 야릇하게 긴 눈매에 히익, 숨을 삼켰다.

저기, 가까운데요. 가까운데요!

"……줄 거예요?"

"네, 네?"

"줄 거냐고 물었어요."

그가 붉은 입술을 움직여 입꼬리를 끌어올렸다.

"음, 그러니까…… 주인님?"

응. 아냐. 그거 아니야. 절대 아니야.

"아니야. 이아나."

"아……. 맞아. 그랬었지. 이아나."

그가 내 이름을 몇 번이고 머금었다. 잊지 않겠다는 듯이. 아직 열기가 채 가라앉지 않아, 눈 밑이 발갛게 달아오른지라 오싹한 느낌을 자아냈다.

"그거, 나 줄 거예요?"

"……사탕?"

나는 사탕과 그의 얼굴을 번갈아 보다 얼떨떨하게 끄덕였다. 얼른 이걸 주고 떠나야겠다는 생각이 컸다.

하지만 리케도르안의 뺨에 대고 있던 손은 떨어지지 못했다. 그가 나를 잡았기 때문이었다. 그는 다른 손으로 나를 아프지 않게 잡고는 그대로 고개를 비스듬히 기울였다.

땀에 젖어 흐트러진 은빛 머리칼이 흔들린다.

찌이익.

손안에서 그가 입에 문 사탕 봉지가 찢어졌다. 왜 그걸 굳이 입으로 뜯는 건데……? 이렇게 묻고 싶었지만 쓸데없이 퇴폐적인 이 분위기가 내 입을 꾹 다물게 만들었다.

그가 옅게 눈을 휘었다.

"이제, 뜯었으니까. 먹여주면 되겠다, 그죠?"

……응. 그리고 넌 조금 자야겠네요.

"……그래요. 먹어요."

나는 체념과 함께 손을 움직였다. 아니, 움직일 필요도 없었다. 그가 입술을 벌려 사탕을 이로 물었으니까. 어쩌다 이런 광경까지 보게 되었나, 잠시 회의감을 느끼던 나는 천천히 손을 빼내려 했다.

그가 나를 다시 붙잡지 않았다면 그랬을 거였다.

"어디 가요?"

짐승과 같은 안광이 나른하게 반짝였다.

"……나 그만 자러 갈 건데."

"응. 자요."

낮고 낮은 음성이 내게 속삭였다.

"여기에서."

그 말을 듣는 순간 나는 뒤로 발을 빼냈다. 거의 본능과도 같은 행동이었다. 다행스럽게도 그가 잠시 방심한 탓인지 쉽사리 빠져나올 수 있었던 것이 천운이었다.

나는 그대로 돌아서서 그대로 문을 나섰다. 뒤에서 나를 부르는 소리와 함께 쇠사슬이 철렁거린 것도 같았지만 뒤도 돌아보지 않고 철문을 나섰다.

정신없는 와중에도 철문을 잠그는 것은 잊지 않았다. 나의 과오가 다시 그에게 해로 돌아와서는 안 되니까.

하지만 정신 쪽은 믹서기에 윙윙 갈아놓은 것처럼 엉망이었다.

'돌아가자.'

그래. 돌아가서 누워서 푹 자자. 이런 해로운 건 얼른 잊는 거야. 나는 계단을 오르다 말고 등을 기대며 숨을 골랐다. 나는 나쁜 생각 안 했다.

착한 생각. 착한 생각. 착한 생각…….

이쯤 되면 착하지 않은 생각을 야기하는 남주님의 행태에 문제가 있는 것은 아닐까 생각했지만 곧 반성했다.

이런 생각은 피해자의 탓으로 돌리는 질 나쁜 범죄자들의 사고방식과 다를 게 뭐란 말인가. 후 숨을 고르고는 등을 떼어냈다.

이제 이 지하 감방을 무사히 나서는 일만 남았다.

이미 투명화 마법은 계단에 막 오르면서 걸어놓은 뒤였다. 정신 없는 와중에도 흔적을 남기는 건 잊지 않는 나였다. 이 정도면 출소하고 스파이나 첩보 쪽으로 취직해야 하는 건 아닐까? 별생각이 다든다.

"……아니야."

출소해서는 양지에서 살자. 그래 양지에서 살 거라고.

이 세계가 어떻게 돌아가는지 잘은 모르지만 전과자라고 취업에 불이익이 있는 건 아니겠지. 나는 일부러 실없는 생각을 하며 숨을 골라냈다.

"……사람이 있을까."

귀를 기울이자 지하실 입구 근처에서는 인기척이 느껴지지 않았다. 아마 내 생각이 맞았던 모양이다. 지금은 교대 시간이었다.

좋아. 기다려야 하나 싶었는데 다행이야.

나는 철두철미하게 고개만 삐쭉 내밀어 복도에 아무도 없음을 다시 한번 확인했다. 새벽빛, 곧 아침이 될 듯한 빛에 아스라하게 물든 복도만이 시야를 반겼다. 꼼꼼히 확인하고서야 몸을 그대로 빼냈다.

그렇게 발걸음을 디디며 최대한 소리 없이 몇 걸음 걸었다.

이대로 무탈하게 돌아갈 수 있다면 좋을 텐데. 얼른 침대로 돌아가자. 어쩐지 참 기나긴 밤이었다. 들리지 않게 작게 숨을 내쉬고는 입술을 꾹 다물었다. 그렇게 한 걸음을 더 디뎠을 때였다.

저벅저벅.

모퉁이를 돌아오는 발소리가 들렸다. 앞은 아니었다.

뒤였다.

뒤를 돌아보고 싶었지만 소리가 날까 그대로 멈췄다. 이 순간에도 발소리는 저 멀리서 가까워지고 있었다. 아니, 걸음이 어찌나 여유로우면서도 빠른지 금방 가까워져 오는 것 같았다.

……어떡하지, 이대로 빠르게 움직여야 하나?

아니면 저 사람이 나를 지나갈 때까지 기다려?

어느 쪽이든 길 한복판에 서 있는 지금 모습으로는 좋지 않을 것 같았다. 하나 왜인지 좀처럼 몸이 쉽게 움직여지지 않았다.

아무래도 좀처럼 잘 들을 수 없는 묵직하게 들려오는 저 발소리에 긴장한 탓이었다.

그래. 밤의 복도를 몇 번 걸어본 것도 경험이라고 나는 저 발소리가 내가 알던 평범한 간수들의 것과는 다른 것임을 온몸으로 느끼고 있었다.

저벅저벅.

발소리가 더욱더 가까워진다.

아니, 일단 몸을 피해야겠어. 앞으로 가든 가장자리로 가든!

댕댕댕.

머릿속에 종이 치는 것 같았다. 어느 쪽이든 뒤는 돌아봐서는 안 된다고 경고하는 것처럼. 나는 어느 신화 속 아내를 구출하러 저승으로 찾아간 음유시인이 된 듯한 기분이었다. 뒤를 돌아본 순간 모든 것이 수포로 돌아갈 것임을 경고받은 사람같이.

점자 가까워져 오던 발소리가 거짓말같이 멈췄다.

돌아보지 마. 돌아보지 말자. 그리 중얼거리면서도 결국 나는 뒤를 돌아보고 말았다.

쏴아아. 바람이 불었다.

눈앞에서 긴 갈색 머리칼이 공중에 길게 나부꼈다. 이 바람에 내 망토 자락도 흩날리고 있었지만 마법을 걸어뒀기에 저쪽은 나를 보지 못할 것이었다.

……분명 그럴진대.

그러나 한 쌍의 금색 눈은 나를 정확히 보고 있었다. 아니. 저 그림같이 부드럽고 날카로운 눈매가 나를 향하는 데는 단 수초도 걸리지 않았다. 긴 팔다리와 단단한 어깨. 늘씬한 실루엣은 이 새벽빛에 물든 한 마리의 재규어 같았다.

르나그였다.

그가 나를 바라보며 천천히 입술을 열었다. 내게만은 선하게 굴겠다는 듯이 웃을 듯 말 듯 입술을 휘면서.

"산책은, 재미있으셨습니까. 아가씨."

나는 그대로 굳었다.

수많은 생각이 떠올랐다가 지워졌다. 반복해서 떠올랐다.

왜, 어떻게? 무슨 수로?

말도 안 되는 일이었다. 나는 숨을 참은 채 미동도 하지 않았다. 천천히 눈을 아래로 내렸다.

아냐. 떠보려는 것일지도 몰라. 아직은.

시선이 향한 곳은 소맷자락이었다. 정확히는 손등까지 덮은 이 소매 아래 팔목, 팔목에 끼워져 있을 팔찌였다. 헤르님 대공가의 마법사. 미래의 리케도르안을 모시는 최측근 제이르의 얼굴이 스쳐 지나간다.

분명 그는 내게 이 팔찌에 투명화 마법을 걸어주었다고 했다. 나

256

는 이걸 사용해서 리케도르안의 방에 몰래 다녀왔었고, 순찰하던 간수를 스친 적은 있었지만 그들은 나를 알아보지 못했다. 이제 와 팔찌가 고장 난 것은 아니었을 터였다.

그랬다면 리케도르안의 방에 들어가기 전 상급 기사가 나를 알아차렸을 테니까. 그 증거로 이 마법은 그림자마저 지워내는 마법이었다. 내겐 그림자가 없다.

……그러니, 제이르의 마법에는 문제가 없다.

아울러 그 사람은 미래의 대마법사가 되는 조연이었다. 남자주인공의 오른팔이 그저 그런 마법사일 리 없지 않은가? 비록 원작이 시작되기 몇 년 전이라 해도 마찬가지다. 원작보다 실력이 못 미친다고 해도 무려 이 감옥 캄브라캄에 잠입해 몰래 마법을 사용할 정도의 실력자였다.

나는 입술을 꾹 깨물었다.

혹시 몰라 여전히 숨소리를 죽였다. 아니, 거의 참으며 아주 가늘게 내뱉고 있었다.

동시에 나는 아직도 확신하지 못했다.

르나그가 정말 나를 본 것은 아닐지도 몰라. 그냥 해본 소리면? 분명 그가 나를 부르는 소리를 들었지만……. 여전히 혹시라도, 떠보는 것은 아닐까?

이성적으로 생각해봤을 때 르나그가 그럴 이유는 전혀 없었지만 나는 가정을 버리지 못했다.

……만에 하나라도 기척만을 느끼고 그저 불러본 것이라면. 아

니, 이 상황을 피하고 싶은 걸지도 모르지만. 내 앞니가 아랫입술을 더욱 세게 깨물 때였다.

"깨물지 마십시오."

정적으로 멈춰 있던 르나그의 몸이 움직였다. 그는 신기하게도 그림자 한 점 없는 내가 있는 곳으로 정확히 다가오고 있었다.

"다치지 않습니까."

나는 깨달았다. 아니길 바랐던 내 생각은 내 바람과 상상에 불과했다는 것을. 르나그는 정녕 나를 정확히 봤던 것이다.

……대체 어떻게? 무슨 수로?

짧은 생각이 교차하는 사이 르나그가 손을 들어 올렸다. 전혀 위협이 되지 않는 속도로 그저 올리는 것뿐이었지만 긴장하고 있던 나는 몸을 빠르게 뒤틀었다.

흠칫 떨었다.

르나그의 손이 거짓말처럼 멈췄다.

"……위협하려 한 것은 아닙니다."

그가 상체를 살짝 기울였다. 정말 옅은, 약하디약한 바람에 스르륵. 내 망토의 모자가 흘러내렸다. 이어 바람이 불었다. 허리까지 내려온 내 머리칼이 한들거린다.

분명 아직 마법이 작용하고 있는데, 내게 그림자가 없는데도. 르나그의 가는 눈매는 흩날리는 내 머리칼을 향했다.

"……어떻게, 어떻게 전 줄 아신 건가요?"

고요한 내 목소리는 작았음에도 공동을 울리기에 충분했다.

르나그의 시선이 살짝 돌아간다. 코에 걸린 안경알은 시린 달빛을 반사했다. 조금 있으면 해가 뜨겠지만 여전히 어두운 새벽이었다.

"어떻게라……. 이 감옥에서 이런 색은 이아나 양 당신 외에는 없습니다."

"아뇨. 망토를 썼는데 어떻게 알아보았냐는 말이 아니라요……. 그러니까."

잠시 망설이자, 르나그가 이어받았다.

"당신의 체구와 걸음걸이로도 당신임을 알았기는 하였습니다."

……아니, 그런 걸로 어떻게 나, 아니 저인 걸 아는 건데요. 놀람에 이어 찾아온 작은 황당함에 난 말문이 막혔다. 표현하고 싶은 것은 이게 아닌데. 내 손이 옷자락을 꾹 부여잡았다가 놓았다.

"혹시 제가 당신의 얼굴을 보고도 이아나 양인 줄 알아보지 못하리라 생각하셨습니까? 제 시력은 그리 나쁘지 않은 편일진대……."

"……아뇨. 그러니까."

"아니면. 제가 이아나 양에게 걸린 마법을 그대로 간파하여 놀라셨습니까."

빙빙 돌아가던 르나그의 음성이 정확하게 지표를 찔렀다. 이 선생님. 왜 갑자기 명치를 치고 그러세요, 다른 의미로 깜빡이가 없는 사람이네. 나는 대비하지 못한 이처럼 입을 달싹였다.

"정확…… 네. 정확하시네요. 그걸 여쭙고 싶었어요."

"그럼 저는 이아나 양이 어째서 이 야심한 시각에 1층 복도를 걸고 계셨는지 여쭤도 되겠습니까? 그것도 마법을 사용한 상태로."

"……."

……나도 묻지 않을 테니 너도 묻지 말라는 건가. 슬그머니 눈을 들어 올려 르나그의 눈을 보았지만 의중을 알 수 없었다. 물음에 답하지 않겠다는 것인지, 내게 질문을 하고 싶은 건지.

"제 능력에 대한 힌트를 드리자면 저는 마음 먹으면 이 감옥에서 일어나는 일을 모두 알 수 있습니다."

푸르스름한 빛으로 물든 새벽과 아침 사이에서 그의 황금색 눈이 유달리 반짝인다는 생각이 들었다.

"항상 사용할 수 있는 건 아니지만 말입니다."

비유를 찾자면 어둠 속에 몸을 웅크린 맹금의 그것 같았다.

"저도 많이 놀랐습니다."

확실히 그의 눈은 날카롭기 그지없었다. 저 시선은 당장 네 죄를 고하렷다, 하고 나를 뼈까지 발라먹겠다 선언할 것 같은 눈 같았으니까.

"……전혀 예상하지 못한 상황이니."

부드러움 속에 숨기려 하는 것 같았으나 특유의 날카로움은 시선을 타고 흘러나왔다. 티는 내지 않았지만 내 숨이 꼴깍 넘어가는 건 어쩔 수 없었다. 어느새 나는 손을 포개어 가슴 위로 꾹 눌러 잡았다.

찬연한 예기를 품은 눈이 천천히 아래로 향했다.

"그것."

"네?"

"팔에 그것 말입니다."

그는 놀랍게도 내 팔 언저리, 정확히는 헐렁한 팔찌가 흘러내린 그 자리를 정확히 바라보고 있었다.

"그 '물건'은 당신의 오빠가 준 것입니까?"

아무래도 나는 이 남자를 과소평가했던 것이 분명했다. 그래. 책 속에서 모든 이야기를 좌지우지했던 최종 흑막 체이서, 그보다는 못할 거라고.

그러나 달리 보면 그 체이서의 무려 오른팔씩이나 되는 조연이었다. 남자가 이야기한 것처럼 이 남자에게는 내가 몰랐던 능력이 숨겨져 있던 걸지도 몰랐다.

나는 천천히 고개를 끄덕였다.

"······맞아요. 마법 물건을 갖고 싶다고 했더니 선물해주었어요."

······이름 모를 오빠 미안. 이름 좀 팔게요.

나중에 가서 르나그가 오빠란 사람에게 확인하면 곤란해지겠지만 당장은 모면할 수 있는 좋은 기회였다. 혹여나 뒤에 가서 다시 꺼낸다고 해도 수습할 이야깃거리를 생각해볼 수 있으니까.

그리고 내 변명은 그럴싸했다.

이미 오빠란 사람은 내게 많은 것을 선물해주었다. 아울러 내가 원하는 건 무엇이든 가져다주었다. 허구한 날 소포가 날아오는 데다 이이는 내 오빠와 아는 사이였으니. 이를 모를 리 없었다.

내 오빠가 전달 가능한 물건 안에 마법이 걸린 물건까지 포함되

는지는 몰라도……. 여기서 더 따지려 들면 여동생을 끔찍하게 아
끼는 사람이라 몰래 주더라. 해버리자.

"그렇군요."

그러나 결심이 무색하게도 그는 쉽게 수긍했다. 아주 산뜻하게.
오히려 놀란 건 나였다.

……이걸로 납득한다고? 정말?

"저, 혹시…… 이런 건 감방 안에 반입이 안 되는 물건인가요?"

"원칙상으로는 그렇습니다."

르나그가 단정한 어투로 대답했다. 그러고는 장갑 낀 손을 자기
가슴에 가져다 댔다.

"하지만 어떤 규칙이든 이아나 양은 예외이시니 개의치 않으셔도
됩니다."

"……예외요?"

"예. 제가 당신의 오빠에게 부탁받은 사항이기도 하지요."

서린 음성이 조곤조곤하게 귀를 파고들었다.

"이아나 양이 무엇을 하려 하든 자유롭게 두어달라는 것."

이 순간 눈앞에 있는 것은 이 남자인데, 왜 이상하게도 이름도 얼
굴도 모를 '오빠'의 존재감이 커지는 기분일까.

대체 그 사람 뭐하는 사람이지?

나를, '이아나'를 어떻게 생각하고 있는 거야? 이렇게까지 캄브라
캄에서 편의를 봐주려고 하다니. 그렇게나 아끼는 건가?

혼란스러웠다.

분명 귀족 죄수들은 여타 죄수에 비해 정말 범죄자가 맞나 싶을 만치 자유로웠다. 물론 여기엔 그들이 죄질이 가볍거나 진짜 죄인이 아닌 자도 섞여 있는 탓도 있었다. 그러나 그렇다고 규칙이 아주 없는 것은 아니었다.

"그리고 개인적으로도 그러길 바라는 바입니다."

그러니까, 귀족 죄수들에게도 반드시 지켜야 할 규칙 정도는 있었다는 거다. 식사 시간을 준수한다거나⋯⋯. 밤에는 절대 밖으로 나갈 수 없는 것이라거나.

"밤 산책이 하고 싶으셨습니까?"

"⋯⋯네. 하지만 밤에 나오는 건 간수들도 있고 규칙상 눈치가 보여서. 아니, 원래 원칙상 안 되는 일이니까요."

나는 어느새 침착함을 되찾고 차분하게 대꾸했다. 물론 그러면서도 당황한 표정을 드러내는 건 잊지 않았다. 여기서 너무 침착하면 이상해 보이잖아.

너무 의식한 탓일까 졸음이 밀려왔다. 하기야 밤을 꼬박 지새웠으니 피곤할 만했다.

깨어나기 전까지 많이 아팠다던 이아나의 몸은 생각보다 편히 움직여졌지만 한 가지 단점이 있었는데, 지금처럼 밤을 지새우는 것에 꽤 취약하다는 것이었다.

한번은 오빠에게 편지를 쓰다 밤을 꼴딱 새웠던 적이 있는데, 그때는 다음 날 휴식 시간까지 꾸벅꾸벅 졸았었지.

"피곤하십니까?"

"아……. 음, 티 났나요?"

내가 어설프게 웃자, 르나그가 움찔했다. 그러나 그것은 아주 잠시뿐이었고 그는 자연스럽게 등을 반쯤 돌렸다.

"……모셔다드리겠습니다."

이어 르나그가 정말로 내 옆에서 걷기 시작했다. 얼떨결에 그의 걸음을 따라 걷게 된 나는 잠시 후회했지만 이내 가볍게 지워버렸다. 그래, 뭐 데려다준다는데 어쩌겠어.

그나저나 여전히 내 쪽에는 그림자가 없는데 말이지.

이를 증명하듯 중간에 교대하던 중인 간수와 마주쳤지만 그들은 르나그에게 정중하고도 깍듯하게 인사할 뿐 이쪽에는 전혀 시선을 주지 않았다. 여전히 내 몸에 투명 마법이 걸려 있다는 증거였다.

르나그는 끝까지 내게 왜 산책을 하고 싶어졌냐고 묻지 않았기에 나도 르나그가 어떻게 나를 알아봤는지 묻지 못했다. 더는 살떨리는 이야기를 주고받고 싶지 않은 마음이기도 했다.

마침내 도착한 내 감방 앞에서 우리는 시선을 마주했다.

"편히 쉬십시오."

그는 잠시 멈칫했다가, 이내 내게 피곤하다면 내일 아침식사 시간에는 나오지 않아도 괜찮다고 덧붙였다. 편의를 봐주겠다는 이야기 같았다.

"그래도 괜찮은 건가요?"

"이아나 양께서는 몸이 약하지 않습니까."

그거야 그렇다고는 듣긴 했는데……. 나는 조금 머쓱한 표정으로 뺨을 긁적였다.

"제가 조금은 편의를 받고 있다는 생각이 드네요. 싫은 건 아니라요. 그냥 그런?"

덕을 조금도 아니라 많이 보는 것 같지. 나도 뭔가 묘하게 이상한 것을 느끼는데, 이게 뭔지 정확히 콕 짚어 말을 못 하겠다.

눈앞에 큰 그림이 있는데, 구석만 보느라 전체가 보이지 않는 느낌?

"⋯⋯이 감방에서는, 특히 귀족 죄수에게는 몸이 안 좋은 자에 한해서 활동을 빼고 휴식을 주기도 하니 명확히 말하자면 편의를 보는 건 아닙니다. 특혜도 아니지요."

"아, 그런가요?"

"하지만 확실히 이아나 양께서는 원하는 것을 언제든 뭐든 하셔도 괜찮습니다. 특권이라 말을 하는 이들은 걱정 마십시오."

⋯⋯어쩌시려고요?

잠시 살벌한 상상이 스쳐 갔지만 르나그는 말이 없었다. 그저 웃고 있건만 많은 말을 들을 기분이었다.

"아무튼 염려 마시고 하고 싶은 것을 하십시오. 모두, 제가 허락할 테니까요."

"그건 어째서인가요?"

술술 대답을 뱉던 그가 어쩐 일인지 잠깐 입을 꾹 닫았다가 떼어냈다.

"제가 그리하고 싶으니까요."

아, 그러니까 엿장수 맘대로라는 건가? 시선을 바닥으로 흘려 잠시 생각에 잠긴 사이 르나그가 짧은 인사를 끝내고 등을 돌렸다.

"저기. 후작님."

나는 막 움직이는 등을 향해 밑밥을 던졌다. 막 생각난 건데 일단 던져나 보자 하고.

"네? 지금 뭐라고……."

"아, 아닌가요? 동료들은 다 그렇게 불러서요."

"……아뇨. 아닙니다. 말씀하시지요."

그가 손등으로 우아하게 제 입을 가렸다. 틈을 타 나는 얼른 말을 이었다.

"하고 싶은 걸 뭐든 해도 된다고 하셨는데. 그럼."

그가 고개를 돌렸다.

"지하 감방에 가는 것도요?"

"……."

침묵 속에서 그의 안경 속 눈이 나를 가만히 응시했다. 뱀의 것처럼 예기 어린 시선에 식은땀이 흐르는 것 같았지만 꾹 참아냈다.

막 이제 와서 전부 취소하고 너 독방행 땅땅땅. 하진 않겠지?

앞으로 리케도르안을 만날 일이 또 있을지도 몰랐다. 그때마다 이렇게 아슬아슬한 줄다리기를 하고 싶진 않았다. 밑져야 본전이란 생각으로 한번 던져본 거였지. 어쨌거나 저 남자는 내게 묘한 편의를 봐주고 있는 것 같으니까.

"……그를 가지고 노는 것이 재밌습니까? 하기야. 당신은 그럴 수 있겠군요. 그럴 만하다 여깁니다."

르나그는 내 제안에 뜻 모를 답을 내뱉었다. 저게 무슨 말이야? 대충 맥락상 알아들은 척 동의 어린 시선을 보냈다.

엄밀히 말하면 가지고 노는 건 아닌데.

"산책을 하며 당신이 공을 던지거나 목줄을 쥐는 등, 그에게 수치를 주었단 이야기는 전해 들었습니다."

……리케도르안이 짐승일 때 산책을 시켜준 것이 이렇게 와전된 모양이다.

"아무튼 간에 앞으로 어떤 시간에든 그곳에 출입하시겠다면 상관없습니다. 대신."

생각보다 가볍게 받아들여진 데에 기묘한 허탈감이 들었다. 아니, 그러면 그동안 열심히 한스를 꼬시거나 오늘 힘들게 침입한 건 또 뭐란 말이야.

이럴 줄 알았으면 진작 말이나 꺼내 볼 걸 후회하는데, 불쑥 눈앞에 그림자가 드리워졌다.

르나그의 상체가 우아하게 기울어진다.

"……대신요?"

무엇을 말하려는 걸까. 긴장한 순간 그의 고개가 삐딱하게 기울었다. 딱 무례하지 않을 거리에서 멈춘 그는 서리 같은 음성으로 부드럽게 속삭였다. 조금 망설이면서.

"그 시간만큼 저와 보내주실 수 있겠습니까?"

"이아나!"

나는 꾸벅꾸벅 졸다 말고 화들짝 놀랐다.

"괜찮나?"

"네? 네에. 네에……."

병든 닭처럼 거꾸러진 고개를 바로 세웠더니, 눈앞에 팔라디스 남작 아저씨가 있었다. 그리고 옆에는 샐리도 함께였다.

"허어……. 왜 그리 맥을 못 추고 있나?"

"그러게. 얘 오늘 아침부터 이 상태였다니까요. 이아나, 어디 아파?"

"아냐아냐. 아니에요……."

흐아암. 나는 길게 하품을 하며 고개를 내저었다. 아프진 않았다. 다만 피로가 파도처럼 넘실넘실 대며 어깨를 꾹 짓누르고 있었다.

르나그는 내게 아침 식사까지 일어나지 않아도 된다고 했지만 나는 그의 호의를 받아들이는 대신 꾸역꾸역 시간에 맞춰서 일어 났다.

호의는 고맙지만 본디 편의란 정말 필요할 때가 아니면 받지 않는 게 좋다. 이것에 익숙해지면 사라져버렸을 때 무인도에 덜컥 떨어진 것처럼 무방비해지니 말이다. 물론 이렇게 말하기엔 이미 많은 편의를 받기는 했으나 나는 늘 내게 주어진 것들, '편의'나 오빠의 '선물' 같은 것을 가벼운 호기심을 해결하는 데 이용하는 것에서 그쳤다. 리케도르안을 한 번 보기 위해 한스에게 술과 담배를 몰래 건넸던 것처럼.

그 이상은 감당하기 어려울지도 모른다고 여겼으니까.

……이미 오밤중에 나가고, 또 그걸 들킨 시점에서 망한 것 같지만.

"그러고 보니 조금 우울해 보이는 얼굴인데. 무슨 일 있는가?"

"아, 혹시 그거 아닐까요? 편지."

"편지?"

"요즘 통 이아나가 편지를 보는 걸 못 봤어요. 얘, 이아나 최근에 네 오빠에게서 편지가 오지 않았어? 그래서 우울해서 그래?"

그러고 보니 마지막 편지를 보낸 뒤로 며칠이 흘렀던가? 항상 편지의 답장은 꼬박꼬박 날아오는 편이었다.

'이번엔 유난히 답장이 늦네…….'

뭐 별일이야 있겠나 싶었다. 지난번에도 한 번 늦었었고, 사실 매번 하루, 이틀 안에 답장이 날아오는 쪽이 이상했으니까.

"별건 아니에요. 그냥 잠을 좀 못 자서 피곤해서 그래요."

나는 기지개를 쭉 켜고는 그대로 의자에 파묻힐 듯이 늘어졌다. 점심 먹은 지 막 한 시간이 지났을 뿐인데 잠이 솔솔 쏟아졌다.

내게 무어라 말을 걸어던 남작 아저씨와 샐리는 곧 나를 내버려 두고 둘이서 이야기를 주고받기 시작했다. 응접실 겸 귀족가의 살롱처럼 꾸며진 휴게실은 오늘도 휴식하는 귀족 죄수로 복닥거렸다.

가만, 오늘따라 유달리 사람이 더 많고…… 시끄러운 느낌인데.

나는 가물가물 감기려던 눈을 천천히 키웠다. 아닌 게 아니라 사람이 평소보다 많았다. 거기다 커다란 응접실 중심에 무리 지어선 심각한 얼굴로 뭔가를 하고 있었다.

뭘 하는 거지? 눈을 가늘게 좁히다 말고 고개를 돌렸다. 잘 모르겠으니 남작 아저씨에게 물어야겠다. 입술을 떼는 순간이었다.

"맙소사!"

찢어질 듯 날카로운 음성에 시선이 절로 움직였다. 소란스럽던 응접실이 일시에 고요해졌다.

나뿐 아니라 모여 있던 이들 모두가 한 남자 죄수를 향했다. 중년 남자는 시선이 몰리거나 말거나 하얗게 질린 얼굴로 고개를 들었다.

파들파들.

떨리는 그의 손에는 자그만 편지가 들렸다. 전보에 가까운 크기였다.

"번튼 미술관이 폭발했다는군! 폭탄 테러라고……."

편지를 받을 수 있는 건 나뿐 아니라 다른 귀족 죄수들도 마찬가지였다.

"그, 그 사고로 도플릿 가주가 치명상을 입었다는데……."

"뭐요?"

그리고 남자의 말에 쥐죽은 듯 고요했던 응접실이 폭발하듯이 터져나갔다. 하나같이 경악과 충격에 사로잡힌 얼굴이었다.

그도 그럴 것이 도플릿가. 이곳은 리케도르안이 속한 헤르님 가

270

문과 함께 이 제국을 떠받치는 두 기둥 중 하나였다. 두 가문은 지독한 원수지간이었으나, 동시에 공존하지 않을 수 없는 거대한 가문이었다.

그런 가문의 가주가 '사고'로 치명상을 입은 것이다.

"어쩌면, 죽을지도 모른다는군."

그 가주는 다름 아닌 이 책 속의 최종 흑막이자 악당, 체이서의 부친이었다.

"설마, 아들인 체이서 경이……"

"에끼! 이 사람아, 지금 무슨 말을 하는 건가!"

남자의 친구인 듯 턱수염을 가진 남성이 얼른 편지를 든 남자의 입을 가로막았다. 나는 홀로 차분했다. 흐음, 체이서의 악명이 여기까지 퍼진 건가. 사람들의 반응을 보아하니 딱 봐도 쉬쉬 몸을 사리는 것이 분명했다. 하기야 이 안에 체이서랑 가까운 가문이 있을지 누가 알겠어.

"허어……. 이것 참 말도 안 되는 일이…… 아무렇지 않게 일어났군."

침착하게 말을 하려 하는 남작 아저씨의 얼굴도 굳어진 지 오래였다. 그만큼 큰일이긴 했다. 거대한 가문의 수장이 죽었다는 것은, 곧 조그만 나라나 마찬가지인 그 가문의 권력구도가 바뀐다는 이야기였으니까.

나는 뺨을 긁적이며 잠시 창문을 응시했다. 튀지 않게 함께 놀란 척하면서. 이 순간에 차분하거나 혹은 무심한 사람은 아마 나밖에 없을 터였다.

흐음……. 일어날 일이 일어났구나.

이건 원작에서도 나오는 이야기였다. 악당 체이서는 유서 깊은 미술관에 폭탄 테러를 일으킨다.

이 일로 사고를 가장해 부친을 자리에서 몰아내는 데 성공하고, 도뮬릿 가주의 자리를 쥐게 되는데. 다만, 가주 자리를 쥔 뒤에도 그에게 불만을 가진 내부 세력을 제거하는 데 시간을 들이고.

결국 몇 년 뒤 원작이 시작할 때쯤에 강력한 공작이 된 그가 등장하게 된다. 사실 여기서 죽기 직전인 도뮬릿 가주가 불쌍하다기엔 어폐가 있었다. 그는 체이서보다 더한 악인인 데다……. 체이서에게도 사정은 있었다. 그의 부친은 어린 그를 무수히 학대했으니까.

"이제 도뮬릿 경이 공작위를 계승하는 건가?"

결국 두 남자주인공이 여주인공에 이끌린 건 둘 모두 씻을 수 없는 상처가 있기 때문이 아닌가 싶지만.

"이건 엄청난 일이야. 이야나, 권력의 판도가 바뀔 거라고."

"그래요?"

"설마하니 체이서 경이 악수를 뒀다고는 생각하지 않는데……. 허어, 이것 참!"

어쨌거나 일어날 일은 일어나는구나. 내 세상은 멈춘 것 같은데, 바깥은 팽팽 잘 돌아가고 있구나 느꼈다.

나는 가십에 사로잡혀 열심히 추측을 떠들어대는 이들에게 흥미를 잃었다.

모두가 체이서가 범인이다, 아니다 이렇게 눈에 띄는 짓을 할 리가 없다. 도뮬릿 가문에도 치명적이다! 하고 옥신각신하고 있었다.

그렇게 추측해봐야 범인은 체이서라니까요? 나야 언제든 출소해 조용히 노닥거리며 사는 게 목표고 꿈인 사람이니. 딱히 끼어들 생각은 없지만.

나는 경악에 사로잡힌 이들 사이에서 조용히 응접실을 빠져나왔다.

그러고는 곧장 계단을 내려가 지하실 계단으로 향했다. 지하실 앞에는 낯선 간수가 있었으나 아무렇지 않게 길을 터 주었다.

"이아나 양이시지요? 윗선에서 이야기는 들었습니다. 저는 상급 간수 루빈입니다."

그는 내가 올 줄 알았다는 태도였다. 아마도 르나그가 명했을 터였다. 나는 단 하루 만에 일을 처리한 르나그의 솜씨에 그저 감탄했다.

"되도록 이아나 양이 하고 싶으신 일은 모두 들어드리라 명 받았습니다만. 무엇을 원하십니까?"

"으음…… 산책요?"

나의 말에 간수는 철문을 바라보다 고개를 끄덕였다. 곧 지하 감방에 간수 몇이 더 나타났고 나는 그들과 함께 산책을 나섰다.

물론 옆에는 리케도르안이 함께였다. 전과 다른 이들이 잔뜩 있어서인지, 주눅 든 리케도르안은 내 옆에서 옷자락을 꾹 잡고 놓지 않았다.

짐승의 본능인 건지, 상급 기사의 기세를 알아본 눈치였다.

"떨지 말아요. 저 사람들 당신을 해치지 않을 거예요."

"……네."

이렇게 말해도 리케도르안의 반응을 익히 이해했다. 그에게 새로운 간수란 그에게 강제로 구속구와 쇠사슬을 채우고, 억압하는 등. 결코 좋은 기억이 아니었을 테니.

정원으로 나간 나는 일부러 볕이 가장 좋으면서도 인적이 드문 곳에 자리를 잡았다. 리케도르안은 사람이 줄어들자 조금은 안심한 얼굴이었다.

나는 주변에 있던 간수들에게 자리를 비켜달라 부탁했다.

그들은 난색을 보이면서도 거리를 벌려주었다. 아마 귀를 기울이지 않으면 우리 목소리가 잘 들리지 않을 거리였다. 아울러 나를 배려하려는 듯 간수들은 등을 돌려 저들끼리 이야기를 나누기 시작했다.

덕분에 편히 리케도르안에게 말을 걸었다.

"힘들어요?"

도리도리.

고개를 저은 리케도르안이 살며시 눈을 들어 올렸다.

"……괜찮아요. 아니, 좋아요……."

"좋다니요? 아, 날이 좋죠?"

"아니, 아니요."

리케도르안이 내 소매 끝을 꾹 붙들었다. 이제는 시선을 마주치려 하는 것이 꽤 자연스러웠다. 역시 그의 눈동자는 볕 아래 보니 더욱 푸르고 어여뻤다.

"다, 당신이 옆에 있어서…… 좋은 거예요."

조금 더듬는가 싶던 그의 음성은 뒤로 갈수록 차분해졌다. 또박또박 말하다 못해 여유가 스미며 늘어지는 느낌이 들었다.

잘못 느낀 건가?

그사이 무슨 이야기를 하는지 간수들의 호탕한 웃음소리가 들려왔다. 저들끼리 내기라도 한 걸까, 우리에게서 좀 더 멀어지는 것이 보였다.

나는 황급히 리케도르안 쪽을 응시했다.

……역시, 잘못 느낀 것이 아니었다.

나는 리케도르안의 몸을 보며 낭패감을 느꼈다. 어느새 커다래진 그가 내 손을 지지대 삼아 고개를 늘어트리고 있었으니까. 나와 눈이 마주치자 나른한 눈이 그대로 접혔다.

"주인님 말고…… 이아나. 였지?"

"이번엔 제대로 기억해서 좋은데. 대체."

이번엔 뭐에 꽂혀서 이렇게 변한 건데?

왜 커진 거냐고!

쿵쿵, 내 심장이 뛰었다. 설레서는 아니었다. 조마조마했기 때문이었다.

변모한 리케도르안의 몸은 수줍음 모드와 비교하면 확연히 차이가 났다. 간수들이 꽤 떨어지긴 했지만 자세히 보면 알아보지 못할

리 없었다. 이 와중에 그와 나 사이에도 긴장감이 뚝뚝 떨어졌다.

"나 만나서 안 기뻐요?"

"지금 기쁜 걸 따질 때예요?"

이 모습을 들켰다간 어떤 결과를 야기할지 알 수 없다.

일단 내가 연루되었다는 사실은 무조건 들키겠지. 그리고 리케도 르안에게도 덩달아 화가 미칠 것이다. 난 입술을 꾹 깨물었다.

"……그렇게 깨물면 아프던데."

가늘고 유려한 손가락이 툭, 입술에 닿았다. 나는 낯선 감촉에 소스라치게 놀랐다.

"나는 아프더라고."

그가 눈을 느슨하게 휘어 반원을 만들고는 휙, 고개를 기울였다. 그 상태로 여전히 앞니가 파고든 내 입술을 바라보다 툭 던졌다.

"내가 대신 깨물어줄까요?"

이건 또 무슨 개소리야.

나는 당혹스러움을 숨기지 못했다. 복합적인 기분이 들었다. 개울음 할 줄 안다고 진짜 개소리를 하면 안 되지. 이 사람아.

"……되겠어요?"

난 뚱하게 받아쳤지만 언제든 몸을 뒤로 물릴 준비를 하고 있었다. 하필 감방에서처럼 그를 벽에 구속하는 사슬이 없는 정원이었으니까.

정원에서 갑자기 훼까닥 할 줄 알았냐고!

그렇다고 무턱대고 소리를 높이거나 그를 밀어내기엔 뒤에는…… 간수들이 있었다. 절대 들켜선 안 됐다.

철그렁.

철썩 심장을 때리는 소리, 그리고 크게 들리는 소리. 그의 팔목을 감싼 쇠사슬의 소리였다. 섬세한 그의 손이 내 손끝을 붙잡았다가 놓았다.

커다란 손이 간지럽히듯 내 손끝을 타고 올라가 손바닥에 안착했다. 그러고는 살살 문지른다. 엄지가 느슨하게 손바닥을 문지르는 야릇한 감각에 나는 숨을 잠시 참았다. 흡, 이 급한 순간에 무슨 짓이야…….

"기분 좋아요? 나는 이아나가 이렇게 만져주면 좋던데."

"……내, 내가 언제 이렇게 만졌어."

"왜, 내가 공을 주워오면…… 이렇게 만져줬잖아요?"

뭐야. 짐승 모드일 때 기억을 가지고 있어? 처음 변모했을 땐 자기 모습을 기억 못 하는 것 같았는데……. 새로운 깨달음에 나도 모르게 멈칫했다. 왜 그가 조금씩 더 달라지는 것 같지?

그사이에 그의 몸이 내 안쪽으로 파고들었다. 정확하게는 그의 상체가 기울어지며 나를 향했다.

"왜, 지금은 안 만져줘요?"

얼굴이 성큼 가까워진다. 한 번은 볕 아래서 원작 속 그를 보고 싶다고, 그땐 깜깜하고 음습한 감방보다는 나을 거라 생각했는데 그 생각이 와장창 부서지는 순간이었다.

침을 꿀꺽 삼켰다.

성장한 리케도르안은 깨끗하고 청초한 미인이었다. 그냥 미남이라 치부하기엔 감탄이 나올 만큼 아름다운 얼굴이었다.

그러나 나른하게 내려와 끔뻑이는 눈이 졸음이 쏟아지는 한낮의 오후처럼 묘한 분위기를 자아냈다.

"이렇게……. 만져줬잖아. 응?"

리케도르안이 천천히 내 손을 들어 올리곤 자신의 얼굴 앞에서 뒤집었다. 그러고는 고개를 숙여 입술을 묻었다.

간질간질.

"하지마."

긴 속눈썹이 손마디 사이에 스쳤다. 나비 날개가 우심실을 긁고 지나가는 것 같았다. 그의 붉은빛 입술이 손끝을 가볍게 머금었다. 리케도르안이 마치 짐승이 장난치듯 내 손가락을 살짝 깨물고는 뱉어냈다.

"입술 안 되면, 손은?"

내게 얼굴을 묻은 채, 나를 향해 입꼬리를 끌어올리는 모습은 오싹 소름이 돋을 만치 관음적이었다.

쿵!

정원에 심상치 않은 소리가 울려 퍼졌다.

"이아나 양?"

나는 숨을 크게 들이마셨다. 어떻게든 내쉬면 안 될 것 같은 기분이었지만 그대로 숨을 꾹 참았다. 달려온 간수들이 내게 도달했다.

"무슨 일입니까?"

나는 하얗게 질린 얼굴로 간수들을 쳐다봤다. 방금의 쿵 소리는 내가 벤치에서 리케도르안을 힘껏 밀쳐내 떨어트린 소리였다.

아차 싶어 리케도르안을 바라보면 그는 거짓말처럼 원래 몸을 하고 있었다. 이게 뭐야. 나는 손등으로 입술을 막고 숨을 고르다가, 빠르게 침착함을 되찾고 말했다.

"저, 몸이 안 좋아서 먼저 들어가 볼게요. 혹시 이 죄수는 저 대신 감방으로 인도해주실 수 있을까요?"

"예? 아, 예, 그러겠습니다."

"감사해요."

다행스럽게도 리케도르안은 딴지를 걸 상태가 아니었다. 열병에 걸린 사람처럼 숨을 몰아쉬고 있었다. 추측하자면 그는 모습이 변모할 때마다 이런 부작용을 겪는 듯했다.

그의 모습이 신경 쓰였지만 이내 등을 돌렸다.

나는 빠른 걸음으로 내 감방으로 향했다. 중간에 아는 간수들이 인사를 건넸으나 제대로 화답할 시간조차 없었다.

아니, 무슨 정신으로 손을 흔들었는지도 모르겠다.

쾅.

감방 문을 닫고 나는 숨을 크게 몰아쉬었다.

"하아. 하아……"

숨은 몇 번이고 심호흡을 한 뒤에야 간신히 진정되었다.

일단 냉수, 냉수가 필요해.

사람은 너무 큰 자극은 오히려 고통으로 받아들인다고 한다. 기

뿜, 슬픔, 혹은 쾌락이든 즐거움이든. 극에 달하면 모자라니만 못하
단 거지. 나의 경우는 필요 이상의 것을 본 탓에 찾아온 후유증이
었다.

다시 말해 리케도르안이 느긋한 성격의 내게 너무 큰 자극을 안
겼고, 덕분에 나는 필요 이상으로 잘생긴 미남이 때때로 현기증을
유발한다는 사실을 알았다. 물론 이 충격은 단순히 그가 잘생겨서
만은 아니었다.

"후…… 이제야 살 것 같네."

나는 고개를 들어, 눈앞의 벽을 뚫어버릴 듯이 강렬하게 응시했
다. 이쯤 되면 한번 진지하게 파헤쳐봐야 할 것 같다. 리케도르안의
상태 말이다. 계속 저 상태로는 둘 수는 없지 않나?

이 순간 책임감을 느끼는 건…… 내가 그에게 성장 마법을 건네
준 사람이었기 때문이었다. 제이르는 리케도르안을 위한 마법이라
했지만, 볼수록 이 마법은 이상했다.

'……아무래도 제이르를 한 번 더 찾아봐야겠어.'

엄밀히 따지면 제이르와의 만남은 언제나 제이르가 먼저 다가온
거였다. 그렇기에 내가 접촉하기 위해선 방법이 필요할 터, 나는 그
와 접선할 방도를 생각하며 천천히 등을 뗐다.

그러고는 멈춰 섰다.

책상 위에 못 보던 편지가 존재했다.

편지?

"……오빠가 보낸 거잖아?"

아침에는 없던 건데. 유려하고도 부드러운 필체를 바라보다가 얼른 봉투를 열었다.

예상대로 오빠의 편지였다.

"그러고 보니 지난번에 우리 가문이 어떤 가문이냐 물었었지?"

이 편지에는 그 답이 들어 있을까? 기대되는걸. 잠깐 리케도르안을 잊고 두근거리는 마음으로 편지를 열었다. 그러고는 이내 눈을 크게 깜빡였다.

「내 사랑스러운 여동생.」

편지의 내용은 상당히 단출했다.

「누가 널 괴롭히니?」

꼭, 화나기라도 한 것처럼.

5
내 정체가 뭐…라고요?

"……화가 났다고?"

화가 났다니. 내가 말로 꺼냈지만 해놓고서도 의아한 반응이었다. 화가 나? 왜 화가 난 거지? 어느 부분에서?

난 고개를 갸웃했다.

아니다. 사실은 화가 난 게 아닌 건가? 내가 착각한 거고?

그렇다고 하기엔 이 편지는 유별나게 단출했다. '오빠'의 편지는 늘 나에 관한 안부로 가득했기에 나는 실상 이처럼 짧은 내용을 받아본 적도 생각해본 적도 없다.

곰곰이 생각에 잠겼다. 내가 물어본 것에서 뭐가 문제였던 거지.

"그래. 가문."

그저 가문에 대해 물었는데, 이게 화가 날 일인 건가?

일단 편지를 내려놓았다. 스스로 눈치가 아주 없진 않다고 생각하는데 왜인지 추리를 하려 해도 조각 하나가 덜렁 빠진 느낌이다. 다리 역할을 하는 것이 없으니, 그럴 거다. 오빠와 편지, 그리고 가문. 이 연결고리를 알 수 없달까.

그도 그럴 것이 아직도 내 풀네임을 모르니 말이다.

"하, 아무리 고민해봐야 뭐하나. …답을 모르니."

결국 고민은 잠시 미뤄두기로 하고 눈을 감았다.

침대로 몸을 푹 파묻고는 고개만 돌려 후 한숨을 쉬었다. 뭐 많은 것을 하진 않은 것 같은데 굉장히 피로한 기분이었다.

아니, 정신이 충분히 괴로웠어, 노동을 했다고. 조금 전 리케도르안이 변한 모습을 보며, 간수들에게 들키지 않을까 정신없이 사방을 경계하던 기분을 떠올렸다. 그래. 이 피로는 리케도르안 때문이다. 정말이지 그 모습. 나는 천천히 손을 가슴에 얹었다. 쿵쿵. 놀라 뛰는 가슴이 아직도 뛰고 있었다.

"……괜히 사람 엄한 생각하게 한단 말이지."

조금 전 모습을 생각할수록 손끝에 땀이 이는 기분이었다.

말했지만 그는 얼굴만 보아서는 깨끗하고 청아한 어린 성자의 느낌이고, 이는 성장한 모습도 크게 다르지 않다, 여기서 눈 밑만 발긋 달아올랐다 생각해보라.

거기다 옷은 잔뜩 흐트러져서는 피부가 하얘서 붉음이 더욱 잘 비치는 데다 그 모습으로 웃는단 말이야.

나는 눈을 감았다.

후. 좋은 생각. 좋은 생각.

"일단…… 좀 쉬자."

하늘님. 저는 아무 생각도 하지 않았습니다. 정말이에요. 그저 아무 생각 없이 누운 채로 멍하니 눈만 감고 싶은 기분이었다.

엄한 걸 잊고 싶기도 하고 복잡한 건 잊고 싶기도 했다.

워낙에 삶의 모토가 복잡한 인생 편하게 살자 주의였고. 실제로 하고 싶은 건 하고 못하는 건 알아서 포기하자는 모토 아래 살아왔기도 했고. 아무튼 간에 잠시 모든 걸 잊고 싶었던 탓에 나는 눈을 감은 채 꼼짝도 하지 않았고. 이어 늘어진 미역처럼 푹 퍼지고 말았다.

그러다 스르륵 잠이 들었다.

평소처럼 오빠의 편지에 답장하는 것을 잊은 채로.

이튿날.

"우리 이야기 좀 해요."

내가 다시 리케도르안의 얼굴을 볼 용기를 얻는 데는 정확히 12시간 하고도 8시간이 더 걸렸다. 사실 며칠 더 묵히고 찾아가려 했지만 그랬다간 더욱더 얼굴을 보기 머쓱해질 것 같아서 말이지.

'용건도 있고.'

원래 난 게으르지만 한번 결심한 것은 후딱 해치우자는 주의로 비록 그 결심을 잘 하지 않아서 그렇지, 이렇게 찾아갈 추진력은 있다, 이거다.

"으르릉?"

그리고 다시 찾아간 리케도르안은 사람도 아니고 성장도 아닌 '짐승 모드'였다.

요즘 그의 짐승의 말을 하는 쪽, 이성이 있는 쪽, 그리고 성장한 모습까지 일명 삼중인격, 각각의 모습을 임의로 세 가지로 나눠서 부르고 있었는데 현재 이쪽은 왕왕! 말고는 말을 못 하는 것이. 짐승이란 명칭이 딱이었다.

"저기, 그 모습 말고 다른 모습 없어요? 나오라고 해봐요."

"캬르릉!"

"그래요. 기왕이면 이성적인 대화를 나눌 수 있는 쪽요."

"캬오? 왕! 왕!"

"……말을 말아야지."

나는 난감하게 바닥을 응시했다. 정확히 현재 짐승의 탈을 쓴 저 모습의 남자주인공을. 분명 저 짐승의 언어를 하는 쪽도 뭔가 하고 싶은 말이 있어 뵈는데 도저히 알아들을 수가 없다.

그보다 저 모습이 남자주인공이라니. 내 세상에서는 몇 세기쯤 이른 남자주인공이 아닐까?

"……한쪽은 저 세상 숙맥에, 다른 한쪽은 말이 안 통하는 짐승이라니."

거기다 남은 한쪽은 다른 의미로 말이 안 통하는 짐승이다. 로맨스 소설 남주라면 자고로 말부터 통해야지. 말로 여주인공을 꼬시는 게 일이잖아! 대화를 할 수 없어, 대화를!

나는 쪼그려 앉은 채로 폭 한숨을 쉬었다.

이래서야 일어나자마자 부지런히 나온 보람이 없다. 이거다.

"그래… 다른 얘기나 하죠. 그래도 요즘은 상처가 별로 없네요. 이건 다행이라고 해야 하나."

이제야 이야기하지만 리케도르안은 늘 상처가 많았다. 이는 본인이 쇠사슬에 묶인 채로 날뛰어서기도 했고 한 번씩 찾아오는 부친이 학대를 일삼아서이기도 했다.

또 하나는 뒤늦게 안 거지만… 간수 중 하나가 때려서이기도 했다. 이마저도 리케도르안에게 들어서야 알게 된 거다. 처음에 듣고, 얼마나 당황했던지!

〈맞았다고요? 누가? 어떤 인간이요?〉

다른 사람도 아닌 간수가 때렸다는 말에 기겁했지만 다행스럽게도 그 간수는 내가 이 감방에 나타나기도 전에 다른 이유로 잘렸다는 모양이었다.

〈나는 맞아야 한대요. 그래야, 사람이 될 수 있다고…….〉

리케도르안은 자신을 때리는 것이 왜 나쁜 것인지, 왜 잘못된 것인지 알지 못했다.

사실 아무리 이야기를 위한 시련이라고는 하지만 눈앞의 사람이 상처를 입고 끙끙대는 건 아무리 나라도 두고 보기 힘들었다.

그래서 지난번엔 그를 위해 약을 바리바리 싸 들고 온 거기도 했고.

"에휴. 오늘은 중요한 걸 물으러 온 건데."

나는 갸웃. 고개를 갸웃하는 그에게 피식 웃어 보였다. 그래, 저 귀여운 멍멍이가 무슨 탓이겠나, 내가 타이밍을 못 맞춘 거지.

하지만 이래서야 대답은 듣기 어렵겠구나 싶었다.

내가 고개를 푹 숙이며 머리를 휘적휘적 젓는데, 손등으로 차갑고 보드라운 감촉이 느껴졌다. 슬그머니 머리를 들자, 찰그랑 쇠사슬 소리가 들렸다. 어느새 짐승 모드인 리케도르안이 내 손등에 제 얼굴을 가져다 대고 있었다.

"키잉……."

그는 마치 갯과 짐승이 그러하듯이 제 얼굴을 마구 내 손등에 비볐다. 흡사 만져달라고 하는 듯이. 목 안쪽에서 그릉그릉하는 소리가 들렸는데, 청아한 음성과 어우러져 묘한 느낌이 들었다.

뭐야. 언제 이렇게 가까워진 거야? 나는 그가 물기라도 할까 봐 손을 빼내려 했다.

덥석.

그러나 나보다 리케도르안이 더 빨랐다. 그는 짐승 같은 감각으로 나를 붙잡고는 제게로 가져왔다. 꽉 잡힌 손은 놓아질 줄 몰랐다.

"끄응."

나는 미간을 설핏 찌푸렸다. 그도 그럴 것이 이 모습의 리케도르안이 할 줄 아는 것이라곤 짖기, 물기, 빨기였으니…… 그중에서도 단연 많이 하는 짓은 '물기'로, 눈에 보이는 건 입에 물고 보았다. 가없은 내 손이 희생양이 되기 전에 얼른 경고했다.

"너 물면 안 돼."

"아르르?"

"네가 사람이지, 짐승이니? 송곳니 넣어. 어서."

"캬웅?"

나름대로 정이 들었다 이건지, 그가 이빨을 집어넣었다. 심지어 마치 자신이 잘했냐는 듯 눈을 반짝이면서 붉은빛 입술을 앙다물고 순진하게 깜빡이기까지 했다.

"안 돼. 나 오늘 먹을 거 없어."

예쁘게 봐도 줄 간식이 없단다. 말을 하기 무섭게 리케도르안의 시선이 도르륵 아래로 굴렀다. 짧지만 함께 시간을 보낸 것도 보낸 거라고 그가 무엇을 원하는지 대번에 눈치챘다.

"야 잠깐만, 그거 먹는 거 아니……."

앙. 리케도르안이 내 손가락을 입에 물었다. 그러고는 잘했느냐는 듯이 무구한 푸른 눈으로 나를 응시했다. 아무래도 물지 말라는 말을 물지는 않되 먹는 건 된단 말로 해석한듯했다. 아이고, 골이야.

"이봐요, 먹지 마. 지지. 지지라…… 웃."

혀가 손가락을 휘감은 말캉한 감각에 눈을 살짝 찌푸릴 때였다.

"아……."

리케도르안의 손이 내 손을 붙잡고 천천히 제 입에서 내 손을 떼어냈다. 슬그머니 눈을 들면 이성이 돌아온 침착한 그의 눈동자가 보였다.

이내 침으로 흥건한 내 손을 보며 눈이 속절없이 마구 흔들렸지만. 이성이 돌아왔단 증거였다.

"저, 그······."

"그?"

"미, 미안해요."

빨개진 그의 얼굴이 가까스로 내게 사과했다. 나는 그에게 붙잡힌 손가락과 빼곡히 붉은색으로 차오른 뺨을 보다 입꼬리를 끌어올렸다.

"왜요, 더 물고 있지 그랬어요."

"그런······."

괜히 심술 맞은 농을 던지고는 나는 내 손을 가져왔다. 손수건에 손을 닦는 동안 리케도르안은 어쩔 줄 몰라 했다. 그리고 나는 손을 닦는 데 열중해 아주 잠깐 그에게서 눈을 뗐을 뿐이었다.

한데. 다시 고개를 들었을 때는 찰그랑, 쇠사슬이 달린 손으로 턱을 괴고 있는 리케도르안의 모습이 보였다.

"한 번 더 물어도 돼? 정말?"

아니, 사람이 왜 획획 바뀌는 건데?

"······언제 바뀐 거예요?"

예고는 좀 하면 어때요. 하는 말이 목구멍으로 꿀꺽 넘어갔다. 그러나 지난 경험으로 깨달은바 이쪽은 이런 말이 통할 상태가 아니었다. 말이 제대로 통하는 건 이성이 있는 쪽밖에 없었다.

현재 눈에 보이는 성장한 버전, 이쪽은 사람 말은 하는데 도통 말이 통하지 않는······ 본능만 남은 쪽이라 해야 하나 위험했다.

나는 본능적으로 엉덩이를 뒤로 밀었다.

"저기요."

분명 이 몸은 땀이 없는 체질인 것 같았는데, 식은땀이 턱 끝에 대롱 매달린 기분이다. 나를 나른하게 바라보는 시선에 솜털이 오소소 돋는 것 같았으니까.

"왜 쫓아와?"

"네가 물러나니까?"

"댁이 짐승이야? 일단 쫓고 보게?"

성장한 탓에 팔과 다리도 길어져 이미 이 거리는 그의 사정거리였다. 아니나 다를까 그가 막 물러나려는 내 진로를 조심스럽게 막았다.

"왜 피하는 거야? 나 미워?"

"……저기. 그렇게 말하면 내가 너무 나쁜 사람 같잖아?"

그 얼굴로 보는데 어떻게 그렇다고 말해?

"대체 인격은 왜 바뀐 건데?"

"바뀌면 안 돼?"

"아니, 그건 아닌데… 마음의 준비라도 좀 하자. 전엔 시간이라도 두고 바뀌었잖아."

그가 고개를 갸웃했다. 느슨하게 기울어지는 머리를 따라 흘러내린 머리칼이 이마를 살짝 덮었다. 그 사이로 어른스럽게 길어진 눈매가 천천히 깜빡였다.

"모르겠어, 주인님만 생각하면 어지럽더니…… 이 상태이던걸."

"난 주인이 아니라고 몇 번을 말해……."

"응. 알아. 넌 이아나."

그가 내 발목을 잡은 채 한쪽 무릎을 굽혔다. 다행인 것은 그의 팔다리가 길어졌으나 쇠사슬의 길이는 여전한 탓에 아주 자유롭지는 않았다는 점이었다.

"하지만 주인님이라 하면 더 좋은 반응을 보여주잖아."

새하얀 손끝이 내 뺨을 살짝 스쳤다. 그의 얼굴이 가까워지는가 싶더니, 푸른 눈이 코앞에서 느껴졌다.

"지금처럼."

나른한 웃음과 함께 그의 눈 밑이 발긋 달아올랐다.

"아니야?"

"하 이봐요, 보자 보자 하니까. 왜 반말해? 말 잘라먹지 마."

전에도 이야기한 적 있지만 나를 향해 뺨을 물들인 미남은 나로서도 꽤나 견디기 힘든 시각적인 충격이었다. 독수리에게 콱 붙들린 병아리인 양 잠시 멈칫했을 정도로. 하지만 그건 그거고, 이대로 두고 봐선 안 된다는 위기감을 느꼈다.

"이쪽은 별로야?"

"……별로라기보다는…… 잠깐만, 왜 자꾸 다가오는 건데? 거기 있어. 쇠사슬도 팽팽해지잖아."

"그렇지만 다가가고 싶은 걸."

"또 말 짧아지지."

괜히 할 말이 없어 짧아진 그의 어투를 탓했지만. 리케도르안은 들리지 않는다는 듯 느슨한 미소를 머금을 뿐이었다. 나는 다가오려는 그의 손을 허공에서 잡아챘다. 손끝이 차가웠다.

"빨개진 거 안 보여? 아프잖아, 거기 있어."

주목할 만한 것은 어째서 저 옷이 찢어지지 않았냐는 건데. 이건 평소에 리케도르안이 제 몸보다 훨씬 큰 옷을 걸치고 있었기 때문인 것 같았다.

그 덕에 지금 모습으로도 여전히 조금 헐렁한 셔츠였고, 사이로 흰 살갗이 보이는 위험한 광경을 연출했다.

"안 가?"

내가 애써 눈을 떼어내려는 틈을 타 그의 손이 슬금 올라왔다. 리케도르안의 손은 밀어내는 내 손을 떼어내고 그대로 다시 잡아 살짝 깍지를 꼈다.

"……피하지 마."

"내가 언제 피했다고."

그가 손을 잡은 것이 부담스럽게 느껴질 법도 한데, 나른한 얼굴을 하고서도 조심스러운 몸짓이라서 그런지 불쾌하게는 느껴지지 않았다.

"눈을 피하잖아."

쇠사슬이 팽팽하게 당겨졌다. 그가 한계까지 다가온 탓이었다.

"안 갈게."

"……정말?"

나는 숨을 참으며, 살짝 끄덕였다.

"그래. 그럴 테니까 그만 멈춰요. 당신, 이거 아프잖아. 보는 내가 아프다고."

내 손끝이 가리킨 것은 팽팽하게 당겨진 쇠사슬이었다. 거의 그의 품 안에 잡아먹힐 듯 갇혀 있었으나 더 당겨졌다간 그가 정말 고통스러울 것 같았다. 이미 살갗이 터질 듯 빨갰으니까. 그만하라는 의미로 내가 족쇄가 채워진 손목을 톡 건드리자 그가 그 손마저 잡아 왔다. 졸지에 양손 모두가 잡혔다. 리케도르안이 그대로 천천히 상체를 숙이더니, 내 손끝을 가볍게 입에 물었다.

"이아나, 무엇이 궁금해?"

"……웃, 궁금하냐니."

"내게 묻고 싶던 것이 있다면서요."

그 순간 나는 조금 전 짐승 모드인 모습에 대고 '뭘 물으러 온 건데.' 하고 말을 던졌던 것을 떠올렸다. 나는 눈을 크게 깜빡였다.

아, 이쪽도 짐승일 때를 기억하지?

"기억해?"

"조금씩 나는 것 같아."

분명 지난번에는 기억을 공유하지 못하는 것 같았는데. 이제 세 모드 아니, 세 인격이 점차 서로를 기억하는 것인가 싶었다. 사람의 말을 못 하는 짐승 모습은 의사소통이 불가하니 제외하고.

이러다 어느 날 하나로 합쳐지는 걸까?

"그럼요, 당신 모든 기억이 난다는 거지? 다른 모습일 때도?"

"그런 것 같은데. 한데 이아나, 다른 모습이라니…… 왜 그렇게 묻는 거야? 이쪽도 나고 저쪽도 난데."

아무래도 그는 성장하면 머리마저 살짝 길어지는 듯, 유백색을 띤 은발이 눈 위를 스쳤다. 어린 모습에서는 눈이 잘 보였지만, 이쪽은 머리카락에 눈이 가렸다가 드러나기를 반복했다. 그 사이 그가 잡고 있던 내 손을 들어 올렸다.

"그럼 어느 쪽이 제일 좋아?"

"어느 쪽?"

"이아나가 좋아하는 쪽으로 맞추면."

그는 깍지를 낀 손에 살짝 입을 맞췄다.

"날 더 좋아해주나 싶어서."

그러고는 이빨 끝으로 내 손끝을 살짝 깨물었다.

"……웃, 깨물지 마. 그런 바보 같은 질문이 어딨어?"

애써 대답을 피하려 타박을 주었지만 그는 대꾸 대신 느릿하게 눈을 들어 올렸다. 대답을 들려달라는 무언의 행위 같았다.

"그럼 원래 하려던 질문이 뭐였는데?"

"그럼 당신……."

나는 숨을 삼켰다.

"제이르를 알아?"

제이르. 내게 리케도르안에게 마법을 걸어달라며 부탁했던 대공가 소속 마법사였다.

과연 그 이름을 알고 있는 건지, 리케도르안의 눈이 잠시 커졌다.

"그건 내 질문에 대한 답이 아니잖아. 주인님."

"누가 네 주인이야? 그것도 대답할 테니 그전에 먼저 대답해줘. 당신 분명……."

내가 무어라 입술을 열었을 때였다. 쿵쿵. 누군가 돌벽을 울렸다.

"이아나 양, 식사 시간입니다!"

저 밖에서 들리는 음성은 간수의 것이었다. 얼마 전부터 리케도르안을 새로 맡게 된 상급 간수이기도 했다.

저이와는 인사를 나눌만큼 친분이 쌓였지만 딱딱한 성격 탓에 적어도 시간을 더 달라는 부탁은 어려울 듯했다. 나는 아쉬운 듯이 리케도르안을 바라보다가 손을 빼냈다.

"밥 먹고 다시 올게요."

"정말?"

의외로 그는 순순히 나를 놓아주었다.

"그 약속은 지켜지는 약속이야?"

"……왜 묻는 건지 몰라도 난 약속은 항상 지켜."

나는 잠깐 눈을 깜빡이다가, 조심스럽게 그의 이마에 눌린 조그만 먼지를 떼어냈다. 그리고 리케도르안을 그대로 둔 채로 등을 돌렸다.

"다시 온다고 할 때마다 돌아왔어요."

"응."

왜인지, 약조 운운하는 그의 모습이 조금은 쓸쓸해 보였다는 생각을 하며.

"꼭 다시 와야 해. 이아나."

그러나 식사 후 리케도르안에게 가려 했던 내 계획은 장렬히 무너지고 말았다.

다름 아닌 나를 다급히 부른 호출 때문이었다.

"이아나 양은 무엇을 좋아합니까?"

나는 눈을 깜빡였다. 내가 왜 여기 앉아 있지.

"좋……아하는 거요?"

눈앞에는 르나그가 있었다. 맞은편에 우아하게 앉은 저 남자에게 대답을 해주어야 함을 알았지만 입술이 떨어지지 않았다. 테이블에 온통 신경을 빼앗긴 탓이었다.

〈총관리장님의 호출입니다. 이아나 양.〉

식사를 마치고 부랴부랴 불려 나온 참이었다. 정확히는 점심을 먹고서 리케도르안에게 가기 전까지 잠깐 휴게실에서 아는 이들과 노닥거리는데, 하급 간수가 날 찾아오지 않던가?

얼굴이 익은 이였기에 산책이라도 권하는 건가 싶었더니 웬걸 무려 총관리장의 호출이었다.

지금까지 내가 먼저 르나그를 찾은 적은 있어도 르나그가 날 찾은 적은 없던지라 잔뜩 긴장하고 갔다. 그런데 웬걸? 그의 집무실로 들어갔을 때 나를 기다렸던 건……. 진수성찬이었다.

아니. 성찬은 성찬인데. 밥은 아니라 온갖 디저트의 향연이었다.

"저, 그 대답하기 전에요. …이게 뭔가요?"

"디저트입니다."

"아뇨, 디저트라는 건 아는데."

눈이 있으니 저게 뭔지는 안다. 다만 저렇게 차려놓고서 나더러 무엇을 좋아하느냐 묻는 영문을 알 수 없다는 거지.

"당황하신 것 같으니, 다시 한번 여쭤도 되겠습니까."

나를 이곳에 부른 르나그는 태연자약하게 내게 손을 내밀었다. 이건 손을 올리라는 건가. 어색하게 내 손을 올리니, 그가 천천히 상체를 기울였다.

"이아나 양은, 무엇을 좋아하십니까?"

나는 눈을 동그랗게 떴다. 부드러운 입술이 손등을 스쳤다. 동시에 얼른 눈을 내리며 눈꺼풀을 크게 깜빡였다. 엄마야. 이게 뭐람.

"아니, 그 저, 케이크랑…… 셔벗…… 좋아하긴 하는데, 그, 어째서 이런 걸 대접해주시는지… 의문이어서요."

"말씀드린 바 있지 않습니까."

"말씀이요?"

르나그가 내 손을 잡은 채로 보일 듯 말 듯 눈을 휘었다. 확실히 가까이서 보니 그의 금색 눈동자는 빛에 부스러지듯 예기를 머금고 있었다.

나는 뱀에 콱 붙잡힌 개구리인 양 굳었다. 그대로 눈만 도로록 들어 올렸다.

"제게 시간을 내어주시기로."

그의 말에 지난 기억이 주르륵 스쳐 지나갔다.

"그 남자와 시간을 보내셨더군요."

그 새벽의 대화를 과연 약조라 해도 좋을지는 모르나. 확실히 나는 그와 약조하긴 했다.

슬그머니 시선을 손으로 옮겼다. 조심스럽게 붙잡은 손임에도 왜일까 금방이라도 검을 획 뽑아서 목에 겨눠도 이상하지 않을 것 같다. 이는 남자의 이 살벌한 얼굴 때문일 거다.

"그랬, 네. 그랬었죠……."

결국 난 끄덕였다. 사실 나로서도 나쁜 일은 아니었다. 생각해보니 시간을 보내 달라고 했지 뭘 하자고 한 건 아니었으니까.

굳이 심기를 거스르지 않는다면 살 떨리는 일은 없지 않을까?

물론 저 남자의 얼굴을 보는 것 자체가 내게 큰 용기가 필요한 일이지만, 내가 감수할 일이었다. 사실 이게 다 책 속에서 저 남자가 얼마나 잔인하게 악당 짓을 했는지 너무 잘 아니까 고분고분한 것이다.

"혹시, 저와 있으신 것이 불편하십니까?"

"아, 아니요."

네. 네. 아주 많이요!

"그렇진 않아요. 많은 도움을 주셨잖아요."

나는 겉으로나마 표 나지 않은 척 최대한 태연하게 웃었다. 르나 그의 손이 천천히 떨어진다. 그가 다시 붙잡을세라 나는 얼른 내 손을 가슴으로 가져왔다.

"다행입니다."

다른 건 몰라도 그의 목소리는 차가워서 그렇지 꽤나 듣기 좋은 편이었다. 둥둥 귀를 울리는 것이 중후한 맛이 있다고 할까.

"앉으시겠습니까?"

그는 예의 바르게도 의자를 빼주기까지 했다. 나는 잠시 내 옷차림을 내려다봤다. 음, 이거 참 다시봐도 줄무늬 바지를 입고 받을 만한 에스코트는 아닌 것 같은데 말이다. 그가 가리키는 자리에 앉고 보니 테이블 위가 더욱 자세히 보였다.

"……와아."

동그란 테이블 위는 각종 디저트로 가득했다. 거기다 갓 만들기라도 한 것인지 생크림에 자르르 윤기가 흘렀다. 토핑으로 올려진 과일은 신선하기 그지없었다.

감방에서 이런 걸 만드는 게 과연 가능할까.

"드시지요."

"아, 네."

나는 묘한 생각을 지우며 나는 포크를 들었다. 아무래도 저 뚫어질 듯 나를 향한 시선이 기어이 내가 한입을 먹고서야 떨어질 것 같아서 말이지.

"아."

입에 머금자마자 눈을 크게 떴다. 절로 감탄이 흘러나왔다.

"맛있어."

아닌 게 아니라 정말 맛있었다. 입안에서 부드럽게 녹아 단맛이 넘어갈 때까지 남아 있었으니까. 내가 작게 중얼거리는 말을 들은 건지, 그의 날카롭던 얼굴이 순간이지만 부드러이 풀린 것 같았다.

"다행이군요."

그가 턱을 괴며 고개를 살짝 기울였다.

"레몬 셔벗을 좋아하십니까?"

"음……. 단것은 가리지 않고 잘 먹어요."

나는 입술에 살짝 묻은 것을 슬쩍 혀로 핥으며 르나그를 쳐다봤다. 눈이 마주친 순간 르나그가 잠시 멈칫한 것 같았다. 아, 너무 교양 없었나.

"아무래도 자주 못 먹던 것이다 보니까."

이건 아주 어린 시절의 내 얘기였다. 그러니까 저쪽 세계에서의 나. 어린 시절에 아토피 피부질환을 앓은 탓에 커서도 단것을 조절해야 했다. 금방 발진이 일어났기 때문이었다.

"아……. 이해합니다. 이런 것을 먹지 못하던 환경이셨지요. 이아나 양은."

……어? 생각지 못한 그의 대꾸에 잠시 멈칫했다.

이를 증명하듯 딸기 생크림 케이크를 먹던 입술이 멈췄다. 나는 얼른 삼키고 조심스럽게 입을 떼어냈다.

"저를 잘 아시나요?"

"어찌 모르겠습니까. 자주 뵙지만 않았을 뿐 이아나 양에 대한 소식은 늘 들었습니다. 그럴 만한 관계니 말이지요."

"아하……."

가문 간의 관계를 말하는 건가. 생각해보면 르나그는 줄곧 나와 내 가문에 잘 아는 것처럼 말하긴 했다.

내 아버지나 오빠와도 뭔가 모종의 관계가 있는 것 같았고.

번개와 같이 깨달음이 스쳤다. 그래. 이참에 여기 대해서 알아볼까? 이 남자를 통해서.

"저에 관한 이야기를 들으셨다고요?"

"예. 맞습니다."

나는 잠시 망설였다. 사실 처음부터 기억이 없다고 실토했으면 좋았을 텐데, 처음에 위기를 모면하겠답시고 어설프게 아는 척했던지라 돌이키기도 곤란했다.

무엇보다 아직까지도 사실대로 말하기엔 이 남자의 얼굴이나 후폭풍이 조금 무섭단 말이지. 일단은 한 번은 우회하기로 했다. 다른 이야기로 갔다가 자연스럽게 파고드는 걸로.

"그런데 시간을 내어달라고 하셨던 걸로 기억하는데, 총관리장님이 저를 대접하신다는 얘기는 들은 적이 없는데요······."

또박또박 말을 하려다가도 그의 얼굴을 본 순간 말끝이 곱아들어가며 늘어졌다. 길고도 날카로운 눈매 때문이었다. 거기다 체격까지 크니 왜, 살면서 절대로 시비 걸리지 않을 것 같은 상이 있다면 딱 이러할까 싶었다.

그나마도 눈매는 안경이 겨우 사무적인 낯으로 중화하는 느낌이라고 해야 할까.

안경까지 없으면 상당히 억세고 사나워 보였겠다 싶었다.

"안 되겠습니까?"

그는 턱을 괸 채로 고개를 비스듬히 떨어트렸다. 깊은 시선이 나를 향했다. 동시에 부드럽고도 그윽한 미소가 스쳐 지나갔다.

"이아나 양을 대접할 기회를 주시면 안 되겠느냐, 여쭸습니다."

아니. 기회라 할 것이 있나요. 잘 먹여주면 나야 땡큐인데. 다만 잘 먹여놓고 이제 다 먹었니? 배 좀 갈라보자꾸나, 하는 그레텔 이야기 속 마녀 같은 이야기가 나올까 봐 무서운 거지요.

"저, 어째서요?"

"어찌 대접하느냐, 이유를 말씀드리자면 그냥-."

그가 잠시 눈을 내리깔았다.

잠깐이지만 날카롭던 눈매가 가벼이 접힌다. 아울러 은근한 숨소리가 귀를 간지럽혔다. 고개를 들면 그는 손가락으로 턱밑을 느릿하게 문질렀다.

"……그저 그러고 싶었다는 것으로는 안 되겠습니까?"

잘못 본 게 아니라면, 그의 눈 밑이 약간이지만 달아오른 것도 같았다. 눈을 깜빡이면 금세 사라져 있었지만.

"아뇨……. 안 될 것은 없죠."

나는 뺨을 긁적이고는 괜히 포크를 물었다. 어쩐지 머쓱한 분위기를 만든 것 같다는 생각에 애꿎은 생크림만 퍼먹으면서.

"차도 함께 드시지요."

"아……. 감사합니다."

나는 물고 있던 포크를 놓으며 어색하게 웃었다.

"말린 홍차입니다. 이아나 양이 좋아하지 않을까 싶어 꺼내왔습니다."

"네?"

"당신의 오빠가 선물로 준 것입니다."

쪼르륵. 르나그는 무려 내 잔을 채워주기까지 했다. 일련의 행동이 몹시도 차분하고 우아했다. 잠깐의 침묵 사이로 잔을 채우는 소리가 우리 사이를 메웠다.

"아, 그러고 보니. 이아나 양."

"네."

그의 부름에 막 찻잔을 들어 입에 머금으려 하던 채로 시선을 들어 올렸다. 꼴깍 넘어가는 차가 몹시 달콤하다.

신기하네.

확실히 나는 홍차를 좋아하긴 했다. 진짜 이아나도 홍차를 좋아했구나. 의외의 공통점을 발견하고서 신기해할 때였다.

"이아나 양의 출소일이 곧 결정될 것 같습니다."

나는 막 머금었던 차를 푸욱 뱉을 뻔했다. 간신히 이를 참아낸 건 순전히 저 남자의 얼굴 탓이었다. 뱀처럼 차갑고 날카로운 눈. 아마 저기 뱉기라도 했으면…… 꼴깍 침이 넘어갔다.

'그대로 푹 찔렸을지도.'

나는 애써 침착하게 목소리를 가라앉히며 입술을 열었다.

"출소라니요?"

아니, 세상에 총관리장님. 전 제가 무슨 죄로 얼마나 형량을 받아 여기 있는지도 모르는데 출소라뇨.

"말 그대로입니다. 이아나 양, 당신은 곧 머지않아 이 감방에서 출소하게 될 겁니다."

출소. 새삼 내가 죄인, 죄수이고 이곳이 감방이라는 실감이 났다. 이건 어쩔 수 없었다. 하도 편히 돌아다닌 탓에 여기가 줄무늬 옷 입고 돌아다녀도 되는 곳쯤으로 인식했지.

나는 이곳에 놀랍도록 적응한 것으로 모자라 편히 지냈으니까.

그리고 이것이 가능했던 건…… 눈앞의 남자가 눈감아준 탓이니. 여기에 저 남자의 호의가 있었음은 부정할 수 없다.

나는 르나그를 응시했다.

출소니, 감방이니. 공간을 인식하는 말들을 들어서일까. 조금 전까지는 부드럽게 보였던 르나그의 낯이 성에가 낀 듯 아주 차가워 보였다. 그저 얼떨떨한 기분이었다.

"……그게 가능한 일이었나요?"

"무엇을 말씀하십니까?"

"출소요."

아니. 출소가 이렇게 간단하고 단출하게 통보되는 거였어?

드라마에서 꽤 극적인 순간에 000번 석방이다, 하는 목소리와 함께 기뻐하는 죄수의 얼굴 따위를 떠올렸다. 내 상황과는 어울리지 않았다.

"……기쁘지 않습니까?"

나를 보던 르나그의 얼굴에 묘한 표정이 떠올랐다. 음, 기뻐할 타이밍을 놓친 것 같은데.

"아뇨……. 저는 죄를 지어서 여기 온 거니까. 죄인이 이렇게 쉽게……."

쿵!

나는 말을 하다 말고 흠칫했다. 눈앞의 남자가 테이블을 짚고 벌떡 일어난 탓이었다. 그는 가볍게 친 것 같았지만 4층 트레이가 흔들릴 정도로 진동이 일었다.

"이아나 양, 설마 줄곧 그렇게 생각하신 겁니까?"

르나그의 얼굴로 당혹스러운 표정이 스쳐 지나갔다. 나는 그가 이렇게 나오는 이유를 알 수 없었다.

그렇게 생각했냐니, 내가 나를 죄인이라 생각한 거? 틀린 말은 아니잖아. 왜 저렇게 나오는 거지? 나는 천천히 끄덕였다.

"당신의 탓이 아닙니다."

"무엇을 말하시는 건가요."

르나그가 조금 전에 했던 질문을 내가 다시 했다.

"당신은 죄인이 아닙니다."

죄인이 아니라고? 그럼 뭔데? 이러한 뜻을 담아 그를 쳐다보았다. 르나그는 대답이 없었다. 대신 황금빛 눈동자에 알 수 없는 빛이 어렸다.

르나그가 잠시 말이 없자, 내 쪽에서 이어 입술을 떼었다. 이 순간만큼은 르나그를 보며 가볍게 가지고 있던 두려움은 잠시 내려놓은 뒤였다.

"이곳은 악명 높은 캄브라캄 감옥이에요. 나는 이 감방에 있는 죄수들 중 하나고. 내가 죄를 지은 자가 아니면 무엇이란 말인가요?"

내가 이곳에서 편히 지내온 것은 인정한다. 하지만 그렇다고 하여서 공간의 성질이 달라지는 것은 아니었다. 아무리 자유롭다 한들 한정된 자유였다. 나는 쇠창살이 달린 방 안에서 잠이 들며 이 공간에서 탈출할 수 없다. 그동안은 이를 소리내어 확인하지 않았을 뿐 굳이 생각하거나 토를 달지 않았다.

"다릅니다. 이곳의 모든 죄수가 죄를 지어 왔다고 하여도 당신만은 다릅니다. 이아나 양."

르나그는 단호하게 선언했다. 어느새 당혹스러운 표정은 저 차가운 안경에 빨려 들어간 듯 온데간데없었다.

"그건 과장인걸요. 저만 해도 억울하게 들어온 이를 몇몇 보았어요."

"그럴지도 모르지요. 하지만 사람은 거짓말을 할 수 있다는 사실을 간과하셔서는 안 됩니다."

르나그가 테이블 가장자리를 손으로 짚었다. 동시에 그의 상체가 살짝 기울어졌다.

"여기 있는 이들은 대체로 흉악하거나 교활하고 간교하지요. 귀족 죄수라 하여 다르지는 않습니다."

그가 조금씩 가까워질수록 나는 커다란 맹수가 몸을 엎드리는 듯한 느낌을 받았다. 금방이라도 몸을 일으켜 송곳니로 나를 뚫어버릴 것 같은.

"……제가 그들과 다르다면 무엇이 다른가요?"

꿀꺽. 침을 삼키며 잠시 바지자락을 붙잡았다. 손바닥에 식은땀이 송골송골 맺히는 기분이었으나 애써 티 내지 않았다. 여기서 등을 보여서는 안 될 것 같았다.

"총관리장님께서 보시는 나는 어떤 사람이죠?"

"그건……."

사실 대화가 조금 돌아오긴 했지만 나 또한 기회를 노리고 있긴했다. 위기감을 느낀 지금에야 내 가문이나 정체를 알아낼 수 있는 기회였다.

"……다른 것은 몰라도 당신이 죄를 짓지 않았다는 사실은 분명하게 압니다. 당신은 보호받기 위해 이곳으로 보내졌으니까요."

"……보호?"

"예. 저 바깥에는 당신을 노리던 이가 아니, 무리가 있었습니다."

영문을 알 수 없는 소리에 나는 잠깐 입을 꾹 다물었다.

이아나를 누군가 노리고 있었다. 그리고 보호하기 위해서 보낸곳이 감방이다?

누가 보낸 것인지 몰라도 사고방식 한번 참 음침하고 특이하다싶었다.

누가 사람을 보호하기 위해 감방으로 보낸단 말인가.

보라. '이아나'는 귀족이었다. 그것도 르나그에게 청을 넣거나 오빠가 보내는 보석이나 물건으로 보아서는 꽤 나쁘지 않은 가문. 그렇다는 건 줄곧 나름 호화로운 생활을 했다는 소리다.

아무리 귀족 죄수를 위한 생활 복지가 좋다고는 하나 그래도 죄수는 죄수였다. 귀족 저택이나 방과 비교할 수 있을 리가 없다.

그렇기에 굉장히 황당하고 어리둥절한 방법이었단 생각밖에 들지 않았다.

아니면……. 그렇게 해야 할 만큼 절박했거나.

"그리고 내게 당신을 보호해달라며 보낸 이는 다름 아닌 당신의 오빠였습니다."

"내…… 오빠가요?"

"예. 이아나 양도 이미 짐작하고 계셨겠지만 말입니다. 이곳에서 어느 날 눈을 뜨시고 많이 당황하셨으리라 생각했습니다. 제가 굳이 당신에게 얼굴을 보이지 않았던 것도 이 때문이었습니다."

"제가 적응하길 기다렸다 이 말씀인가요?"

"예."

이로써 알게 된 것은 여기 있는 르나그가 이아나의 가문과 생각 이상으로 긴밀한 관계에 놓여 있다는 점이었다.

그저 내 편의를 봐주는 것에 그치지 않고 이 거대한 감옥의 총책임자로서 나를 보호하려 했던 것이라니.

"보통 이렇게 청을 받고 편의를 봐주시나요?"

"그동안 전적을 여쭤시는 거라면, 아주 드문 일은 아니었습니다."

그의 질문에 나는 몇 가지 가정을 지워냈다. 난 또 이아나가 메인 주인공들의 가문과 관계있는 사람인가 했다. 이리되면 내가 세워둔 퇴소 후 일상이 일그러질 수 있다. 이 책의 장르를 기억해야 했다. 나는 혹시나 싶어 확신을 위해 한 번 더 물었다.

"꼭 제가 후작이나 공작 영애가 되기라도 한 것처럼 대우하시는 것 같네요. 과분하게도."

잠시 그의 금빛 눈이 뜻 모를 빛을 담고서 나를 향했다. 그와 나. 색이 다른 시선이 잠시 허공에서 교차했다.

"······그건 아닙니다."

"아니라고요."

"예. 이아나 양은, 후작 영애도 공작 영애도 아니시지요."

그 말로 나는 안심했다.

'좋아. 이쪽만 아니면 돼.'

내가 말한 양 가문 모두 메인 주인공들의 가문이었다. 후자는 최종 흑막 체이서와 리케도르안의 가문, 다른 하나는 악녀의 가문이었으니까.

안심하는 사이 르나그가 자리에서 일어났다.

그는 작은 테이블을 빙 둘러 내게로 다가왔다. 그의 커다란 손이 테이블을 짚었다. 나는 가까워진 거리에 눈을 깜빡였다.

"이아나 양, 제가 이 순간 당신도 알고 저도 아는 당신의 가문을 입에 담지 않는 것은."

그의 태도는 더없이 정중했다.

"당신이 얼마나 당신의 가문을 싫어하였는지, 알기 때문입니다."

그의 손은 내 바로 앞에서 멈췄다. 마치 잡을 듯 말 듯 한 거리에서 허공을 배회했다.

"저는 당신이 저를 미워하지 않기를 바라니까요."

스르륵. 흘러내린 그의 긴 머리칼이 볕을 가렸다.

나는 그의 긴 머리칼이 느리게 흔들리는 것을 바라보다 천천히 고개를 들어 올렸다.

그러니까 이 남자는 더 오래전부터 이아나를 알고 있었단다. 그리고 이아나는 자신의 가문을 좋아하지 않았다고?

막 내가 입술을 열려 하던 때였다.

똑똑.

노크 소리가 들렸다. 이는 내게도 그랬지만 르나그에게도 달갑지 않은 소리인 듯했다. 르나그가 미간을 설핏 찌푸렸다. 그러나 물리지는 않았고, 이내 열린 문으로 간수가 들어왔다.

"총관리장님, 급한 서신입니다."

우물쭈물하며 눈치를 보는 간수의 손에는 새빨간 봉투가 들려 있었다. 뭔지 몰라도 저 빨간색을 보아서는 다급한 것인가 싶었다. 간수는 서신만 건네고서 나갔고, 르나그는 지체 없이 서신을 읽었다.

"이런, 이아나 양······."

그에게서 낭패 어린 표정이 스쳤다. 저 얼굴에 저런 표정도 스칠 수 있구나 싶었다.

어느새 그가 나를 향했다.

"왜 그러세요?"

르나그가 입을 꾹 다물었다가 느릿하게 떼어냈다.

"당장 이곳으로 오겠다는군요."

"네? 누가요?"

그가 잠깐의 침묵 끝에 이어 말했다.

"당신의 오빠가 말입니다."

오빠. 낯익은 단어에 나는 순간 멈칫했다.

"혹, 이아나 양. 그대의 오빠에게 실수한 것이 있습니까?"

"……네?"

그와 나의 시선이 교차했다.

"실수라니요……."

실수라니. 내가 '오빠'에게 실수할 것이 뭐가 있단 말인가. 눈을 깜빡이는데 문득 스쳐 지나가는 것이 있었다.

그러고 보니, 오빠에게 답신을 보냈던가?

늘 하던 일을 빠뜨렸다는 자각이 이제야 들었다. 딱 어제의 일이건만 왜인지 소름이 오소소 돋았다.

어째서인지 그래서는 안 됐었다는 생각이 들었으니까.

그 순간 르나그가 단정하게 선고했다.

"그가 즉시 당신을 봐야겠다는군요."

그는 이렇게 말하고서는 잠깐 고개를 갸웃 기울였다. 의아한 기색이었다.

"아니, 아무래도 제가 말실수를 한 것 같군요. 당신이 실수했다니 가당치 않습니다."

"네?"

무슨 말인가 싶어 그를 쳐다봤다.

"당신이 실수를 할 리가 없지 않습니까."

"예?"

나도 모르게 마음의 소리가 빠져나갔다. 나는 언제 그랬냐는 듯 얼른 수습했다.

"아, 아…… 네. 어, 음. 좋게 봐주셔서…… 감사합니다?"

그러자 르나그가 단호하게 응수했다.

"좋게 보다니요?"

눈을 들어 올렸을 때 르나그의 얼굴에는 내 오빠의 소식을 들었을 때 당혹스러움은 온데간데없었다. 다만 조금 다른 것을 본 것도 같았다.

"저는 언제나 당신을 있는 그대로 바라보고 있습니다. 이아나 양."

그는 긴 눈매를 느리게 깜빡였다. 나긋한 미소와 함께.

"으음…… 네."

조금 전에 스쳐 지나간 부담스러운 눈빛은 뭐였지. 흡사 아이돌 팬이 우리 아이돌 누나, 오빠가 그럴 리 없어 하는 팬의 눈과 다르지 않았던 것 같은데. 이에 대해 궁금하지 않은 건 아니었으나 일단 잠시 넘기기로 했다.

그보다 중요한 것이 있었으니까.

"그나저나 이거 곤란한 일인데……."

그사이 잠시 고개를 숙인 르나그가 혼잣말하듯 작게 중얼거렸다.

정말 저도 모르게 나온 소리인 듯했으나 그와 나 사이가 제법 가까웠기에 똑똑히 들을 수 있었다.

"왜 곤란한 일인가요?"

"아, 들으셨습니까? 다름이 아니라……. 으음."

그는 잠시지만 망설이나 싶더니 이어 입술을 열었다. 조금 당혹스러운 표정으로.

"곧 헤르님 대공가가 방문합니다."

그 이름을 듣는 순간 나는 잠깐 멈칫했다.

"대공가에서요?"

"예. 현재 이아나 양이 즐겁게 데리고 노는 그자의 가문이기도 하지요."

헤르님. 리케도르안의 가문이었다.

"……오늘 오전에도 함께 계셨던 그자 말입니다."

"네. 그랬었죠."

잠깐 르나그에게 아주 서늘한 음성이 스쳤던 것도 같았지만 그의 음색은 기본적으로 차가웠기에 구분할 수는 없었다.

잘못 들었던가.

난 잠깐 고개를 갸웃하고는 이야기에 집중했다.

헤르님 대공가가 방문한다. 이것이 그리 특별한 일은 아니었다. 책 속에서도 서술되어 있었을 만큼 응당 있는 일이었다. 다만…….

'저번에 그들이 다녀갔을 땐, 리케도르안의 몸이 성하게 남아 있지 않았지.'

리케도르안의 아버지인 헤르님 대공은 남자주인공을 학대했다. 자신의 아들이 유능한 본인처럼 능력은커녕 하잘것없는 재능조차도 없이 가문 대대로 내려오는 저주에만 휘둘린다는 이유였다.

물론 그는 남자주인공답게 누구보다 강력한 재능과 능력을 가지고 있었지만 이것이 밝혀지는 것은 아주 후의 일이었다. 적어도 여주인공을 만난 뒤의 이야기.

그러니 그때까지는 매번 이렇게 폭력을 당하고 또 당해야 한다는 거다.

'그때 잔뜩 상처 입었었지.'

지난번 헤르님 대공가에서 사람이 다녀갔을 때를 떠올린 나는 지그시 눈을 감았다.

그날의 일은 깊이 생각하고 싶지 않았다. 내가 아무리 인생 좋게 좋게 편하게 사는 주의라 하여도 눈앞에서 피 냄새를 흘리며 잔뜩 상처 입은 모습을 무시하고 잊기란 어려운 일이었다.

되도록 그런 모습을 보고 싶지 않기도 했다.

나는 주먹을 꾸욱 눌러 쥐었다. 물론 내가 무엇을 할 수 있겠느냐만은 사실 마음에 걸리는 것이 있었으니까.

대공가의 마법사, 제이르의 부탁으로 리케도르안에게 마법을 걸어준 것. 그로 인해 리케도르안이 비정상적인 성장 형태를 지니게 되었다는 점, 이것이 못내 마음에 쿡 박혔다.

'다른 건 몰라도 이래선 안 되는 건 알아.'

그런 모습을 헤르님 대공에게 보여서는 그리 좋은 결과를 이끌지 못할 게 분명했다.

리케도르안은 이상하게도 잠깐 동안 성장한 모습을 유지하게 되었지만 그렇다고 비약적으로 힘이 커졌다거나 능력이 생겨난 것은 아니었다.

정녕 진정한 성장, 즉 각성을 한 모습이었다면 그는 이미 자신을 억누르는 쇠사슬을 자유자재로 풀었어야 했다. 원작에서처럼 말이다.

말했듯 헤르님 대공은 제 아들이 무능하고 쓸모없어서 싫어했다. 동시에 저주에 휘둘려 사람의 말을 잃은 모습을 혐오한다. 그런데 이번에 어설프게 성장한, 그것도 별다를 것도 없는데 능력은 여전히 없는 채인 것을 알게 된다면……

그가 평소에 받던 학대가 어디까지 심해질지 모를 일이었다.

"그들은 언제쯤 오나요?"

"헤르님 대공가를 말씀하십니까. 역시 이아나 양도 신경 쓰이시는 모양이군요."

내 가문은 르나그와 친밀한 관계를 가진 가문이다. 르나그는 겉으로는 중립을 표방했으나 사실은 체이서를 따르는 후작, 내 가문은 악당 쪽 세력에 가깝다.

이는 이미 지난 르나그와의 대화에서 확인한 것이기도 했다.

"아시다시피 이아나, 당신의 가문은 헤르님 대공가와 마주치면 그다지 달갑지 않은 데다 시국이 시국이지 않습니까."

"아……. 그건 그렇죠."

대충 아는 척 끄덕였지만 속으론 머리가 팽팽 돌아간다. 어째서 시국이 문제인가 의문이 들었지만 대충 짐작은 갔다.

죄수들이 삼삼오오 떠들던 폭탄 테러. 거기서 악당 체이서의 부친이 죽었지? 체이서가 범인으로 몰리고 있고. 정의를 수호하는 헤르님 가문으로서는 그대로 두고 보지 못할 일일 터였다.

솔직히 나로서는 정의를 수호한다는 인간이 제 아들을 어찌 때리고 학대할 수 있나 싶지만.

개연성 없는 책의 내용이 그렇단 거겠지 혹은 인간은 참 입체적인 거겠지 하고 더러운 기분으로 납득할 뿐이었다.

아무튼 간에 헤르님 대공이 이곳에 행차하신다면, 이곳에서 체이서의 끄나풀 -내 가문- 즉, 내 오빠와 만나는 것이 그다지 좋은 일은 아니겠다 싶었다.

리케도르안도 리케도르안이지만. 그동안 다정하게 대해주었던 편지가 스쳤다. 나름 친절하고 다정하던 '오빠'가 이런 곤욕을 당하는 건 원치 않았다.

하지만 과연 내가 무엇을 할 수 있을까?

"얼마나 걸리나요?"

"네? 아, 헤르님 대공가 말씀입니까. 아마…… 예정대로 온다면 이라면 4일쯤 걸릴 겁니다."

르나그가 제 턱을 잡고 잠시 생각에 잠기더니, 이내 이어 말했다.

"당신의 오빠의 경우에도……. 4일쯤 걸릴 것 같군요. ……정상적인 루트를 이용한다면 말입니다."

정상적인? 묘하게 수식어가 걸리긴 했지만 내비게이션이 교통상황에 따라 미리 예상시각을 예측하듯이. 대충 평균 도착 시간으로 알아들었다.

"어쨌거나 마주칠 수 있다는 거죠?"

"예. 현재로서는 그렇습니다."

그 말에 입술을 꾹 다물었다가 떼었다.

"……총관리장님 생각엔 두 가문이 만났을 때 충돌도 예상하시고요?"

아무래도 상대적으로 아래일 내 가문이 깨질 것 같다는 생각을 했다.

"예. 그렇습니다. 감방이 한차례 뒤집힐지도 모르겠군요. 좋지 않습니다. 이곳은 죄인을 가두는 공간인 만큼 소란이 용납되지 않은 곳이지요. 황제 폐하께서도 좌시하지 않을 겁니다."

속사정이야 체이서와 손을 잡았다고는 하지만 겉으로는 그는 이 감방의 평화와 평온을 책임지는 관리자였다.

나는 그의 사정을 이해했다. 헤르님같이 권력자가 깽판을 치면 그도 곤란하겠지.

"네. 문제가 커질 수도 있다는 거네요."

나는 르나그가 했듯 손가락을 들어 올려 턱을 톡톡 두드렸다. 생각에 잠겼을 때의 버릇이었다. 르나그는 나를 잠시 의아하게 보는 듯했지만 얌전히 나의 침묵을 기다려주었다. 가만 보면 무서운 얼굴과 달리 참 예절이나 매너가 좋은 사람이었다.

"다른 것보다도 이아나 양이 휘말리실까 염려됩니다."

예의상인지 몰라도 그가 한마디를 덧붙여주었다. 썩 기분이 나쁘지 않았다.

가문의 의뢰를 받아서건 어쨌건 간에 이 남자는 편의를 봐주는 데다 나를 보호하고 있었다고 하니.

나는 살그머니 손을 뻗어 테이블 위에 놓인 간식 중 자그만 종이에 포장된 것을 잡았다. 그러고는 슬며시 그가 테이블을 짚은 손 앞에 놓았다. 르나그의 시선이 나를 향한 것이 느껴졌다.

나는 고개를 들고는 모처럼 웃었다. 날카롭고 무섭게 생기긴 했어도 그가 제 책임을 다하는 것을 모르진 않았다.

"감사합니다."

내가 쭉 뻗은 간식이 톡 그의 손끝에 닿았다.

"과분한 배려를 받는 것 같아요. 제 걱정을 많이 해주시네요."

"그거야, 그런 관계이니까요."

르나그가 어째서인지 잠시 내 시선을 피했다. 긴 머리카락이 고갯짓을 따라 살랑 흔들렸다. 흐트러지는 머리칼 사이에서 잠깐이지만 묘한 것을 본 것 같기도 했다.

차갑기 그지없던 남자의 붉어진 눈 밑이라거나.

다시 나를 돌아본 얼굴이 너무나 태연해서 확신할 수는 없었다.

"이제 와서 오빠를 중간에 돌려보낼 수는 없을까요? 말씀하신 대로라면, 그런 상황은 피해야 할 것 같은데."

"당신의 오빠는 제 말을 들을 것 같지 않군요. 무엇보다 이미 출발했다면 마땅히 전달할 수단이 없을 겁니다. 여기 도착한 뒤에나 닿겠지요."

"……으음, 그렇다면 어쩔 수 없네요."

일단 당장은 방법이 없다는 얘기였다.

르나그가 곤란해질 일이 생길지도 모른다는데, 어찌 도움을 줄 방법이 없어서 조금 머쓱한 마음이긴 했다.

내 오빠와 가문 때문에 곤란해졌다고 하니 말이다.

"제 탓은 아니지만 괜히 죄송한 마음이네요."

"예? 이아나 양께서 죄송해하지 않으셔도 됩니다. 멋대로 찾아온 것이 이아나 양은 아니지 않습니까."

내게서 그런 표정이 드러났는지 르나그가 단호하게 고개를 저어 보였다.

"그렇게 말씀해주시니 감사한 일이네요."

하하. 나는 작게 소리 내어 웃고는 뺨을 긁적였다. 교양 있는 행동은 아니었지만 르나그의 시선이 어째 집요해지는 기색이라 도르륵 눈을 굴리기 바빴다.

"아무튼 그럼 저는 그리 알고 돌아가 볼게요."

나는 그리 말하고는 고개를 돌렸다.

아쉽지만 이야기를 여기서 마무리한 건 조금 전 다급히 방문한 간수의 서신 탓도 있었지만 이곳으로 향하는 무수한 발소리가 느껴졌기 때문이었다.

둔한 내 귀에도 들릴 정도라면 아주 가까워졌다는 이야기였다. 아니나 다를까 내가 말을 막 마무리하기가 무섭게 똑똑. 문을 두드리는 소리가 들렸다.

후두두두. 달려온 발소리치고는 몹시도 정중한 노크 소리였다.

내가 돌아가야 한다는 신호기도 했다. 그렇게 자리에서 일어나려 할 때였다.

"이아나 양."

손끝이 조심스럽게 붙잡혔다. 내가 거칠게 뿌리치자면 얼마든지 뿌리칠 수 있는 조심스럽고도 미약한 힘이다. 몸을 돌리면 르나그가 나를 붙잡은 채로 상체를 기울였다. 손등에 부드러이 입술이 스쳤다.

"인사를 잊으셨습니다."

그의 고개가 느릿하게 올라왔다. 긴 갈색 머리칼이 부드럽게 흘러내린다.

"부디 잊지 말아주시길, 저는 당신의 편의를 위해 있습니다."

르나그는 이렇게 보호 대상을 감방에 받은 것이 처음은 아니라고 했다. 그렇다면 이전에도 나 같은 사람이 있었다는 건데.

보통은 관리 대상, 혹은 보호 대상에게 이리도 세심하게 챙겨주는 걸까. 매처럼 날 집요히 향한 금안을 본 순간 나는 어색하게 웃었다.

"……네, 감사합니다."

어째서 이 손이 갈고리에 꽉 잡힌 듯한 느낌이 들까 생각하면서.

르나그의 집무실을 나선 나는 느릿하게 걸었다.

리케도르안의 몸에 상처를 마구 내는 헤르닝 공작이 오고, 그동안 의문의 다정한 편지를 마구 보내던 오빠가 이 감방에 한데 모인다는데. 애석하게도 그저 하찮것없는 죄수 1인 나는 할 수 있는 게 아무것도 없었다. 그저 할 수 있는 거라곤 간수에게 말 걸기뿐.

하지만 나름 성의 있게 입술을 열었다.

"그러니까, 중간동 죄수들은 거의 산책이 어렵단 말씀이죠?"

"예. 그렇습니다."

나는 간수의 얼굴을 보며 끄덕여 보였다.

눈앞에는 이번에 새로 내 간수를 맡게 된 중급 간수가 진중한 얼굴로 서 있었다.

야밤의 산책을 르나그에게 들킨 뒤로 내 방 관리 간수가 바뀌었는데, 두 사람 정도 번갈아 가며 나타나는 그들은 나를 감시하듯 뒤를 따르곤 했다.

웬 감시인이겠냐 싶겠지만 바뀌는 건 없는 데다 사실 이미 감방에 있는 이상 감시랄 게 새로울 것도 없어서 딱히 불편하진 않았다.

"아무래도 중간동부터는 죄질이 제법 흉악한 이들이 함께 모여 있으니까요. 아, 물론 이 중에서도 가벼운 죄질의 이들에겐 가끔 산책의 기회를 주기도 합니다. 다만 관리 인력이 부족한 탓에 자주 있는 일은 아니지요."

"아하, 한번 본 적 있는데, 그럼 그때가?"

"예. 맞을 겁니다. 그때 보셨던 모양이군요."

아울러 르나그의 언질이 있었던 것인지 그는 내 질문에 서슴없이 척척 대답해 주었다.

"으음, 중간동의 다음 산책이라……. 거기까진 관리 영역이 아니라 잘은 모르겠습니다만. 아, 그러고 보니 동료에게 머지않아 있을 거라곤 들은 것 같군요."

"어머, 그런가요? 언제요?"

"열흘 뒤였던 것 같습니다."

그게 어째서 머지않아 있을 일이란 말인가. 나는 표정을 구기지 않기 위해 애썼다. 간수는 뭐가 잘못됐냐는 양 나를 보았지만.

'그나저나 간수가 자꾸 새로운 사람으로 바뀌니 이건 조금 불편하네.'

보통 친한 간수였다면 그러지 말고 한번 물어봐라, 아니면 당겨봐라, 궁금하다, 하고 언질이라도 해봤을 텐데. 간수가 바뀐 이후로 묘하게 보수적이고 사무적인 이들을 자주 보는 느낌이었다.

꼭 이건 간수에게 정들 기회를 주지 않는 것처럼 느껴지잖아? 나는 고개를 가볍게 내저었다.

'에이 설마.'

중간동에 관해 물은 건 대공가의 마법사 제이르를 만나기 위해서였다. 아마도 그는 기회를 노리며 이곳에 머물고 있을 터였다. 무엇보다 내게 경과를 알려달라고 요청했었으니 그도 이후가 궁금해서라도 나와 마주치고 싶지 않을까?

혹시라도 의심을 살까 싶어 나는 중간동 관련한 질문을 다른 여타 질문에 교묘하게 섞어 묻는 편을 택했다.

리케도르안을 돕는 것도 좋지만 차후에 귀찮아질 일은 없는 편이 좋으니까.

아무튼 간에 제이르라면 지금 리케도르안의 비정상적인 모습을 설명해줄 수 있고, 조치를 취해줄 수 있는 유일한 사람이었다.

문제는 어떻게 만나냐는 건데…….

"이아나 양, 볕이 뜨겁습니다. 이만 휴게실로 돌아가시면 어떻겠습니까?"

"아? 네. 그럴게요."

르나그를 만나고 난 뒤 당일 오후 혼자 생각할 시간을 가질 겸 동시에 겸사겸사 간수에게 정보라도 들으러 나왔지만 얻은 것은 딱히 없었다. 이렇게 시간을 흘려보내기만 해야 하나 싶었다.

휴게실로 돌아가자, 휴식을 맞이한 귀족 죄수들이 삼삼오오 모여 있었다. 그중에서 나와 친한 무리 중 하나인 팔라디스 남작 아저씨가 나를 발견하고 손을 흔들었다.

"이아나, 여길세!"

굳이 무시할 이유도 없었기에 나는 느릿한 걸음으로 그들 사이에 끼어들었다. 무리에는 팔라디스 남작과 샐리뿐만 아니라 이야기 나눠본 여성 죄수들이 함께 있었다.

"어딜 다녀왔나?"

"이아나 양, 오랜만이에요."

"찾았다고, 이아나!"

"아, 네네. 어딜 다녀왔죠. 바로 제 침대에? 로아나 양 안녕하세요,

샐리도 안녕."

모인 이들 중 한 사람은 대체 어디서 구한 건지 멋들어진 사제 부채를 흔들며 내게 인사를 건네는 사람도 있었다. 그래 봐야 같은 줄무늬 옷을 입은 처지에 그다지 어울리지 않았지만.

나를 보는 얼굴들마다 묘한 흥분이 어려 있었다. 마치 소풍 전에 어린아이처럼 말이다. 내 무리뿐만 아니라 휴게실 전체가 묘한 들뜸이 어려 있었다. 이게 나를 봐서는 아니겠고.

나는 고개를 갸웃했다.

지난번에도 이렇게 소란스런 분위기를 본 적 있다. 그때는 미술관 테러와 함께 범인이 체이서일지도 모른다는 제국에 충격적인 소식 때문이려니 했다.

"어째, 오늘따라 분위기가 들떠 있는 느낌이네요. 무슨 일 있어요?"

"그거야, 당연하지. 이런 이야나, 그저께 이야기했는데 잊은 건가?"

"아, 그랬어요?"

생각에 잠겨 있느라 남의 말을 건성건성 흘렸던 기억은 있었다. 나는 밉지 않게 슬쩍 웃어 보였다.

"이런, 대체 어디에 정신을 빼놓은 건지."

"이아나가 멍하게 있는 날이 하루 이틀이에요?"

"그건 그렇지만. 뭐. 아무튼 조금 있으면 특별한 면회의 날이 아니겠나?"

"면회의 날요?"

"그래, 모레부터지! 무려 3일이나 한다네!"

다시 반문하려다 말고 나는 아, 소리를 흘렸다. 기억나는 것이 있었다.

"일 년에 단 한 번 있는 면회가 허용되는 날! 그날에 귀족 죄수에 한해서만큼은 번듯한 티타임이 허용되는 날이지."

"비록 드레스는 어렵지만 말이죠."

"간단한 예장이나 망토가 허용되니 뭐 어떤가."

그러고 보니 들은 적 있었다. 이 세계에서 눈을 뜬 지 그리 오래되지 않았을 때였나.

그때도 이 아저씨가 신나게 설명해줬었지.

이 감방, 귀족 죄수에 한해서 1년에 한 번 대규모 면회를 허용하는데, 그날만큼은 이들이 귀족처럼 행동하는 것을 허락했다.

그러니까 면회라고 하여서 드라마에서 본 것처럼 유리창을 사이에 두고 뿅뿅 뚫린 구멍이나 전화기로 면담을 주고받는 식은 아니란 거다.

이걸 들은 지 좀 된 것 같은데 시간이 그렇게나 흐른 건가. 그보다는 이런 큰 행사가 있는데도 이제야 깨달은 것이 생경하기도 했다.

그동안 리케도르안이니 르나그니 정신을 좀 빼놓긴 했지.

그러다 문득 깨달음이 스쳐지나갔다. 나는 얼른 상체를 일으킨다.

잠깐. 가만있어 봐, 그게 모레부터 시작된다고?

그럼 헤르님 대공이나 오빠가 그냥 찾아오는 것이 아니었단 말이야? 조금이지만 안심이 되는 기분이었다.

오빠에겐 미안하지만 오빠는 제쳐두고서 헤르님 대공이 남들 이목이 몰려 있는 시기에 굳이 제 아들을 찾아와 폭력을 행사하지는 않을 거란 생각이 들었기 때문이었다.

그럼 다행인 건가?

"아저씨, 사람들이 온다는 면회요. 행사 기간 내내 사람들이 오는 거죠?"

"오, 그건 아니지. 첫날엔 이 감옥 내에서 간단한 행사 뒤 손님은 그다음 날에만 받는 거로 알고 있네. 그리고 3일째엔 또 내부에서 특별한 행사를 하지."

"아 앞에 말한 티타임 같은 거요?"

"그렇다네. 죄수끼리만 즐기는 행사이지."

나는 곰곰이 고민했다. 헤르님 대공과 사람들이 오는 날은 겹치지 않는다는 얘기였다. 다시 등을 등받이에 가져다댔다. 뭐야. 좋다 말았네. 최소한 사람들만 많이 모이는 날이었어도 방법을 생각하기 쉬웠을 텐데.

그러나 불현듯 다른 생각이 들었다.

'이상한데.'

헤르님 가문은 일정한 주기로 이 감방을 방문한다고 했다. 그것은 분명 캄브라캄 측이 헤르님 대공의 편의를 봐준 것일 거고, 동시에 헤르님은 바깥의 눈을 신경 써야 하니.

본래 방문하는 주기를 외부에 캄브라캄이 오픈되는 행사 기간에 맞춘 걸 거다. 하나 그렇다고 사람들이 많은 날은 곤란하니까 행사 날짜 중 혼자서만 내부 행사가 있는 날에 방문하려는 거다.

나는 천천히 헤르님 대공의 의도를 가늠했다.

그는 눈에 띄고 싶어 하지 않는다. 만에 하나 기간 내에 리케도르안을 볼 수 없다면, 일을 크게 만들지 않고 돌아갈 터.

그러니까 면회의 날 행사 기간 때 헤르님 대공이 리케도르안을 보지 못한다면… 다음 기회에나 이 감방을 방문할 거란 거다. 그때까지는 리케도르안은 무사한 거고.

그러니까 이번 행사 동안 리케도르안을 숨기면 된다?

'이게 가능할까?'

물론 이게 오히려 기만일지도 모른다. 완전히 벗어나게 해주는 건 아니었으니까. 하지만 나는 인정했다. 내가 해줄 수 있는 것에 한계가 있음을. 그가 잠시라도 아프지 않다면 더 좋지 않겠나?

그리고 벌어놓은 기간 동안 제이르가 그의 비정상적인 성장 형태에 대해서도 답을 찾는다면 좋을 것이고.

'그러니까 제이르를 꼭 만나야 한다는 건데……'

내가 고민에 잠긴 사이 아저씨를 비롯한 무리의 사람들의 화제는 다른 곳으로 흘러갔다. 이미 내가 오기 전에 면회 행사에 대해 실컷 이야기했는지, 그들은 신문을 하나 들고서 이야기를 나누고 있었다.

"내 말했지 않나? 장미의 전쟁으로 흐를 거라고."

"대공가에서 이렇게 노골적인 도발에 걸려들까요?"

"아, 글쎄, 이 회담은 진짜라니까? 내 남작가를 걸고 장담하겠네."

흘끗 고민에 빠지다 말고 나는 시선을 슬쩍 옮겼다. 샐리가 신문을 들고 있었고 남작 아저씨가 손가락으로 커다란 사진을 가리켰다.

그 사진을 보자면 신기하게도 두 개의 커다란 장미가 그려진 사진이었다. 정확히는 정교한 문양을 두 개 그린 것 같은 그림이었다.

"장미네요."

"오, 이아나. 마침 말 잘했네. 그래, 이 제국의 위대한 다섯 장미에 관한 이야기 아니겠나? 타국에선 전설이 남아 있다고들 부러워하는 우리의 자랑거리지. 아가씨도 아주 잘 알고 있는 이야기겠지만."

"흐응."

잘 모르는데요. 나는 흥미가 인다는 듯 웃어 보였다.

"저는 잘 아는 이야기도 신나게 듣는 멋진 재주가 있죠."

"크으. 역시나 아가씨는 좋은 청자란 말일세?"

팔라디스 아저씨는 사기꾼 기질을 버리지 못한 것인지 조금만 치켜올려 주어도 금방 신나서 이런저런 이야기를 하곤 했다.

물론 이 아저씨가 사기꾼인 까닭은 이 신난 이야기 중에도 열심히 뒤에서 계산을 하며 남을 속여먹었기 때문이었지만.

"이 제국엔 타국에 없는 특별한 세 가지가 있다고 하지 않나. 전설의 발명가 최고 역작이자 건국과 함께 지어진 '태양의 황궁', 고대 시대부터 이어져 지어진 지 천년이 넘는 이 감옥 '캄브라캄', 그리고 특별한 능력을 가진 '장미'."

아저씨가 이야기를 하며 턱을 괴고는 인자한 미소를 걸었다.

"여기서 장미란 제국의 다섯 가문을 일컫는단 얘기가 아주 유명하지. 그리고 각기 가문들이 가진 특별한 능력도 말일세."

"그건 그렇죠."

특별한 능력하면 여기서부터는 잘 알고 있었다. 책 속 내용과도 관련이 있기 때문이다.

리케도르안이 가진 저주, 이것도 가문에 내려온 특별한 능력 때문이었으니까.

"다섯 가문 중에 한 가문이 세상에서 완전히 사라지고, 한 가문은 남은 이들이 거의 실종되다시피 했으니 남은 것은 셋. 그중 가장 유명한 것이 바로 붉은 장미와 흑장미지."

"헤르님과 도뮬릿 말이죠?"

샐리가 불쑥 끼어들었다. 그녀는 이미 아는 이야기지만 그럼에도 흥미롭단 기색이 역력했다.

사람이 들뜨면 뭐든 신나게 보인다더니만. 이 사람들 면회를 앞두고 딱 그런 상태인 모양이었다.

"그렇지. 특히나 도뮬릿은 이번 폭발과 같이 최악의 능력을 가졌다 알려진 가문 아닌가."

"그에 반하는 헤르님은 정의를 구현하는 재능 쪽이고요?"

흐응. 리케도르안의 능력도 악당 체이서의 능력도 잘 아는데. 둘다 그런 쪽은 아닐걸. 나는 웃음을 꾹 참았다.

그나저나 붉은 장미라. 헤르닝 가문의 상징이 이쪽이란 건 잘 알았지만 생각할수록 리케도르안과 어울리는 이미지는 아니었다.

그는 열정을 상징하는 붉은색보다는 차라리 순백의 청아한 색이 어울리는 쪽이었으니까.

"나머지 중립과 평등의 노란 장미야 여기 이 감방을 관리하는 발테이즈 후작으로 잘 알려져 있지."

르나그 말인가? 그건 또 처음 알았네. 나는 원작의 비하인드 스토리를 듣는 기분으로다가 가벼이 경청했다.

"사실 내가 궁금한 쪽은 하얀 쪽이라네. 그쪽은 아주 오래전부터 유명세를 떨치던 곳 아니었나. 갑작스럽게 명맥이 끊어지기 전까진 말이지. 다른 가문이면 몰라도 이 가문의 능력이야말로 전 제국에 널리 알려져 있던 능력이니……."

"치유 능력 말이죠? 몇 세기 전까지 성자나 성녀로 자자했었잖아요?"

"그래, 그거 말일세."

거기까지 듣던 나는 잠시 멈칫했다. 치유 능력이라니……. 그 능력을 듣는 순간 생각난 사람이 있었으니까.

프란시아 올르 로제니아. 이 책의 여주인공이었다.

"로제니아, 그 가문에서는 더는 이런 특별한 이들이 태어나지 않는다고 하지 않나?"

"맞아요. 그렇댔어요. 황제 폐하께서도 관심을 놓으셨다고 하던데……."

흐음, 이 이야기가 그렇게 이어지는 거구만?

사실상 말했듯 내가 읽었던 이야기는 개연성쯤은 개나 줘도 괜찮을 19세용 피폐 소설이었기에 군데군데 구멍 난 설정이 많았다.

분명 평범하다던 여주인공이 후반부에서는 난 치유 능력이 있었고! 사실 성녀였다! 외치는 장면이 있었던 것이다.

참 뜬금없는 설정이라 생각했는데, 이 세계에 들어와서 보니 그런 것도 아닌 모양이다.

"뭐, 사라진 힘으로 치면 아주 이름마저 잊혀진 푸른색만 하겠어요."

"그쪽이야 뭐. 이젠 역사의 뒤안길로 사라진 이름이니."

그들의 흥미로운 역사 강의는 거기서 끝이었다.

그들은 이후로도 시답잖은 신변잡기라거나 제국 곳곳의 이야기들을 일삼았고, 휴식 시간이 끝날 때까지 대화가 그치질 않았다.

어느덧 다들 방으로 돌아갈 시간이었다. 이대로 저녁 시간까지 감방에 머물다 석식에 맞춰서 나올 수 있을 터였다.

"바로 지하 감방으로 말입니까?"

나는 마지막으로 나가길 기다렸다가 담당 간수에게 리케도르안에게 가고 싶다 알렸다. 식사 전에 리케도르안을 한번 만나고 올 생각이었다.

당연하겠지만 간수는 태연히 끄덕였다.

"이아나 양이 마지막으로 나가시는군요."

"네. 혼자 다른 곳을 가려 하니까 그러는 편이 좋을 것 같아서요."

"아하."

그렇게 막 함께 텅 빈 휴게실을 나서려던 때였다. 타다닥. 누군가 급한 걸음으로 뛰어왔다.

"이봐! 여기 있었군."

내 간수와 같은 중급 간수의 옷을 걸친 이였다. 동료로 보이는 이가 무어라 귀엣말로 중얼거리자 담당 간수의 표정이 딱딱하게 굳었다. 그는 어째서인지 텅 빈 복도와 나를 한번 번갈아 보더니 굳은 얼굴로 나를 보았다.

"이아나 양, 정말 죄송한 말씀이나 지하 감방까지는 홀로 가실 수 있겠습니까?"

사실 죄수를 홀로 놔두다니 말도 안 되는 이야기였지만 한 층 정도 오가는 정도는 귀족 죄수에게 가벼이 주어진 자유이기도 했다.

그리고 리케도르안의 감방에는 상급 간수가 지키고 있을 터라 완전한 자유가 아니기도 했다. 나는 괜찮다는 듯 끄덕여 보였다.

담당간수가 깊이 고개를 숙이고는 얼른 뛰어갔다. 대체 무슨 급한 일이지? 가벼운 호기심과 함께 텅 빈 복도를 걸었다.

본디 이 복도는 시간별로 한 번씩 비는 곳이긴 하나 오늘따라 유달리 텅 빈 느낌이었다. 마치 이곳에 무슨 일이라도 있는 양.

그렇게 아무도 없는 나선 계단을 천천히 내려갈 때였다.

-안녕하세요, 이아나 양.

낯선 음성이 들렸다. 나는 흠칫하며 얼른 고개를 돌렸다. 그러나 뒤에는 아무도 없었다. 앞 또한 마찬가지였다.

-여기입니다.

"······여기?"

-팔이요. 당신 팔.

고개를 살짝 내리면 내 팔에서 옅은 빛이 흘러나오고 있었다. 오래전에 제이르가 준 팔찌였다. 혹시나 몰라 매일 차고 다닌 것이기도 했다. 나는 눈을 동그랗게 뜨며 사방을 경계했다.

다행히 여전히 아무도 없었다. 나는 안도감의 숨을 내쉬고는 얼른 고개를 내렸다.

"뭐야, 제이르 씨? 정말 당신이에요?"

-예. 맞습니다. 절 기억해주시다니, 기쁘네요.

"그런 얘기 할 때예요? 대체 어떻게 이렇게······."

마법을 쓸 수 있는 거냐고 말을 하려는데, 그보다 먼저 웃음소리가 흘러나왔다. 난감함이 깃든 음성이었다.

-정말 죄송한 말씀인데 이아나 양, 제가 지금 시간이 없습니다. 혹시 근처에 사람이 없습니까?

"네."

-그럼 인적이 드문 장소로 이동이 가능하겠습니까. 최대한 빠르게요. 편하게 대화를 나눌 수 있는 장소로요.

제이르의 다급한 말투가 꽤 수상하기 짝이 없었으나 나는 일단 그의 말을 듣기로 했다. 어쨌거나 나 또한 제이르와의 접선을 바라고 있던 참이었으니까.

"그나저나 참 빨리도 연락하시네요. 제게 경과가 너무나 궁금하다고 하시더니요."

-하하하. 죄송합니다. 이건 사정이……

그의 처지도 이해는 했다. 일단 그도 평범한 죄수로 숨어들어온 처지였으니 말이다. 그것도 마법사인 것도 숨기고 말이지.

나는 1층으로 내려와 뻥 뚫린 기둥 사이를 지나서 정원, 특히나 나무가 우거진 장소로 몰래 숨어들어갔다.

내가 걸어가는 사이에도 텅 빈 복도에는 간수 하나 보이지 않았다. 마치 어느 한 곳으로 몰려가기라도 해서 텅 빈 것처럼.

덕분에 수월하게 정원으로 들어왔고, 내가 열심히 걸어가는 사이에도 제이르는 계속해서 말을 걸었다. 아마 통신을 확인하려 하는 것 같았다.

그렇게 나는 인적이 드문 장소에 도착했다.

나도 정원을 산책하다가 우연히 발견한 장소였는데, 혼자 쉬기엔 최적의 장소였다.

물론 간수들이 반기지 않아 몇 번 오고 다신 못 간 곳이었지만 이 시간엔 사람이 없을 터였다.

나는 꼼꼼하게 주변을 확인하고서야 천천히 팔을 들어 올렸다.

"이제 괜찮아요."

어라, 근데 왜 말이 없지?

"……이봐요?"

그런데 이상하게도 제이르가 말이 없었다.

"저기요. 저기요?"

팔목을 들고 입에 가져다 대고 아아, 외쳐 봐도 마찬가지였다. 나는 팔찌에 맴돌던 엷은 빛이 사라졌다는 것을 깨달았다. 뭐야, 통신이 끊기기라도 한 거야?

나는 황망한 눈으로 팔찌를 바라봤다.

"뭐야……."

어떡하지? 이대로 자리를 떠야 하나. 아니면 기다려야 하나…….

아니다. 팔찌를 한번 때려봐? 미간을 찌푸리며 팔목을 막 흔들어 보려 하던 찰나였다.

불현듯 눈앞이 새카매졌다.

"뭐, 뭐야…… 앞이……."

정확히는 누군가가 내 앞을 가린 것 같았다. 감은 눈 앞으로 따사로운 온기가 느껴졌으니까. 아니, 보통 사람의 체온보다는 낮은 조금은 미지근한 듯 차가운 온기였다.

나는 내 눈을 가린 사람의 손을 덥석 붙잡았다. 그러고는 억지로 떼어내려 하는 순간이었다.

"쉬이, 괜찮아. 이아나."

녹아내릴 듯 다정한 음성.

"나야. 이아나."

봄꽃이 실바람에 살랑 흔들리듯 보드라운 어투였다. 단 한 번도 들어본 적 없는 음성이었지만, 어쩐지 누군지 알 것 같다는 기분이 들었다.

"잘 지냈어? 내 동생."

'오빠'였다.

오빠.

그 한 마디에 머릿속에 새하얗게 탈색되는 기분이었다. 잠시간 현실을 부정했다. 잘못 들은 것이 아닐까. 그러나 애석하게도 잘못 들은 것이 아니었다.

오빠? 이 사람이 오빠라고?

손끝이 파르르 떨린다. 심장이 쿵쿵 뛰었다.

'걔가 왜 여기 있어?'

정말 꿈을 꾼 것은 아닌 건지. 인지부조화가 뇌를 콩콩 두드렸다. 하나 '이아나'를 이리도 다정하게 부를 사람은 하나밖에 없었다. 진짜 오빠였다.

편지로만 보아 왔던 사람.

긴장감이 짜릿하게 심장을 죄었다. 손끝이 저리다 싶을 정도였다.

나는 내가 이러는 이유를 잘 알았다. 그동안은 거리낄 것 없이 자유롭게 행동했다. 하고 싶은 것하고 해 보고 싶은 대로 했지.

이것이 가능했던 이유는 지금까지 본래의 이아나를 알지 못하는 이들과 함께였기 때문이었다.

하지만 이아나를 잘 아는 이 앞에서는 어떻게 될까?

꿀꺽. 숨을 삼켰다.

"놀랐어?"

조심스럽고 느릿한 목소리가 나를 파고들고, 눈꺼풀이 파르르 떨렸다. 내 뒤에 있을 남자가 나를 보지 못하는 것에 감사했다. 침을 삼키는 것을 보지 못했을 테니까.

내가 결정하지 못한 순간에도 시간은 간다.

나는 천천히 입을 열었다.

"저……."

"응."

그러나 내 시도는 곧바로 무산되고 말았다. 바로 들려오는 대답에 말을 잃었기 때문이었다.

어느새 귓바퀴 바로 옆에서 목소리가 들렸다. 남자가 내 말을 듣기 위해 고개를 숙여준 탓이다. 몸이 저절로 움츠러들며 목소리마저 멈춘 것에 가까웠다.

"이아나."

다시 들려온 목소리는 황홀하리만치 낮고 아름다웠다. 아울러 몹시도 다정했다.

"이제 내게 말을 걸어 주는 거야?"

소름이 오소소 돋았다.

"말, 걸어도 돼?"

"말을 걸다니…."

"넌 그저 누워 있을 뿐 어떤 말에도 대답하지 않았거든."

살면서 이렇게 다정한 음성은 처음이었다. 다정이라는 글자를 꿀에 녹여 귀에다 줄줄 흘려보낸 기분이었다.

나는 가까스로 정신을 차렸다.

방금 뭐라고 했지, 내가 누워만 있었다고? 무슨 말이야.

"사실 널 찾아간다고 해서 네가 만나 줄 거라 생각 안 했어."

고요한 가운데, 문득 르나그가 했던 말을 떠올렸다.

〈당신의 오빠가 이곳에 찾아왔었습니다.〉

오빠가 감방에 들렀다고, 이곳까지 날 보러왔는데 보지 못했다고.

그때는 그러려니 했었지, 오빠가 남긴 꽃다발을 보며 그저 황당함 반, 많이 바쁘긴 한 모양이구나 반쯤 생각하면서 말이다.

여전히 등 뒤로 따뜻하다 못해 뜨거운 체온이 느껴졌다.

이제야 편지 속 가상인물이 현실에 존재한다는 것이 실감 나는 기분이었다.

"예전의 너였다면 넌 다신 내 얼굴을 보지 않았을 거야."

오빠가 한 말을 빠르게 가늠해 보려 했다. 그동안은 말을 하지 않았다는 건가?

"다시는 내게 말을 걸지 않겠다고 했잖아."

하나 정신을 차리기 무섭게 생각할 겨를은 없었다. 내 눈을 가린 남자가 다시 귓가에 속삭였기 때문이었다.

"그래서 이제 네 목소리를 듣지 못할 줄 알았어."

앞이 아찔했다. 이건 불가항력적인 일이었다. 그의 손가락이 부드럽게 뺨을 쓸었으니까. 사람은 눈이 보이지 않으면 다른 감각이 더욱 예민해진다.

그가 가린 탓에 눈앞은 여전히 깜깜했다.

잔뜩 달아오른 청각에 녹아내릴 것 같은 목소리의 조합은 가히 원색적이었다. 등줄기에 짜릿하고 차가운 물줄기가 주르륵 흘러내리는 느낌이었다.

절로 내 허리에 힘이 들어간다.

아니야. 아냐. 이럴 때일수록 생각하자. 방금 뭐라고 했지? 이전의 이아나가 다시는 말을 걸지 않겠다고 했다. 그 말은 여러 의미로 해석되었다.

'이아나'와 오빠의 사이가 좋지 않았다. 얼마나? 얘기하는 것만 들어서는 그저 가벼운 다툼이었는지. 심각한 싸움이었는지 알 수 없었다.

"네가 날 대신해 이곳에 들어갔을 때부터."

어쩌면 '이아나'가 이 감옥에 들어온 일 때문에 틀어진 것은 아닐까?

그런 생각을 하는 사이 그의 손이 내 손으로 파고들었다. 그는 날 악어처럼 삼킨 채로 천천히 들어 올렸다.

……뭐 하는 거야?

내 손가락을 부드럽게 잡은 남자가 웃는 것 같았다. 그대로 어깨 뒤로 손이 넘어간다.

곧 손등으로 푹신한 것이 느껴졌다.

"네가 너무나도 보고 싶었어."

흠칫.

이상하지.

분명 사람이 뒤에 있건만 여전히 활자가 사람으로 만들어진 것만 같았다. 현실에 존재한다고 인식했음에도 그가 영 현실처럼 느껴지지 않았다.

내게 보내지던 유려한 글씨체와 다정한 어조의 편지가 머리를 스쳐 지나간다.

"이아나, 너도 보고 싶었니?"

"난……."

입술을 열다 말고 숨을 내쉬었다. 이 순간 공기를 타고 흘러나오는 황홀한 향기, 아득해질 만큼 좋은 향기는 이 남자에게서 흘러나오는 것이었다.

내가 줄곧 감방에서 유일하게 맡아 온 기분 좋은 향기는 리케도르안의 것이었다.

그리고 이 남자는 청초하고도 시원한 향기, 지하의 공기 내음을 가진 리케도르안과는 전혀 다른 느낌이었다.

왜 지금 리케도르안이 생각났지. 그야 나랑 이만큼이나 접촉한 남자가 그 말고는 없으니까.

후, 심호흡한 뒤에 이번에야말로 제대로 된 목소리를 냈다.

"오빠."

그렇게 부르며 그의 손등에 손을 가져다 댔을 때였다.

흠칫.

남자의 몸이 크게 떨렸다. 놀란 것 같았다. 닿아 있던 내가 느낄 정도로 큰 떨림이었다.

"……오빠?"

"이아나. 너……."

지금까지 줄곧 여유롭다 못해 태연하던 음성이 짧게 끊겨져 나왔다. 그가 갑자기 놀란 이유를 알 수 없었다.

호칭? 호칭이 문제인 건가? 편지에서도 오빠라고 했잖아.

다른 호칭이 있었던 거야? 이름을 불러야 했나. 하지만 어쩔 수 없다. 이름을 모르잖아.

여차하면 기분 전환 겸 달리 불러 봤다 말할 참이었다. 솔직히 사람이 감방씩이나 가는데 성격에 변화도 있고, 심경의 변화도 좀 있겠지. 뭐.

정 안 되면 내겐 최후의 수단도 있었다. 기억 상실이라고, 아주 무난하고 무해한 루트였다.

"나를 용서한 거야?"

조심스러운 남자의 음성이 귀를 파고들었다.

어쩐 이 남자의 목소리는 낮아질수록 더 위험한 것 같다. 사람을 목소리로만 아주 홀리는 것 같아.

용서라. 무슨 잘못을 했는지 나는 알지 못했다. 당연한 일이었다.

그의 손을 살짝 부여잡았다.

"시간이……."

거기까지였다. 말머리까지만 꺼낸 순간 고개를 번쩍 들었다.

사사사삭.

멀지 않은 곳에서 풀을 마구 헤치는 소리가 들렸다. 딱 들어도 사람이 다가오는 소리였다.

머지않아 누군가의 말소리가 들렸다. 아니 크게 소리치고 있
었다.

"거긴가?"

"여기도 안 계신 것 같습니다!"

"샅샅이 찾아라!"

"예!"

분주하게 움직이는 발소리, 사방에서 들려오는 고함, 누가 들어
도 심상치 않은 상황에서 나는 소리들.

점차 소리가 가까워지고 있었다. 여기까지 도달하는 건 시간문제
일 것 같았다.

왜인지 날 붙잡은 '오빠'의 손에 힘이 들어간 듯했다.

그 시간에도 소리는 시시각각 좁혀지고 있었다. 남자는 결심을
한 것인지 숨을 낮게 들이마셨다.

"하아⋯⋯."

이어 목에서 느껴지는 날숨에 척추가 쭈뼛 절로 세워졌다.

"이아나, 네가 무사해 보여서 다행이야."

무사하다니.

"그 인간이 널 건드렸다면⋯⋯ 이번에야말로 그냥 두지 않으려
했어."

무어라 답변하기도 전에 남자의 다른 손이 움직였다. 자연스럽게
허리를 쭉 타고 오르는 손이 목구멍을 꽉 조이는 줄이 된 것처럼 느

꺼졌다.

"찾았나? 구석구석 보도록!"

"아직 보이지 않습니다!"

그가 내 손을 쥐었다가 놓았다. 그가 놓은 손에는 부드러운 것이 있었다. 여전히 보이지 않았지만 천 같았다.

"이아나, 네 출소일을 당길 거야."

그의 음성이 처음보다 빨라졌다.

"얼마나?"

"곧 알게 될걸."

아직 제대로 된 대화조차 못 해 봤는데, 알 수 있는 건 그의 목소리가 정말 끝내주게 좋다는 점이었다. 황홀함에 잠긴 망설임은 길지 않았다. 나는 얼른 대꾸했다.

"왜 출소를 당기는 건데?"

출소일을 당길 거라면 그가 보내는 편지에 한 번쯤 언급이라도 했을 법한데 어디에도 없던 말이었다.

"네가 보고 싶으니까."

낮게 가라앉은 음성이 그윽하게 내려앉았다.

"그리고 이젠 네가 위험하지 않은 장소를 마련할 수 있을 것 같아서."

그의 설명이 이어졌다. 물론 내가 한 번에 이해할 수는 없었다. 뺑 없어진 기억은 그저 맥락만 짐작하게 했다.

한순간 그의 목소리가 더욱 낮아졌다.

"내 동생. 날 용서해주길 바라."

툭. 그의 머리가 내 정수리 쪽에 닿았다. 나른한 날숨이 머리카락을 간지럽힌다.

"해 준 거, 후회하지 않게 해 줄게."

그의 손이 천천히 떨어졌다.

"조금만 기다려, 이아나."

앞이 흐릿했다. 꽤 오래 시야가 차단되었던 탓이다. 눈을 깜빡이던 사이 뺨으로 부드러운 감촉이 스쳤다.

촉.

물기 어린 소리에 놀라 눈을 크게 뜨는 것도 잠시 낮게 속삭이는 목소리가 파고들었다.

"데리러 올게."

뒤에서 울리는 소리는 점차 멀어졌다. 대신 풀숲이 사사삭 움직이는 소리가 성큼 다가왔다.

뒤를 돌면 완전히 돌아오지 않는 시야에 멀어지는 뒷모습이 보였다. 갈색 로브를 머리까지 뒤집어쓴 모습, 알아볼 수 있는 건 상당히 장신이란 것과 짐승처럼 잘빠진 실루엣뿐이었다.

"……길기도 기네."

참 잘빠진 뒤태라 생각하며 고개를 돌린 순간이었다.

눈앞의 수풀이 마구 흔들리더니 웬 사내가 나타났다. 그는 제복과 비슷한 형태의 간수복을 입고 있었다. 상급 간수였다.

"여기! 아, 안녕하세요."

"네, 안녕하세요?"

그는 얼굴을 한 번 본 사람이었다. 리케도르안의 산책에 함께했었던 사람이다.

남자는 무뚝뚝한 얼굴로 어색하게 묵례했다.

"어딜 가시는 길이셨습니까?"

"식당예요."

실제로는 지하 감방에 가던 길이었으나 정정하진 않았다.

간수는 수풀 사이에 내가 있는 것이 조금 이상한 기색인 듯했지만 이내 그러려니 해석한 듯했다.

어쩌면 내 편의를 봐주란 르나그의 명을 떠올린 걸지도 모르지.

"하아……."

그는 가벼이 묵례하고, 그러더니 주변을 연신 두리번거렸다. 무언가를 찾는 기색이었다.

"저 이아나 씨……. 여기서 다른 사람을 보지 못하셨습니까?"

"다른 사람이요?"

나는 고개를 갸웃했다.

"죄수를 말씀하시는 건가요?"

"아뇨. 죄수 말고……."

"어머, 죄수 말고요?"

나는 그리 말하며 자연스럽게 둘러보는 척하면서 흘끗 뒤를 응시했다. 뒤쪽에는 아무도 보이지 않았다. 그는 태연히 잘 빠져나간 모양이었다.

그보다 이들이 찾는 사람이 따로 있는 것 같은데.

"죄수가 아니면 어떤 사람을 말하세요? 흐음, 이 시간엔 저 같은 사람 말고는 없을 텐데, 아무도 못 봤거든요."

뒤에 아무도 안 보이겠다, 나는 모른 척 시치미를 뚝 뗐다.

"무슨 일이 있나요?"

나는 짐짓 무구한 체 눈을 크게 깜빡거렸다. 그리고 사내를 빤히 보았더니, 남자가 조금 난감한 낯을 했다.

"아, 저 실은……."

그가 입을 꾹 다물었다가 떼어냈다.

"오늘 이곳에 귀한 손님이 방문하셨습니다."

"손님이요?"

"예. 한데, 그분이…… 음."

사내가 고개를 내려 뺨을 긁적였다.

"길을 잃으신 것 같습니다. 아무래도 여긴 안전한 곳은 아니니 간수들이 나서서 찾고 있었지요."

나는 표정을 흐리지 않으려 애썼다.

길을 잃었다고?

아무래도 이들이 찾는 건 '오빠'가 맞는 것 같은데. 오빠가 사라진 것과 관련이 있을까? 아무리 봐도 오빠는 길을 잃은 사람의 모습은 아니었다.

아, 물론 본 건 아니지만 느낌이 그러하다는 게 있지 않나. 나는 여유롭다 못해 감미로운 목소리를 떠올리다가 눈을 들어 올렸다.

"아무튼 이아나 씨, 사람을 보지 못하셨다면 혹여 이상한 소리라 거나 낌새는 받지 못하셨습니까?"

"낌새요? 으음……."

"사소한 것이라도 좋습니다."

나는 톡톡 턱을 두드리며 고민하다가 천천히 손을 들어 올렸다.

"그러고 보니 이상한 소리를 들은 것 같아요."

길을 잃은 것 같진 않았던 '오빠'의 모습. 자신을 찾는 사람들이 나타나자 금방 사라진 것까지.

"이상한 소리 말입니까? 어디입니까?"

나는 생긋 웃으며 한 곳을 가리켰다.

"저기요. 저기였던 것 같……."

"감사합니다, 이아나 씨!"

고개를 숙인 사내가 허리를 들기 무섭게 뛰어나갔다. 덕분에 말은 싹둑 잘렸지만. 나는 기분 나빠 하는 대신 미소를 지을 뿐이었다.

"감사하긴요, 오히려 제가 죄송하죠."

나는 검지를 든 손에서 엄지를 들어 빵, 하고 입 모양으로 속삭였다.

"거기, 꽝이거든요."

내가 알려 준 방향은 '오빠'가 사라진 방향과 정반대 방향이었다.

흐응, 나는 소리 내어 웃었다.

이것 참. 전래동화 속 사슴을 숨겨 준 나무꾼이 된 기분이다. 그리고 사슴은 은혜를 갚았다. 이름 모를 오라버니께선 이미 그동안 선불로 지불하신 셈이니.

"이 정도면 담배와 꽃다발에 대한 은혜는 갚았겠지?"

나는 괜스레 검지 끝을 부는 시늉을 하고 천천히 장난스러운 표정을 지웠다.

아울러 내 눈이 아래를 향했다. 지금까지 일부러 시선을 두지 않았던 손이었다.

"이건 뭘까."

내 손안에는 작은 손수건이 있었다. 오빠가 쥐여 주고 간 것이었다. 나는 찬찬히 손수건을 살펴보았다. 특이할 것 없는 손수건이었다.

"이걸 왜 준 걸까?"

꼼꼼히 훑었지만 역시 특별할 건 없다.

아.

끄트머리에 가문 문양처럼 생긴 문양이 새겨진 것 외에는.

한참 손수건을 보던 나는 문득 다른 것을 발견하고 입을 살짝 벌렸다.

"아……."

왼쪽 팔의 소매가 살짝 찢어져 있었다. 그리고 그 틈으로 길게 그인 상처가 보였다.

어느 틈에 다친 거지?

실금 사이 피가 맺힌 채로 굳어 있다. 살짝 건드려 보니 완전히 굳은 건 아닌듯했고 고통은 느껴지지 않았다. 그러니까 얇은 책장에

샥, 베인 느낌이랄지.

오히려 상처를 보고서야 아픈 기분이었다.

나는 들고 있던 손수건과 상처를 번갈아 보다가 이내 손수건으로 상처를 톡톡 두드렸다.

일단은 쓰라고 준 것이니 쓰면 되겠지. 그러다 말고 하늘을 바라보며 뺨을 긁적였다.

대체 '오빠'는 여기 왜 온 거지?

거기다 왜 저를 찾는 간수들의 눈을 피해서 움직인 걸까.

차츰 파도처럼 밀려온다.

내가 외면해 온 것들.

'나'에 대한 근원적인 질문들이 슬금슬금 머리를 채웠다.

"안녕하세요, 아저씨."

그날 저녁, 식사를 마친 뒤의 응접실은 평소와 같이 평화로웠다. 아니, 평소보다는 조금 들뜬 분위기랄까.

다들 모레 행사를 크게 기대하는 눈치였다.

평소 친하게 지내곤 하는 아저씨와 샐리는 한곳에 함께 나란히 자리를 잡고 앉아 있었다.

"뭐야, 이아나. 늦었네?"

"응, 좀 늦었지."

나는 재잘재잘 말을 거는 샐리에게 손을 흔들어 주고는 그녀의 옆에 앉았다.

"어쩐 일로 둘이 있어요?"

샐리와 아저씨가 친한 편이긴 하나 샐리는 평소 친한 다른 여성 죄수를 두엇씩 데리고 함께 다니는 편이었다.

"둘 다 오늘은 피곤하다고 수감실에 먼저 갔어. 뭐. 말은 그렇게들 하지만 일찍 자러 간 거지."

샐리가 장난스러운 얼굴로 자신의 뺨을 톡톡 두드렸다.

"바깥에서처럼 피부를 챙길 수가 없으니 잠이라도 일찍 자려는 거야. 아마 젊은 청년 몇몇 분도 자러 가셨을걸?"

"왜?"

"관리해야지. 관리. 피부는 남녀 할 것 없는 미인의 조건 아니 겠니."

샐리의 장난기 가득한 어투에 나도 웃어 버렸다.

"흐음, 젊은 영식들의 마음을 추측해 보자면. 그것보다는 먼저 자러 간 레이디들의 환심을 사고 싶은 흑심에 가깝지 않나?"

"뭐. 겸사겸사죠."

나는 두런두런 이야기를 나누는 둘을 그대로 두고 주머니에서 손수건을 꺼냈다. 두 사람은 이야기를 나누면서도 주섬주섬 뭘갈 펼치는 내게 시선을 주었다.

"그게 뭔가?"

"글쎄요. 이게 뭘까요?"

나는 씩 웃었다.

내 말에 남작 아저씨는 하던 대화를 멈추고 유심히 손수건을 보았다.

"이건 손수건 같은데……."

"문양이 있네요? 가문 문양인 듯한데."

뚫어져라 관찰하던 아저씨가, 아! 하고 소리를 냈다.

"설마, 이아나. 이건 지난번에 낸 문제의 정답인가?"

나는 대답하지 않았다.

지난번에 낸 문제라 하면 당연히 내 가문이 어디냐는 질문이었는데. 뭐 나는 아직도 정답을 모르니까.

곧 알게 되겠지만.

오빠가 남긴 손수건에 있는 것이라면 당연하겠지만 내 가문 문양일 터. 이것이 어디의 것인지는 이들이 알려 줄 것이다. 상식적으로 굳이 다른 가문의 것을 가지고 다니거나 남에게 주진 않을 테니까. 맞을 것이다.

"이건 아인테의 문장 아닌가?"

"어머, 그러네요. 본 적 있어요!"

샐리가 짝짝 박수를 쳤다.

"뭐야, 이아나. 아인테의 사람이었어? 여기에 대해서 말은 많이 들었지만. 몰랐네, 정말!"

그녀는 그렇지 않아도 큰 눈을 더욱 동그랗게 뜨며 내 팔을 찰싹찰싹 때렸다. 왜 진작 말하지 않았냐면서.

아인테. 그러고 보니 이전에 샐리랑 남작 아저씨가 내 가문을 추측하면서 나왔던 후보 중의 하나였다.

그때 뭐라고 했더라, 동쪽의 대가문이랬지. 평야 지대를 기반으로 대백작이 된 가문이라고?

내 가문 후보를 추리는 대화라 정확하게 기억하고 있었다.

"황금문이 있는 곳 아닌가요?"

"그렇지. 이것 참 놀랍군."

남작 아저씨는 턱을 짚으며 놀란 표정을 숨기지 못했다.

"소장을 만나러 갈 정도니 보통 가문은 아니라고 생각했지만. 정말 만만찮은 가문이었군."

하나 그러면서도 아저씨는 찝찝함이라고 할지 무언가 개운치 못한 표정을 지었다. 뭔가 마음에 걸린 사람처럼. 나만 그리 느낀 건 아닌지 샐리가 고개를 갸웃했다.

"남작님. 표정이 왜 그래요?"

"아니. 아니. 뭐 별다른 건 아니고."

그는 턱밑을 살짝 긁었다.

"느낌이지만, 이 아나는 뭔가…… 더 대단한 정체가 있을 것 같았단 말이지. 다른 건 아니고 내 감이 그렇게 이야기했었달까."

"아니, 아인테도 대단한 가문이잖아요?"

"아니, 그렇긴 한데."

영, 개운한 얼굴을 하지 못하는 아저씨였다. 나는 그를 보며 피식 웃었다.

"아저씨의 감이란 건 사기꾼의 감 아니에요?"

그러자 아저씨가 코를 찡그렸다.

"예끼. 사기꾼의 감은 무시할 것이 절대 못 된단 말일세. 이걸로 내 목숨을 얼마나 구한 줄 아는가?"

그는 짧게 제 업적들을 나열했다. 대체로 들켜서 죽을 뻔하다 가 까스로 속이고 살아난, 뭐 그의 범죄 스토리였다.

"저기요, 남작님. 보통 사람은 한번 죽었다 살아났을 때 멈춘다 구요."

샐리가 어이가 없다는 듯이 머리를 절레절레 저었다.

"아무튼 그 감이 뭔가 더 있다고 외치는 것 같달세. 이상하네. 감이 떨어졌나."

"그런 거죠. 제 패션 감각이 죽어 가는 것처럼 말이에요."

샐리가 제 죄수복 상의를 톡톡 두드리며 말했다.

"죄수복 완전 구려."

이런 옷만 입다가 나가면 이미 드레스 보는 안목은 관짝에 들어간 뒤일 거라고 투덜대면서.

"내 패션 감이 이런데 아저씨 감이라고 잘 살아 있을 것 같아요? 포기해."

"으윽."

두 사람은 나란히 한 방씩 주고받으며 그들만의 대화를 이끌어 갔다. 나는 그 사이에서 손수건에 눈을 주었다.

아인테라.

그게 내 가문 이름이란 말이지.

머리를 뒤져 보았지만 들은 기억은 없었다. 책 속에서는 언급이 되지 않았단 얘기다.

여기가 체이서의 부하 가문이라.

역시 모르겠다.

내가 기억을 못 하는 걸지도 모르지만 그건 그것대로 기억도 못 할 만큼 비중이 없단 얘기도 되니까. 이것도 정보에 가깝다.

나는 속으로 가만히 중얼거렸다.

이아나 아인테.

으음. 내 이름이 이렇구나.

하지만 왜일까. 뭔가 꺼림하다고 할까. 찝찝한 느낌이 들었다.

무언가 모르게 이름이 착 달라붙지 않는다고 해야 하나.

아니, 가문을 기억 못 하는 것에서 무슨 성이든 낯선 건 똑같을 텐데 본능적으로 이건 아니다란 생각이 조금 든달지.

그저 낯설어서 그러려니 하려 했다. 그리고 이 생각이 오래 못 가 샐리가 말을 걸기도 했다.

"그런데 이아나, 그 손수건은 받은 거니?"

"네? 아, 응."

대화를 하다 말고 샐리가 눈을 작게 찡그렸다.

"오, 그 매번 편지를 보내는 오빠에게서 말이지?"

"네."

샐리가 잠깐 침묵하는 사이 아저씨가 물었고 나는 끄덕였다.

"이상하네……"

샐리의 목소리에는 나도 느낄 수 있을 정도로 의문이 짙게 깔려 있었다.

"뭐가 말인가?"

"아, 아뇨. 아인테 가문에 대해서 말인데……"

샐리가 흘끗 내 눈치를 보았다. 나는 괜찮다는 듯 고개를 움직였다.

"제 어머니의 지인분이 약간이지만 연이 있다는 게 생각났거든요? 근데 그때 분명…… 그 집안엔 딸 하나뿐이라고 했는데."

나는 멈칫했다.

"이아나는 오빠가 있으니까. 제가 잘못 알았나 싶기도 하고. 그런데 저희가 지난번에 이야기했을 때 아인테 백작 부인은 남방계 분이셔서 제했었잖아요."

"그랬었지?"

"음, 역시 잘못 알았나 봐요."

샐리가 어설프게 웃으며 손을 홰홰 흔들었다. 그녀는 괜히 분위기를 가라앉힌 것 같다며 미안해하는 기색이었다.

"에이, 아니에요."

나는 부정도 긍정도 하지 않았지만……. 마음속으로는 조금 찝찝함을 느꼈다.

정말 여기가 내 가문이 맞을까?

하나 우리가 더는 이야기 나눌 일은 없었다. 타이밍 좋게 저녁 휴식 시간이 끝났기 때문이었다.

"아, 그러고 보니, 이제 리케도르안에게 가야 하는데……."

나는 잠깐 아래를 보며 한숨을 내쉬었다. 걱정이 앞섰기 때문이었다.

"오빠 때문에 정신이 없었네."

그러나 이미 그에게 가기엔 시간이 훌쩍 지난 뒤였다. 어느새 시간은 어둑어둑한 밤이었고, 그럼에도 가려 하자, 계단 보수를 위해 기다려 달라는 말이 돌아왔다.

"계단 보수요?"

"예, 간수 하나가 실수해서 횃불을 떨어트리는 바람에 불이 날 뻔했습니다."

이곳의 횃대는 철을 쓰곤 했다. 떨어트려서 계단 모서리 하나가 박살이 났다나.

"그럼 지하 감방에 있는 죄수는요?"

"아, 괜찮습니다. 계단 통로에서만 일어난 일이어서요."

오히려 연기와 그을음이 바깥으로 나와서 문제였다나. 탄 자리가 엉망이라 간수 외에는 지나갈 수 없단다.

"혹시 그게 오늘 일어난 일인가요?"

"예? 예. 그렇습니다."

시간을 들어보니, 내가 예정대로 리케도르안을 만났더라면 충분히 볼 수 있었을 시간이었다. 나는 괜스레 입술을 깨물었다. 헤르님 대공의 방문 소식부터 제이르의 연락, 오빠의 일까지. 이미 놓쳐 버린 타이밍이었다.

"금방 끝날 겁니다."

리케도르안을 생각하니, 다시 그가 끔찍한 상처로 바닥에 쓰러져 있던 모습이 떠올라서 순간 눈을 질끈 감았다.

'더는 안 돼.'

절로 주먹이 쥐었다. 무슨 방법을 강구해야 해. 헤르닝 대공은 이곳까지 오는 데 4일이 걸린다고 했다.

그렇다는 건 적어도 오늘은 아니고, 사흘 뒤에나 온다는 말. 이 시간 내에 제이르와 접선하면 어떻게든 방법이 있지 않을까?

'좋아, 어떻게든 접선할 방법을 찾자.'

그가 준 팔찌가 내게 있으니 뭐든 시도해 볼 수 있지 않을까 생각했다.

하지만 나는 이런 시도를 실현하지 못했다. 내 방으로 돌아온 지 얼마 있지 않아 불려갔기 때문이었다.

"안녕하세요, 이아나 양."

나를 부른 건 다름 아닌 르나그였다. 하기야 여기서 나를 부를 사람이 또 누가 있겠냐마는. 시계를 보면 이제는 저녁보다 밤에 가까운 시간이었다.

"갑작스러운 부름에 놀라셨으리라 생각합니다."

"아니에요."

저녁에 불려온 게 이상하긴 했지만 티를 내진 않았다. 짐작 가는 바도 있었으니까.

오빠 얘기이려나.

그가 내 손등에 가볍게 입을 맞췄다. 흔들리는 머리칼에 시선을 주었다. 초조한 마음이 쿵쿵 뛰고 있었다.

그는 이런 나를 눈치채지 못한 채로 팔을 내밀었다. 나는 마음을 애써 누르며 그가 안내한 자리에 앉았다.

"오빠를 보셨다지요."

"아……."

곧바로 이런 얘기가 나올 줄 몰랐다. 나는 대답 대신 탄음을 흘렸다.

오빠가 찾아왔다도 아니고 보았다라니. 이건 꼭.

"알고 계세요?"

"네. 그가 제게 말해 주고 갔으니까요."

아. 오빠가 얘기했구나. 그럼 뭐. 나는 조금 편해진 마음으로 고개를 끄덕였다.

"조금만 참아 달라 수어 번은 얘기했건만 기어코 오자마자 당신을 바로 찾아갔더군요."

부드러이 흘러가는 르나그의 음성은 강물처럼 고요하기 그지없었다. 그러나 왜일까 나는 솜털이 삐죽 서는 느낌을 받았다.

한순간이지만 그의 눈이 벼린 칼처럼 날카로워진 것을 보았으니까.

그렇지 않아도 날카롭게 생긴 사람이 표정마저 굳히니 상황도 잊고 침을 꿀꺽 삼킬 뻔했다.

살벌하네.

"죄송합니다. ……놀라셨을 텐데."

"아뇨. 아니에요."

나는 황급히 손을 흔들었다.

"총관리장님이 사과하실 일이 아니니까요."

오빠가 동생을 찾아왔다. 그것도 보고 싶어서. 그게 르나그가 무에 사과할 일이겠나.

"……당신의 오빠가 감방을 한차례 뒤집어 놓았지요. 당신도 보셨을 겁니다."

"아하하. 네."

물론 오빠 쪽에서 절차나 규범 같은 걸 싹 무시하고 움직인 느낌이 들긴 했지만……

"분명 그리할 것 같았는데. 당신에게 피해가 갈까 싶어 염려했습니다."

머뭇거리던 그가 조심스럽게 덧붙였다.

"한 번이라도 더 막을 것을 그랬습니다."

"아니에요."

그러나 르나그는 내 만류에도 고개를 살짝 숙였다.

"당신을 불편하지 않게 하는 것이 내 역할입니다……. 그런데."

아휴. 이 덩치 큰 남자가 시무룩해하는 걸 보니 어찌해야 할지 모르겠네.

저 금색 눈에 미안한 기색이 보이니 더욱 어쩔 줄 모르는 마음이 되었다.

아니. 이렇게 날카롭게 생겨 가지고 왜 이 순간엔 소심한 건데.

악당이긴 해도 내겐 늘 곧던 남자가 숙인 모습을 오래 보고 싶진 않았다. 줄곧 잘해 줬는데.

"아뇨. 저도 오빠는 보고 싶었고…… 그, 자책하지 마세요."

그 순간 르나그가 고개를 빠르게 들었다. 안경 속의 눈이 조금 커져 있었다.

"보고 싶으셨다니. 설마 화해하신 겁니까?"

나는 머뭇거리다가 고개를 주억였다.

어, 이게 맞겠지?

오빠가 용서 운운했으니까……. 흐음. 오빠도 비슷한 소릴 하더니. 아무래도 이 남매는 거하게 싸웠던 게 맞는 모양이다. 거기다 날카로운 인상의 이 남자가 평소 표정도 잊고 이만큼 놀란 걸 보니 아웅다웅한 수준은 아니지 않을까 가늠했다.

"……괜찮으신 겁니까?"

르나그의 목소리가 그 어느 때보다 조심스러웠다.

"절대 용서하지 않을 거라고 말씀하셨지 않으십니까."

그 말을 듣는 순간 나는 멈칫했다. 응? 왜 멈칫했지. 내가 멈췄다기보다는 몸이 절로 멈춘 기분이었다. 마치 몸에 버릇처럼 반응하는 습관이라도 있듯이.

"그래서 줄곧 당신의 오빠는 편지만 보내왔고. 저는 당신이 답장마저 보내지 않으리라 생각했습니다. 다신 보고 싶지 않다 하셨지 않습니까."

흐음, 나는 잠시 말을 골랐다.

"네. 그랬지만 괜찮아요."

한마디를 하고는 한마디를 더 얹었다. 같은 말이지만 조금 더 명료하게.

"이젠 괜찮아요."

나는 이전의 '이아나'가 아니다. 그러니 앞으로 내가 쌓아 갈 것도 달라질 수밖에 없지. 거기다 이미 질러 버리지 않았나.

오빠가 내 대답에 왜 그리 놀라나 싶었더니. 퍼즐이 풀리는 듯했다. 손절 할 정도로 싸우고, 다신 보고 싶지 않다 말했었다는 거네.

이전의 이아나가. 그렇지?

"아무래도 눈을 뜬 이후로 느끼는 것이 많았나 봐요."

그는 내가 말하는 것이 어떤 때인지 알아차린 것 같다.

바로 내가 이 몸에서 눈을 떴을 때였다. 그때 이아나의 심장은 한 번 멈췄었다고 했다. 아무래도 사람이 죽을 고비를 넘기고 나면 사람이 변하기도 한다지 않는가.

충분히 이해될 만한 이유였는지 르나그가 조금 굳은 얼굴로 동의했다.

본인 나름대로 해석한 듯했다.

"이아나 양, 저는 언제든 당신의 도움이 될 겁니다. 무엇이든 지요."

왜인지 더욱 과열된 눈을 보이는 것 같은데? 대체 왜죠. 선생님, 무엇이 당신의 엔진에 불을 지른 겁니까. 왜 갑자기 불을 태우시는 건데.

무슨 알고리즘인지 몰라도 나는 어색하게 웃어 보였다.

르나그는 입술을 얇게 사리물고는 종이에 꾹 눌린 글씨처럼 한 글자 한 글자 눌러 말했다.

"저는, 저희 관계가 오래가길 바랍니다."

날 보는 금색 눈이 진지하기 그지없었다. 반사적으로 그를 올려 다보자, 왜인지 눈을 휙 피해 버린다.

우리 관계?

아, 감방에서 도와주는 관계를 말하나 본데. 계속 도와주겠다면 나야 고마운 일이었다.

이게 아니더라도 그에겐 늘 고마운 마음이지만.

"네. 감사해요. 총관리장님께 항상 감사한 마음이에요. 든든하 고요."

"정……말입니까?"

조심스레 묻는 얼굴은 여전히 날 쳐다보지 못했다. 갑자기 왜 그 러지?

"네? 물론이죠."

그제야 르나그의 눈이 차차 내게 굴러들어왔다.

곧 나보다 머리 하나에서 하나 반 정도 클 악당이 내 눈치를 보듯 날카로운 눈을 가만히 마주해 왔다.

금색 홍채는 뱀을 연상시켰지만 그보다는 더 우아했다.

"그럼……."

"네."

그를 보고 있던 나는 눈을 크게 떴다. 그의 눈 밑이 차차 어느 한 색으로 물들었다.

"……이름으로 불러…… 주시겠습니까?"

이번에는 정말, 잘못 본 것이 아니었다.

"단 한 번만이라도."

이 커다란 악당이 나를 보며 귀를 물들이고 있었다. 그것도 아주 선명하게.

"불려 보고 싶습니다."

"아."

나는 눈을 깜빡였다.

아니, 이게 지금 무슨 상황이야. 당황스러움이 뺨으로 솔솔 번졌지만 고개를 갸웃하면서도 그의 청을 들어주었다.

어려운 일이 아니었다.

"어, 르나그 총관리장님?"

"직책은 빼주셔도 됩니다."

"르나그 님."

"저를 존칭하실 필요는 없으십니다."

뭐야. 무서워. 왜 이렇게 단호하게 박력적인 건데.

나는 머뭇거리다가 마지막으로 정정했다.

"……르나그?"

그 순간 펑! 소리가 난 것 같았다. 물론 난 것은 아니었다. 말하자면 그렇다는 거다. 저 남자가 내게서 고개를 획 돌려 버렸지만 똑똑히 보았으니까.

뺨까지 새빨갛게 붉어지는 것을.

어딜 보아도 냉혹한 악당에겐 어울리지 않는 모습이었다. 책 속에서는 최종 악당의 부하, 그중에서도 제일 센 총사령관 수준이었는데.

"그런데 이름은 왜 갑자기 말씀하셨는지. 음, 어 여쭤봐도 되려나요."

360도로 회전하던 놀이기구에 올라탄 것처럼 괴리감이 머리를 흔들었다. 하지만 한편으로 납득했다. 살다 보면 사람이 이름을 불려 보고 싶을 수도 있는 거지.

"이 자리에 앉고서 이름을 불리는 일이 없습니다. 그래서……."

그렇구나. 관직에 오래 있는 사람들이 으레 그러지들 않나. 자기를 어려워하는 사람뿐이니 친근하게 불릴 일이 없다고. 저기다 얼굴까지 저리 살벌해서야.

"아, 네."

나는 그리 대답하고는 머뭇거리다 덧붙였다.

"그럼 저라도 괜찮으시다면."

"안 괜찮을 리가 있겠습니까!"

"네? 네."

아니, 가끔은 괜찮지 않으냐고 물어보려 했는데. 왤까. 이 얼굴은 매번 불러야 할 것 같은 느낌이었다. 이 박력은 뭘까. 이게 바로 그를 이 자리에 앉힌 악당력의 원동력인가.

"그럼 르나그, 더 하실 말은 없으신가요?"

르나그는 대답이 없었다. 대신 그는 가슴 부근을 지그시 누르는 것 같았다. 저거 본 적 있는데.

그에게 실례겠지만 내 친구가 팬사인회를 가서는 차마 말 걸지 못하겠다고 나를 보내던 때의 모습과 겹쳐보였다.

"……네. 없습니다."

아무래도 오빠가 갑작스레 방문한 것 때문에 부른 거였나 보네. 놀랐을까 봐 불러 주다니 고맙긴 했다.

세심하게 신경 써 준 거니까.

나중에 출소하게 되면 나가기 전에 선물이라도 해야겠다. 여길 나가면 더는 볼일 없을 테니 마지막으로라도 성의를 보이면 좋겠다 싶었다. 정말 고마운 마음이었다.

거기까지 생각한 나는 문득 다른 생각에 도달했다. 여기 오기 직전 줄곧 고민하던 것이었다.

"저, 한 가지 여쭙고 싶은 것이 있는데."

르나그, 하고 이름을 부르려던 나는 그대로 삼켰다. 불러 달라더니 막상 부르면 눈을 마주치지 않으니 말이다. 르나그도 눈치챈 건지 잠시 아쉬운 얼굴을 했다. 하나 이는 잠시뿐이었다.

"뭐든 여쭤 주셔도 됩니다."

"혹시 말씀해주신 헤르님 대공은 예정대로 방문하나요?"

르나그가 아, 하고 중얼거린다. 태연히 물었던 탓인지 르나그는 별 대수롭지 않게 여긴 듯했다.

"그거 말입니다……. 가장 우려했던 부분이 충돌이었는데 아시다시피 당신의 오빠는 다녀갔고."

"네. 그렇죠."

"헤르님 대공 쪽도 방문하지 않을 수도 있을 것 같습니다. 이건 아직 확실하진 않습니다."

"그런가요?"

헤르님 대공이 방문하지 않을 수도 있다고? 그럼 좋은 일인데. 하지만 왜?

거기다 확실치 않다는 것이 마음에 걸렸다.

"예. 당신의 오빠가 탄 마차가…… 사실 황실의 것이었더군요. 어쩐지 비정상적인 속도로 도착했다 싶었습니다. 아무튼."

뭐? 잠시만. 어디의 마차? 그러나 르나그가 자연스레 넘어간 탓에 지적할 타이밍을 놓쳤다.

"함께 있던 황실의 칙사가 당신의 오빠가 벌인 소동을 직접 목격한 탓에 폐하께서 화를 내신 것 같습니다. 당신의 오빠가 신성한 감방에서 무언가 일을 벌이리라 오해한 것 같습니다."

"오해요?"

"예. 실제로는 그저 당신과 조용히 만나고 싶었던 걸 테지만요."

조용히 만남이라니. 조용했던 건 만남뿐이고 많은 걸 뒤집어 놓은 것 같은데. 나는 이야기 속 스케일에 묘한 기분을 느꼈다. 대체 뭐 하는 사람이야?

"이렇게 된 까닭에 헤르님 대공은 방문하지 않을 가능성이 생겼습니다. 그는 충신이고, 황제 폐하가 한동안 감옥을 주시할 때 이곳에 오는 것은 그분을 불편하게 하는 행동인지라 하고 싶지 않을 테니 말입니다."

"그렇군요."

어쨌거나 만에 하나 헤르님 대공이 방문하지 않으면 그건 오빠 덕이라는 건데. 얼굴 모를 오빠의 호감이 불쑥 커졌다.

일이 이렇게만 해결되면 참 좋을 텐데.

그러나 세상일은 쉽게만 풀리지 않는다.

"하지만 잘 모르겠습니다. 그는 왜인지 언제나 이 시기에 당연한 듯이 꼭 방문했던지라."

그렇겠지. 리케도르안을 시기마다 반드시 방문했었으니까.

"마지막으로 연락이 왔을 때 꼭 자식을 봐야겠다고 하더군요. 감방은 계약상 그가 원한다면 이곳의 문을 열도록 되어 있습니다."

그 말에 나는 가슴속으로 다짐을 하나 다졌다. 일단 확실치 않은 것에 기대지 말고 방법을 찾아보자고.

"아하. 호기심이 풀렸어요."

나는 생긋 웃었다.

"감사해요, 르나그."

르나그는 기다렸다는 듯이 고개를 돌렸지만.

이대로 그와의 대화는 끝인 줄 알았으나, 잠시 침묵을 가지던 르나그가 천천히 아아, 낮은 음성을 뱉었다. 마치 제 목소리가 잘 나오나 확인하는 것처럼.

그러고는 나를 보지 않은 채 말했다.

"그리고 이아나 양, 드디어…… 정해졌습니다."

"네? 무엇이요?"

르나그가 어느새 차분해진 음성으로 말했다.

"당신의 출소날 말입니다."

나는 재판을 선고받은 죄수처럼 눈을 크게 끔뻑였다. 실상 다르지 않은 처지였지만 생경했다.

"이아나 양, 당신은 열흘 뒤에 출소할 겁니다."

6
왜 내가 동생이야?

르나그의 집무실에서 나온 뒤 쿵쿵 뛰는 심장을 진정할 길이 없었다.

그래 일단 급한 것부터 생각하자.

나는 짝짝 내 뺨을 쳤다. 출소일이야 일단 조금 지난 뒤에 생각하자. 중요한 건 헤르님 대공이 당장 이틀 뒤에 온단 거니까.

르나그에게 헤르님 대공이 올 확률이 반반이 되었단 이야기는 들었지만 안심할 수는 없었다.

'물론 이렇게 만들어 준 오빠에 대한 호감도는 올랐지만.'

르나그의 방을 나선 시간은 깜깜한 밤중이었다.

리케도르안의 감방을 방문하려 하니, 보수가 아직 덜 끝났다나. 밤이라서 그을린 계단이 위험하니 기다려 달란 말이 돌아왔다.

'왜 하필 지금 불이 나서는.'

초조했지만 어쩔 수 없었다.

어쨌거나 나는 방법을 강구하기 위해 돌아간 길로 방에 콕 틀어박혔다. 시간은 오늘 밤과 내일, 그리고 모레. 셋뿐인데. 거기다 모레는 면회 행사 시작 날이다.

"문제는 제이르를 어떻게 만나냐는 건데."

나는 침대에 양반다리를 한 채로 이불을 내려다봤다. 이불 위에는 제이르가 준 팔찌가 올려져 있었다.

끙 숨을 내쉬었다.

'이 팔찌, 내 쪽에서는 연결 안 되나?'

당연하겠지만 나는 마법을 못 쓴다. 마법은 고사하고 제이르를 만나기 전까지 이런 게 가능한 줄도 몰랐는데.

주인공들이 특별한 능력을 하나씩 가지고 있지만 책 속에서는 이를 고대 주술이라 불렀다.

아무튼 이런 의미에서 나는 계속 의미 없이 팔찌를 흔들어 보고 있었다.

그러다 문득 팔찌를 팍 던졌다.

아오, 어떡하라는 거야.

그저 복세편살, 복잡한 세상 나 하나 편히 살자 1인 협회의 회장 쯤쯤 되는 나로서는 굉장히 어려운 일이었다.

누군가에게 이렇게 신경 쓰는 것도, 신경 쓰이는데 할 수 있는 게 없다는 것도.

"좀, 뭐라도 해 봐."

꼬집어 보면 될까. 꼬집어 보고 끊어지지 않게 당겨도 봤다. 보석끼리 부딪쳐도 보고.

결국 성질에 못 이겨 주먹으로 쿵쿵 내려칠 때였다.

우우우웅!

"엄마야."

깜짝 놀라 손을 떼어냈다.

착각이 아니었다. 팔찌가 작게 진동하고 있었다.

어, 이거. 지난번에 제이르한테 연락 올 때도 이랬던 것 같은데.

황급히 팔찌를 팔에 찼다.

-아가씨?

팔찌를 차기 무섭게 반가운 목소리가 들렸다.

"제이르!"

나도 모르게 소리를 높이려다가 문을 보고 황급히 낮췄다.

"내 목소리가 작아도 이해해요. 나 지금 내 방 안이니까."

-네. 그건 괜찮습니다. 혼자 계십니까?

제이르는 조금 얼떨떨한 목소리였다. 이어 그 이유를 알 수 있었다.

-연결이 될 줄은 몰랐습니다. 다행입니다. 감옥의 주인이 있을 때는 감시가 더욱 삼엄해져서.

르나그가 있을 때는 연락이 힘들단 소리인가 보다.

-몇 번이고 시도했지만 실패했거든요.

"잘하셨어요."

나는 그를 칭찬하듯 팔찌를 툭 두드렸다. 물론 그는 느낄 수 없겠지만 답답하던 차에 매우 반가웠으니.

"당신 기다리느라 밥도 안 먹었어요."

-네?

"아니, 그렇게 끊기면 신경이 안 쓰여요?"

내 타박하는 말에 제이르가 웃음을 흘렸다.

-예, 감사합니다.

"네. 고마워하도록 하세요. 온종일 기다렸으니까."

제이르에서 처음 만난 날처럼 안정된 음성이 흘러나왔다. 아니, 조금 장난스럽기까지 했다. 나도 가벼운 대답을 돌려주었고.

중요한 건 이게 아니었다.

"그런데 저한테 연락하신 이유가 뭐예요? 급하신 것 같던데."

나는 대충 이유를 알고 있었지만 모른 척 먼저 운을 떼었다.

지난번처럼 언제 갑자기 통신이 끝날지 모르니 미리 본론을 이야기해야 했다.

-예. 급한 상황이니 사족은 제외하고 핵심만 이야기하겠습니다.

바라던 바다.

-이전에 아가씨가 도와준 죄수를 기억합니까?

"기억 못 할 리가요."

-다행이군요. 그 죄수에 관한 이야기입니다.

리케도르안과 자신의 관계는 여전히 숨길 생각인 듯했다. 괜찮은가? 그럼 말할 수 있는 것이 제한될 텐데.

그리 생각한 순간이었다.

-사실 그 죄수는 귀한 분입니다.

뭐? 콜록, 숨을 잘못 들이켜서 사레들릴 뻔했다.

-저도 어쩌다 알게 된 건데, 생각지도 못한 분의 아드님이셨더군요.

"켈록켈록!"

나는 기침을 애써 멈추고는 그의 말을 들었다.

-이런 많이 놀라셨어요?

"아니요. 콜록. 그냥 생각지 못한 얘기를 들어서."

그래, 이렇게 나온다는 거지?

"계속 이야기하세요."

-크흠, 네. 아무튼 귀한 분의 귀한 아드님이셨단 말이지요.

귀한 분은 맞지만 그냥 귀한 아드님은 아닐 텐데. 아무래도 그는 적절하게 이야기를 지어낼 모양이었다.

-무려 헤르님 대공가의 공자님이시니까요.

리케도르안과 저의 관계만 쏙 뺀 채로 말이다.

-그래서 문제가 생겼습니다.

"문제라니요?"

-저희가 귀한 분께 마법을 썼지 않습니까.

"……누가 저희예요?"

난 댁이 시켜서 한 것밖에 없는데? 이런 의미를 담아 이야기했더니, 잘 알아들은 듯 웃음소리가 넘어왔다.

-그건 그렇습니다만. 아마 조사에 들어가면 아가씨의 이름도 나올 겁니다.

한 배에 탔다, 이건가. 한데 왜 겁을 주나 모르겠다. 어차피 은근하게 압박하지 않아도 들어줄 생각이 만만인 것을.

"그래서 하고 싶은 말이 뭐예요?"

-곧 귀한 분이 이 감방에 행차할 겁니다. 그 죄수의 부친 말입니다.

역시나.

제이르의 목적은 나와 같았다. 사흘 뒤 헤르님 대공이 이곳에 오는 것을 알고 있다.

"그런데요?"

-그런데 그분이 도착하면 분명 이상함을 눈치챌 겁니다.

그렇겠지. 그렇게 간헐적으로 모습이 휙휙 바뀌니까. 그저 식사를 두고 갈 뿐인 간수들은 감방 안쪽으로 들어가지 않으니 모르는 것 같다지만……. 리케도르안을 만나러 온 대공까지 속일 수는 없을 거다.

-그렇게 되면 이 수감소가 뒤집힐 거고 아가씨나 저도 무사하지 못할 겁니다.

나는 잠시 생각하다가 대꾸했다.

"무시무시한 말을 참 태연하게도 하시네요."

제이르가 잠깐 침묵했다.

-……아가씨야말로 태연하신 것 같습니다.

"그럴 리가요."

아무렇지 않을 수가 있나.

'그냥 각오한 거지.'

그는 내가 이미 모든 걸 알고 있다는 사실을 모른다. 말을 해 줄 이유가 없었다.

-첫 만남도 그렇지만, 당신은 참 특이한 아가씨이신 것 같습니다.

"그런 말 많이 들어요. 아무튼 본론은요?"

팔찌 너머로 아주 작은 웃음소리가 넘어왔다. 헛웃음에 가까운 소리였다.

-현재 들킬 위기를 맞이한 상황이죠. 하니, 이를 해결하기 위해서는 두 가지 방법이 있습니다.

"어떤 방법이죠?"

-하나는 그 죄수에게서 마법의 흔적을 아예 지우거나.

"지우거나? 다른 쪽은요?"

-처음부터 그분이 이곳을 방문하지 못하게 하면 되지요.

전자는 몰라도 후자는 내가 바라던 바였다.

"좋아요, 상황은 이해했어요. 방법이 있어요?"

-일단, 전자는 방법이 없습니다. 한 번 시동한 마법은 회수할 수 없으니까요.

"그렇다면 두 번째가 좋겠네요."

-예. 오지 못하게 하는 것.

"어떻하면 그게 되는데요?"

-간단합니다. 그분은 아드님이 건강할 때 방문합니다.

그거야 그랬다. 헤르닝 대공은 리케도르안이 멀쩡해질 때까지 기다렸다가 다시 방문해서 학대할 것이다. 그리고 아마 이 정도 기간이면 지난번 흔적이 사라졌을 거라 생각할 거다.

-이를 반대로 생각하면 어떻겠습니까.

나는 멈칫했다. 제이르의 말을 바로 알아들었지만 말로 나오지 않았으니까.

아들이 건강할 때 방문한다.

반대로 말하자면…… 아들이 건강하지 않으면 방문하지 않는다. 이 말이란 거잖아. 나는 입술을 벌렸다. 지금 애를 억지로 아프게라도 하자는 거야?

"지금, 리케도르안을 일부러 아프게 하자는 거예요?"

-네. 그렇습니다.

나는 입술을 꾹 깨물었다. 말이 나오지 않았다. 획기적인 생각이라 생각해서? 아니, 기가 막혀서다.

지금 충신 주제에 이걸 방법이라고 내놓은 거야?

아니. 아니다. 진정하자. 아직 다 듣지 못했잖아.

"혹시 그 말씀 하신 게 아픈 척 꾀병을 부린다거나, 겉보기로 아프게 한다거나… 뭐 이런 건가요?."

-아니요. 실제로 아픈 것이죠. 이곳에 올 분은 어설픈 눈속임으로 속일 수 있는 사람이 아닙니다.

그래. 무려 대공씩이나 되니까 당연히 그러하겠지. 하지만 이게 리케도르안을 생각한다는 사람이 내놓을 방법인가? 아무리 원작 시작 전이고 현재 두 사람의 관계가 원작과 같은 상태가 아니라고 해도. 부아가 치밀었다. 난 숨을 꾹꾹 내리누르며 들었다.

-그리고 웬만큼 아픈 정도로는 안 됩니다. 적어도 간수들이 확실히 확인하고 보고를 할 정도로 크게 앓아야……

"앓아야?"

-심한 몸살 정도가 좋겠군요. 피를 토하거나.

뭐? 피를 토해? 나는 경악했다. 제이르에 관해 모든 것을 아는 건 아니지만 적어도 그가 내놓은 방법에서 리케도르안에 대한 배려는 느껴지지 않았으니까.

어디에도. 전혀.

-아, 몸살을 일으키는 마법은 전처럼 아가씨가……

"제이르 씨."

차분하게 그의 말을 잘랐다.

"지금 그래서 그 죄수를 일부러 아프게 하자는 거냐고 물었어요."

-…….

제이르의 음성이 잠깐 멈췄다. 끊어진 것은 아니었다. 숨소리가 들렸으니까.

-물론 이런 제가 이상하게 느껴지실지 모르고 이해하기 어려우신 걸 잘 압니다. 이해가 안 가시겠지요. 하지만 아가씨, 완벽히 속이기……

"이봐요. 제이르 씨."

더는 헛소리를 잇기 전에 말을 잘랐다.

"제이르 씨, 저는 그리 오래지 않은 시간 전에 그 죄수가 기절한 모습을 본 적 있어요."

그가 멈춘 것을 느끼며 침을 삼켰다.

"피투성이가 된 채로요."

나는 천천히 눈을 깔았다.

"그 죄수에게 아무것도 해선 안 되는 규칙을 어기고 깨끗하게 닦고 몰래 약을 반입해 바르고 먹이고 눕힌 사람이 누구라 생각하세요?"

당연히 나다.

"그 사람이 더는 아프지 않게 늦은 밤 몰래 지하 감방에 들어간 사람은요."

내 나름의 위험을 감수한 건 그저 리케도르안이 덜 아팠으면 하는 마음이었다. 피투성이의 모습은 너무 아파 보였으니.

"모두 저예요."

도움이 된다면 나쁘지 않겠다 생각했다.

"이런 제게 그 사람을 일부러 아프게 하란 말인가요? 저는 못 해요. 그 피투성이로 신음하던 모습을 본 사람이라면, 누구도 못 할 거예요."

나는 여느 때보다 단호했다.

"그 사람은 아파도 신음조차 제대로 못 내요. 정말 아파야 소리를 내요. 이것조차 배우지 못한 사람처럼 어색해서 눈치를 본다고요.

하, 그런 사람을 일부러 아프게 한다는 발상은 대체 어디서부터 나온 거죠? 사람이 인형이에요?"

이가 악물렸다. 내가 억지를 쓴다는 자각은 있다. 도덕적인가? 그럴 수 있지. 하지만 아무리 합리적이라 해도 해야 할 행동이 있고 아닌 게 있는 거다.

눈을 지그시 감았다.

이걸 오빠나 르나그에게 부탁하는 한이 있더라도.

"내가 사람 잘못 봤네요."

찾아보면 방법이야 있겠지. 없으면, 최후의 보루를 이용하는 거고.

"나는 제이르 씨가 그 죄수를 조금이라도 생각해 주는 줄 알았어요. 생각해 보니 전혀 상관없는 남이었는데."

—…….

제이르의 침묵이 이어졌다. 이전의 침묵과는 달랐다. 숨소리가 조금 거칠었으니까.

"아무것도 못 들은 걸로 할게요."

내가 그렇게 말하곤 팔찌를 풀어 내리려 할 때였다.

—상관없지 않습니다.

딱딱한 목소리가 들려왔다. 더는 헛소리 할 생각 마라, 이런 단호함이 내 목소리에서 느껴졌을 터다.

그럼에도 팔찌를 타고 넘어오는 음성에서 더는 여유나 장난스러움은 느낄 수 없었다.

-제가 그분을 지키려 한 건…….

호칭이 달라졌다. 아울러 그의 기도도 함께 달라진 것처럼 느껴졌다. 군이 짐작해 보자면 억울함이 느껴졌다.

-정말로 이 방법밖에 없었기 때문입니다.

나는 팔찌를 잡았던 손을 떼어냈다.

-하, 내가 왜 이런 얘기까지.

이어서 눈을 데굴데굴 굴렸다.

……흐음, 얼떨결에 이 남자를 낚은 기분인데. 나는 뺨을 긁적이면서도 팔찌로 넘어오는 음성에 집중했다.

-그분이, 신음을 내셨습니까? 많이 괴로워 하셨나요?

"아, 네…… 뭐. 거의 내지도 못했긴 하죠?"

-아가씨는, 그분을 지칭하는 호칭이 바뀌었는데도 전혀 놀라는 기색이 없으시군요.

"어, 음. 그거야, 이 감방에 마법사가 있는 게 더 놀랄 일이 아닐까 싶은데요."

뭐 이미 알고 있었으니까 놀라지 않은 거지만 이렇게 말할 수는 없지.

-그래요, 이렇게까지 나온 이상 무엇을 숨기겠습니까마는…….

제이르가 리케도르안의 정체를 이야기했다. 헤르닝 대공에 관한 것도 마지막으로는 자신의 정체도 내보였다.

"그래요? 그렇군요."

중간에 열심히 놀란 척하긴 했는데. 내가 들어도 난 연기에 소질

없구나 싶었다.

　ー……태연하신 기색이 짐작하신 건가 싶기까지 합니다. 아니. 심드렁하게까지 느껴지는데요. 착각입니까?

　"에이, 착각이에요. 착각."

　나는 손을 팔랑팔랑 흔들었다.

　"와, 놀, 랐, 어, 요."

　국어책 읽듯이 감탄사를 흘려내면서.

　ー진짜 특이한 아가씨네요.

　제이르가 작게 중얼거렸다. 이어서 한숨을 내쉬긴 했지만 그 나름의 이해를 한 듯했다. 아울러 조금 뒤 진지하고 복잡한 심사를 담은 음성이 넘어왔다.

　ー저는 그분을 진심으로 위하며 따릅니다. 오래 전부터 결정했어요. 죽을 때까지 따르기로. 정말입니다. 앞으로도 그분을 보필할 거고요. 그러니 그분을 생각하지 않은 것이 아닙니다.

　제이르가 잠시 숨을 참았다가 말했다.

　ー인형처럼 생각한 것은 더더욱, 아닙니다.

　오. 저 말이 꽤 열이 받았던 모양이다. 근데, 틀린 말은 아니었잖아.

　ー……다만, 제가 그분의 상처를 안일하게 생각한 것은 인정하겠습니다. 일단은 제가 고통에 무딘지라 이해하지 못했군요. 하아…… 그분의 능력을 맹신한 것도 잘못한 일이었습니다.

　책 속에서 리케도르안은 상처를 입었을 때 며칠 만에 치유하는 짐승 같은 자생력을 자랑했다. 특유의 능력이기도 했다.

다만 그건 그가 여주인공을 만날 때쯤 각성 시기가 가까울 때의 이야기였다.

왜 걔가 어린 소년이라는 것엔 아무도 관심을 가지지 않는 거지?

열여섯이다. 고작해야 나와 2살 차이였지만 워낙 수줍어하고 붉히곤 해서 내게는 더욱 어리고 청초했으며 남동생같이 느껴지는 아이.

제이르는 이어서 자신이 이렇게까지 할 수밖에 없던 이유를 설명했다. 간수들은 내가 생각했던 것보다 더 리케도르안에게 혹독했던 모양이었다.

-간수들의 눈을 속이려면 확실해야 합니다. 이건 정말입니다.

"알았어요. 이해했어요."

나도 한 발짝 물러났다. 제일 최상의 결과는 헤르님 대공이 오지 않는 거다.

"어쨌건 그를 위해서 더더욱 아파야하고."

그러기 위해선 어쨌거나 간수들이 오해를 해야 한다, 이 말 아니야.

"아프든 아픈 시늉을 하든 간수들이 속아 넘어가야 한다, 이 말 아니에요."

-맞습니다.

"그럼 이렇게 해요."

나는 흘끗 시계를 살폈다. 언쟁을 하느라 시간이 지나갔다. 거기다 나에게도 제이르에게도 많은 시간이 있는 것은 아닌 상황. 빠르게 마무리해야했다.

"그 마법, 약하게 걸 수 있죠?"

-어느 정도?

"적어도 겉으론 아프구나 싶어 보일 정도. 고통 없이 열이 나는 정도로만요."

-가능은 합니다만. 어쩌시려고요?

"내가 간호한다고 나설게요. 요는, 간수들이 아프다고 보고하는 거잖아요?"

제이르는 잠시 말이 없었다. 가늠해 보는 것이리라.

잠시간의 침묵 끝에 팔찌에서 다시 음성이 흘러나왔다.

-······납득은 어렵지만 알겠습니다.

"생각보다 빠르게 수긍하시네요?"

-아가씨의 도움에 기대는 처지니까요.

그건 그렇지.

-거기다 그분을 생각 이상으로 걱정해 주시는 것을 이제 알았으니까요. 오히려 저보다도 말입니다.

그것도 그래. 내가 새벽 외출을 감수하고 돕다가 졸지에 르나그에게 들키기까지 한 처지잖아.

-그분을 위해 화내 주는 분이니 여기서 경솔한 선택을 할 시, 제일 피해를 보는 것이 그분인 걸 알고 계시지 않을까 싶고.

나는 허, 혀를 짧게 찼다. 눈치가 빠른 데다 머리도 빠르게 굴리는 남자네. 이젠 영악하게 굴기까지?

-부디 잘 부탁드립니다.

"믿어 주시니 감사하네요."

이야기는 이렇게 일단락되고 마법은 어떻게 걸어 주려나 싶었다. 물어봤더니 그건 오늘 새벽을 틈타 전달하겠단다.

"어떻게 전달하려는 건데요?"

-간수를 매수한 건 당신뿐만이 아닙니다, 아가씨.

그 말로 짐작해 볼 수 있는 게 많았다. 그러니까 간수 중에 제이르의 수하가 있다는 거야? 혹은 리케도르안을 따르는 무리라든가? 아무튼 이 말인즉, 내일이 결전의 날이란 얘기다.

"어떻게든 내일 해결을 봐야겠네요."

-예.

그렇지 않으면 헤르님 대공이 도착할 테니까.

'그 뒤로는 끔찍한 학대가 있겠지.'

이뿐 아니라 조력자로 협력한 제이르와 나의 존재도 들키게 될 테고. 이건만은 막아야겠다.

"혹시나 해서 얘기해두는 건데, 이 방법은… 제가 있을 때나 쓸 수 있는 방법인 거 아시죠?"

오빠와 르나그의 말에 따르면 난 곧 출소한다.

그러나 헤르님 대공의 방문은 이번이 끝이 아니겠지. 결국 내가 없으면 더는 써먹을 수 없는 방법인 거고.

내 말을 알아들은 것인지 제이르가 웃는 소리가 들렸다.

-그건 문제없습니다. 이번만 넘기면 되니까.

"왜요?"

-아마, 이후로 대공은 다신 방문하지 않을 겁니다.

제이르의 음성은 확신에 가득 차 있었다. 왜냐고 물었지만, 그는 답을 알려 주지 않았다. 그저 확신할 수 있다고 하며.

-제가 괜히 그분께 마법을 건 것이 아닙니다.

나를 통해 건 마법만 언급할 뿐이었다.

다음 날 오전.

전날 새벽에 제이르가 무사히 내게 새로운 마법이 걸린 물건을 건네주었다. 이번에 건넨 마법이란 본래 걸어 주었던 종류 말고도 내 쪽에서 그에게 말을 걸 수 있는 마법이었다. 제이르가 대답할 상황이면 답을 할 수 있다나.

문제는 그 새벽에 등장한 '간수'가 그 본인이란 거였지만.

〈매수한 간수가 당신이었어요?〉

〈정확하게는 그 간수는 날 대신해 내 감방을 지키고 있겠지요.〉

허? 이 남자가 위험한 줄을 모르네.

그러나 한시가 바빴으므로 다른 날처럼 대화를 나눌 여유는 없었다. 하지만 궁금한 건 있었다. 그래서 바쁜 그를 붙잡고 부득불 물었다. 예전에 제이르와 대화할 때 그가 분명 리케도르안이 성장하는 건 '일시적'이라고 했는데.

그게 아니었으니까.

이런 점을 자세히 물어볼 수 있다면 좋았겠지만 시간이 짧아 겨우 한마디만 질문할 수 있었다.

〈대공자님이 종종 성장한 모습을 보여 주셨다고요? 성인처럼 보이는 모습을요?〉

〈네, 그렇다니까요.〉

〈……으음, 직접 보지 않아 모르겠지만. 그것도 길지 않을 겁니다. 나쁘지 않네요. 그건 '과도기'란 소리거든요.〉

뚜렷한 대답은 되지 않았다. 난 오히려 찌푸린 한편 제이르는 이 소식을 듣고 매우 기뻐 보였다.

〈이건 대단하신 겁니다. 보통 힘이 강할수록 과도기가 긴 것이니까요.〉

……아닌 척하더니 팔불출 같은데, 이 사람.

어쨌거나 이렇게 건네받고 날이 밝아 지금이었다.

나는 곧바로 리케도르안에게 달려갔다. 바로 리케도르안을 볼 수 있을 거라 생각했다. 하나 도착했을 때 전혀 생각하지 못했던 난관을 맞이했다.

"죄송합니다, 이아나 씨. 오늘까지 보수해야 할 것 같습니다."

계단 보수로 인해 지하 감방으론 간수만이 다닐 수 있다는 것. 아무리 이야기해도 위험을 이유로 거절당했다.

어찌할 도리 없이 돌아서야 했다.

초조한 마음을 꾹 누르면서.

이튿날, '특별 면회의 날'이 밝았다. 바야흐로 귀족 죄수들이 가장 기다리던 날이었다.

아침에 식당으로 들어간 나는 깜짝 놀랐다. 평소와는 전혀 다른 분위기였으니까. 단순히 들떠 있다는 소리가 아니었다. 사람들이 정말로 평소와 달랐다.

"세상에…."

대체 다들 어디에서들 가져온 것인지 화려한 숄이나, 망토, 거기다 꽃이 장식되거나 멋스러운 모자를 걸치고 싱글벙글이었다.

남녀 할 것 없이 보통 때와 전혀 다른 차림이었다.

〈간단한 예장이나 망토가 허용되니 뭐 어떤가.〉

나는 그제야 예장이 허용된다는 것이 어떤 뜻인지 이해되었다.

따로 티타임 시간도 주어진다고 했지? 그것도 번듯하게.

놀란 건 식사 시간에서뿐만이 아니었다. 식사 이후 응접실에서 시간 또한 다들 평소 자연인에 가까운 편안함은 어디로 던져버린 건지 고상함을 깃털처럼 펼쳐 보였고, 나는 놀란 눈을 숨기지 못했다.

"이아나, 내가 망토를 빌려줬잖니."

샐리는 나만 평소와 같은 차림이라며 애정 섞인 타박을 주기도 했다.

"하하, 미안해요."

이 모든 것을 보는 한편으로 내 마음은 편안하지 않았다.

모두가 웃고 떠드는 동안에도 밝게 웃지 못해 주위로부터 안 좋은 일이 있냐는 염려를 사기도 했다. 그럴 때마다 나는 '그저 이번엔 가족이 오지 않아서 그렇다.' 라는 좋은 핑계를 댔고, 동료들은 모두 이해하고 넘어갔다.

내가 기다리는 건 휴식 시간뿐이었다.

리케도르안에게 가고 싶었으니까.

그렇게 드디어 시간이 지나 나는 복작복작 모여 있던 곳을 떠나 지하 감방에 도달했다. 오늘도 감방을 지키는 상급 간수와 적당히 인사를 나누고 창살 안쪽으로 들어갔다.

"……오랜만에 보는 것 같네."

시간상으론 그리 오래된 것은 아닌데 느낌이 그렇다고 할까.

하도 매일, 그것도 오전 오후로 봤더니 고작 그저께 저녁하고도 하루 못 봤다고 오래 보지 못한 기분이었다.

'거기다 조금 찔리는 것도 있고.'

나는 한숨을 푹 쉬었다. 리케도르안에게 식사 후에 다시 찾아간다고 했지만 약속을 지키지 못했다.

약속은 꼭 지킨다 호언장담까지 해놓고서는.

계단 공사를 핑계 삼을 수 있겠지만 그러고 싶진 않았다.

부끄러운 일이네.

물론 논 게 아니라 리케도르안을 돕기 위해 이리저리 움직인 시간이었지만, 그렇다 해도 미안한 마음이 드는걸. 만나면 사과부터 해야겠다. 그리 마음먹고 고개를 들어 올린 때였다. 나는 그대로 눈을 깜빡였다. 창살 안쪽에서 자그만 숨소리가 들린다.

"리케도르안?"

눈앞에 새근새근 잠든 소년이 보였다.

자고 있어? 리케도르안이?

처음엔 또 기절한 건가 싶어 그의 코밑에 손을 가져가 보니, 색색 규칙적으로 숨을 쉬고 있었다.

……놀라라.

사실 그가 자는 걸 보는 건 이번이 처음이었다.

그도 그럴 것이 리케도르안은 매번 내가 올 때마다 눈을 뜨고 있었으니 말이다. 아니, 처음 만났을 땐 잠든 것 같아 보였지만…… 가까이 다가가자 깼었지?

이처럼 리케도르안은 본능적인 경계가 심한 편이었다. 우리가 가까워질 때까지 손만 들어 올려도 흠칫 놀라곤 했으니까.

짐승 같은 그의 면모나 능력을 생각할 때 위험을 감지하는 감각이 뛰어난 게 아닐까 싶었다.

학대로 인한 습관도 있겠지만.

그런데 지금 그는 이렇게 가까이 있어도 깨어나지 않았다.

나는 망설이다가 톡 그의 머리카락을 건드려 보았다. 그러고는 손가락을 살짝 파고들어 살살 만져 보았다. 와, 지하에 사는데 머리가 왜 이렇게 부드러워? 지난번보다 더 부드러운 것 같은데.

그나저나, 나는 흘끗 그를 곁눈질했다.

"신기하네. 이래도 안 깨어나고."

바로 그때였다. 눈꺼풀이 서서히 움직이더니, 이내 작은 숲 같은 속눈썹 사이로 몽롱한 눈동자가 빛을 드러냈다.

"으응?"

나는 쓰다듬던 손을 그대로 멈췄다. 리케도르안이 눈을 깜빡깜빡하더니, 자신의 눈을 비볐다. 베고 잔 팔에 눌려서인지 코가 살짝 빨갰다. 마구 눈을 비벼도 잠이 깨지 않는지 미간 근육을 마구 찡그렸다.

"……온 거예요?"

이런 모습은 진짜 귀엽네. 심장에 좋지 않은 모습이야. 건전치 못한 생각을 지우며 그의 머리칼을 살살 매만졌다.

"응, 왔어요."

"……이것도 내 꿈인 거죠."

"으응?"

이게 무슨 소리야. 나는 눈을 크게 끔뻑였다.

"그게 무슨 소리예요?"

그를 다시 보면 마치 며칠을 제대로 자지 못한 아이처럼 여전히 잠에 취한 얼굴이었다. 잠이 덜 깬 건가?

리케도르안의 손이 내 손목을 더듬는가 싶더니, 손끝이 파르라니 떨렸다.

"당신은 이젠 꿈에서만 나오니까. 여기서는 안 버릴 거죠?"

"네?"

"버리지 않는다고 해줘요……."

나는 찬찬히 그를 관찰했다.

비비느라 반쯤 붉어진 눈가, 아슬아슬하게 내려와 나붓이 내려앉은 채 파르르 떠는 은빛 속눈썹, 그리고 속눈썹 끝에 위태롭게 매달린 눈물방울과 커다란 셔츠가 흘러내려 살짝 드러난 하얀 목덜미까지…….

아니, 잠시만. 착한 생각. 착한 생각!

나는 얼른 고개를 돌렸다.

이야기한 적 있지만 지하 감방은 창문 하나 없었고, 작디작은 횃불이 아니었다면 앞이 보이지 않았겠다 싶을 만큼 깜깜했다.

그는 이런 공간에서 잘도 낮과 밤을 구분했다.

하나 이건 다시 말하자면 한 번 엇갈리기 시작하면 시간 감각이 흐트러지기에 십상이란 말도 되었다. 그에게는 더욱 많은 시간이 흘렀던 걸지도 모른다.

리케도르안이 내 소맷자락을 잡아당겼다.

"네? 버리지 말아요."

나는 어찌할 바를 모를 얼굴로 리케도르안을 응시했다. 이 순간 느껴지는 건 미안함이었다.

〈난 항상 약속 지켜. 다시 온다고 할 때마다. 돌아왔어요.〉

다시 돌아오겠다는 약속은 지켰지만, 밥을 먹고 다시 오겠다는 말은 지키지 못했다.

거기다 다음 날 하루마저 공사로 인해 방문하지 못했지, 간수에게 말을 전해 달라 했지만 상황을 보아 전달되지 않은 것 같다.

내가 없던 반나절하고도 하루 동안 리케도르안은 밤새 날 기다렸던 걸까? 당신은 대체, 이 깜깜한 곳에서 어느 정도의 시간처럼 느낀 걸까. 내겐 짧은 시간이었다. 많은 일에 잠시 잊을 정도로. 그러나 그에겐 약속의 의미가 이토록 컸던 거다.

난 입술을 꾹 깨물었다.

하지만 곧 꾹 깨문 입술은 허물어지고 말았다. 고개를 든 리케도르안이 날 마주한 순간 주르륵 그의 뺨으로 무언가 흘러내렸기 때문이었다.

뚝.

"리케도르안?"

잠시만.

"나……."

"아니, 아니 잠깐."

내가 손을 뻗었지만 이미 늦었다. 뚝 눈물이 떨어져 내린다. 황급히 손을 들어 그의 눈물을 닦아냈다.

그러나 유리구슬 같은 굵은 물방울은 닦기 시작하자 기다렸다는 듯이 뚝뚝 떨어졌다. 흡, 흐흡, 그가 숨소리마저 가냘프게 느껴지도록 흐느꼈다. 이어서 그가 얼굴을 들었을 때 나도 모르게 멍하니 쳐다봤다.

미친, 우는 것도 왜 이렇게 예뻐?

"정말 버릴 거야? 싫어졌어요?"

"어어?"

"흡, 흐흡. 대답, 안 해 주는 거예요?"

"아아니."

"내가 싫어져서……."

나는 어어, 우물우물하다가 얼른 대답했다.

"아니야!"

"버려?"

"안 버려. 안 버린다고. 진정 좀 해!"

물기 어린 눈이 천천히 나를 향했다. 뚝. 다시 한번 눈물이 떨어졌다.

"내가 뭘 잘못했어요……. 알려 주면, 흐끅, 고칠 수 있는데. 왜."

……이건 당장 석고대죄를 해야 할 것 같은 상황인데. 그래, 해야 돼! 나는 차분하게 무릎을 꿇었다. 일단 꿇고 봐야겠다.

리케도르안은 눈높이가 낮아지기 무섭게 살짝 고개를 숙여 내 손바닥에 뺨을 비볐다.

"놓지, 마요…."

이 사람 지금 자기가 하는 행동을 자각하고 있는 걸까?

나는 드물게 매우 당황했다. 문제는 그가 나보다 두 살 어린 것치고는 꽤나 키가 크단 점이었다.

물론 완연한 성인의 것은 아니었지만 몸을 세우면 나와 눈이 마주칠 정도로 크다는 점. 이는 다음 순간 야릇한 자세를 유도했다. 그러니까 이렇게 앉은 채로도 상체를 세우면!

"흡."

……얼굴이 닿을 듯 가까워지잖아.

나한껏 가까워진 그의 얼굴에 놀라 고개를 물렸다. 그러나 그가 소매를 잡아 멀리 떨어지지 못했다.

"어디, 가요?"

"아니, 가까워서요."

그러자 리케도르안이 얼굴을 들어 올렸다. 거리가 더 가까워졌다.

"가까우면 안 돼요?"

……아니. 안 될 건 없는데. 아니다! 내가 위험해요. 내가!

여전히 눈물을 눈꼬리에 대롱 매단 그의 눈은 청초하면서도 아슬아슬한 느낌을 자아냈다. 붉어진 뺨 아래로 살짝 내려간 셔츠와 희게 보이는 빗장뼈 때문에 숨을 삼킬 때마다 내 입술이 잘게 떨렸다.

나는 가느다랄 것 같지만 단단하고 선명한 어깨선을 보며 꿀꺽 숨을 삼켰다. 이 친구는 나보다 두 살 연하다. 연하다. 동생이다…….

아니, 입술은 왜 이렇게 붉은 거야!

"알았으니까, 잠 좀 깨요!"

"시, 싫어요."

그가 입술을 지그시 사리물었다. 덩달아 내 소맷자락을 잡은 힘이 더욱 강해졌다.

"……깨어나면 사라질 거잖아요?"

"누가 꿈이라는 거예요?"

나는 참지 못하고 그의 양 뺨을 잡았다. 설렘이고 부끄럼이고, 요상한 죄책감이고 모르겠다.

"얼른 일어나! 얼른 잠 깨란 말이야! 나중에 이불 얼마나 차려고 그래요?"

나는 말하다 말고 멈칫했다. 그러고 보니 찰 이불도 없잖아? 도리어 마음만 조금 아파졌다.

그사이 리케도르안이 눈을 크게 깜빡였다.

"꿈이…… 아니라고요?"

"네. 아니에요. 얼른 정신 차려."

그렇게 말했음에도 멍하니 바라보는 시선은 떨어질 줄 몰랐다. 나는 그의 뺨을 쥔 채로 설핏 웃었다.

"그렇게 내가 보고 싶었어요?"

나는 검지로 그의 코를 톡 튕겼다. 이에 불현듯 그의 눈동자가 커진다. 다음 순산부터 깨끗한 지중해 바다 같은 깨끗한 눈동자가 가늘게 진동했다.

"아, 그……. 그"

이어서 천천히 손가락이 따끈해졌다. 손가락부터 시작한 열기는 손바닥까지 타고 이어졌다.

그의 뺨이 빨갛게 익다 못해 잔뜩 붉어진 탓이었다. 이제는 완연한 토마토가 된 리케도르안이 입술을 달싹였다.

"그, 그…… 뺨."

"뺨?"

"……놓아주, 세요."

나는 물론 놓지 않았다. 이제 와서? 괘씸할 노릇이다.

"싫은데."

그의 눈썹이 잘게 떨렸다.

"네가 먼저 나 잡았잖아요?"

나는 시선으로 눈짓했다. 그가 아직도 붙잡고 있는 손을 향해서였다.

"당신도 내 소매 아직도 잡고 있는데."

리케도르안의 눈이 대지진을 일으켰지만 그는 왜인지 끝내 내 소매를 놓지 않았다. 오히려 잡은 채로 조심스레 시선을 올렸다.

"……잡고 있으면 안 돼?"

……반말?

쿵. 심장이 떨어지는 느낌에 나도 모르게 가슴 쪽을 살짝 잡았다. 엄마야. 얘가 오늘 날 관짝에 들어가게 하시려고 이러나.

"그……쪽이 먼저, 약속 안 지켰잖아."

눈치를 보면서 흘려낸 한마디는 대단한 파급력을 불러왔다. 붉어진 얼굴과 살짝 반항 어린 음성이 아슬아슬한 불균형과 함께 묘한 매력을 일으켰으니까.

"……요."

눈치를 보며 조심스레 덧붙이는 말에 나는 웃음을 터트리고 말 았다.

"왜, 할 거면 끝까지 해 보지 그래요, 반말."

"……그치만."

"그렇지만?"

리케도르안이 살며시 고개를 숙였다. 그런 채로 눈동자만 들어 내게 고정했다.

"당신이… 날 싫어할까 봐."

그가 소매를 꾸욱 잡았다.

"……싫어하지 말아요."

내게서 작은 웃음소리가 새어 나갔다.

"시치미 뚝 떼는 거예요? 이미 할 거 다 해 놓고."

"네?"

"넣고 빼고 다 했으면서."

내 소매에 손을 말이지. 그가 정상으로 돌아오자 도리어 장난기 가 반짝 고개를 들었다.

"아니……."

"아니?"

게다가 내 앞에서 빨개지는 얼굴을 보면서 이런 생각하지 않기란 여간 어려운 일이 아니었다.

"그래요. 내가 그렇게 좋았구나. 꿈에서도 나만 생각할 만큼."

내 목소리에 노래하듯 음률이 담겼다.

"아니야?"

초등학생이나 할 법한 유치한 목소리였지만 효과적이었던 모양이다. 이어서 귀와 목까지 빨개지는 모습을 보자니, 조금 전의 아슬아슬한 야릇함과 긴장감은 온데간데없이 사라지고…… 그저 귀엽다는 감상밖에 남지 않았다.

이렇게 보니 나보다는 어리다는 느낌이 물씬 들었다. 나도 모르게 손을 들었다. 폭신. 내 손이 그의 은색 머리칼 위로 내려앉았다. 그대로 그의 머리칼을 살살 문질렀다.

"난 당신이 그렇게 생각해 줘서 기쁜데."

그저 깨달았다. 내가 널 위해 이렇게나 열심히 달려왔던 건, 그만큼 네게 정이 들어서였구나 하고.

처음 우리를 갈라놓았던 쇠창살, 나는 그 쇠창살만큼의 거리가 있다고 생각했고 좁히지 않으리라 생각했는데.

"역시 사람 일은 모르는 건가 봐."

그러자 리케도르안은 무어라 입술로 뻐끔거리더니, 초점이 내게로 돌아왔다. 하고 싶은 말, 있으면 해도 되는데 말이지.

하나 빨개진 얼굴로는 찔러도 하지 않을 것 같아 내가 먼저 입을 열었다.

"다른 얘기 할까요?"

"……다른 얘기, 요?"

여전히 그의 머리칼 위에 내 손이 있었지만 그는 지적하지도 떼어내지도 않았다.

"실은 나, 그저께 오빠를 만났어."

내 말이 불쑥 짧아졌다. 리케도르안은 흠칫했다. 하지만 그가 놀란 것은 내 손이 움직여 그의 머리를 다시 쓰다듬어서인 것 같았다. 내 말에는 그저 고개를 갸웃하고 말았으니까.

그러고 보니 리케도르안에게는 형제가 없었지?

"근데 참 이상하단 말이지."

"뭐가……요?"

나는 그에게서 손을 살짝 떼어냈다.

"오빠랑 여동생이랑 그렇게 다정할 수 있나?"

이 말은 혼자 중얼거리는 것에 가까웠다. 나는 조금 전의 리케도르안처럼 고개를 기울였다.

"막, 그…… 이렇게, 저렇게…… 음."

나는 손으로 허공을 잡다가 이내 끙 숨을 흘렸다. 리케도르안은 알아들을 수 없다는 듯 커다란 눈을 깜빡일 뿐이었다.

'……남매가 그리 다정할 수 있나?'

내가 하고 싶은 말은 이거다.

오빠를 막 만났을 때는 놀람과 얼떨떨함 때문에 생각하지 못했고, 또 간수를 상대하느라 생각하지 못했지만.

"이렇게 볼도 톡톡 만져 주고."

그, 거리가…… 지나치게 가깝, 아니. 다정했던 것 같은데.

여기가 다른 세상이라서 그런가? 스킨십에 자유로워서?

"……손등에 입도 맞추고 말이지."

르나그만 봐도 아무렇지 않게 손등에 입을 맞추지 않던가. 뿐만 아니라 응접실의 귀족 죄수들의 행동을 보아도 중근대 유럽식 예식에 익숙해 보였다.

뭐 그렇다면 그런 거겠지만.

사실 이리 고민하는 이유는 나도 잘 모르기 때문이다. 이전 세계에서 외동이었으니. 주변 이야기를 들어 보면 보통 남매는 핏줄만 공유했을 뿐 남보다도 못한 사이라 하던데.

'손만 닿아도 그날 손을 빡빡 씻어야 한다'고, 지인의 과장된 이야기를 떠올리다 고개를 가로저었다.

"내가 이렇게 고민해 봐야 답이 나오진 않을 것 같다."

나는 날 의아하게 바라보는 푸른 눈동자를 보면서 씩 웃었다.

"당신도⋯⋯ 아, 아니. 당신은 형제가 있어요?"

여기서 아는 척하면 안 됐지, 참. 나는 시치미를 뚝 떼며 물었다. 리케도르안은 고개를 저었다.

"아니, 없어요."

"아하, 나도 없어요. 아니다. 없다고 믿었어요."

난 이전 세계의 나를 떠올리다 말고 말을 정정했다.

"아무도 없다고 생각했는데 이번에 오빠를 만난 거거든요."

"오빠⋯⋯."

"응, 근데 실감은 안 나요."

실제로 봤다 해도 말이지. 눈이 가려져서 본 거라곤 늘씬한 뒷모습뿐이었고. 설사 봤다 한들 갑자기 애틋한 감정은 들지 않았을 거다.

"심적으로는 여전히 외동 같은 기분이니까. 그럼 나도 당신도 외동이다, 그죠?"

나는 쪼그려 앉은 그대로 생긋 웃었다. 왜인지 리케도르안은 나와 고개를 마주하지 못했다.

왜 그러지? 아직도 부끄럽나.

그러거나 말거나 나는 슬슬 다리가 저려 그대로 엉덩이를 깔고 앉았다. 오늘도 돌바닥은 차갑기 그지없었다. 사람을 왜 이딴 데다 가둬 두는 건지 모를 일이란 말이야. 죄도 없는 사람을.

속으로 쯧쯧, 혀를 차며 고개를 들어 올렸다. 어느새 손은 자연스럽게 그에게 뻗고 있었다.

"생각해 보니 당신이 나보다 연하잖아요."

"……연하요?"

"아니에요? 딱 봐도 나보다 어려 보이는데."

리케도르안이 눈을 깜빡거리다 말고 내게 나이를 물었다. 그러고는 내 나이를 듣더니 조금 놀란 기색을 보였다.

"왜 놀라요?"

"아, 아뇨. 놀라지 않았어요."

놀라지 않긴 눈을 이렇게 동그랗게 뜨고서. 왜 놀라는 걸까. 객관적으로 봐서 내 얼굴은 어려 보이지도 그렇다고 나이 들어 보이지도 않는 얼굴이었다. 다들 내 나이를 들으면 아, 그쯤 되어 보일 것 같다 얘기를 하는 얼굴이랄까.

"아무튼 당신이 나보다 어리니까 드는 생각인데. 이러고 있으니 꼭 당신이 동생 같아요. 남동생."

이래저래 그를 열심히 챙겨 준 기억이 떠올랐다. 그래, 먹이고 재우고 산책시키고…… 이 정도면 동생 같은 느낌이 들 수 있을지도.

마음 한구석에서 동생보다는 '반려동물'에 가깝지 않나 하는 생각이 들었지만 슬쩍 외면했다.

그래, 뭐. 사람한테 '앉아' 할 수 있고 그런 거지 뭐.

"남동생……."

리케도르안은 왜인지 내가 한 말을 잠시 중얼거렸다. 고민에 잠긴 기색이었다. 이내 그는 머리를 홱 들어 올렸다.

"엄마야, 놀랐잖아요."

아, 놀라라. 하마터면 부딪칠 뻔했네. 고개를 물리는 게 조금만 더 늦었으면 접촉 사고가 날 뻔했다.

하지만 놀랄 겨를은 없었다. 리케도르안의 얼굴이 훌쩍 가까워졌기 때문이었다.

철컹.

묵직한 쇠사슬이 움직이는 소리, 그리고 팽팽하게 당겨지는 소리가 들렸다.

왜 이러는 거지?

생각해 보면 저 사슬, 엄청 굵고 무거워 보이는데, 리케도르안은 어떤 인격이든 간에 너무나도 쉽고 가볍게 당겨 버린단 말이지.

나는 꿀꺽, 숨을 삼켰다.

의식하지 않으려 했지만, 어린 성자 같은 그의 얼굴이 바로 앞에 있었으니까.

"저, 무슨 말을 하려고……."

이렇게 다가온 거니?

뒷말은 차마 나오지 않았다. 내 다리 사이로 파고든 그가 너무 가까웠기 때문이었다. 몸을 뒤로 물리면 좋겠지만 섣불리 뺐다간 뒤로 넘어질 것만 같았다. 그렇게 내가 그를 가둔 건지 그가 나를 잡아먹으려 하는 건지 모를 이 아슬아슬한 자세에서 나는 겨우겨우 입술을 열었다.

"왜……."

"……은 싫어요."

"네?"

"남동생은 싫어."

나는 눈을 크게 깜빡였다.

"어……."

그걸 이 자세에서 하면 상당히 미묘한 분위기로 들리는데?

"저 혹시 내가 잘못 들었나요?"

"아니요. 싫다고, 했어요."

우리가 워낙 가까운 탓에 느릿하게 깜빡이는 속눈썹의 움직임마저 선명하게 보였다.

"아니, 하지만 당신은……."

나는 당황하지 않은 티를 내지 않으며 애써 천천히 말했다.

"남동생이, 어떤 의미인 줄도 잘 모르잖아요?"

그를 무시하는 건 아니다. 하나 그는 처음에 '산책'이라는 단어의 의미를 모르지 않았던가. 이를 보아서 그는 겪지 못한 것, 가지지 못한 것에 대해선 잘 알지 못하는 것 같았다. 그러니 형제가 없으면서 동생에 대한 의미라거나 느낌을 알 거라고 생각하지 않았다.

내 말에 그는 정곡을 찔린 것처럼 얼굴을 살짝 물들였다.

"아, 알아요."

"……알아요?"

"네, 알아요!"

미심쩍은 물음에 그가 발끈하여 더욱 크게 말했다.

워 깜짝이야. 상급 간수로 바뀌며, 더는 쇠창살 밖에는 감시 인원이 없어서 들을 사람이 없단 게 다행이었다. 아니었으면 저 밖까지 작게나마 들렸을 것 같았으니까.

그런데 왜 이렇게 발끈한 거지?

"아니, 그렇게 발끈할 일……. 뭐. 그래요."

그래. 그럴 수 있지.

"그럼 어떤 의미인데요?"

우리 사이는 여전히 가까웠다. 리케도르안은 불편하지도 않은지 내 양옆을 짚은 자세를 유지했다.

덕분에 나는 그의 눈동자를 포함해 그의 목에 걸린 구속구마저도 선명히 볼 수 있었다. 잔뜩 붉어진 그의 목울대가 꿀꺽 움직이는 것까지도.

"이건…… 알아요."

청아하던 목소리가 살짝 낮아졌다. 이건 이상한 느낌을 자아냈다. 괜스레 발바닥에 땀이 나는 것 같달까. 동시에 옆을 짚었던 그의 손이 살살 움직였다.

"메리다가 알려 줬어."

손끝과 손끝이 닿았다.

"피가 섞인 사람과 친구는 이렇게 손을 잡을 수 없다고."

두 쌍의 눈동자가 정면으로 마주쳤다. 수줍게 내 손등 위를 맴돌던 그의 손이 손가락 사이로 파고든 건 그 순간이었다.

"이아나."

나는 목 안쪽을 살짝 긁는 듯한 음성에 움찔했다.

"당신은 내게, 쿠키를 줄 때 이렇게 잡아 줬잖아."

리케도르안의 손끝이 파르라니 떨렸다. 얼마나 긴장을 한 것인지 손끝으로도 알 수 있었다. 이상하지, 그 긴장이 내게로 넘어오는 기분이었다. 찬 손끝이 내 손을 깊이 파고들 때마다 숨이 절로 넘어간다.

……리케도르안이 이렇게 컸나? 아니, 성장한 것은 아니었다. 잔뜩 붉어진 얼굴은 내가 아는 순진한 얼굴 그대로였다. 하지만 나는 그가 소년 모습에서도 나보다 크거나 비슷하단 사실을 다시 한번 인식할 수 있었다.

리케도르안의 얼굴이 나보다 미묘하게 높은 위치에 있었다. 고개를 꺾으면 금방 입술이 닿을 것처럼.

"……싫었어요?"

아니……. 싫고 말고를 떠나서 그건 당신한테 마법을 써 주려고 넘겨줄 때 이야기잖아.

"아니, 싫지는 않았는데."

"그럼?"

"좋다고 말할 상황도…… 윽."

나는 눈을 난감하게 굴렸다. 반쯤 눈을 내리뜬 청초한 낯이 피할 새도 없이 앞에 있었다.

"일단 더는 다가오지 말아. 거기서 얘기해."

이 얼굴은 반칙이잖아.

"……도대체 그런 잘못된 개념을 심어 준 사람이 누구예요? 메리다? 그 사람은 누구죠?"

지난번에도 리케도르안에게서 한 번 나온 적 있는 이름이다. 나는 애써 상황을 피할 궁리를 하며 말을 돌렸다.

"메리다는 나이 든 하녀였어요. 가끔 내 옷을…… 가져다주고 물을 가져다주는."

일종의 유모 역할을 한 사람이었던 걸까. 내가 기억하는 이름은 아니었으니 알 수 없다. 주요인물은 아니었을 것이다. 적어도 리케도르안 생에는 꽤 중요했던 사람 같지만.

"음, 그래요. 중요한 사람이었구나."

나는 이렇게 말하며 살살 손을 들어 올렸다. 리케도르안이 잡고 있는 통에 그의 손도 같이 딸려 올라왔다.

"그런데요, 뭐, 친구나 남매라고 이렇게 손을 잡을 수 없는 건 아니거든요?"

성별이 다른 친구면 확실히 좀 유별난 거고, 친남매면 경우에 따라서 절대 못 할 일일지도 모르겠다 싶지만 그건 얘기하지 않았다.

오빠가 했던 행동이나 르나그를 보아선 가능성이 있어 보인다. 스킨십이 보편화 되어 보이는 이 세계는 다를 수도 있는 거잖아?

"그러면요?"

"뭐가 그러면요예요?"

"이것도 되는 건가요?"

리케도르안이 고개를 갸웃했다.

"뭐가요?"

묻다 말고 아차 싶었다. 이틈을 틈 타 손을 빼려 했었는데, 손이 다시 붙잡혔다. 아프지는 않았다. 차르르륵, 그저 늘어진 쇠사슬의 감촉이 선명하게 손목에서 느껴졌을 뿐.

"메리다가 그랬는데."

리케도르안의 상체가 천천히 기울어졌다. 그리고 나는 나보다 큰 몸에 파묻힌 꼴, 거의 안기다시피 한 자세가 되고 목덜미로 그의 숨이 느껴졌다.

"이렇게도 함부로, 해선 안 된다고. 정말…… 그래요?"

이상하게도 소년에게서는 지하의 꿉꿉한 냄새가 전혀 나지 않았다. 도리어 좀 더 시원한 듯한 상쾌하고도 청아한…… 백합 향이 나는 것 같았다. 설마 이런 것도 주인공 보정인가? 애써 쓸데없는 생각을 하며 눈을 굴렸다.

"이렇게……."

거기까지 생각한 나는 몸을 크게 떨었다. 홱 얼굴을 들어 올렸다.

지금, 무슨…….

목덜미, 아니, 상의가 살짝 내려온 빗장뼈 근처로 푹신한 감촉이 내려앉았었다. 날숨이 닿았던 감각이 생생했다. 분명 이건.

입술이었다.

"……하는 것도, 안 돼요?"

"뭐, 뭐, 뭘……."

그가 내 머리보다 아래에서 눈만 살짝 굴려 나를 향했다. 리케도르안의 속눈썹이 살랑 움직였다. 뜻밖의 순진한 시선이었다. 그것도 저 붉은 입술을 달싹이면서.

"나랑 하면 안 돼요? 할래요?"

"……주어든 목적어든 붙여 줄래요?"

오해하기 딱 좋은 말이니. 나는 뒷말을 꾹 삼키며 그의 손을 잡았다. 어느새 내 등까지 살짝 올라온 손이었다.

세상 요망한 짓은 다 해 놓고서 얼굴과 시선은 제가 무슨 일을 한 거냐는 듯 무언가 배워도 단단히 잘못 배운 아이처럼 순진하기 짝이 없었다.

"그, 목에 입술을 묻…… 아니, 그런 건 어디서 배웠어요."

"메리다가 하면 안 된다고 했어요."

"그거야 당연하죠. 아니, 당연하니까 하지 말아요."

아마도 메리다란 하녀를 만났을 당시의 리케도르안은 아주 어린 아이였을 것이다. 어린아이가 친근한 어른에게 얼굴을 비비는 건 자연스러운 일이다.

문제는 이렇게 커진 채로 할 만한 행동은 아니란 거다. 거, 제가 오해했네요, 메리다 씨. 아주 잘 가르치셨습니다.

"잘 배우셨네요. 하지 말아요."

"그럼, 여기지 않아 줄 거예요?"

"네? 뭘요?"

"남동생."

그가 귓가에 작게 속삭였다. 잔떨림이 남아 있는 목소리가 어째서인지 청년인 그의 모습보다 더욱 큰 긴장을 불러일으켰다.

"……그건 그냥 느낌이."

그랬다는 거지, 실제로 당신을 남동생처럼 보겠느냐, 이런 말을 해야 할 텐데 말이 잘 나오지 않았다. 이건 다 이 남자가 대담하게 손목을 잡은 주제에 나보다 더 떨고 있어서다.

뺨도, 목소리도, 손끝도.

나는 순순히 인정했다. 이 크기와 떨림은 결코 귀여운 옆집 동생으로 여길 수준이 아니었다.

"이래도요? 아무렇지 않게 느껴져요?"

"뭘 이래도요, 에요? 이렇게 떨고 있으면서."

정곡으로 지적했더니 그가 움찔 떨었다. 곁눈질로 보이는 옆얼굴에 얼핏 열기가 스쳐 지나간 것 같았다. 잘못 본 것이 아니라 새하얀 귀가 발긋 물드는 것이 눈에 들어왔다.

"그치만 나, 나는 이렇게 하고 싶은데."

조금 탁하지만 여전히 청아한 음성이 말을 살짝 더듬으며, 슬그머니 머리를 내렸다.

"당신 탓이야."

툭. 머리의 무게가 어깨에서 고스란히 느껴졌다.

"왜, 오늘은 나를 보지 않아요?"

그는 내 오묘한 기분을 알아채기라도 한 듯이 핵심을 찔렀다. 왜 보지 않느냐니, 이렇게 가까운 거리에서 눈까지 마주쳐서 어떡하라고.

"내가 어떡하면 나를 봐줄…… 거예요?"

하지만 이쪽은 오늘 작정하고 날을 잡은 것인지 심장에 매우 무리가 가는 얼굴로 나를 빤히 응시했다.

저 하얀 낯을 잔뜩 붉히면서.

"벼, 별로예요? 보기…… 싫어요?"

그럴 리가 있겠나. 그저 나를 관짝에 보내려고 작정한 게 아니라면 보고 싶지 않을 따름이지. 나는 작게 숨을 내쉬었다. 오늘따라 왜 없던 어리광이 느셨을까?

"그럴 리가 있겠어요."

"그럼……."

"일단 놔 봐요. 우리 놓고 얘기하죠. 네?"

리케도르안은 머뭇거리면서도 내게서 떨어졌다. 이렇게 닿은 것도 닿은 것이라고 체온이 떨어지자 조금 으슬으슬한 느낌이 들었다.

예전에 짐승은 인간보다 체온이 더 높다고 들은 건데. 설마 리케도르안도 그런 걸까? 가만 보면 이 지하에 있으면서도 추위에 떠는 걸 거의 본 적이 없다. 부친에게 맞아서 아픈 것 때문에 으슬으슬 떤 것을 제외하면 말이다.

리케도르안은 내게서 떨어졌지만 그럼에도 포기하지 못한 것이 있었다. 여전히 내 손을 놓지 않겠다는 듯 살포시 깍지를 낀 채, 눈치를 보듯 내 눈을 보았다.

마치, 여기까지는 돼요? 하고 묻는 것처럼.

……이것 참 요망한 건지, 순진한 건지.

나는 작게 헛숨을 들이켰다.

그러고는 그의 손을 찬찬히 훑어보았다. 조금 전부터 신경 쓰이던 것이 있었는데……. 곧 내 시선이 한곳에서 멈췄다.

아, 역시나.

그의 손목은 수갑에 살짝 긁혀 붉어져 있었다. 아까 쇠사슬 당겨지는 소리가 예사롭지 않다고 했어.

그는 내 시선을 머무는 곳을 바라보더니 무엇이 문제냐는 듯 내 시선을 따라 고개를 모로 돌렸다.

"……손목 안 아파요?"

아픈 걸 아프다 말할 줄 모르는 무구한 아이, 아니 짐승을 보는 기분이었다.

"아프지 않아요."

그에게서 작게 흘러나오는 음성을 듣고 웃어 버렸다. 이 남자를 어쩌면 좋을까. 생각하면서.

"그래요, 지금은 모르지만 언젠가는 아픈 게 뭔지 알았으면 좋겠어요."

아무래도 이건 내가 알려 줄 수 있는 것이 아닌 모양이다. 나는 그의 손을 마주 잡았다.

"아픔을 깨닫는 건 중요하니까."

그가 발그레해진 얼굴로 나를 바라보았다.

"아픔은 더 큰 위험을 경고하는 신호이기도 해요. 당신이 더 위험해지지 않게. 그러니까 무시하지 말아요. 그리고 나를 아프게 하는 것들을 그냥 두지 말아요."

"…아프게 하는 것들."

"그래요, 지금 당장 아무것도 할 수 없다면요."

나는 그의 손을 잡지 않은 손을 들어 올려 가슴 위에 올렸다.

"기다려요. 기회를."

내가 알려 주는 것이 뭐 얼마나 도움이 될지 모르겠지만. 상식을 알려 주는 것 정도는 괜찮을 테다.

"언젠가 모두 돌려줄 날을요."

이날은 당신에게 꼭 올 테니까.

그는 전부 이해하지는 못한 것 같았지만 천천히 고개를 끄덕였다.

"알았죠? 아프면, 아프다고 말하기, 상처는 싫다고 여기세요. 자, 따라 해봐요. 싫어요, 안 돼요, 안 살 거야."

나는 장난스레 끝말을 덧붙였다. 옥장판 안 사요. 물론 여기서는 통하지 않을 농이었다. 리케도르안은 앞쪽의 표현만 이해했는지 되풀이했다.

"싫다고요?"

"응. 싫다고요."

그가 싫다, 싫다…… 작게 중얼거렸다. 그러더니 고개를 바로 했다.

"……기억, 할게요."

시리도록 청아한 푸른 눈이 나를 눈에 박아 넣듯이 올곧게 응시했다.

"아무도 내게…… 알려 주지 않았어요."

그가 깍지를 낀 손에 힘을 주었다.

"당신 말고는."

기뻐 보이는 얼굴이었다. 언젠가 유기견이 자신을 데려가는 입양자를 보며 환히 웃음을 터트리는 영상을 본 적 있다. 말을 할 줄 모르는 동물도 이토록 선명하게 웃을 수 있구나 신기했다.

지하에서 처음으로 꺼내 준 것이 나니까 이런 반응은 어쩔 수 없을 것이다. 바꿔 생각해 나였다 하더라도 내게 이렇게 해 준 사람을 잊을 수 없을 것 같으니까.

하지만 나는 알고 있다. 내가 아무리 무언가를 해 준다 한들 여기까지라는 걸.

"그리고 한 가지만 더요."

나는 입술을 끌어 올려 장난치듯이 미소 지었다.

"내게 정 주지 말아요."

명확히 하자. 내가 당신에게 줄 수 있는 것은 기한도 한계도 명확하기 때문이란 것을.

"전에 한 말 기억나죠? 먹을 거 함부로 받아서 먹지 말라는 말."

그가 멈칫했다.

"누가 언제 어디서 당신을 속이고 당신의 등을 칠지 몰라요. 그러니까 나조차도 믿지 말아요."

나는 그저 알량한 호의만을 베풀고는 사라질 사람이니까.

"……싫어요."

"네?"

"싫은 건, 싫다고 말하라고 했어요."

그가 퍽 단단한 눈길로 말했다. 나는 이에 조금 놀란 얼굴을 숨기지 못했다.

"와……. 빨리 배우네."

이렇게 말하는 한편 우습게도 장하다는 기분이 들었다. 사람을 향해 이러면 안 되겠지만, 반려동물을 키우는 기분이 이런 기분일까 싶기도 했다.

"근데 내가 한 말은 사실이니까 새겨들어요. 나한테 정 줘서 당신에게 좋을 것 없어요."

"왜……. 그렇게 말해요?"

그는 슬픈 얼굴이었다. 이해가 어려운 표정이기도 했다. 나는 그의 뺨을 콕 찔렀다.

"일단 나는 당신의 손목이 이러해도 약을 가져오지 않는 한 바로 치료해 줄 수 없고."

시선을 흘끗 내려 그의 손목을 느릿하게 훑고 떼어냈다.

"또…… 지금 당신에게 나쁜 짓을 하나 하러 온 거니까요."

나쁜 짓, 암. 그래. 나쁜 짓이지. 제이르가 주었던 도구를 떠올린 나는 속으로 쯧 혀를 찼다.

"나쁜…… 짓이요?"

여기까지 말하면 아무리 리케도르안이라도 경계할 법하겠다 싶었다. 그렇게 나오면 어쩔 수 없다 여기고 물러날 생각도 있었다. 아무리 생각해도 이 남자를 일부러 아프게 하는 짓은 내 원칙에도 양심에도 맞지 않았다.

그리고 이렇게 생각한 것과 동시에 몸이 살짝 딸려 움직였다.

"그럼, 그 나쁜 짓, 당하면."

"어……."

"옆에 있어 줄 거예요?"

리케도르안이 당기는 것은 좋았는데, 내가 당황한 나머지 균형을 잡지 못했다.

그대로 무너지려는 몸을 리케도르안이 잡았다. 그러나 그도 급작스럽게 잡은 통에 대비하지 못한 것인지 균형이 기우뚱 기울었다.

어, 엄마야?

결국 리케도르안의 몸도 뒤로 기울었다. 시야가 뒤집히는 것과 함께 나는 눈을 질끈 감았다.

쿵!

꽤 커다란 소리가 났다. 그런데 이상하지, 하나도 아프지 않았다. 그저 살짝 얼얼하고 푹신한 느낌이 들었을 뿐.

눈을 뜨자 하얀 셔츠가 눈에 고스란히 들어왔다. 동시에 눈을 감은 채 찡그린 리케도르안이 보였다.

"리, 리케도르안? 세상에, 괜찮아요?"

"으……."

아무리 그래도 감방 벽에 정면으로 박은 건 아픈 모양이었다. 살짝 나른한 신음을 흘렸다. 상황도 잊고 얼굴을 붉힐 뻔했지만, 얼른 정신 차리고 몸을 일으켰다.

"세게 부딪친 거예요? 아니, 그렇게 사람을 왜 잡아. 아니. 아니지."

나를 붙잡은 사람을 탓하면 되나. 나는 내 뺨을 찰싹 두드리고는 얼른 그를 살폈다.

그의 쇠사슬이 워낙 무거운 탓에 뒤로 넘어질 때 더욱 하중이 실린 듯했는데, 다행히 부딪친 것 외에는 큰 부상은 없어 보였다.

나는 괜스레 족쇄와 쇠사슬을 노려봤다.

그러다 한숨을 쉬었다.

"……피가 안 난 것을 다행이라 말해야 한다니. 유쾌하지는 않네요."

"괜찮⋯⋯."

"괜찮다고 하지 말아요. 안 괜찮아 보이니까."

나는 그의 몸에서 내려와 그를 일으켰다. 아울러 이 쇠사슬이 얼마나 무거운지 다시 한번 깨달았다. 내 몸이 절로 딸려 내려갈 만큼 묵직했으니까.

얼굴도 보지 못한 헤르님 대공에 대한 욕이 절로 흘러나왔다.

"저기요, 리케도르안. 내가 할 말은 아닌 걸 정말 잘 아는데 말이죠."

나는 못마땅한 낯으로 수갑을 잡았다.

"웬만하면 당신에게 이거 채운 사람은 용서하지 말아요. 알았죠?"

"⋯⋯용서요?"

그는 무구한 눈으로 나를 응시했다. 어느새 아픔은 잊은 듯 맑은 눈이었다. 참 회복도 빠르기도 하지.

"네, 용서요. 당신 같이 어린 사람한테 이런 걸 채우는 게 제정신이에요? 이 지하만 해도!"

물론 나는 이미 알고 있었다. 훗날의 리케도르안은 모든 걸 용서한다는 것을. 그런 것으로도 모자라 자신을 학대한 부친을 죽인 악당 체이서에 대한 원한을 숨기지 않는다는 것도 안다. 그는 어쨌거나 정의로운 가문 헤르님의 수호자, 그 고결한 정신을 이어받은 남자주인공이었다.

그래서 지금도 이렇게 누군가를 도무지 미워할 수 없을 것 같은 눈을 하고 있는 걸까.

나는 입을 꾹 다물었다.

아픔을 모르는 사람, 미움도 증오도 훗날 모두 용서하는 사람에게 내가 말을 해 봐야 어찌하겠나. 왠지 계속 이야기했다가는 댁네 부친이 아주 그냥 개새끼여, 하고 말해 버릴 것 같은 심정에 입을 얌전히 다물기로 했다.

"……용서하지 말아요?"

"네? 아니…… 아니에요. 그냥 흘려들어요."

나는 수갑을 잡았던 손을 놓으려 했다. 그러나 그보다 빠르게 그의 손에 붙잡혔다.

"그렇게 하면, 그렇게 해서 당신이 편하다면 안 할게요, 용서."

"……네?"

물끄러미 그의 얼굴을 바라보던 나는 작게 웃음을 터트렸다. 그는 마치 회사 나가는 주인의 옷자락을 잡는 강아지 같은 얼굴을 하고 있었으니까.

"……아뇨, 그러지 말아요. 날 위해서는 더더욱."

나는 망설이다가, 결국 하려던 말을 툭 뱉었다.

"나 곧 출소해요."

"출소?"

"이 감방을 나간다고요."

다른 손으로 그의 손등을 덮었다.

"우린 아마 다시 보지 못할지도 몰라요."

잘은 모르지만 그렇지 않을까. 아니, 그럴 거다. 확실했다.

훗날 리케도르안이 감방을 나가게 되면 이 나라에서 가장 고귀한 신분이 된다. 바로 대공이라는 대단한 신분이. 그에 반해 나는 뭐, 나쁘지 않은 가문임이 분명했지만, 가문의 후광을 입고 뭘 할 예정이 아니라서 말이다. 중앙으로 나올 생각이 없었다.

"그래서 난 가기 전에 마지막으로 당신에게 나쁜 짓 하나 하러 온 거예요."

이쯤 얘기하자 리케도르안이라도 어쩔 수 없었는지 그의 눈동자가 속절없이 떨리는 것이 보였다. 역시, 대놓고 나쁜 짓 한다는 얘긴 조금 그렇겠지?

이리 생각한 순간이었다.

"나……간다고요?"

"네? 아, 네. 맞아요. 나가요, 저."

고개를 끄덕였다. 이건 그에게 확인사살과 같았나 보다. 그의 시선이 거세게 흔들렸다.

"여기서……."

음, 아무래도 충격이 없을 수는 없었겠지? 나는 그가 받아들일 수 있는 시간을 주고자 잠시 침묵을 유지했다. 그와 동시에 슬쩍 시선을 옮겼다. 나라고 정이 쌓이지 않은 것은 아니었으니 그렁그렁한 그의 모습을 보고 있는 것이 유쾌하지는 않았던 터다.

괜스레 애꿎은 벽만 바라보며 살살 문지를 때였다.

달칵.

어라, 이건 뭐지.

손가락이 한곳에 덜컥 걸렸다. 분명 일정한 배열의 벽돌을 만지고 있었던 것 같은데. 나는 손을 떼어냈다. 그러고는 다시 만져 보았다. 이건 홈 같아 보이는데. 호기심을 참지 못하고 자세히 살펴보았다.

조금 어둑하긴 하지만 유심히 보면 이 벽돌만 다른 벽돌과 조금 다르게 생긴 것 같았다.

그러고 보니 여기만 더 어둡기도 하고? 평소에 리케도르안이 늘 등지고 있던 곳이라 보지 못한 부분이기도 했다. 나는 한참을 들여다보다가 이것이 무엇인지 겨우 깨달을 수 있었다.

"……꽃? 아니, 장미?"

무언가를 덧그리듯이 홈을 파둔 것 같은데, 이것이 무엇인지 정확하게 짐작이 가질 않았다.

꽃, 그중에서도 장미 같아 보이는데.

어느새 리케도르안마저도 의아한 얼굴로 이쪽을 보고 있었다.

"아, 저기 여기에 이상한 것이 있어서요."

내가 돌을 툭툭 조금 힘 있게 두드리며 홈을 살짝 긁을 때였다. 팔에 감겨 있던 것이 흔들림을 이기지 못하고 찰랑 부딪쳤다. 팔에 찬 것은 단연 제이르가 준 팔찌였다.

그리고 보석이 벽돌에 닿은 순간.

파아아앗,

새하얀 빛이 터져 나왔다.

"……빛? 이게 무슨……."

"이아나!"

차르르륵! 쇠사슬이 거칠게 흔들리는 소리가 들렸다. 눈부심에 못 이겨 뒤로 물러난 몸을 단단한 것이 붙잡는 것이 느껴졌다.

나는 그대로 눈을 꽉 감았다. 괜스레 로맨스 판타지 소설 속이란 것도 잊고 이 무슨 판타지 같은 일이야. 욕을 한 바가지 하면서. 따끔한 고통에서 천천히 눈을 뜨자, 눈앞에 거대한 공동이 보였다.

"……동굴?"

그렇게밖에 표현할 수 없었다. 그도 그럴 것이 리케도르안을 늘상 구속하던 쇠사슬이 있던 벽면, 그쪽이 뻥 뚫려 있었으니까. 고개를 돌려 리케도르안을 바라보자, 그도 얼떨떨한 얼굴인 것은 마찬가지였다.

"노파심에 묻는 건데 당신은 이런 게 있단걸 알고 있었어요?"

그가 절레절레 고개를 저었다. 그도 상당히 놀란 눈이었다.

"그보다 당신 쇠사슬이……."

쇠사슬이 꽂혀 있던 벽이 사라졌으니 당연히 그의 쇠사슬 또한 잘려 있어야 하는데, 그렇지 않았다. 오히려 그의 목과 팔, 다리와 연결된 쇠사슬은 어디론가 연결되어 있었다. 시선이 쇠사슬을 쭈욱 따라 기차가 지나가듯 이어졌다.

놀랍게도 그의 쇠사슬은 구멍 안쪽으로 길게 연결되어 있었다. 어두운 탓에 안쪽을 볼 수는 없었다.

"엄마야, 어떡해……."

나는 눈을 찌푸렸다. 지금 당장은 리케도르안이 숨죽여 살아도 모자랄 기간이었다. 오히려 제이르의 마법도구를 받아다가 그를 일부러 앓게 해도 모자랄 상황이었고.

그런데 이런 상황에서 이런 구멍이 뚫린 것이 상부에 알려지면 어떻게 될까?

르나그뿐만 아니라…… 헤르님 대공마저 알게 되면?

등 뒤로 식은땀이 흘러내렸다. 상상은 결코 좋은 쪽으로 흘러가지 않았다. 헤르님 대공이 이 상황을 좋은 쪽으로 해석하든 나쁜 쪽으로 해석하든 문제였다.

사고를 친 거라면 사고를 쳤다고 좋아하지 않을 것이고, 이걸 리케도르안이 했다고 믿어도 문제였다. 각성했다고 믿을 테니까. 그러다 아직 실제로 각성하지 못한 그의 모습을 보고 실망하기라도 한다면, 더한 학대가 이어질지도.

나는 입술을 깨물었다.

어떡하지?

이대로 밖으로 나가 상급 간수에게 알릴 수는 없다. 일이 너무 커질 것이다. 그때, 내 눈에 제이르의 팔찌가 잡혔다. 왜인지 이것이 깜깜한 구멍 앞에서 홀로 희미한 빛을 드러내고 있었다.

'빛이 한 방향을 가리키고 있어.'

흰빛은 마치 나침반이라도 된 양 동굴 안쪽으로 뻗고 있었다. 마치 우릴 향해 들어가 보라고 등을 밀듯이.

"저, 리케도르안……. 지금부터 저기 들어갈 거거든요?"

나는 꼴깍, 숨을 삼켰다.

"만약, 내가 저기 들어가서 나오지 않으면요. 아주 커다란 소리를 내서……."

"시, 싫어요."

"네? 아니, 저도 금방 나올 거예요. 혹시 모르니까."

"가…… 같이 가면 안 돼요?"

차르륵. 리케도르안이 손을 뻗자, 쇠사슬이 부딪치는 소리가 들렸다. 그가 내 옷자락을 붙잡고 도리도리 고개를 저었다.

"저도, 같이 가요."

그가 입술을 깨물고는 굳은 얼굴을 했다. 그런 그를 보며 조금 무심히 리케도르안이 산책이 아니면 이렇게 쇠사슬에서 자유로울 일이 또 언제 있겠냐는 생각이 들었다.

"그래요, 그럼 같이 가 봐요."

어째서 갑자기 이 벽이 날아가 버렸는지 이유는 알 수 없었다.

하지만 문제의 해결책은 늘 가까운 곳에 있다는 말처럼 저 안에 뭔가 실마리가 있진 않을까? 밖에 알릴 수 없는 상황에서 지푸라기라도 잡아야겠다 싶은 심정이었다.

"그럼…… 가 볼까요? 이전에 혹시나요, 조금이라도 위험하겠다 싶으면 우리 뒤도 돌아보지 않고 뛰는 거예요. 도망, 알았죠?"

"네, 알았어요."

그가 얌전한 얼굴로 끄덕끄덕 고개를 주억였다. 그 모습을 보며 잠시 나와 리케도르안이 돌아서서 함께 달려가는 상상을 했다. 뭐랄까, 흡사 개와 사람의 경주 느낌인데.

거기까지 상상한 뒤에 리케도르안의 옷자락을 잡았다.

"저기, 여차하면 나 잡고 뛰어야 해요? 무섭다고 두고 가면 안 돼요……. 귀신 돼서 쫓아갈 거야."

"네? 아, 네. 알았어요."

그가 말 잘 듣는 짐승처럼 고개를 움직였다. 반쯤은 농담이었는데. 어쨌거나 내가 한 농에 내가 긴장이 풀렸다.

나는 수감실 한쪽에 장식된 등을 빼냈다. 간수가 주기적으로 등불 혹은 횃불을 갈아 끼우곤 했는데, 운이 좋게도 오늘은 유리 돔 같은 것 안에 있는 횃불로 이런 거라면 촛불보다 오래가는 편이었다.

"좋아, 가 볼까요?"

나는 리케도르안의 손끝을 살짝 붙잡고 걸었다.

"손……."

"응? 왜요?"

리케도르안이 무어라 하려 했으나 눈이 마주치자 얼른 고개를 저었다. 횃불 위로 뺨이 살짝 붉은 것도 같았다.

구멍 안쪽은 상당히 어두웠다. 어찌나 깜깜한지 횃불로도 거의 세 걸음 앞쪽만 겨우 보일 정도라 자연히 걸음이 느려질 수밖에 없었다.

"너무 깜깜하죠?"

"네에……."

안 쪽은 꽤 서늘했고 따라서 손에 든 횃불과 서로 맞잡은 손만이 유일한 온기였다.

"그러고 보니 말이에요."

잘은 보이지 않지만, 리케도르안의 쇠사슬이 끝도 없이 앞으로 이어지고 있었으니 이 공동은 긴 복도 형식인 것 같았다. 그나저나 대체 어디까지 이어진 거야?

"혹시 이 감방에 대해서 들은 적 없어요?"

당연히 들어본 적 없을 거라 생각하고 던진 질문이었다. 리케도르안은 아주 어린 시절에, 멋도 잘 모를 시절에 이곳 지하에 갇혔을 테니까.

"들어 본 적 있어요."

하나 의외롭게도 답변이 들려왔다.

"들어 본 적 있다고요?"

"네…… 그 예전에 아버지에게서……."

거기까지 들은 나는 입을 꾹 다물었다. 어떤 상황에서 들은 이야기인지 듣지 않아도 뻔했다.

"음, 하기 힘든 이야기라면 하지 않아도 괜찮아요."

"네? 아뇨, 아뇨. 그런 건 아니고……. 생각해 보고 있었어요."

예상과는 다르게 그의 목소리는 평이했다. 덕분에 이 공간이 주는 어딘가 무겁고 음침한 공기가 이 청량한 음성으로 정화되는 기분이었다.

"아버지가 말하길…… 여긴 아주 오래된 공간이라고 했어요. 상상도 할 수 없이 오래전에 지어진 것이라고요."

이에 대해선 나도 들은 바 있다. 남작 아저씨가 신난 듯이 늘어놓은 것 중에 이 감방에 대한 이야기도 있었으니까.

〈이 제국엔 타국에 없는 특별한 세 가지가 있다고 하지 않나. 고대시대부터 이어져 지어진 지 천년이 넘는 이 감옥 '캄브라캄'.〉

이외에도 두 가지가 더 있었던 걸로 아는데, 바로 황궁과 장미였지? 아무튼 간에 고대시대부터 이어져 천년쯤 된 감옥이라면…….

확실히 이것 같이 요상한 것 하나쯤은 있을 법했다.

"나도 들은 적 있어요. 고대시대부터라고 했나? 지어진 지 천년이나 되었다던데. 그럼 뭔가 있을 법도 하네요."

나는 끙 소리를 내며 턱을 톡 쳤다.

"근데 고대시대란 건 뭘 말하는 걸까요?"

나는 아직 이 세계에 대한 기본 지식이 부족했다. 한국으로 치면 고조선, 웅녀, 환웅 뭐 이런 시조나 역사 같은 건 아예 모른단 얘기다.

남작 아저씨 얘길 들어선 여기가 뭔가 역사 깊은 곳이란 건 알겠는데 그게 뭔지 모르니, 지식이 전무한 거나 마찬가지다.

"그건 이 제국이 세워지기 이전의 시대를 말하는 걸 거예요."

"네? 알아요?"

나는 조금 놀란 낯으로 고개를 돌렸다. 그가 대답을 들려줄 거라 생각하지 못했으니까.

"조금은요? 아버지랑 메리다가 이야기를 해 준 적이 있어서."

그놈의 헤르님. 그 망할 대공은 애를 때리면서 강의라도 했다는 거야? 뭐야. 헤르님 대공에 대한 인식이 더욱 나빠졌다. 아무리 생각해도 좋게 생각할 수가 없는 인간이었다.

"아버지 말로는 장미가 활짝 피어 있던 시대였대요."

"장미요?"

그렇게 물은 나는 아, 하고 탄음을 토했다. 장미, 저것이 그냥 의미 그대로의 장미는 아닐 것 같았다.

〈장미란 제국의 다섯 가문을 일컫는단 얘기는 아주 유명하지. 그리고 각기 가문들이 가진 특별한 능력도 말일세.〉

'가문'을 이야기하는 거겠지?

"그때는 음, 장미가 왕이 될 수도 있던 시대라, 단 한 사람의 황제만 모시면 됐다고, 그래서 더 좋았다고 말한 적 있어요."

한 사람의 황제? 여기는 제국이었다. 따라서 황제가 있는데, 얘기에 나온 왕과 황제는 서로 다른가? 대충 영주가 영지를 다스리는 게 아니라 왕들이 나라를 다스리고 그게 모여서 제국이 되었다, 이런 말인가.

"황제요? 지금도 황제가 있지 않나요? 왕은 또 뭐예요? 달라요?"

"네. 조금, 다르다고 들었어요."

"어떤 것이요?"

"왕은 오직 장미만을 지배하는 사람이라고, 사실 무슨 뜻인지 저도 모르겠지만."

잠시 멈칫했던 리케도르안이 느릿하게 말을 이었다.

"아버지가 꼭 찾아야 한다고 했던 건 들은 것 같아요."

꼭 찾아야 한다라, 적어도 지금의 헤르님 대공은 못 찾고 죽을 것임이 분명했다. 기억하는 내용 속에 그런 것은 없었으니까.

여긴 여주인공과 남자주인공, 악당 간에 빨간색 넘치는 19금 로맨스였지. 아마? 새삼스럽게 리케도르안의 어린 얼굴을 바라보다가 다시 앞을 응시했다.

그러고는 손등으로 끙 턱을 치다가 그쪽을 다시 바라봤다.

"감옥 얘기는 그렇다치고요, 리케도르안."

"네?"

나는 빙글 몸을 돌려 그를 마주했다. 그의 모습을 쭉 훑는다. 열여섯, 나보다 두 살 어린 데다 어린 시절부터 갇혀 지낸 소년. 그래서 상식은 전혀 익힐 일이 없었고.

이렇게 보고 있을수록 왜 책의 내용이 시작부터 날것에 가까웠는지 익히 이해가 갔다.

여주인공 언니, 나중에 나한테 고마워했으면 좋겠네.

"당신, 나한테 조금만 배워야겠다."

"배……워요?"

사실 내가 들고 있는 돔 안의 횃불은 상당히 무거웠다. 철제를 심으로 사용한 데다가 돔의 무게까지 더해지니 묵직하다 못해 팔이 조금 아리다고 할까.

아마 리케도르안이 이걸 들고 내가 저기 굴러다니는 철 막대기 하나 드는 쪽이 위기에 대응하기 쉽지 않을까 싶다.

만약 이 불을 버리더라도 나는 멀리 던질 수조차 없을 테니까.

"응. 다음에 말이에요, 그러니까 나중에요."

나는 그와 쥔 손을 달랑 앞뒤로 흔들어 보였다.

"당신과 함께한 여성이 무거운 걸 들고 있으면, 한 번쯤 물어봐요. 아, 바로 들어 줄 필요는 없고, 이렇게."

나는 그의 손을 잡아다가 횃불을 들고 있던 팔 위에 올렸다.

"손이나 팔이 조금 파르르 떨리고 있다 싶으면 물어보면 어때요. 들어 줄까? 하고. 분명 그 사람은 당신을 더 좋아하게 될걸요?"

여주인공 언니를 상정한 말이었다. 이 남자는 훗날에서야 하나씩 이런 것들을 배워 가는 모양이니 한 가지쯤은 미리 배워 둬도 좋겠지.

리케도르안은 깨끗한 유리구슬 같은 커다란 눈을 굴려 나와 횃불을 번갈아 응시했다.

이내 이해한 듯 고개를 끄덕였다. 그 모습마저 말 잘 듣는 짐승 같았다.

"……들어 줄까요?"

조심스러운 음성에 내가 뿌듯한 마음으로 고개를 주억이는 순간이었다.

획, 시야가 뒤집혔다.

……어라? 어라라라.

"아니, 리, 리케도르안. 잠시만요."

발이 덜렁 들려 있는 기분이 묘하기 그지없었다. 왜 발이 떴느냐. 이 남자가 등불을 들랬더니, 나를 들어 올렸기 때문이었다.

그것도 공주님 안기로.

그러고서는 무엇이 잘못되었냐는 듯 순진무구한 낯으로 날 응시했다.

"저, 이게 아니라요!"

"들어 올렸어요, 이아나."

"아니, 그러니까……."

내가 아니라고 이 사람아.

"이렇게 가벼운데. 그런데 이 정도가…… 이아나한테는 무거운 거군요."

그가 해맑게 웃었다. 뿐만 아니라 그는 무언가 결심한 듯한 얼굴로 얼굴을 굳히기까지 했다.

"……기억해 둘게요."

나는 얼른 고개를 거세게 가로저었다. 아니야. 아니라니까, 선생님? 무언가 단단히 오해한 듯한 미소를 보며 뭔가 잘못되었음을 느꼈다.

"이아나, 당신 너무 가벼워요."

"그건 당신이 힘이 센, 아니 됐어요. 그보다 내려 줄래요?"

"……싫어요."

그를 바라보자, 그가 시선을 슬그머니 피했다. 그의 눈꼬리가 추욱 처졌다.

"싫은 건 싫다고 얘기, 하라고……."

"내가 알려 준 거 여기다 써먹지 말아요."

이 남자가 싫은 건 싫다고 말하라 시켰더니 나한테 써먹네. 그가 시무룩한 얼굴을 하면서도 단단한 팔에는 힘을 풀지 않았다.

"······안 돼요?"

"그 얼굴 하지 마요. 반칙, 반칙이야."

그렇게 그와 한창 실랑이 끝에 바닥에 내려올 수 있었다. 등불은 그가 든 채로 말이다.

"후, 어쨌든 시간이 많이 없으니까 얼른 가 봐요."

그는 왜인지 뿌듯한 얼굴로 나를 쫄래쫄래 쫓아왔다. 아마 여차하면 그러니까 다리가 아프면 그에게 다시 안기겠다는 약속을 받아 낸 후부터였다. 어째 갈수록 하는 짓이 짐승 중에서도 갯과 짐승을 보는 기분이네.

······아니, 앉아를 외칠 때부터 운명이었던 건 아닐까.

그나저나 여기 너무 어두운데, 더 밝힐 것은 없는 걸까? 나는 벽 쪽으로 다가서서 재질 따위를 확인했다. 이쪽도 감방 벽과 마찬가지로 돌이었다. 횃불이 꽂혀 있을 리는 없겠고, 그런 자리라도 없나?

"······너무 어두운데."

그렇게 중얼거린 순간이었다.

촤르르륵.

탁.

탁.

나는 눈을 크게 떴다.

"불이······ 켜졌네요?"

타이밍 좋게 불이 촤르륵 켜졌으니까. 그것도 파도 타듯이 켜지는 기이한 광경을 목격했다.

"리케도르안, 뭐 했어요?"

그는 꿀 먹은 벙어리 표정으로 고개를 흔들었다.

나는 슬쩍 제이르의 팔찌를 보았다.

설마 이게 또?

팔찌가 무언갈 어떻게 했다기엔 지극히 잠잠했다. 돌려보아도 희미한 불을 내고 있을 뿐 아무런 특별한 점은 보이지 않았다.

그래. 불이 켜지면 좋은 거지.

불이 켜지긴 했지만 아주 밝은 것은 아니었다. 그도 그럴 것이 불빛의 색은 짙은 푸른빛이었으니 을씨년스러운 느낌마저 들었다.

이는 벽 곳곳에 푸른빛을 내는 보석 아니, 광물 같은 것이 일렬로 콕콕 박혀 있는 탓이었다. 자세히 보면 동굴 속 사파이어나, 크리스털 느낌이기도 했다.

왜 하필 푸른 보석이람. 보통 푸른 조명은 공포 영화에나 쓰일 법한 조명 아니냐고.

괜스레 지난 공포 영화들이 생각나는 기분에 어깨를 떨었다. 밝긴 한데 분위기는 음산해진 느낌이었다.

여기서 조금만 더 가 보고 돌아갈까.

이제는 멀리 가고 싶은 마음마저 싹 사라지는 기분이었다.

다행스럽게도 길은 더는 이어지지 않았다. 얼마 걷지 않아 길 끝에 닿았던 것이다.

"여기가 끝인가 본데요?"

나는 그렇게 말하며 조금 넓어진 공간을 확인했다. 앞서 걸어온 곳이 긴 복도식이었다면 여기 공간은 광장처럼 동그란 형태였다.

그리고 여기엔 푸른 광물이 드문드문 박힌 대신 다른 색의 광물이 섞여서 박혀 있었다. 그 덕에 복도에서보다 앞이 더 선명하게 보였다.

찰칵.

쇠사슬이 부딪치는 소리가 들렸다. 리케도르안이 손목에 묶인 쇠사슬을 잡아당겨 보고 있었다.

"제 쇠사슬이 저기 연결된 것 같아요."

"그러게요, 저게 뭐지?"

사슬의 끝은 이 공간의 가장자리, 높이는 사람 허리쯤 오겠다 싶은 원형 기둥에 묶여 있었다.

기둥은 흡사 제단과 비슷한 형태였다.

나는 천천히 고개를 들어 앞을 응시했다. 줄곧 눈에 띄었지만 공간부터 살펴보느라 꺼내지 못한 것이었다.

"대체 저게 뭘까요?"

눈앞에는 거대한 석조 판이 있었다. 유적? 비석? 아니, 판이라고 밖에 말할 수 없겠다. 오래전 역사책에서 볼 법한 거대한 석조 판에는 칼로 후벼 내고 베어낸 것같이 날카로운 그림들이 있었다.

이걸 벽화라고 해야 하나?

리케도르안에게서는 답이 없었다. 아마 그도 모르는 것이리라. 나와 비슷한 얼굴을 하고 있었으니까.

"저건…… 장미 같죠?"

벽화는 거대한 원과 그 안으로 수없이 많은 원이 겹쳐져 있었고, 알아들을 수 없는 문자들이 중간중간 자리해 있었다.

원뿐 아니라 삼각형, 오각형 등 다양한 도형들이 등장해 기묘하고도 기하학적인 느낌을 자아냈다. 이는 어느 고고학적 유적을 훔쳐보는 느낌이었다. 눈으로 쭉 훑다보면 이 형언할 수 없는 문자와 도형의 나열에서 그나마 알아볼 수 있는 그림이 있었다.

꽃 모양이었다. 그것도 봉긋하고 동그란 모양이 흡사 '장미'같은… 아니, 장미였다.

"……그런 것 같아요."

리케도르안도 장미만은 알아볼 것이었다. 그도 그럴 것이 하나는 색이 붉은 장미. 그의 가문 문양이었으니까. 어린 시절엔 저택에서 살았으니 어디에서든 보았겠지.

장미는 총 다섯 송이였다.

네 개의 장미는 마름모 혹은 다이아몬드 형태로 배치되어 있었다.

나는 천천히 손가락을 들어 올렸다.

"……빨간 장미."

빨간 장미가 있는 곳에는 붉은 염료로 칠해진 장미 그림 외에도 크고 붉은 보석이 꽃잎마다 알알이 박혀 있었다.

반짝반짝.

보석은 신비로운 붉은색을 드러냈다. 그러나 왜인지, 보석 중 몇 개는 깨지거나 빛을 잃은 채였다.

멀리서 보기엔 꽃잎을 몇 장 잃은 장미처럼 보였다.

"저 보석, 얼마나 할까요?"

"……네?"

내 엉뚱한 소리에 그가 눈을 끔뻑였다.

비싸 보이는 게 건들면 안 되겠지? 이전 세계의 게임이나 영화에서 보았던 비슷한 환경의 경우를 보자, 늘 이런 곳에선 아무거나 건드리면 안된다는 교훈을 남겼다. 아쉽다. 리케도르안이 이상하게 보거나 말거나 나는 잠시 일확천금의 꿈을 품었다가 놓았다.

그래. 참자. 안 그래도 요상한 공간인데 잘못 건드리면 무슨 일이 일어날지 모른단 생각이 드니까.

"보여요? 붉은 장미 옆에는 이상한 게 붙어 있는 것 같은데요?"

그 외에도 붉은 장미 옆에는 동물인가 싶은 묘한 동물 형태가 그려져 있었는데, 대번에 알아보기가 힘들었다. 생긴 건 고양이 같은데 귀가 동글고 작았으며…… 털은 회색 바탕에 검은 점박이, 그리고 꼬리가 아주 길었다.

저렇게 생긴 동물을 오래전에 본 것도 같은데. 뭐라고 했더라?

리케도르안에게 물었지만 모르겠다는 답변이 돌아왔다.

"그리고 다음은…… 노란 장미?"

손가락이 오른쪽으로 내려간다. 그곳엔 샛노란 장미가 피어 있다. 막 개화를 앞둔 듯 꽃잎이 하나하나 나뉜 붉은 장미와 다르게 활짝 핀 모습이었다.

이뿐 아니라 번쩍번쩍한 황금 띠를 두르고 있었다. 붉은 장미의 꽃잎이 보석이라면 이쪽은 금박을 입힌 듯 번쩍번쩍해 보이는데……. 마찬가지로 장미 옆에 동물이 붙어 있었다.

"저건 알겠다. 뱀이네."

노란 장미의 옆에는 새하얀 색의 뱀이 가시와 잎을 둘둘 감고 있었다.

장미와 뱀이라니.

어울리지 않는 조합이라 생각하면서도 묘하게 잘 어우러졌다.

손가락이 다시 한번 아래로 내려간다.

이번엔 아래쪽, 붉은 장미와는 반대편 대치되는 자리에 있는 장미였다.

흑장미다.

"……그런데 저건 좀 이상하게 생겼는데?"

"망가진 것 같아요."

"네, 그렇게 보이죠?"

잠자코 있던 리케도르안도 끄덕일 만큼 흑장미의 모습은 조금 이상했다.

다른 장미들이 피기 직전이거나 봉오리인 것과 다르게 이것은 홀로 누가 검게 낙서해 둔 것처럼 짓뭉개진 느낌이었다.

타 버린 것처럼 너덜너덜하게 찢겨져 있기까지 하다. 바라보고 있으면 심장이 쿵쿵, 뛰고 기이한 느낌이 들었다.

"불길하네요."

더군다나 흑장미 중심을 장식했던 것 같은 보석은 산산이 조각나 있었다. 저게 원래 형태였다면 보석은 블랙 다이아몬드쯤이 아니었을까? 조각으로 겨우 짐작해 볼 수 있을 정도였다.

"……누가 부쉈나. 꼭 그런 느낌이네요."

으스스한 느낌을 지워 내며 장미의 주변을 살폈다. 흑장미 주변으로도 짐승 같은 형태가 보이긴 했다.

하나 신기하게도 두 마리였다.

"한쪽은 독수리? 까마귀 같고, 하나는 고양이? 재규어인가."

이쪽은 장미색이랑 통일이라도 한 것인지 둘 다 새카만 색이었다. 특히 새 쪽은 날개는 까만데 부리가 독수리처럼 구부러진 느낌이라 어느 종인지 알기가 어려웠다.

손가락이 거의 한 바퀴를 돌았다. 나머지 자리는 흰 장미가 차지하고 있었다.

"흰 장미도 영 상태가……."

이상하네. 흰 장미는 반쯤 핀 형태였지만 선을 그리듯 촘촘히 박힌 흰 광물이 누가 봐도 오염된 듯 검은 반점이 찍혀 있다. 멀리서 보면 벌레 먹히거나 병충해에 시들시들해진 장미 같기도 했다.

신기한 건 광물 중에 몇몇 개는 느리지만 제 흰빛을 되찾아 가고 있다는 거였다.

스스로 재생하려 하는 것처럼.

처음의 붉은 장미의 조각들이 아예 빛을 잃은 것과는 대조적이었다. 다른 장미들처럼 흰 장미 쪽에도 동물 형상이 있었는데, 흰 장미 옆에는 귀가 둥그런 형태의 동물이 장미를 품듯이 웅크리고 있었다.

"흠, 곰인가, 저건?"

손가락이 한 바퀴를 모두 돌았다.

그리고 마지막으로 한중간으로 이어진다. 신기하게 네 개의 장미와 각기 선으로 이어진, 한중간의 장미는 푸른 장미였다.

"허, 저건 또 왜 저래."

다만 이건 누가 도려내 가기라도 하듯이 꽃 부분이 푹 파여 있었다.

남은 건 잎과 줄기뿐이었다.

푸른 장미였다는 것도 가장자리에 조그맣게 남은 푸른색으로 짐작할 수 있을 뿐이었다. 그리고 이쪽은 장미 옆에 있을 동물 형태도 누가 푹 도려낸 까닭에 뭐가 있었는지도 알 수 없었다.

도려내진 것을 봐서는 긴 몸통에, 꼬리가 긴 형태였겠거니 짐작할 뿐이었다.

"멀쩡한 건 노란 장미뿐이네."

나는 그렇게 중얼거리고는 리케도르안을 향했다.

"노란 거 말고는 하나같이 멀쩡한 게 없네요, 그죠?"

"네."

그가 날 보며 끄덕였다. 사실 리케도르안은 석판 쪽에 관심이 통 없어 보였다.

그저 내가 바라보고 있으니 얌전히 기다려 준 느낌이었다.

"저게 뭘 뜻하는 것 같아요?"

리케도르안은 큰 눈을 깜빡이며, 모르겠어요, 하고 고개를 갸웃했다. 나도 그에게서 별다른 대답이 돌아올 거라곤 생각하지 않았다.

다만, 마음에 걸렸을 뿐이지.

……붉은 장미, 그리고 제국을 대표하는 '장미'.

〈이 제국엔 타국에 없는 특별한 세 가지가 있다고 하지 않나.〉

남작 아저씨가 말한 특별한 것 중 세 번째는 능력을 가진 '장미'였다.

〈여기서 장미란 제국의 다섯 가문을 일컫는단 얘기가 아주 유명하지.〉

과연 저 그림과 아저씨에게 들었던 다섯 가문과 전혀 무관할 가능성은 얼마나 될까.

……아주 적겠지.

리케도르안의 가문 문양은 '붉은 장미'다. 무엇보다 저 벽화 속의 붉은 장미, 꽃잎 하나하나마다 보석이 박혀 있고, 몇 개는 빛을 아예 잃었다.

……그리고 리케도르안은 몸에 그려진 장미의 꽃잎이 사라지기 전까지 '동반자'를 찾아야 한다. 다시 말해 시간이 지날수록 꽃잎이 떨어지지.

다 떨어지기 전까지 찾지 못하면 죽는다.

저 벽화와 아주 비슷하지 않은가?

"허……."

그렇다면 여주인공의 것은 흰색일 거고. 나는 반점이 찍힌 흰 장미를 보다 아래로 시선을 내렸다.

흑장미는 체이서의 것일 텐데.

'왜 저건 부서져 있지?'

뜻을 알 수가 없는 그림이었다. 뭔가 상징하는 것 같긴 한데 정보가 너무 없어서 어렵다고 할까. 어쨌거나 나와 상관있는 일은 아닌데 괜스레 마음에 걸리는 건 어쩔 수 없었다.

이 세계는 책, 즉 주연들을 중심으로 돌아간다.

저 벽화의 모습들이 주연들에게 변고가 생겼음을 뜻한다면…….

나비효과처럼 내 삶도 순탄하지 못할 수 있었다.

일단은 저게 연관이 있든 없든 기억해 두자.

그리고 이보다……. 나는 난감한 눈으로 기둥과 벽화를 번갈아 바라봤다. 처음에 분명 감방 벽을 원래대로 돌릴 방법이 있을까 싶어서 온 거였지. 하지만 도착한 이곳엔 저 요상한 벽화와 기둥 외에는 아무것도 없었다.

"어떡하죠……."

이대로 돌아가면 리케도르안의 감방은 금세 들키게 될 거고, 문제가 커질 터다.

헤르님 대공을 돌려보내기는커녕 그가 바로 달려올지도 모르고. 나는 끙끙 숨을 흘렸다. 옆을 바라보니 리케도르안이 내가 하는 양을 따라 하며 끙끙대고 있었다.

아니, 이 사람은 왜 이러는 거야?

"당신은 왜 끙끙대는 거예요?"

"……히, 힘들어 보여서요. 아, 안아 줄까요?"

"네?"

나는 눈을 깜빡거렸다. 이 남자가 부끄러움도 모르고, 뭐라는 거야, 지금. 나는 코를 찡긋 찡그렸다.

"……본인 입으로 말하고 그렇게 빨개지고, 눈도 마주치지 못할 거라면 하지 말지 그래요."

"그, 그래도……."

그가 시무룩한 얼굴로 어깨를 살살 흔들었다. 애교라도 피우듯이. 그의 어설픈 몸짓에 참지 못하고 웃음을 터트렸다. 그렇게 웃다 시선을 떨어트렸다.

아, 팔찌.

제이르의 팔찌가 여전히 희미한 흰빛을 드러내고 있었다. 허겁지겁 손을 들어 올렸다.

"팔찌의 빛이……."

한곳을 가리키고 있었다.

바로, 그의 쇠사슬이 이어진 기둥이었다. 나는 쇠사슬과 기둥을 번갈아 보다가 천천히 기둥으로 다가갔다.

"이아나."

"아, 리케도르안, 거기 서 있어 봐요."

나는 기둥 앞에 쪼그려 앉아 쇠사슬을 들어 올렸다. 언제 들어도 묵직하네.

"그대로 움직이지 말아요."

나는 쇠사슬과 이어진 부분을 유심히 살펴봤다. 팔찌가 괜히 이쪽을 가리킨 건 아닐 거다. 뭔가 없을까? 이렇게 보다 말고 조심스럽게 톡 팔찌로 건드려 봤을 때였다.

쿵.

땅이 흔들렸다. 나는 얼른 눈을 들었다. 방금 뭐야? 그러나 이미 팔찌의 보석은 기둥과 완전히 닿은 뒤였다.

쿠쿠쿵. 쿵!

발밑이 마구 흔들렸다.

"뭐야, 지진?"

정말 지진이야? 미친. 이건 스케일이 너무 크잖아! 나는 당황한 얼굴로 고개를 돌렸고, 리케도르안을 본 순간 멈칫했다.

"리케도르안?"

그가 상체를 숙인 채 양손으로 제 배를 부여잡고 있었다.

나는 지진도 잊고 황급히 그에게로 달려갔다.

"리케도르안, 리케도르안! 어디 아파요? 괜찮아요? 정신, 정신 차려 봐요!"

조금 전까지만 해도 멀쩡하던 그였다. 그런 그가 순식간에 식은 땀을 흘리며 괴로워하고 있었다. 벌어진 그의 입술로 밭은 숨이 절로 흘러나왔다.

땅은 여전히 흔들렸다.

팔찌를 닿게 하면 안 되는 거였나? 내가 어떡하면 되는 거였어!? 괜스레 스스로를 자책했지만 자책한다고 해결책이 나오는 건 아니었다.

"리케도르안, 정신 잃으면 안 돼요, 우리 돌아가야 해!"

흔들리는 땅이 심상치 않았다. 이곳은 아주 오래된 곳이라 하지 않았나? 어쩐지 튼튼하지 않을 것만 같았다. 여기서 무너지기라도 하면 끝장이었다!

그러나 그의 몸을 마구 흔들다 말고 나는 무언가 이상함을 느꼈다. 어라. 리케도르안의 몸이…… 조금 전보다 커진 것 같은데.

이는 착각이 아니었다.

천천히 고개를 드는 얼굴은 조금 전보다 더 길어진 머리칼이 이마와 눈을 살짝 가렸다. 땀에 반쯤 달라붙은 머리칼 사이로 나른하게 깜빡이는 눈매가 보였다. 날 담는 순간 긴 눈매가 느슨하게 휘어졌다.

"주인님."

난 입술을 깨물었다. 이 상황에도 농을 할 기력이 있을까.

"이아나라고 했지, 내 이름."

난 얼른 그의 옷자락을 붙잡았다.

"그보다 시간 없어, 일어나."

어느 쪽 인격이든 간에 데리고 이곳에서 나가야 했다. 아니나 다를까 툭, 투툭. 천장에서 돌이 떨어져 내리기 시작했다.

대체 왜 갑자기 무너지려 하는 건지 몰라도 얼른 빠져나가야 한다. 리케도르안은 잡힌 손을 잠시 보는가 싶더니 내 손을 떼어냈다.
그러고는 제 손을 휘감았다.

"나, 걱정해 주는 거야?"

가늘어지는 눈은 방금 막 천국에서 뚝 떨어진 천사인가 싶게 황
홀하고도 아름다웠지만, 여기에 빠져 있을 시간이 없었다.

"지금, 나, 꼬실 시간이 없다고! 일어나, 못 들었어?"

그가 배시시 웃었다.

"뭐야, 꼬시는 건 알고 있었어?"

"뭐?"

"그럼……."

내 어깨 위로 양팔이 올라왔다. 상황도 잊고 묵직함에 흠칫 놀
랐다.

"넘어와 주나?"

"진짜, 내 입에서 욕이 튀어나오길 바라?"

일단 이 남자 입부터 막아야 하는 건 아닐까. 천이라도 찢어서 입
을 막아 놔야 한다. 그리 생각하는데, 리케도르안이 자리에서 홱 일
어났다. 이어서 강하게 나를 잡아당기고, 시야가 흔들렸다.

눈을 뜨면 리케도르안의 품에 기대어 있었다. 내가 있던 자리에
는 꽤 커다란 돌이 떨어져 있었다.

"……봤지? 급한 상황인 거."

우리 얼른 여기서 나가야 해, 나는 들릴 듯 말 듯 속삭였다. 돌을
보고 놀란 가슴이 쿵쿵 뛰었다.

아, 목소리가 너무 작았나.

입을 열기도 전에 따뜻한 손이 내 손을 쥐었다.

"알았어."

그가 유혹하듯 성자 같은 낯으로 미소 지었다.

"네 말은 뭐든 들을 거야."

그는 그렇게 말하고는 휙 내 몸을 들어 올렸……. 왜 들어 올려?

"잠시만, 말을 잘 듣는 거랑 들어 올리는 건 무슨 상황인데?"

"네가 말했잖아? 무거운 건 들어 달라고."

"허, 뭔가 이상하게 기억하고 있는 것 같은데. 그보다 난 무겁지
않, 흡!"

가까워진 얼굴에 난 급히 입술을 다물고 머리를 물렸다. 그의 팔
이 단단히 날 붙잡고 있는 통에 떨어지진 않았지만 일정 거리 이상
멀어지지도 않았다.

리케도르안은 당황하는 대신 그대로 눈을 접어 아름답게 웃었다.

"아, 아까워라."

한껏 낮아진 음성을 귓가에 흘러내리면서. 쿵쿵. 손끝에서 뛰는 것
이 내 박동인지 그의 가슴에서 오는 것인지 알 수 없었다.

"아, 됐고. 일단 들었으면 달려, 어서!"

쿠르릉.

진동은 지금까지도 이어지고 있었다. 리케도르안은 기다렸다는
듯이 몸을 돌렸다.

"분부대로."

주인님, 날 놀리는 듯한 호칭을 잊지 않으면서.

그는 놀랍게도 나를 안은 채 한 손에는 등불까지 들고 달리는 기행을 보였다.

거기다 목과 손, 다리에 쇠사슬이 늘어진 것이라곤 믿을 수 없는 속도였다. 뒤를 살짝 보면 흔들리는 땅이 보였다. 벽이나 바닥이 쩌적 갈라지는 모습을 보자니 소름이 돋았다.

"……어쩐지 통로가 닫히는 기분인데."

"잘못 본 게 아닐걸."

그가 대답했다. 리케도르안은 짐짓 진지한 음성으로 낮게 중얼거렸다.

"앞쪽 통로도 좁아지고 있어."

달리고 있는 그가 말하는 거라면 맞을 것이다. 나보다 감각이 훨씬 좋은 남자였으니까.

"어떡하지, 주인님?"

그의 음성은 여유롭게만 들렸지만, 바로 옆에서 듣는 나는 알 수 있었다. 목소리 끝에 작게 어린 긴장을.

"……주인이 아니래도."

"그래, 이아나."

우리는 애써 긴장을 지우기 위해 하잘것없는 대화를 주고받았다. 다음은 본론이었다.

"좀 더 빨리 달려도 될까? 그래야 할 것 같은데."

그 말에 나는 흘끗 그의 다리 쪽을 보았다. 그러고는 앞을 보았다.

푸른빛이 깜빡이는 복도는 아직 끝이 보이지 않았다.

"……가능하겠어?"

"해 봐야 하지 않을까."

리케도르안이 나른하게 웃었다.

"이아나를 살리려면."

"……그런 농담은 하지 말아 줘."

내 삶을 감방에서 마감한다니, 그런 생각은 한 번도 해 보지 않았단 말이다.

"이거 내가 안고 있을게."

나는 품 안에 안은 등불을 톡톡 두드렸다. 횃불이 마구 일그러지고 있었다.

"이렇게 들면 앞이 잘 보이지?"

앞을 보고 달리던 리케도르안의 시선이 잠시 내게로 돌아왔다. 뜻을 알 수 없는 시선이었다.

"당신은 할 수 있을 거야."

물론 나는 그가 성인이 된 모습을 볼 때마다 그의 표정을 제대로 알아차리지 못하긴 했지만 오히려 그렇기에 일부러 장난스럽게 말했다.

"걱정 마. 내가 이걸 꼭 안은 채로 옆에서 빛이 될 테니까."

유리 돔을 톡톡 두드려 영화 속 주인공인 양 과장스럽게 말했건만 답이 돌아오지 않았다. 이상함에 고개를 들었다가 깜짝 놀랐다. 앞만 봐도 모자랄 사람이 나만 물끄러미 응시하고 있었으니까.

"앞, 앞을 봐!"

"이아나."

깊고 낮게 가라앉은 음성이 나를 불렀다.

"……그 말 꼭 지켜야 해?"

무슨 말? 이걸 안고 있겠다는 말? 나는 고개를 갸웃하다 말고 얼른 끄덕였다. 상황이 급했으니까. 그러자 그는 웃으며 다시 중심을 잡고 달렸다. 나는 눈을 크게 떴다. 마치 이전까지는 연습 게임이라도 됐다는 양 조금 전과는 전혀 다른 속도였다.

"……몸이 가벼워, 이아나."

리케도르안이 중얼거리는 것을 들었으나 나는 가벼이 받아들일 수 없었다.

본래의 그는 16살, 그리고 그의 신체도 16살일 거다. 하지만 지금은 억지로 미래의 모습을 끌어온 것이라 하지 않았나. 훗날 각성을 위해서 말이다. 제이르의 설명이 이랬었지.

그러니까 미래의 힘을 끌어다 쓴다는 건 결국, 현재의 그에겐 부담이 되는 것이 아닐까?

이를 뒷받침하는 것들이 있었다. 변화를 겪고 나면 정해지기라도 한 듯이 몸이 뜨거워지고 열이 나던 리케도르안이었다. 따라서 지금 모습으로 무리하듯 뛰는 모습이 마음에 걸렸다.

하지만 이것 말고 다른 방법은 없었으니 나는 별일 없길 바라며, 한 손으로 횃불을 꼭 껴안고 다른 손으로 그의 가슴을 붙잡은 채 지그시 입술을 깨물었다.

한참 이어질 것만 같던 복도에 드디어 끝이 보였다.

"저기!"

하나 이와 동시에 뒤에서 요란한 소리가 들렸다.

쿠쿠쿠쿵!

이전과는 전혀 다른 울림이었다. 그의 어깨너머로 돌아본 나는 입을 쩍 벌렸다. 진짜로 통로가 닫히고 있잖아? 말 그대로 뒤로 복도가 사라지고 있었다. 저 멀리서부터 책장을 덮듯 벽이 좁혀져 턱 턱 붙어버리더니 길이 사라졌으니까.

"리, 리케도르안, 더, 더 빨리!"

내 목소리의 다급함을 알아챈 듯 그의 발이 더욱 빨라졌다. 차르 륵. 쇠사슬 소리가 거칠게 울렸다.

조금만, 조금만 더……!

그리고 막 벽이 우리에게 닿을 찰나, 콰쾅! 거대한 울림이 눈앞에 서 멈췄다. 나는 등으로 느껴지는 쓰라림을 느낄 새도 없었다. 그저 헉헉, 숨을 몰아쉬며 앞을 바라볼 뿐이었다.

"하아…… 구멍이, 사라졌어."

눈앞에는 구멍이 온데간데없이 사라져있었다. 그저 벽뿐이었다.

심지어 처음 봤던 모습 그대로 리케도르안의 쇠사슬을 고정한 채 로 벽이 되어 있었다.

나는 얼떨떨함을 숨길 새도 없이 천천히 눈을 깜빡이다 리케도르 안의 눈과 마주했다. 그는 줄곧 그래 왔다는 듯 나를 빤히 응시하고 있었다. 벽 쪽으로는 시선도 주지 않은 것 같았다.

"······봤어요?"

내 물음에 그는 그저 고개를 느릿하게 기울일 뿐이었다. 나는 허탈이 웃음을 터트렸다.

'아니, 나만 놀란 거냐고.'

눈을 뜬 이후로 가장 큰 이슈라 할 법한 사건이 일어났는데 정작 나와 함께 겪은 사람은 이렇게나 태연한 얼굴이다. 어찌 어처구니가 없지 않겠는가.

나는 얼굴을 쓸어내렸다. 그러다 문득 주머니를 더듬었다. 다행히 내가 이곳에 가져온 주머니가 그대로 팽개쳐져 있었다.

주머니에서 시계를 꺼내서 본 나는 헉, 숨을 삼켰다.

시간이 없었다. 아니, 시간이 너무 오래 지났다. 나는 주머니에 있는 무언가를 손에 쥐었다가 폈다. 리케도르안을 바라보면 그는 여전히 성인의 모습이었다.

"아, 놀라라. 언제 옆에 왔어요?"

"계속 있었는데."

그가 장난치듯 고개를 내려 내게 얼굴을 내밀었다.

거참. 이성이 있는 리케도르안 쪽은 한참 힘겹게 고개를 내밀던데, 이쪽은 참 쉽기도 하구나 싶었다. 물론 부담스러울 정도로 잘생긴 건 마찬가지였지만.

"······얼굴부터 내밀지 말아 줄래요?"

"응."

"대답만 잘하지 말고."

나는 주춤 그의 가슴을 뒤로 밀었다가 이마저 붙잡혔다. 그에게 붙잡힌 손을 슬쩍 보았다가 느리게 한숨을 쉬었다.

그리고 그에게 붙잡힌 그대로 손을 들어 얼굴을 쓸어내렸다.

구멍으로 놀란 건 놀란 거고. 일단 뚫렸던 구멍은 사라졌고, 벽은 그대로 돌아왔다. 밖에 이 소란이 어떻게 들렸는지는 몰라도…….

분명 진동이든 지진이든 간에 무엇이든 전달되었을지도 모른다.

그러니 얼른 하려던 일을 진행해야 했다.

하려는 일이란, 단연 헤르닝 대공이 오지 못하게 하는 일, 그를 잃게 하는 일이다.

일단 고개를 들어 그의 모습을 담았다. 이건 되도록 이성이 있는 쪽에게 이야기하고 싶었지만.

나는 손을 뻗어 그의 옷자락을 잡았다.

"잘 들어요."

리케도르안은 옷자락을 잡은 내 손을 놓게 하더니 그 손에 천천히 깍지를 꼈다. 그러고는 고개를 기울였다.

"언제나 잘 듣고 있어."

……대체 이런 건 어디서 배웠을까.

상황도 잊고 궁금했지만 중요한 건 이게 아니었다. 나는 깍지 낀 손을 어색하게 바라보다 얼른 시선을 올렸다.

"이제부터 내가 나쁜 짓 하나 할 거거든요? 날 용서하지 않아도 상관없어요."

줄곧 할까 말까 망설였다. 그래서 이성이 있는 리케도르안 쪽에게 일부러 '나쁜 짓'이라 강조하기도 했다.

그가 싫다고 하면 하지 않으려고도 했다. 하지만 상황이 달라졌다. 조금 전의 지진 혹은 흔들림이 위쪽에 어떻게 전달되었을지 모르는바, 일단은 이걸 진행해야 할 성싶었다.

"나쁜 짓? 어떤 나쁜 짓?"

그는 잠자코 나를 바라보며 집중했다. 햇불의 흐릿한 불이 그의 반듯한 콧날에 그림자를 그렸다.

나는 주머니에서 무언갈 꺼내 그에게 내밀었다. 제이르가 내게 건넨 것은 두 가지였다.

하나는 새로운 마법이 걸린 마법도구, 또 하나의 팔찌였고.

다른 하나는…….

"사탕?"

"네. 사탕이에요."

바로 이 사탕이었다. 이 사탕으로 할 것 같으면 제이르의 마법이 담긴 특별한 사탕이라나.

〈아가씨, 원하는 간식이 있어요?〉

제이르가 묻기에 얼떨결에 대답했는데, 설마 거기에 마법을 걸어버릴 줄은 몰랐다. 물론 나로서는 쿠키와 사탕 중에 고민했던 문제였다. 둘 다 리케도르안이 가장 좋아하고 자주 먹던 것이었으니까.

"이 사탕 먹어 줘요."

"이게 뭔데?"

"그냥 먹어 줘요."

나는 그와 깍지를 낀 손을 잡아당겼다. 분명 나보다 훨씬 큰 그인데도 선선히 내게 당겨져 왔다. 마치 기다렸다는 듯이.

"미안하지만 이 사탕, 먹으면 많이 아플 거야."

나는 거짓을 말하지 않았다. 굳이 속일 필요도 이유도 없었다.

내가 당기긴 했지만 그는 그보다도 더욱 내게 다가왔다.

"아프다."

너무 가까워 숨소리가 바로 앞에서 들릴 것만 같았다.

"아, 아픈 대신…… 이아나가 곁에 있어 주나요?"

깍지 낀 손에서 박동이 쿵쿵 뛰는 듯했다. 분명 그는 조금 전에 전력으로 뛰었음에도 조금도 숨을 몰아쉬는 기색이 없었다. 땀을 흘린 흔적도 없었다.

오히려 솔솔 좋은 향기가 코끝을 간지럽혔다.

"나, 칭찬해 줘."

"칭찬?"

"주인님이 아니라, 이아나라고 불렀잖아."

이성이 있을 때와 다를 바 없는 청아한 향이었다. 그런데 왜일까 조금 더 녹진해진 느낌이었다. 아울러 작은 막대가 심장 한켠을 쿵쿵 두드리는 것처럼 묘한 기분이 들었다.

"먹으면, 계속 곁에 있어 줄 거야?"

나는 그를 보며 눈이 떨리지 않게 눈꺼풀에 힘을 주었다. 그러한 채로 천천히 끄덕였다. 기대하지 않았던 대답인지 푸른 눈동자가 조금 커졌다. 이내 바다같이 깊은 홍채로 이채가 스민 것도 같았다.

"정말?"

"……그래. 네가 나을 때까지만."

제이르가 이 마법은 오래 앓게 하지 않을 거라고 했다. 그럼 적어도 출소 전까지는 간호할 시간이 있으리라. 그리 생각했다.

그의 얼굴로 얼핏 실망한 기색이 스쳤다. 아주 잠시였지만 바로 가까이에서 놓치지 않았다.

"그리고 그다음에는?"

"다음?"

숨소리가 바로 앞, 입술에서 느껴졌다.

"날 떠나?"

흠칫 내 손이 떨렸다. 그 떨림은 나를 쥔 손에 금방 삼켜졌다. 그는 깍지를 낀 손에 살짝 힘을 주었다.

"떠날 거야?"

그래. 이제 이쪽은 다른 인격을 거의 기억하고 있었지. 나는 난감하게 시선을 굴렸다. 하나 어차피 마주할 일이었다.

"맞아. 난 떠날 거야."

출소는 내가 어찌할 수 없는 거였다. 처음부터 나는 내 죄가 아닌 죄를 뒤집어쓰고 이곳에 온 것이었으니까. 비록 입소도 출소도 내 뜻대로 된 것은 아니나 내겐 나간다는 사실이 중요했다.

"하지만 약속할게."

나는 눈을 피하지 않았다. 입술이 닿을 듯 말 듯 한 거리에서 시리도록 차가운 눈동자를 그대로 받아들였다.

"네가 다 낫기 전까지는 떠나지 않아. 맹세해."

이건 내 책임감의 문제기도 하다. 적어도 내가 스스로 연루하길 바랐던 일이니 성격상 꼭 마무리 지어야 했다.

"곁에 있을 거야."

리케도르안은 어떤 생각을 한 걸까. 그저 아래를 바라보는 시간이 길었다. 그러고는 느린 속도로 눈동자를 굴렸다.

"그럼, 좋아."

짐승 버전의 그도 이성이 있는 쪽도, 그리고 여기 성인이 된 그쪽도 모두 어린애 같은 구석이 있었다. 만족했을 때는 이런 식으로 포식자처럼 웃는 모습을 보이곤 했다.

그래서 휘어진 입술이 무슨 생각을 하는지 알 수 없었다. 마침내 그가 대답했다.

"그거 네가 먹여 줘."

"……알았어."

"입술로."

"알았…… 뭐?"

그가 입술을 씩 끌어 올렸다.

"입술로. 먹여 줘, 이아나."

〈2권에서 계속〉

감방에서 남자주인공을 만났습니다 1

초판 1쇄 발행 2020년 9월 25일 **초판 3쇄 발행** 2021년 6월 30일

지은이 문시현
펴낸이 이승현

웹소설 본부장 이진영
편집 오가진

펴낸곳 ㈜위즈덤하우스 **출판등록** 2000년 5월 23일 제13-1071호
주소 서울특별시 마포구 양화로 19 합정오피스빌딩 16층
전화 02) 2179-5600 **홈페이지** www.wisdomhouse.co.kr

ⓒ 문시현, 2020

ISBN 979-11-90908-84-9 04810
        979-11-90908-83-2 (세트)